U0017434

對手戲
施益堅——著
麥德文／譯
林敏雅／譯校
GEGENSPIEL
BY
STEPHAN THOME

推薦序

婚姻哀歌之後的曙光

鍾文音（作家）

婚姻，將兩個人，分割成兩個板塊。中間隔著誤解背叛傷心，時間更是最大的殺手，將兩個同在一個屋簷下的伴侶變成最熟悉的陌生人。

施益堅在臺灣的第三本長篇小說小說《對手戲》，和二〇一四年出版的《離心旋轉》可以說是互為對話的小說，《離心旋轉》以男性何暮德為主敘述者，《對手戲》則以何暮德之妻瑪麗亞為主敘述者，彷彿兩個聲部的合唱，卻拼出了不同的版圖，也像是一部男聲女腔的各自表述，各自的青春回憶與懺情錄，將男女雙方如何在婚姻的墳墓裡努力地掘出一道道的空氣，從而以移動出走和企圖對話之不可能，而展演了婚姻的全景圖，讓我們讀到了一種對愛情傷逝後的哀歌感。

在整本小說裡，瑪麗亞活得那麼用力卻也那麼疲憊，讀著讀著，像是在聽一曲如歌的行板，述說著總是錯失的兩輛列車，但他們卻是同一個屋簷下的夫妻，身體的距離最短，心的距離卻最長。

小說的核心是何暮德與瑪麗亞彼此都在追問與叩問，為何人生事業與愛情會走到這一步？為何伴侶卻成了最熟悉的陌生人。

小說一開始就很有「戲」，對手交鋒，煙硝味濃，戰火一觸即發。開車吵架是最危險的，密閉空間逃無可逃，最後瑪麗亞半途下車，只消離開有這個男人的現場，「去哪裡都好」，瑪麗亞開始展開屬於自我的移動，個人的小遷徙。小說也開始展開她的自我回顧，亦步亦趨地貼近殘酷的現實，兩個無法對話的人，有著許多關係而產生的連結（比如女兒、家族婚宴等等）必須去處理，經常點燃了日常生活的種種情緒，隨處都可讀到那種深沉疲憊後的爆裂與暴烈。

這本《對手戲》依然展現施益堅一貫擅長的小說技藝，細節的工筆描繪與對話的靈動，組成節奏的時緊時鬆，長短運鏡的交織下，瑪麗亞的生命如卷軸攤開。瑪麗亞的劇場工作在施益堅的巧妙布局裡，也使讀者獲致德國劇作的輪廓，並讓我懷想起自己在柏林文學館居留期間也很愛到柏林看戲的經驗。施益堅花了很多篇幅書寫關於瑪麗亞的劇場過往，寫來生動，就像鏡頭跟拍一般。

回顧生命的旅程，時間交錯並不好寫，因為太多細節要挑選撿拾，也太多細節被沖刷流失。時間惘惘，褪色的記憶要如何重新刷上新色？許多躲藏在暗處的感情幽魂如何重新給予重量？小說必須在支線之外撐住敘述的主線，這往往挑戰著作者，而施益堅處裡的方式是緊緊扣住人物與事件的關係，將影響人物的關鍵性亮點做了顧盼生姿的螢光記號。

「旅程」貫穿「瑪麗亞」的人生之旅，施益堅讓瑪麗亞毫不逃避地面對自己的過往，尤其在背叛的書寫上，小說進程在最後才逐漸將瑪麗亞的背叛往事與被騷擾的不堪躍上紙面，更難堪的是瑪麗亞背叛丈夫的對象還是一名「魯蛇」，無所事事的失敗者。且何暮德隱隱知道卻又不說破，這讓原本不太討人喜歡的何暮德，突然讓讀者油然生起「同溫層」的感受，而使何暮德多了很多溫度。其實，我個人很喜歡《離心旋轉》的何暮德，但《對手戲》裡的何暮德卻沉悶無趣到讓女生都想抓狂，想來施益堅寫出了不同視角下的同一個人會是不同面貌的，在這一點上，施益堅非常成功地處理了這種男女差異下的視角，這也使得小說展現多重對手戲的情節。甚至殘酷到揭開真相。寫瑪麗亞過往的幾場戀情也都讓人如臨現場，瑪麗亞彷彿是女生的濃縮與隱喻，女性結婚的對象往往未必是喜愛的對象，有時候只是時間到了，或者剛好想結婚的時候，那個人剛好就在生命的現場。

小說節奏一開始很快就進入雙方的戰場，「對手戲」精采至極，開場就十分緊湊。之後隨著時間旅程與回憶敘述基調逐漸緩慢，感覺作者有意讓瑪麗亞的迷惘扣緊迷霧般的旅程。直到里斯本上場，旅程又帶動了嶄新的敘述。

「她沒有目的地。」瑪麗亞來到里斯本，八月的舊城沒有遊客，她在緩慢裡逐漸尋找自我的寧靜，她進行了一場自我的「遷徙」。

《離心旋轉》時何暮德的感受是：「感覺是會移動的標的。我們沒有目的地，只能經過。」沒有目的地，兩本小說巧妙地都出現了這一句話，關鍵字。很有意思的是，沒有目的地，反而讓他們看清了來處，看到了愛情的原點。

遷徙帶來新的抵達之謎嗎？

至少分離帶來可能的相思。

開車穿越歐洲（因為何暮德需要緩慢思考和她的未來）來到機場接瑪麗亞的何暮德終於展現了暖男的魅力，慢下來的旅途讓彼此有時間去想很多事，時間還讓何暮德蓄起了鬍子，這樣的改變也帶給瑪麗亞一種新的陌生化刺激。

小說給了傷心愛情譜過哀歌之後的曙光：

「一瞬間還是一如往常。瑪麗亞感覺到自己的想法已經飄到山區，自問有沒有算式可以計算：需要彼此共度多少年，才能在分離多少星期再度重逢之後，產生幾分鐘彼此都有所改變的感覺。」

連帶地她和女兒的關係也因此融化了。

「我有些傷口，也許妳碰得太用力了。」

……

「忘了這回事。我只想說我愛妳，愛妳原來的樣子。我認真的。」

屈服於離心力而漸行漸遠的伴侶給了雙方重生的機會，而重生只是要歷經掙扎的脫蛹痛苦過程。這回瑪麗亞不再跑走了。

日常生活裡那老男人的衣服鞋子褲子眼鏡，突然也有機會變成天上如畫的月亮呢。但要走到這一刻，要流多少眼淚，要生多少悶氣，要穿越多少的寂寞，要走過多少無人的城市下午……

小說陰暗與明亮交錯，給了出走女人的微光希望，在當代荒蕪般的生活裡，施益堅回歸傳統價值，認可了人是需要家的永恆「回歸」。

獨鳴的暗夜，畢竟心太苦了。小說從通過雙方對手戲的一高一低，從步入黑暗，最後卻打起探照燈，讓孤寂的兩個靈魂重溫光亮之所在。

時光過去這麼多年，戀人可能從幸福走向不幸福，也可能又從不幸福走向幸福。

誰知道呢。

何暮德曾說，每個人生可能可以重新開始不止一次。

重新開始，歸零，再出發。放過自己，放過別人，讀畢小說，也感到束縛瞬間被放鬆了。

這可真好。

對手戲

GEGENSPIEL

獻給來自多特蒙德的卡特琳、尤格、優納斯、游利安

第一部

GEGENSPIEL

1

「寶貝，怎麼啦？」

丈夫的聲音帶著警覺。瑪麗亞在副駕駛座，身體向前傾，肩膀感覺到丈夫的手，卻沒有拂開，只是保持不動，任由眼淚奔流。還能怎麼了。幾星期以來，這一天就像考核日一般橫亙在她面前；今天她頭痛，坐在擁擠不堪的列車上，本來和丈夫重聚之後只想聊聊天，或是安靜不語，而不是應答這般審問。車子行過馬爾堡之後，何暮德就開始拿這些問題步步進逼。讓她錯過昨晚趕鬼宴[1]的會議開得怎麼樣？她的老闆怎麼那麼嚴苛，是不是一直都這樣？她不覺得火大嗎？工作滿足她的期待嗎？還是……

「瑪麗亞？」他的腳鬆開油門，似乎想找地方停車。她很清楚他想聽到什麼，就像**他**知道她什麼都不會說一樣。她從車底撈起手提包，找不到藥丸，就抓起手帕。儀錶板的時鐘顯示兩點十五分。幾分鐘前丈夫差點錯過圓環出口，之後就專心盯著車道，馬路沿著收割後的田野往前延伸，經過村落，村子就像死去一樣暴露在午後陽光下，到處都有拖車停在農莊入口。自從她在德國鄉下生活過之後，每次看到整理得很好的前院總會想像屋主是個小心眼的人。她擤了擤鼻子，又把手帕收起。街道右邊

1 德國婚禮習俗，在婚禮前一天摔杯盤等物品熱鬧慶祝。

有張潦草的手寫招牌「自助採摘向日葵」。

「我們之間怎麼了？」她打破沉默問道。就當地而言，這是個燠熱的夏天。柏林清晨頂多二十度多一點。

「什麼意思？」

「我們之間是怎麼回事？為什麼我們再也談不下去？」

「我們已經談了好一會兒了。」

「各說各的，拐彎抹角，隨你怎麼說。」

她用力抹去臉上的眼淚，何暮德一陣沉默。他們一個月不見，只短短幾分鐘，他進逼的問題，她逃避的答案就把重逢的喜悅糟蹋光了。為了搶先回應他的答案，瑪麗亞繼續說：「你只是做出關心我工作的樣子，其實你只關心我什麼時候會放棄。」

「和妳想工作這件事無關，我總是支持妳……」

「去社區大學開葡萄牙文課，對！」她突然轉頭，把五指攤開的右手伸到他面前，連她自己都覺得詭異的舉動。「我已經開過五期這種課程了，五期！」

「妳想聽我說什麼？」他質問。「去柏林吧，寶貝，打電話給法克．麥凌恩，問他有沒有什麼能讓妳做的，反正妳在波昂只會煩我而已——妳想聽這些？」

他眼睛下方發紅的眼袋讓她想到十個月前的那個早晨，在大門和滿載的搬家貨車之間，她感受到愧疚的所有重量，對他說：我們夠堅強，我們辦得到。從那時起發生了一些他們倆都不想發生，甚至無論如何都想阻止的事，只不過各以各的方式，最後各自落到相反的一端。無論如何，最初的信心消失殆盡。

「最近我常想，」她慢慢地說，「我想和你分享很多事情，但是每次還沒說出口，就已經可以預料到對話會怎麼發展。我很清楚你會從哪一點切入，只要我一說起什麼困難，你就滿懷希望。我每次說起難處，卻完全得不到你的體諒，只是坐實了你的看法——我走錯路了。而且我現在覺得不舒坦，因為我燃起你的希望，卻必須讓這些希望落空。」這次她等著他是否想回應，他卻只是把手從方向盤移開，開啟空調。他看起來徹夜未眠，雖然他說趕鬼宴之後，他十一點半就上床睡覺了。「再來是第二點：你總是讓我陷入危害我們婚姻的那個角色，因為我追求我自私的人生計畫。」

「我倒不清楚我們的婚姻岌岌可危。」

「你很清楚！」她聽到自己說。就像要標記她必須克服的內心障礙高度，她的心猛跳了一下，瞬間讓她一鼓作氣：「但是你似乎不明白這個危機是因為你的態度。」

「說清楚。」

「我們一年以來都在原地踏步……」

「各自踏步。」他打斷她：「說仔細點也無妨。」

「……沒有絲毫進步，我們相處的珍貴時間都浪費在同一個沒有結論的對話。我的經歷，你的經歷，一切本來都可以讓我們的生命更豐富。我們有很多話可以說，我們可以分享，本來可以那麼美好，要不是……」

「要不是我的腦袋後來冒出那個該死的想法，覺得我們最好在同一個城市裡生活。」他轉過頭去，就像要確定她同意車子行進的方向。火車誤點，不到一小時婚禮就要開始了，他們只剩下把行李放到旅館，接著把自己打點俐落的時間。「對吧？我要是看清五百公里是夫妻雙方的完美距離，我們的生活就會甜美滑順得像杏仁糖霜。老天，我們一切都能分享，除了餐桌和床。」

「聽聽你自己說的什麼話，何暮德！你聽起來像是受了什麼委屈。」

這正是她坐在高鐵裡聒噪的年輕人之間下定決心要避免的對話。她頭痛是因為昨晚必須喝很多酒，才能安撫劇場會議後的神經。法克拒絕理解有個演員要離開劇團；一如以往，多方斡旋的工作又落到她頭上。這時她再也撐不下去。這是七月的最後一個週末，渴望的夏季假期開始之前，只剩下何暮德外甥的婚禮要解決。明天他們會開車到波昂，星期二再一起飛到里斯本，祖阿嗚把房子借他們住，直到他們決定之後的行程。沉默中她氣惱自己提起婚姻危機。每次她被丈夫訊問，覺得自己被逼到角落裡，就會說出這些違心之論。她想請求他，我們下次再說吧；但是他就像先扼要重述對話，然後發現決定性的錯誤，何暮德舉起手來。「慢著，」他比之前更大聲地說，「妳抱怨我把妳逼進自私尋求自我實現的角色。容我提醒妳：第一，這個角色是妳自找的，而且妳也演得很好。第二，剛好相反，是妳逼我扮演一個角色，不，不止，扮演多個角色！被留在家鄉的丈夫，渴求關愛的乞丐，每天晚上巴巴地等著電話響。一個比一個糟，都是爛角色！」

「這正是我們的問題，」她說，「你覺得我所做的一切都是為了傷害你。」

「我們的問題是，妳並不特別在意妳所做的事是不是會傷害我。」

「有個名詞叫自我中心。」

「幾乎正確，」他糾正她的說法，「這叫做自私。」

他們沉默地駛進下一個村落，看起來就和之前的村子沒兩樣。尊重，他幾分鐘前說了，出於尊重，只要簡潔告訴他，第一年結束後，她想繼續在劇院工作。而她想不出更好的回應，只是問他，她重回職場是否讓他覺得不受尊重。將近二十年的婚姻歲月，他們從不曾這般斤斤計較，各執己見，一占上風就一陣得意。他們即將在開心的婚禮賓客間周旋度過漫長的一天，露忒立刻就會察覺出了問題，而且在瑪麗亞必須展示笑容之前，她就察覺自己的那抹假笑像張面具掛在臉上。「我們能不能從頭開始？」她問著，無法壓抑一聲嘆息。她想下車，獨自奔跑穿過田野，而不是一再重新解釋顯然已經無須解釋的事情。

「從頭開始，每一對老夫老妻的夢想，可惜……」

「我們可以從頭開始嗎？拜託你停止愚蠢的譏刺好嗎？」

「好，」他像被責罵的小孩，「我聽妳說。」

才怪，她想，不然他一定了解她不是為了法克才去柏林，也不是為了和丈夫分開生活，而是出於一個簡單的理由：以她的年齡，每個「不」都可能是最後一回，之後再也沒有機會。何暮德一輩子都在工作，她卻是第一次，如果不算社區大學的課程和聖奧古斯丁那三個月。過去幾個月，他們討論過無數次，直到瑪麗亞自覺像聽錄音帶般一再重複同樣的話。「對我而言，最重要的是你了解為什麼我一定要這麼做。在那個時候。為什麼那不是因為自私。那個職缺出現的時候我只能接受，或是下半輩子怪我自己拒絕這個工作。怪我也怪你。原因在於波昂的生活……」

「『在你的波昂』，妳老是這麼說，其實妳的意思是：和我在一起的生活，對吧？」

「要是你不把每個句子都聽成責備，就能對我們有很大的幫助。」

「事實上，我何必這麼做？」他試著讓口氣不要那麼酸，然而澈底失敗。何暮德是個冷靜、自制的人，知道掩飾自己的弱點，但是現在他似乎想暴露這些弱點。「多年來我為了工作忽略家庭，沒有支持妳找一份有意義的工作。這不是責備而是事實，對吧？」

她可以乾脆地說：正是如此。仔細說來這是安定物質生活的代價，是她付出的那一份，但是事情有所變化。斐莉琶離家獨立，何暮德拒絕適應新情況，總說他能了解她的工作欲望，卻只是口頭一再說說而已。月臺上再相見，她第一眼就看出他有多疲憊。他最新的一本書，大部分在晚上十點到半夜兩點之間撰寫，很快就要出版。他經常暗示，這本書會讓他賠上據稱微不足道的殘存名聲。分析哲學不該取材電影，以探索真實的人在現實生活中所遭受的問題。她不知道應該如何理解這些說法。她丈夫快到六十才追上中年危機？果真如此，是他墜入漫長職業生涯的失望之中，還是因為她搬到柏林？當時她下定決心，不會放手不管，也不為自己找藉口說他就理當要適應這一切，眼前她彷彿試著在心中的琴鍵上找出正確的曲調，好傳達出和解的意願，卻不致隱藏她的死心斷念。「你何時變得憤世嫉俗，何暮德？」她問，等著她這一次也說錯話的訊號，但他只是聳聳肩，喃喃地說：「是啊，何時呢？」

「我了解。所以這也是我的錯。」

「怎麼說『也是』？我們一直都只說到我的錯。」

「這就是我所說的意思。」她聽到自己的聲音變得脆弱，拿出面紙放在面前。「我們再也不能好好對話，不能談論我們的事。」有一瞬間她成功壓下湧起的哭泣抽搐，他開始一條條數說自己的錯誤，她乾脆當作馬耳東風。他書裡提起的大部分電影，都是他們在波昂一起去看的電影，其中有幾部是英格瑪．柏格曼的電影，何暮德從青少年時期就很喜歡這幾部電影。《假面》讓她震驚，不容易忘懷。她年輕時就習慣把自己代入舞臺劇或是小說的角色，但是她從未見過這般矛盾的分身，一個沉默而驕傲，另一個雖然不安而且有些輕佻，但依舊果斷。「在同一個時間可以是同一個人嗎？」她生命中的所有課題都集結在一部電影裡，以黑白畫面描繪，透露出令人不安、難以捉摸的威脅，僵硬的光線讓夏天都顯得冰冷。她和何暮德在看完電影之後的對話很有趣，即使瑪麗亞並不了解何暮德希望從這部電影當中擷取什麼用在書裡。「不要說了，」她這時低聲說著，因為他越來越大聲、越來越激動，「拜託不要說了。」

「好像這一切還不夠似的，」他頑固地強調，「我當然對妳的工作內容毫不諒解。」

「拜託不要這樣……」

「我們誠實一點吧：我對現代劇場藝術只有沒救的鄉巴佬想像。」

像是想讓自己儘可能變小，她把腿抬起，雙臂圈住膝蓋。國道呈現長長的右向彎道，山谷展開，田野閃爍著夏日高溫。年初他們一起觀賞《歐洲屠宰場》首演，法克試著重享昔日榮光，打擊每一個人，任何人都不放過。瑪麗亞知道，不只她丈夫會覺得這齣戲糟到讓人無言以對。結束時稀稀落落的掌聲證實觀眾的手足無措，接著舉行的慶祝會比預期的早結束。當時何暮德試著不要顯露他覺得那有多噁心——他現在要補上嗎？她感覺到胃裡翻騰，因為喝太多酒，睡得太少。她的手提袋裡放著隨時可簽訂的劇場工作合約。在火車上，她為了躲避吵鬧的年輕人逃到用餐車廂，喝了杯淡而無味的濾泡咖啡，決定等待比較好的時機再告訴她丈夫實情。明天在波昂或是下星期度假時，不要在前往婚禮的路上，婚禮本來就夠她心煩了。露忒會表現得她不在意瑪麗亞缺席昨晚的趕鬼宴，瑪麗亞也不能表現出看穿小姑的心思。才剛坐上車就對何暮德提起這件事，這是第一個錯誤，開端的走調貫穿他們的談話。她想問，**你到底站在哪一邊**，二十年來一直都想問，但這卻是那些事情之一，是她……

「面對觀眾手淫是前衛的！」

她嚇一大跳，吃了一驚。他不是隨口說出，而是大吼大叫。一瞬間她以為是何暮德拙劣的模仿，是在暗示法克的作品，但她轉過頭，看著何暮德扭曲的面容，雙眼圓睜，完全失去控制地大吼著，吼叫著解放、謊言和束縛。「中產階級傳統滾蛋！扭曲太久，我們都自我欺騙。我們應該感謝崇高的大師，他……」

「不要說了！」她在混亂之中也大聲吼叫，聲嘶力竭，於是更加混亂。這是什麼世界？

「本來就是這樣！」他吼回去。他們面前展開一段平坦直線道路，車速更加快了。「我們這些可憐的傢伙根本不夠清楚我們有多不自由，柏林文化參議員資助一些相關的專家，讓我們看清自己的德行，真是何其有幸。這些專家的話語銳利得足以劃破所有謊言。」有如被附身一般，她丈夫滔滔不絕，胡謅著擺脫控制、空洞和情欲，瑪麗亞一個字都聽不懂。他們討論、爭論了十五分鐘，這時他即將完全失去控制。「或者要按照高尚西方戲劇大師的第一誡，」他破嗓子大叫，「幹你的！」

她一聽到這個句子就動手打他，何暮德的動作不受控制，車子向左偏，輪胎吱吱作響，破碎玻璃和扭曲金屬的畫面在瑪麗亞眼前閃過，不過車子依舊行駛在馬路上。「還沒完！」他幸災樂禍地大喊。沒有把車向右轉正，他反而急駛上對向車道。她驚慌失措地望著手心，「我在這個婚姻瘋人院裡做什麼？」

「妳什麼都沒做，一點都沒有。妳只是為我犧牲。」

「為什麼你現在要破壞一切，何暮德？告訴我為什麼？」

「**破壞讓你們壞掉的一切**，我們以前說過。或者不是『我們』，是其他人。我只是坐在書桌邊。」

「讓我下車。」幾百公尺外有輛車轉入國道。她這輩子第一次打她丈夫，但是震驚之餘她無法思考。她落到他的手裡，無法做任何事，除了尖叫。「**該死！開回原來的車道！**」一串喇叭聲迎面而來，「**轉向右邊！**」她看到他握著方向盤的手指骨節突出。「**向右開！**」

對面來車閃燈。

「一切如妳所願！」他在最後幾秒鐘轉回順向車道，輪胎再次吱吱響。喇叭聲逐漸消逝之後，她的身體一陣痙攣。她一時間擔心自己非嘔吐不可，接著她終於感覺到行車速度減緩。車裡一片寂靜。

她不再尖叫，只是脈搏依舊快速。

左邊一家汽車門市，右邊一座加油站。就像站在遠處，她看著自己試著將印象拼成一幅圖像，但是頭痛卻最先回返，太陽穴裡振動的壓力。馬路兩側空蕩蕩的人行道，後面是修剪過的樹籬，窗戶裡有白色的窗簾。空無一人。何暮德示威一般緩緩駛出鄉村，幾分鐘後他們抵達目的地。瑪麗亞的眼光掃過警察局的指示牌，以及一家名為「山中花園」的旅館，也就是晚上舉行婚宴的地方。她怎麼也想不起那位韓籍新娘的名字，她從沒見過新娘。有個女孩騎著腳踏車，每隔一面櫥窗就擺出同一家房屋仲介的牌子。除此之外什麼都沒有，她想著，直到她的聲音讓她知道，她其實在想其他的事情。「別想現在就開車去你妹妹那兒。」他們穿過市集廣場，順著通往露忒和海納房子的街道往前開。谷底右邊是騎馬場，山坡上的住宅坐落在廣袤的花園裡。這地方被四周的綠色山丘環繞著，中古世紀城堡聳立其中有如皇冠。就像接到命令一樣，何暮德沒轉向通往他妹妹家的那條叉路，而是直行，黑莓樹叢蔓生在狹長而爬升的道路兩側，直到森林邊一片沒有鋪柏油的停車場。車一停，她就抓起提袋，打開車門逃了出去。

去哪裡都好。

她看一眼確認何暮德不會下車。眼前是條通往樹林的步道，光線從樹葉間灑落，映照出一群舞動的蟲子。步道轉個彎，通往一片長滿草的空地，看著有點眼熟。幾年前，他們在下方的林中小屋裡慶祝海納的六十歲生日。她走過小屋前鋪著礫石的空地，走向一張砍伐後的殘根做成的無背椅凳。前方是開闊的山谷，高瘦的樹木簇擁著蜿蜒穿過草地的河流，樹林在遠方染上一抹藍。瑪麗亞坐下，從菸盒裡拿出香菸，吸了幾口。後方一座噴泉滴著水。

她的脈搏依然快速跳動。

她身上穿的花洋裝是她三天前在柏林哈齊雪市場買的，之後她和彼得．卡洛一起用餐，向他述說自己徒勞的嘗試，想讓自己對那不祥又逐漸逼近的一天產生期待。搬家之後，彼得就成了她最親密的朋友，但是兩杯酒之後，她就沒興趣談那些只有她和何暮德才能解決的問題。她展開新生活的那個星期一早晨已經過去十個月了，季節變換之間的一天，天涼卻晴朗。羅博寇荷街邊的樹木開始落葉，萊茵地區上方籠罩著白色薄霧。她從臥室窗戶看著停在屋前的廂型車，何暮德幾天前從城北的歐洛普卡租車中心租來這部車。他出乎意料地推翻自己讓瑪麗亞獨力搬家的說法，苦笑著把鑰匙交給她，之後還幫忙搬箱子，然後甚至提議開車送她到柏林；就他對自己的認識，接下來幾天反正無法工作。即使她不喜歡獨自長途開車，她還是說不。**這是我的遷徙**，她在窗邊想著，卻無法辨識伴隨而來的感覺。醫院前的停車位一格接一格地停入了汽車，就像每個早晨。

屋裡完全安靜。瑪麗亞拉上窗簾，走到衣櫥邊的大鏡子前。她頭髮束起，穿著藍色牛仔褲和像球衣的上衣，她以前總穿著這件衣服去上瑜珈課。她一停下來，就是興奮和一陣陣輕微的驚慌交迭，於是她走進浴室刷牙。七年前，終於確定何暮德不會再拿到其他城市的教職之後，他們花了很多錢在整修房屋上，包括把頂樓重新貼上壁紙，浴室鋪上藍白花瓷磚，是特地從里斯本訂購的維烏瓦拉梅戈瓷磚。對何暮德而言，這些瓷磚代表他對她家鄉好感的宣告，儘管瑪麗亞覺得不必要。她不喜歡自己從幾百種花色當中選出來的那一種，結果夫妻倆一起嘲笑摩爾風的浴室有多不適合他們在波昂的房子。她對皮拉爾說，這是夫妻為掩飾婚姻現況，既不擔心成本也不怕麻煩的結果。背後隱藏的不是惡意，而是顯得滑稽的過度善意，但她正因此還算喜歡這個浴室——無論如何她並不尋找更好的解釋。

她手裡拿著盥洗袋走下樓。雖然何暮德宣稱他今天不必去大學，卻穿著襯衫和夾克坐在餐桌邊。斐莉琵用過的餐具放在洗碗機上面。至今還看得出來廚房也翻新了。

「我剛想到皮拉爾。」她用手撫摸何暮德的肩膀，然後在他對面坐下。「我答應過她，開車出發之前會打電話給她。」

「她自己會聯絡。」

「和你聯絡。她從來不打手機，又沒有柏林那邊的電話號碼。」

「我要跟她說什麼？」

「把號碼給她，在櫃子上。」瑪麗亞頭朝著寫著潘寇地址的紙條揚了一下。「要是我和她說上話，她一定會對我滔滔不絕，說她對我有多讚嘆，這是多大的一步等等。」

「不是嗎？」他折好報紙，放在一邊。

「今天早上我可不必聽這些。」恕哲街上翻修過的老屋是彼得的伴侶所有，三樓的房子似乎狀態不錯，但是瑪麗亞只看過一次，晚上十點半看了十分鐘，她的搬家計畫中不只這一部分是這樣的情況，就好像反正不會成功一樣。「我老想著我忘了什麼重要的事，」她一邊說著一邊倒咖啡，「我只要加一次油就能開到柏林嗎？」

「裡面是柴油，但是妳必須加滿油再還車。」

「我還必須注意什麼？」

「妳知道如果妳不打電話，她會生妳的氣。」

「何暮德。」

「我只是提一下而已，畢竟是我要和她說話。」

「她會明白的。」她說，「你還要到大學嗎？我以為你在休假。」

他隔著桌子握住她的手，但沒有最後一次拜託她放棄這無意義的事，卸下車上的行李，只是撫摸著她的手指，把手拉到他的唇邊。真奇特，這幾天來她相當享受這種小表態，她也奇怪地希望自己比實際上更想念丈夫。

「這段時間我一直自問，妳在我面前隱藏的是期待還是疑慮？」他放開她的手，靠回椅背。「直到我昨天聽到口哨聲，在地下室。」

「什麼時候？」

「我剛開車從城北回來。」

她茫然地迎向他的目光，「我不知道應該怎麼回答。」

「我了解。如果這是結局，會怎樣？」

「你為什麼在這時說這些？」

「妳真的忘了一件重要的事。」他擠出這句話，站起身來。

半年前她第一次提出這個想法。和女兒的反應不同，何暮德沒有取笑她，而是立刻明白她是認真的，或許可說是關鍵性確認，讓想法最終變成決定。她要搬到柏林，在法克的劇場工作。聽起來依舊瘋狂，然而一旦提起，就留在她的腦子裡，壓倒所有懷疑。這時她聽到何暮德走到工作室，然後在身後關上門，那種病態的寧靜又回來了，她在斐莉琶青春期的時候見識過這種寧靜。短短幾週內女兒也會搬走，因為要到漢堡上大學。雙重打擊，他不是昨天才第一次這麼說。她機械式地把餐具放進洗碗機，雖然還未放滿，仍啟動了機器。報紙頭版上，未來的首相朝某人招手。認真說起來，她想著，瘋狂的不是這個意圖本身，而是她因此所做的賭注，但是非這麼做不可。

半小時後，他倆一起站在白色箱型車旁，太陽露臉又消失，瑪麗亞順著街道望去，這時已經完全停滿車輛。十五年在波昂，其中十三年住在維納斯山丘上，直到今日，這個地區依舊沒有任何店家叫得出她的名字，只有一次在麵包店被稱作教授夫人。

「我們夠堅強，我們辦得到。」她把車鑰匙放進口袋，雙手需索著他的雙手。何暮德點頭並不代表贊成，只是產生一個想法，而這個想法他寧可保留給自己。「會有些改變，」她說，「有時困難，但也常會是美好。我們見面次數減少，但是會把時間保留給對方，對彼此動心。你住在多特蒙德而我住在柏林的那時候就滿好的，不是嗎？」

「那時妳將近三十歲，而我不到四十歲。」

「所以呢？」

「那時一切都新鮮，而且只是暫時的，」他不情願地回答，「那時我們根本不知道我們是否會在一起。」

「何暮德，我現在該說：整個生命都只是暫時的嗎？我們辦得到，相信我。對我們甚至有好處。」她雙臂環繞著他的頸子然後吻他，直到他有些毛躁地結束這些親密舉動，他的表情幾乎讓她笑出來。

「妳要帶的東西都帶了嗎？」他問。

「除了你的同意，其他都帶了。」

「因為妳把紙條放在櫃子上，我知道我能把我的同意送到哪。」

「你會嗎？」她知道他內心正經歷何等交戰。他既不想表現受傷也不想毫無抱怨地放她走。他們整個夏天都在角力，如今彩色的葉子已經在空氣中紛飛，她簡單的行李還填不滿車子的三分之一。附床架的老彈簧墊，兩張椅子和一張刮花的廚房桌子，衣物還有些書。短短幾個小時內，她會到達那個她上大學的城市，住進簡單的兩房公寓裡，她的丈夫支付房租。這次在柏林圍牆的另一邊，在她的腦子裡，這道牆就和施普雷河一樣，都是柏林的一部分。她樂於再說一次謝謝，讓道別變得開心些，但是何暮德從他的呆滯當中醒來，嘟囔著：「我是個腦袋不清的老人，不知道自己要做什麼。」典型的他。

「也許你可以再等等我，然後我們一起變老。」她從褲袋裡拿出車鑰匙，親了丈夫一下，走向車子。副駕駛座上放了一本蜆殼汽油地圖冊，取代欠缺的導航儀。瑪麗亞窩進方向盤後面，關上門，呼吸無主汽車沒有個性的氣味。她腦子裡有個倒轉的時鐘。

「根本就瘋了，」何暮德雙臂交叉走近車子，示意她搖下車窗，「我不想妳走，生活會變成什麼樣子？」

她嘆著氣，把手機放進架子裡，知道眼淚再一分鐘就會潰堤。「我們已經討論過很多次了，稍微對我們有些信心吧。」她按下的按鈕啟動右側的後照鏡，兩個穿著灰色大衣的人分別牽著狗出現在鏡子上，兩隻狗互聞著。那個時刻越接近，把一切遺落在波昂的想法就越讓她暈眩。「我一到就會打電話給你。」她的聲音穿過車窗玻璃。她想稍微研究一下儀錶板，但是她的視線已經模糊。引擎啟動，何暮德往旁邊跨了一步，在她必須專注在超大方向盤和不太順暢的車檔之前，她揮了揮手。散步路徑轉向卡瑟斯魯爾之前，道路緩緩彎向左。後照鏡裡有個身影垂著肩膀，最後一刻才回應她的揮手，從畫面消失，然後瑪麗亞向右轉停，好把臉埋進雙手裡。

這就是搬家，何暮德的用語是：妳的搬家。

背後一陣聲響把她喚回現實。婚禮在四十五分鐘內就要開始了，她還要淋浴、洗頭髮、換衣服，但她只是開始抽第三根菸，還在想韓國新娘叫什麼名字。何暮德慢慢走近她，準備好接受她的怒吼，叫他去死。行車畫面像惡夢殘餘一樣閃過她的腦子，憤怒膨脹又消退，她的手指抖個不停。他終於坐到她身邊，她不禁想到皮拉爾的名言：每段婚姻都是斯德哥爾摩症候群的病例。

當時她任由引擎運轉，大哭了好幾分鐘，但是她一開上高速公路就覺得好多了。在西柏林的生活記憶充滿褐煤和煙霧瀰漫的咖啡館氣味。黑色的外牆，陰暗的樓梯間，還有看起來像被炭燻黑的廣告圓柱的熱水爐。八〇年代的十字山。她剛從葡萄牙到柏林的時候，柏林圍牆上還沒有塗鴉，告別柏林的時候已經出現繽紛的藝術作品。現在，從波昂搬過來——在路上，「回歸」這個詞不時在腦中閃過——柏林圍牆早已成為歷史。圍牆消失讓街道呈現奇特的透明感，缺少熟悉的結構，電視塔突然出現在中間而非上方，穿過什列斯威門還可以繼續走。直到今天瑪麗亞都還不知道那個謠言是否屬實，據說當時她住的那一區某些街道都不送郵件，因為太靠近圍牆，形式上屬於東德，西德公務人員不得踏上一步，警察也不行，「蠻牛」不行，這些「蠻牛豬玀」[2]。這種挑釁的俚語當時賦予她一種新認同的感覺。自己的選擇，刺激的陌生感，仔細觀察卻並非真的適合她。比較像是偽裝，就像她從二手店買來的綠色軍裝大衣和沉重的鞋子。不斷想起自己為何離開家鄉——或者想起自己從未真的成功離開家鄉。

這也是她一生的課題：想逃離，滿心決意離開，然後感覺到力不從心。

2 指稱警察的粗俗口語。

2

空氣中有燃燒橡膠和汽油的氣味。

雙方陣營隔著將近五十公尺彼此觀察，等待對手的下一步，衝突升高的下一個階段。從頭套眼縫和拉下的頭盔樹脂面罩後面，充滿攻擊性的視線射出而彼此遭逢，中間是塊空地，布滿石頭和玻璃碎片的無人地帶。人行道坑坑洞洞的，黑色高架鐵路橋柱下是被拆毀的路障殘餘物。雖然是壁壘分明的雙方，瑪麗亞卻感覺到其中的共通點——敵對雙方都瀰漫著幾近運動家的精神。內政參議員演講時提到再也無法容忍的挑釁，但這時有幾秒鐘的時間既無口號呼喊，也未投擲任何東西。值勤車輛開到警察後方，瑪麗亞看到屋頂上一群鴿子飛起，穿過煤塵、煙霧形成的灰雲，持續變換著隊形，極度快速，以溜冰舞者的放肆優雅轉彎。她知道出現在這裡有危險，會攪和到自己不明白的衝突裡，但也許正因為知道才把她引來，置身於一群遮掩的面孔和握起的拳頭之間。鴿子消失在矽立徹車站屋頂後面，克制的時刻結束，咻咻聲劃破冰冷的空氣，在距離她兩公尺處中斷。群眾閃電般四散，遠離街上的那團白色煙霧。「催淚彈！」她被推擠著移動，拆解著那個字眼，在煙雲飄到她臉上的那一瞬間就明白那是什麼意思。下一秒她就瞎了，她聽到身後有玻璃碎裂，警笛尖嘯，以為熱油就要灼傷她的眼珠。踉蹌著向前，她試著憑記憶找到方向，右肩撞到障礙物，步履蹣跚，要不是有人抓住她的臂膀，她大概就跌倒了。「還可以嗎？」

「我什麼都看不到。」

「繼續跑！」

她想眨眼，但是這嘗試讓她感到疼痛，就像角膜要裂開一樣。剛才還有光線穿透沉重的十二月積雲，現在的空氣卻燃燒著。瑪麗亞感覺右邊接近屋牆，把頭垂下可以模糊看到雙腳移動，感受空氣中的拍擊。「他們來了！」背後有人尖叫著。她原本想去咖啡館，因為安娜今天值班，但是到了瑪麗安娜廣場，她順從自己的好奇，跟隨街道上鼓脹的噪音，結果現在她的喉頭灼熱。她一定是走到曼托以佛街的十字路口，想起街道一側的廣告柱子，還有另一側那一大棵梧桐樹。她驚慌地用握起的手擦眼睛。從寇特布斯門傳來更多警笛聲，一聲疊過一聲而且分散開來。她又絆了一下，某個人又抓住她的手臂。「揉眼睛只會更糟。」

「我什麼都看不到。」

「妳有沒有圍巾還是手帕什麼的？是我，我們必須離開這裡。」

「法克？」她自動伸出雙手，他的頭摸起來異常地平滑，而且也太大。她眨著眼發現他戴著安全帽。

「這裡，把圍巾綁在臉上。還有，不要再揉了！」

「把她留在那裡。」某個人說。

「拿著。」他給她一塊東西，聞起來有檸檬味，握住她的手，拉著她一起前進。大約一百公尺後他們停步。

「要跑還是怎樣？」
「丟下那個婆娘啦！」
「開門！」
她周圍許多混亂的男人聲音，其中只有一個聽起來冷靜而且深思熟慮。「她一起來。」有扇門被撞開，再度關上的時候，混亂就被留在街上。所有的人都急忙跑步上樓，瑪麗亞喘不過氣來，只能模糊分辨周遭。她想吐，想抓著扶手的時候，帶刺鐵網插進皮膚裡。「妳要是需要停一下，就緊緊抓住我。」法克喘著氣說。在第三或第四層樓有扇門是開著的，所有男人都跑進去到窗戶邊。她試著平緩呼吸，疼痛從眼睛滲透到頭皮下，就像鑽子插在頭顱裡。噁心一陣一陣的，頭隨時都暈。
「到這裡來，」某人說，「把水盆和其他東西一起拿過來。」
「不要揉，拍一拍就好。」法克給她一塊溼布，讓她壓在眼睛上。
「老小子，你是紅十字會的嗎？」
「法克護士，我睡不著，能幫我打手槍嗎？」
「不要揉，知道嗎？拍一拍就好。」更多笑聲，但是很快又恢復安靜。瑪麗亞拿開溼布，灑落的光線進入眼睛。某人打開一扇窗戶。
「好些了嗎？」因為他戴著安全帽，底下還包著一塊布，她只認得他的眼睛。學期開始的時候他們一起上課，但是兩三回之後他就不再出現。遲來的訝異，她認得他的聲音。
「謝謝。」

「真沒想到會在這裡碰到妳。」

「我要去美斯卡雷羅。」

「少在那邊拍來拍去的！」有個人在窗邊喊著：「開始了，先丟幾顆石頭就好？」

法克把圍巾遞還給她。「我還要照顧訪客們。」

她眨著眼可以看到的空間似乎是個多年沒用的廚房。角落裡是一座老舊煤炭爐，旁邊的瓷磚水槽歪歪地架在牆上。地上是四張床墊，中間是一些裝破爛的箱子和舊鍋子。既沒有壁紙也沒有地毯，取而代之的只有燒焦的痕跡裝飾著光禿禿的牆壁。窗扇被拆下來，開口處站著五個模糊的身影，臉都包覆著，手裡握著石頭。他們腳邊排著裝滿路邊石頭的箱子，讓瑪麗亞想到法克房間兩星期前的樣子。從那時起他們就沒再見過面。

「樓上通道都打開了嗎？」有個穿皮夾克和黑靴子的人問，「以防警察來拜訪。」

「都開了，五十三號也一樣。」

「好，那個婆娘呢？幫《早報》寫報導還怎樣？」

「冷靜一點，安迪，」法克說，「她跟著行動。」

所有的人動也不動地站在位置上兩分鐘，等待著。街上傳來口號聲，屋牆之間顫抖的回音，被擴音器尖銳的聲音切割。幾星期來，到處都在談論這次示威抗議，傳單放在酒吧裡，海報貼在牆上，布條掛在被占領的屋子窗下。那天早上，瑪麗亞修改上學期的一份作業，文字錯誤太多，講師要求在耶誕節前看到新的版本。佛里茲・寇特納和德國劇場的重建，特別參考他在一九五〇年導演的《唐卡洛斯》。三點左右，她再也無法壓抑好奇心，告訴自己又沒人禁止她休息，一躍而起準備到咖啡館晃一下。

「既然如此，來吧。」法克稱之為安迪的那個人投擲了第一顆石頭，其他人跟著照做。她是偶然還是故意到這裡來的？她既不想加入騷動，也不想錯過體驗，離開房子的時候還穿上外套以防萬一。法克招著手轉身，輪到她了。她站起來走向窗戶，感覺憂慮軟化，感受到還沾著殘土的灰色立方體的重量。沒有理由要投出這顆石頭，但是她根本沒有時間思考。**我在這裡是因為我想來**，她想著，拿起石頭，讓手臂向前急甩。「先瞄準再丟。」旁邊的人抱怨地說。房子前面，一段大約三十公尺的街道淨空，左邊是抗議人群，其中幾個人向前奔跑，好丟擲石頭或瓶子，然後再退回人群中。右邊的警察高舉著盾牌向前，她丟的石頭剛好落在中間地帶。

安迪的下一擲阻止數個警察向前邁步，他們想從人群中拉出一個示威者。他們驚慌地跳開，轉頭，下一刻瑪麗亞看到一支警棍似乎正指向她。

法克彎身到窗外。「訪客來敲門。」

「催淚彈，」她說，「我看不到。」

「訪客進來了。」法克說。另一個人把手放在她的肩上：「走。」

再一次跑步上樓。上面有條生鏽的樓梯通往屋頂，下方沉重的腳步聲接近。瑪麗亞心臟狂跳，太陽穴鼓動，片刻後她站在外面屋頂上。城市上方無邊的灰色讓她昏眩。她看到圍牆後面的小徑和霧中模糊的電臺高塔。法克是最後爬到外面的一個，屋頂被鎖上，並且用鍊條固定。在她面前三公尺處是頂樓邊緣，又有警車開上史卡力徹街，她聽到警笛，上方是直升機低悶的隆隆聲。強風刺進她的眼睛。跟在其他人後面，她從一道防火牆爬到隔壁的房子，到處是飲料罐和破瓶子，還有幾隻破鞋。如果她沒搞錯，她正順著街道向南，遠離地鐵站往運河的方向。她從眼角認出勞席茲廣場的教堂尖塔，接著一夥人走向一道敞開的門，下一條交叉路前第二間房子，她想不起那條是什麼街。她四處張望，前面只有空蕩蕩的屋頂，就跟牆面一樣黑漆漆的，和十字山的一切一般黑。

「要和我們一起跑還是要下去？」某個人喊著。「下去！」樓梯間看起來就像之前那個，滿是塗鴉，沿著扶手裝了鐵網。她氣吁吁地盤算，如果戰鬥沒有轉移陣地，那麼她會從正確的那一邊出去。不一會兒，所有的人都站在四方形的後院裡，把奔跑間從臉上滑下的臉巾拉好。瑪麗亞感覺到打量的眼光，卻不知眼光中是認可還是鄙視。她特別歡迎喘息暫停。

「我們兩星期前見過面。」安迪說。

「對。」

「眼睛好了嗎？」

「還可以。」她說，把大衣帽子拉起蓋到頭上。

「法克護士一定還要再來一輪，對吧？」

街上的嘈雜聲似乎來自遙遠的地方。垃圾箱、汽車輪胎還有金屬廢棄物疊在後院牆邊。瑪麗亞仰起頭，看到兩張孩子的臉，從樓上往下瞧著她。她招招手，顯得有點蠢。兩年半來，她住在西柏林，但是最近幾個月住在十字山，這裡的規矩異於城市其他地區。入口的門被撞開，法克立即打開通往前院的門。一聲巨響，接著戴著頭盔的男人湧入：太多了，數不清了，也太快，來不逃跑。瑪麗亞轉身，有人刻意一腳踢去讓她頓失重心，背上吃了幾下警棍，她向前跌倒。某個人踩到她的手，她嘴巴流血地躺在地上，聽著四周的吼叫聲和擊打聲。某個人撞上往前院的門，門迸開來。她想把自己蜷縮起來，但有兩隻手拉扯她的連身帽，把她翻身朝天。戰鬥聲響快速消退，有個壯碩的傢伙壓在她身上讓她喘不過氣來。他的頭盔蒙上一層霧氣，她只看得出來黑黑的鬍渣。他一手拿著相機，另一手拉扯她臉上的圍巾，叫著：「靠，一個婊子。」她試著抵抗，他就把身體向前挪，把兩個膝蓋壓在她的手臂上，說：「不要反抗，不然這漂亮的牙齒就可惜了。」他把面罩翻上去，瑪麗亞看到一張結實的臉，左眼下方有疤痕。閃光燈刺眼又疼痛地打上她的臉。她從眼角看到地上躺著伸展的身形，聽到手銬喀啦聲。所有的人都喘著氣。

「不要坐在那女的身上，你這隻納粹豬！」是法克的聲音，接著是一聲悶響和被壓制的呼吸聲。

「怎麼，她是你的嗎？」那個傢伙繼續壓在她身上，把照片從拍立得抽出來，在空中搧動。瑪麗亞覺得臂骨像被壓碎了。他把照相機遞給同事，向她點個頭。「我現在把妳翻過身去，妳一定有經驗。妳要是反抗，馬上就會和同夥一樣吃土，明白了嗎？」他眼帶譏嘲地等了一會兒，然後放開她。她試著朝他吐口水，引來他一陣疲憊的搖頭。「少跟我來這套花拳繡腿。」他粗魯地把她翻過身去，把手臂拐到背上，瑪麗亞生平第一次被上手銬。從眼睛前面的髮絡之間，她認出法克的臉，他以相同的姿勢躺在地上，血從他的鼻子和額頭劃破的傷口流出。剛才那段時間一直都有卻未察覺的恐懼讓她的嘴唇顫抖。

「沒事吧？」他歪斜著鬼臉問。

她背後的手也在發抖，螞蟻在地上爬。十二月有螞蟻嗎？

「試著平穩呼吸。」他說。

忍著眼淚需要的力量比她自以為擁有的來得多。法克的同夥叫罵獰笑的警察是納粹豬，因此被踢被揍，有時只得一陣訕笑。「我們這裡有六個，」警察之一對著無線電說，「全部上銬。五十三號，在後院。我們等你們突破。好，結束。」

「我們就躺在這裡等計程車。」法克說，瑪麗亞覺得他和她說話是為了讓她不要失去理性。「我要和妳談談我正在寫的那齣戲，妳還記得嗎？」

「下面的，安靜！」

「喂！我們在談你不了解的事情，所以閉上你該死的豬嘴。」側邊被來上一腳，法克的臉短暫扭曲，吐口水。「我想我們能在系上找到人，把戲搬上舞臺。大概八到十個人。」

靴子後跟踩在他臉上。「最後一次警告：口鼻向下。」

「妳覺得怎樣，有興趣嗎？」法克問。他的臉開始變形，但是擠出來的微笑還在，有如做了個鬼臉。她聽到嘎吱響聲，想要大叫，但是從她喉嚨沒有發出任何聲音。她早就知道必然要為錯誤付出代價，也許她到德國來是為了忘記這檔事。過去幾個月她真的忘了，馬上就犯下錯誤。現在哩？

她上方有人在笑。

「你這該死的混蛋！」法克擠出這幾個字，然後瑪麗亞就閉上眼睛。

整整兩星期前，十一月二十五日下午她出門寄信，也為了打電話給雙親。柏林晚秋一日，風將沉重的雲和便宜球碳的氣味吹過屋頂。三點半左右天就黑了，而且看起來會下雪；自從在報攤看到「冬季即將來臨」的標題之後，瑪麗亞每天都檢查似地望向天空好幾次。她一整個星期都在收集打電話所需的銅板，讓她這時的口袋沉甸甸的。她猶豫地順著瓦德馬爾街看下去，感覺到胃部因緊張和飢餓的蠕動。對面店裡早已開燈。入口的牌子上寫著「美好的一天以舒茲雞蛋的早餐蛋展開」。圍牆附近幾乎沒有汽車行駛，她目光順著街道所及，只看到幾部車停著。她左邊一百公尺處是這個城市部分的盡頭，雖然相較於其他地方被包圍得更加緊密，卻自以為自由。她在學校裡最被諄諄告誡的就是共產主義的危險性，如今她經常聽到那一邊的人聲，大部分是短促的指揮、口令和狗吠聲。下一座電話亭在瑪麗安娜廣場，但是她到的時候已經有三個人在排隊等候，所以她決定先把寫給路易的信投郵，到咖啡館晃一下，等回來的時候再試一次。或是明天再打。

他們會明白的，她告訴自己。

十分鐘後她拉開美斯卡雷羅咖啡館的門，開心地發現吧檯後面是那個巴西來的服務生。自從搬到十字山，她每個星期都會上門幾次。如果店面不是很忙，安娜會和她用葡萄牙文說些話，或是她帶本書來，窩在她最喜歡的窗邊位子裡好幾個小時，抽菸，看書，做夢。美斯卡雷羅是她的世外桃源，她在這裡養成喝牛奶咖啡的習慣，咖啡盛在法國碗裡端上來，在冷天裡溫暖雙手。勞席茲廣場四周的燈火亮起。

「嗨，女孩，一切都好？」安娜輕鬆地走到桌邊。她長得高大，滿頭黑色卷髮，用手掌把一些麵包碎屑撥下桌去。

「嗨，」瑪麗亞說，「每當想家的時候，我就來這裡。」

想家這個關鍵字眼讓安娜．索薩把眼光投向手指甲，有如她想說：我們每個人都有鄉愁。安娜來自巴伊亞，她以前說過。她說起葡萄牙語的語調就像巴西肥皂劇的臺詞一般悠揚，看起來有點像演員宋妮亞．布拉加。瑪麗亞整個下午都在看書，沒做功課，很想告訴安娜，為什麼像今天這樣一個日子，她只想看日本小說。幾個月來她一直覺得自己太少說話；她一個人去學校餐廳，帶著字典到劇場，沒和任何男人上床，一時興起就開始抽菸。她短髮，放棄任何飾品，在什列施威大門附近一家二手店裡買了件鋪棉的大衣，不只克莉絲汀娜會覺得這件大衣不像話。軍衣綠，手肘部位有塊補丁。從合租公寓浴室的模糊鏡子裡，有個年輕的女孩望著她，女孩並不見得懂得所有她試著遵守的規則。十字山的男人很少搭訕，女人不喜歡打扮。在系上她寧可聽著其他人辯論，而不是一起討論。此外她養成一種堅定的步履，向周遭發出和她的感受相反的訊號。她在地鐵站被挑釁之後，已經拆掉大衣袖子上的黑紅金補丁。她這時覺得，不一定要聊《美麗與哀愁》，也可以是男人、劇場，或是安哥拉咖啡的優點。她再缺乏不過的就是有個閨蜜能聊天。

安娜端來冒著蒸氣的碗，「對抗妳的思鄉病。」她說，然後回到吧檯，翻閱一本雜誌。

問題在她身上嗎？她的德文還是說得很爛。交談時她很快就緊張起來，因為別人說的話她總有幾個詞聽不懂，為了注意詞形變化和選擇正確冠詞更是容易結巴。有些交談對象很不耐煩，有些人則覺得她全神貫注傾聽對方、以免錯過什麼的樣子很有魅力。大部分的人把她的口音當成法語的影響，也就是性感。還有她的淺膚色，挺立的姿勢和深綠色的眼睛；不知何時，柏林的男人甚至發現她有高聳的雙峰。她的室友羅曼樂得把合租公寓變成三人同房，古德倫為了保住男朋友可能也會同意。十字山有種寬鬆風俗和次文化嚴苛儀節的奇特混合。對人錯用敬詞可就糟了。最近幾個月，瑪麗亞到咖啡館找安娜作伴，逃離羅曼曖昧的言語、留一條縫的門，還有躲避在廚房遇到半裸的他所玩的差勁驚喜。

我有男朋友，她對自己說，就好像她需要提醒一樣。她這時才想起，她忘了把信寄出去。

她放下碗，點了一份牛角麵包。她留意著吧檯上方時鐘時針的移動，直到打電話回家已經太晚，因為她的父母要在廚房裡忙。安娜在吧檯邊和一個穿著黑夾克的男人聊天，不時傳來她低沉得幾乎像男性嗓音的笑聲。兩人的眼光轉向瑪麗亞的時候，她就轉過頭去，覺得自己孩子氣。兩星期前，她在地鐵站和一個完全陌生的人說話，他正沉浸在一本書裡，瑪麗亞問他喜不喜歡那本書。

他說喜歡，然後繼續看書。

她離開咖啡館的時候已經快要五點半了。不顧寒冷穿過街道，遠離她的住處，因為沒有人問，所以她就對自己解釋：川端康成寫的小說一類，可以把幾個小時的孤獨轉變成難以言喻的舒適感受。下午她想像自己是年輕的畫家慶子，和一個女人一起生活，咬囓男性愛人的手指，執行詭異的復仇計畫，出於對男人的愛，或者只是赤裸的自戀，身為讀者無法理解。她說些奇怪的東西，好比，我需要某人來摧毀我的驕傲。在下一個郵筒邊，瑪麗亞親了信封上的地址，把信投進去。這封信要在路上一個星期，只要葡萄牙郵差不罷工，兩個星期內她就可以開始等回信，三個星期內就會知道路易會不會對她抱怨，因為她耶誕節不回里斯本。她想，**現在我在這裡生活**。一家土耳其量販店前面的水果箱被收起來，她想都不想就走了進去，拿出打電話的零錢買了一瓶保加利亞紅酒。她的手指僵硬，她沒有手套。

回到曼托以佛街，她試著想起他的門牌號碼。他們在系上的咖啡館閒坐，討論戲劇，不是他們倆人單獨，而是一大群同學一起。上一次說到格呂柏；某人讚美他最新的作品，法克的看法相反，想取悅觀眾就是愚蠢。他說那是中產階級垃圾，定義就是為了舒適，試著在崩壞的世界裡安身立命，消費奢侈品以獲得平靜，必要時就消費藝術。瑪麗亞既不想反駁也不能贊同，靜靜地思考，美除了是慰藉形式之外還該是什麼。她這麼想，是因為她來自一個上世紀就遺世獨立的國家嗎？她覺得就是那幢獨棟不鄰街的建築。被煤灰燻黑的投煤口上方寫著「謀殺就是謀殺」，兩副沒有輪子的腳踏車骨架靠在屋牆上。她推開入口大門，照明就亮了起來，讓通道浸入赭黃色光線。五樓公寓門前擠著一堆鞋，像是搶著進門的動物。她已記不清楚他是否提過自己住在公社[3]裡，只是這麼推測。大家都住在公社裡。

按鈴。

陌生感讓她退縮，害羞讓人寂寞，寂寞帶來勇氣——至少今天是這樣。有時她覺得他有點可怕，

3 是種特殊的共居形式，受到共產思想的啟發，一群人一起居住，共享的不只是生活空間，也包括食物、衣物、用品等，並且公社相關事宜大多經所有居民共同討論決議。

他的臉部線條粗獷，鼻子太大，泛紅的鬍子，一旦把談話對象逼到角落，嘴角就浮現傲慢的獰笑。他似乎知道很多東西，喜歡爭辯，極少自我懷疑。

門後沉重的腳步聲接近。站在瑪麗亞面前的年輕女人一頭黑髮，穿著好幾層羊毛衫。「是的。」就像回答先前的問題。她的上唇泛出女性細毛的微光。

「哈囉，」瑪麗亞說，「我要找法克。」

那個女人點著頭杵在門口。她也許並不胖，而是那許多件衣服讓她看起來顯胖。領口露出她穿在底下的灰色連身服吊帶。

「他在嗎？」瑪麗亞問。

「應該在吧。這個時候。」

「那……我能進去嗎？」

「偶不知道，妮是誰？」

「什麼？」

「妳是誰。」女人的眼光投向地板，就像數著那裡的鞋子一樣。

「我是他同學。」

「可以拜託妮講德文嗎?叫什麼民子？」

「瑪麗亞，我們一起上大學。」

「我根本不知道他是大學生咧。好吧，我去叫他，等著。」她離開之前謹慎地鎖好門。公寓樓上好像有人在敲鍋子，瑪麗亞還覺得聽到鴨子呱呱叫。一分鐘後，門又重新打開，法克還需要一會兒才弄清這個訪客。「妳要找我？」他問話的口氣既不驚訝也未透露喜悅。他黑色襯衫的袖子捲到手肘，下面還穿著一件連身工作服，膝蓋上有塊深藍色補丁。

「是的。」她說。

「為什麼呢？」

「為了……就聊聊天。或是喝酒。」不讓結巴打亂自己陣腳，瑪麗亞舉起瓶子遞到他面前。「社會主義的酒。」

沒露出他覺得這個說明好不好笑，他讓向一邊，「瑪麗亞，對吧？」只用一半的名字來稱呼，還是讓她覺得怪異，但是德國人對她七音節的名字超沒耐心，瑪麗亞－安東妮亞。**複名聽起來很假掰**，她在大學裡聽人這麼說，而且比起家鄉，這裡很少人叫瑪麗亞，因此也不會搞混。「我們其實登記做同一份課堂報告。」她說著，走過他身邊。走廊牆壁在光禿禿的燈泡下發亮，散發淡淡的光芒。幾扇門前掛著繽紛的布，其他的就這麼袒露著像粗胚屋。

「什麼報告？」

「西柏林的現代劇場，星期四。我們的報告主題是邵賓納劇院。」

「邵賓納不做現代舞臺劇，自從布雷希特的《母親》之後再也沒有了。他們現在跑到夏洛德堡上演也就不意外。」

「布雷希特的媽媽和……」

「不是布雷希特的媽媽。」他一邊說一邊毫不客氣地打量她。他常對人這樣，就這麼瞪著別人。

「是《母親》，貝爾托特．布雷希特的作品。」

「那是什麼時候的作品？」

「顯然在妳的時代之前。」法克指著左邊第二扇門。「那堂課反正一點用處都沒有，講師是個白痴。」

「有人告訴我，你從那邊過來。」

「是嗎？」

他房裡有煤灰味及汗味。地板上的彈簧墊當作床，兩疊木頭架著一塊板子當作桌子。桌上的打字機就像瑪麗亞在葡萄牙政府機關辦公室裡看過的龐然大物。她想到「洞穴」這個字眼，但是沒有其他字能讓她造個句子。塗著綠色灰泥的爐子前面堆著煤球。

「你的室友根本不知道你上大學。」

「我有時去上課，因為我期望能上一堂有趣的研討課。然後我又不去了，因為沒有好玩的課。」

「那你還做些什麼？」

「寫東西。」

「劇本？」

「不然哩？」他說，「我沒有拔塞鑽。」

「沒有什麼？」

他沒有回答，從她手中拿走酒瓶，走了出去。瑪麗亞的眼光落在一個裝著鋪路石的木籃子上，上面隨便地蓋了幾張舊報紙。牆上貼著寫了字的紙，書架上只有幾本書，她看到有些書上的戳記，是哈勒河岸的美國紀念圖書館的。這學期的第一堂課，她和法克坐在排成U形的桌子角落，九十分鐘下來她一直感覺到他的目光。她想像怎麼對克莉絲汀娜描述他，不禁失笑。他手上拿著酒瓶、兩個杯子和一把螺絲起子回來，說：「這裡從來不喝葡萄酒，我們用這東西試試看。」

「你房裡為什麼有石頭？」

「那不是我的。」

「那是誰的？」

他雙腿交叉坐到地板上，開始處理酒瓶的軟木塞。「妳問題很多。」

她想說「Sou uma rapariga muito curiosa」（我是個很好奇的女孩），但是不知道怎麼用德語說。用德語調情真困難，和法克談情說愛大概就像和櫥櫃跳舞一樣難。即使如此，她還是感覺不錯。他可以在大門邊就叫她離開，或是說自己不在家。因為他的手不靈巧，於是她拿過他手上的酒瓶，脫下長外套，跪在內裡上，好多使些力氣。而且她問題那麼多是因為問比答簡單。「說一下，石頭是誰的？」

「五十五號的人，」他回答，「住在占領屋裡的人，身邊最好不要放些會引起條子懷疑，或是讓他們興起往窗戶丟的東西。豬玀警察來的時候，他們把所有的東西都丟到院子裡，家具、書本、餐具，任何東西。」

「這棟不是占領屋？」

「屋主住在布里茲，只要他每個月都有拿到他的錢，他根本懶得管這裡發生什麼事。」

「你們到底有幾個人？」

「十二個成人，一個小孩，分散住在兩層樓裡。要是妳有興趣，春天會有房間空出來。還是妳只是隨便問問？」

「只是隨便問問。我住在三人分租公寓裡。瓦德瑪爾街。」

「妳要拿這瓶子怎麼辦，想把瓶塞孵出來？」

「有點鬆動了。」

「哈利路亞。」他說。「合租公寓裡有兩個男人？」

「一對情侶。」

「常常做愛？」

「爭吵。」瑪麗亞說，一面發現自己的確怪異地蹲在酒瓶上方。她瞬間臉紅。「吵完之後，有時就做愛。」

「給我，妳弄太久了。」他把起子尖端插進瓶頸，直到瓶塞消失，一股紅色噴泉射出來。「妳看，」他說，「一定要使用暴力。」他用袖子把地板擦乾，倒滿兩個杯子，沒有和她碰杯。他省略禮節，活像他以前被硬塞太多這類東西似的，他不拘小節的興致感染了她。可以從走廊聽到傳來的腳步聲和人聲，有時響起難聽的吉他聲，聽不出從哪傳來的。她正想問法克目前在寫什麼，門就開了，一個穿著皮夾克的年輕人走了進來。訝異瑪麗亞在場於是站定，稍微把臂彎裡的箱子抬高，沒打招呼就說：「還有更多。」

「和其他的放在一起。」法克說。

那個傢伙撥掉手上的髒汙。類似鐵道員的帽子底下，長而油膩的頭髮冒出來見人。「妮是誰？」

「一個同學，我最近上了大學。」

「要參一咖還怎的？」

「以後就知道。」

「哈囉。」瑪麗亞試圖打招呼，但對方並未理會她。

「葡萄酒啊，真高尚。」那傢伙伸手拿起瓶子就貼上嘴唇。

「已經準備好接待訪客了嗎？」

「如果有人過來。還沒有人知道他們到底會從哪裡過來。」然後他又放下酒瓶。「嗯，對我來說不夠酸澀，餘味缺了點什麼。」

「還餘味呢，該消失了吧？」法克冷冷地說。

訪客搔了搔鬍渣，看了瑪麗亞一眼，然後說：「不要白過一生。」接著消失在門後，只留下機油和角落紙箱的氣味。

「那是安迪，」法克解釋，「好人一個。吸嗨了話就多。」

「這樣啊。他帶了什麼東西過來？」

「東西。怎麼搞的，妳也吸嗨了？」

「有時候。」石塊，占領屋，陰謀策畫——她在十字山住得還不夠久，但是事情慢慢有個輪廓。雷根來訪問的時候，她在冬田廣場，剛好在警察封鎖之前及時離開管制區。租金高漲、住宅不足，同時又有很多空屋、擴充軍備、在規範外建立生活的權利。在她住的公寓附近荒廢的空地上，有些人已經住在露營拖車裡一陣子，帶著小孩和寵物。最近她在那裡看到一頭三隻腳的豬。「如果你從東德來，」她把句子想好之後說，「那你是逃過來的？」

「西邊的親戚叫司機過來。這樣好辦多了，那麼多家具。」

「那你家人呢？」

他沒放下空酒杯，而是把酒杯放倒，讓酒杯在滿是灰塵的地板滾出一道弧線。幾滴紅酒形成淡淡的軌跡。他似乎越來越醉，「家人，」他說，「是法西斯主義的繁殖細胞。」

她至少在後院冰冷的地上躺了二十分鐘。警察抽著菸、開著玩笑，法克和夥伴們怒罵他們，瑪麗亞試著忽視她的疼痛，轉動身體避免膀胱發炎。大巴士開進來，每個人都或推或擠地被趕上車，她幾乎高興起來。她不知道會被帶到哪裡去。車裡的氣味聞起來有嘔吐物的嗆鼻味和苦味。法克試著用眼神激勵她，雖然臉頰腫起，頭上還有撕裂傷，但是整件事情好像讓他樂得很。十分鐘車程後，有人把他們從車子拉出來，法克說「待會兒見」，然後被推到警察局裡不同走廊。她蹲在女性專用的集中監禁室裡一個半小時，之後她全身上下被測量、秤重，拍了三張照片，採取全部十指的指紋，進行搜身，雖不友善但也沒有暴力相向。她對自己說這是個法治國家，好抗拒感覺已傳到胃部的憂慮。現在她坐在空蕩蕩不過還算溫暖的審訊室裡，陪著她的是兩個男性警員和一個女性，在場的這個女性讓她鎮靜下來。

她對面的男性看起來像武鬥士，肩膀寬闊，扁扁的鼻子，手臂和她的大腿一樣粗。瑪麗亞估計他大約三十五歲左右，比他旁邊的同事年輕一些，後者無聊地把一張紙捲到打字機上。室內的空氣聞起來像是便宜的體香劑和咖啡味，雖然沒有人喝咖啡。裝了柵欄的窗戶後面似乎是個停車場。女警雙臂交叉坐在門邊，一言不發，偶爾才動一下肩膀，好像她的卡其色制服太緊似的。牆上貼著恐怖分子的通緝照片。

她不知道法克和其他人在哪兒。她口渴了。

「那麼……」本來一直嘟著嘴翻著她護照的條子，這時把護照放在一邊，盯著她的眼睛。一個半小時以來，她試著想好一篇說詞，但是焦慮妨礙她思考。他們會把她驅逐出境嗎？監禁較長一段時間？虐待她？「所以我們面前這位是葡萄牙公民，這可不常見。就你記得，你審問過南邊來的人嗎？」他轉向他的同事，同事慢條斯理地搖搖頭。「沒有噢，不是嗎？哎呀，小國家，不過應該挺美的。妳能證實一下嗎，佩……佩雷拉女士？是這麼念的嗎？」

「帕萊拉。」她說。

「我聽不出有什麼差別。不過妳聽得懂德文對吧？德文沒問題？」

「不是很好。」

「我相信我們能溝通。現在去找個口譯會把整件事拖很久，而且會變成國際事件。或許妳也不想這樣吧。」

「不想。」

「因為這不是國際事件，只是日常生活，對吧？激進分子、無賴、占屋住戶，幾乎每天都有。坦白說我根本不在乎妳來自哪個國家。對我來說，你們就是一群烏合之眾。妳知道這個說法嗎？烏—合—之—眾。」

打字機邊的警察手上扭著迴紋針，沒有想要立刻打些什麼。她在這兒坐得越久，等得越久，她說明自己是偶然被牽扯進去的機會就越小。還能怎麼辦？她沒辦法背叛其他人，無法背叛法克，因為她不想，也供不出另外那些人，因為她甚至不知道他們的名字，除了安迪。

「森林裡的沉默。瑪麗亞—安東妮亞．帕萊拉，生於里斯本。妳知道為什麼妳對我而言是個奇特案例嗎？不是因為妳出身異國他鄉，而是妳袋子裡的東西。我們其他的常客一般都是無名氏。雖然對他們沒什麼幫助，但怎麼說也是他們的一部分。妳呢——帶著護照進到這裡，還有學生證，更棒的是……」他把從她身上沒收的黃色雷克藍口袋書像紙扇一樣搧著，「妳還帶著席勒，正是卡洛斯閣下[4]本人。坦白說這可把我弄迷糊了，我把席勒當成教育的象徵，但是誰會隨身帶著護照？妳想讓我們的工作輕鬆些是吧？按照那句口號，我協助我的朋友和幫手。」

「我本來想……」她的喉嚨乾到必須清一下。護照是她自從上回到外藉人士登記處就一直放在袋子裡。「我本來想去找朋友。」

「名字？」

「安娜・索薩。」她可以這麼做嗎？安娜守法登記了嗎？她曾說她在科技大學讀書，但這並不代表什麼。她們倆幾乎不認識對方。

「地址？」

「她在勞席茲廣場一家咖啡館工作。」

「住家地址。」

「我不知道。」

「是好朋友吧，約在地鐵站聊天什麼的。」

「美斯卡雷羅咖啡館。」

「那家美斯卡雷羅啊。」警官唱歌似地說出這個名字，就像那是首有趣歌曲的開頭。「這家咖啡館我們很熟，但是不會讓妳比較沒那麼可疑。無所謂啦，所以妳本來想去那裡，而且是從瓦德瑪爾街走過去。本來是相當直接的一條路。但妳對柏林不是那麼熟，所以就迷路了，結果走到曼托以佛街的一個後院裡，要說一下，剛好在地鐵站對面，那裡有五個很友善的男士幫妳指路。因為天冷，所以妳把圍巾拉到臉上，對吧？因為妳來自一個陽光普照的地方。」

「因為催淚瓦斯。」她說。因為警察提到後院，卻沒提到之前發生什麼事，讓她重新獲得勇氣。

---

4 席勒的劇本*Don Carlos*。

「整個瑪麗安娜廣場都塞滿了人，然後是催淚瓦斯，我跑走了……想找掩護。」

「找掩護，好像我沒料到似的。」他搔了搔頭，瑪麗亞看到他手臂上的肌肉鼓起。「帕萊拉女士，我到現在為止都還對妳很客氣，因為我的第七感告訴我，妳本來和警察是井水不犯河水。但是我的同事敢跟妳保證，我也能換張面孔。」他裝模作樣地側看一眼，他旁邊的人也裝模作樣地點頭回應，瑪麗亞望向那個女警，像雕像動也不動地坐在門邊。讓瑪麗亞驚訝的是她這回居然開口，對著審訊的同事說：「控制一點，海茲。」

「妳看。」他舉起多肉的手掌，「根本什麼都還沒弄清楚就先收到警告。我想誠懇對待妳，帕萊拉女士：這是新來的女性同仁，也就是在我們這裡工作的女同事，一方面很受歡迎，另一方面也不是毫無問題。妳要是想知道，我可以為妳說明。」

「海茲。」

「不，讓我說，瑪汀娜。為什麼受歡迎就不用多說了，妳我都清楚。但是為什麼不是毫無問題？因為這位高貴女同事的工作只限於警察局裡，規定就是這樣。妳，帕萊拉女士，今天讓我們覺得可疑的時候，這位女同事並沒有出動。這為什麼重要？因為如此一來會對要處理的嫌犯產生錯誤印象。就像妳眼下在這裡，看起來幾乎是無辜的，哭紅的眼睛什麼的。很俏麗，只要想像妳不穿那件軍裝外套，還有衣服底下的模樣，我同事剛才就是這麼想入非非的……要是只在警察局裡看到妳，我會是第一個放妳走的人。」

瑪麗亞緊閉雙唇坐在他對面，雖然她在極權國家長大，還從來沒接觸過這種人。她察覺到左胸的疼痛，骨盆有挫傷，有個手關節腫起來，而且渴得要命。那個傢伙知道她越來越擔心，因為只要拖延讓她擔心的事就夠了。每個句子都稍微拖延，然後……她已經有過一次這種無助的感受，她這次還穿著衣服，房間裡有第二個女性，卻一點用都沒有。室內乾燥的空氣刺激著她的眼睛。

「我剛注意到，」那個男人說，「我好像發表了一段演說。我其實不是這樣的人。我還年輕的時候曾想過，有疑問的時候寧可嘴上直接來一拳。但是兩個月前我到十字山出任務，例行公事，清空房子，被人吐幾口口水，被罵幾聲豬玀警察之類的，偶爾也有瓶子愚蠢地飛到某人臉上。我旁邊是我同事，不是這裡兩眼發直的這位先生，而是曼佛瑞德，了不起的同伴，特別擅長降低衝突，能解除最糟糕的狀況，只要說幾句話就行了，那麼冷靜的人，妳了解的。妳會期望現在坐這裡的是他，我告訴妳：我的期望和妳一樣。但是他不在這裡，也不會再回到這裡。他的鎖骨、肩膀、手臂骨頭、手肘，全部壞光了，真的毀了。粉碎骨折，全部都碎了。醫生說必須學著用左手刷牙。發生了什麼事？有個水溝蓋掉在他肩膀上。對對，妳很驚訝，我也很驚訝。其他地方的水溝蓋都安裝在地上。在十字山就會發生水溝蓋從四樓掉下來。當然只有下面站著警察的時候才會。醫生說不幸中的大幸，也可能砸中他的頭。也可能砸中**我的**頭，我就站在他旁邊啊。不幸中的大幸，我想過了，但是不管幸或不幸都不是正確的說法。妳怎麼看呢，帕萊拉女士？不幸的意外只能是有人在上面玩水溝蓋，比方說，然後不小心讓水溝蓋掉了下來。」

「海茲，」打字機前的警察第一次開口說話，「外面還有一堆人，你要跟每個人講這個故事？」

「不會，」海茲說，「我只是想，帕萊拉女士也許會特別感興趣，因為她剛到城裡不久，可能不了解這層關係。好人席勒住在東邊，然後她以為她只是不幸剛好攪和進來。而且因為我也不是沒教養的人，所以我就用蘇格拉底的方式讓人自行了解，她們說的都是屁話。」那個男人盯著她，就像她無法在他面前隱藏任何想法。「我們這麼說好了，我得出個結論，我跟自己說，有些規則，而且這樣也好，除非結果不是水溝蓋從四樓掉下來。我想到一條規則，我一定要在這裡提一下。妳知道我們必須在二十四小時之內將妳移送到調查法官那裡，現在馬上就五點了，所以大概就是明天下午這個時候。妳理解嗎？還有二十四小時，妳的權利是，起訴前拘禁不能超過這個時間。」他第一次鬆開交叉的手臂，向前彎身。「好，我的女同事可以證明這裡一切行事都正確，而且我們向妳解釋過妳的權利。現在她可以離開，讓我們和妳單獨在一起，對吧？謝謝，瑪汀娜，我們沒問題的。」

「待會兒見。」那個女人站起來走了出去。

室內安靜下來。

他的同事校準打字機的滾筒，向那個警察打了個訊號，讓他把護照遞過去。他把檔案打開放在一邊，用拇指根在上面滑了幾下，讓檔案不會闔上。瑪麗亞從眼角認出檔案右上角的小照片，她在無花果樹廣場上的照相館拍的，她對店主說她要去西柏林上大學。警察敲下她的名字時，他的嘴唇像她的母親祈禱時一樣動著。他完成的時候說：「好了。」

面對她的警察把手放在桌上，片刻間顯得漠不關心而且疲累，視而不見地翻著那本雷克藍口袋書。停車場傳來關上車門的聲音，兩個男人互道下班愉快，那個警察也點了頭，就像他想加入他們一樣。然後他的目光才清醒過來。「帕萊拉女士，我們聽著呢。」

六點半，她被允許離開警察局。不知身在何處，瑪麗亞邁步走開，在下一個十字路口讀著路標，得知自己正沿著大莓街前進。這個街名有點耳熟。她脖子上還圍著法克給她的那條圍巾，對這一天的回憶也許會永遠和檸檬的氣味連在一起，還有催淚瓦斯的燒灼、靴跟踩在法克臉上的畫面，以及警察咄咄逼人的眼光。十分鐘後她已經走到運河邊，再順著運河走到墨肯橋地鐵站。每一回呼吸，她都感到胸部一陣拉扯。她一直搭到寇特布斯大門，想走回家，但是在路上開始劇烈發顫，只好走進一家小酒館，點了一杯水和一杯梅洛紅酒。她一口氣把那杯酒喝光。

「今天過得很糟？」店主問，又幫她倒了第二杯。

十五分鐘後她才覺得可以頂住寒冷走路。想要走進空蕩蕩公寓的希望落空，打開門的時候，她聽到音樂從廚房傳來，接著就碰到她的室友，站在櫥櫃邊正在塗麵包。「嗨。」羅曼有張麵團臉，稀疏的頭髮，他的自信來自於擔任不同樂團的吉他手，他經常邀請瑪麗亞去觀賞他們的演出。公寓裡也很冷，一樓後側的房子，從不曾明亮過。

「熱水爐點著嗎？」瑪麗亞問。

他搖頭就表示她最快要三個小時之後才能洗熱水澡，而且還得和溼溼的煤炭奮戰一番，或是拜託羅曼幫忙，讓他增強能從她那裡得分的信念。他的女朋友在藝術學院念書，在策倫多夫一家音樂學校教鋼琴，晚些才會回家。瑪麗亞正要轉身走開，羅曼滿嘴食物地說：「有妳的信。」他一手抹了下巴，往廚房餐桌上示意。「看起來是從妳家鄉寄來的。」

「謝謝。」

「沒事吧？」

「我男朋友寄來的。」她說。她沒有打開信，而是把信放在她房間床上，然後走進浴室。棕色的瓦片那麼黯淡，把光都吞了下去。瑪麗亞一脫下衣服，顫抖又回來了。她察看骨盆的擦傷，以及胸部正浮現的瘀傷，自問付出的代價是否已經足夠。雙手關節上的壓痕看起來就像手鐲一樣。她在冷水底下牙齒發顫地抹著肥皂。要擦乾的時候才發現忘了拿乾淨的衣服，就用毛巾圍著身體快步回房。蓋著棉被卻依舊全身發抖，她讀著路易的信一邊號哭，不知道是因為筋疲力盡、羞愧還是解脫。他的信上寫著，因為她不想回里斯本，所以他決定到西柏林找她。他會在十二月二十日抵達，在西柏林待一星期，他沒辦法多請幾天假。為了節省時間，而且也因為他想，所以他會搭飛機來。她高興嗎？他已經辦好護照，也訂了機票，無論如何必定前來。他很開心。

「吻妳，愛妳，路易。」

3

在美國紀念圖書館閱覽室遇到的人和自習區的不一樣，瑪麗亞一般都在自習區。哈勒河畔許多人看起來像是連一份報紙都買不起，流浪漢在幾張桌子上酒醉沉睡，交流的氣氛比較親切，有時也顯得粗魯。有一次她觀察一個女人從書架上不揀選地把書拿出來，必恭必敬地彎身敬禮，然後把書反過來放回去。「因為在這裡，我們不吝於在任何道路上追隨真相，只要理性還能自由而不受阻礙地對抗錯誤，我們就容忍錯誤。」湯瑪士・傑佛遜的座右銘在大廳裡宣告著。瑪麗亞五點半闔上書，看了一眼閱覽室，外面天還亮著。沿著運河，樹木光禿禿的枝子挺在空中。四月已經開始，學校假期將近尾聲，但是，雖然德國的鐘從四天前開始不同運作，西柏林卻還等待著春天。

這算哪門子夏日節約時間，她想著，然後開始收拾自己的東西。

兩個星期以來，她每天坐在同一個位子上，為了給作業找個刺激的點子。上學期她選修初級研討課「日常生活的戲劇性」，但是不太能消化文獻。高夫曼[5]很容易讀懂，內容卻很平庸。她覺得他書裡最有趣的是引述西蒙・波娃的部分，談到女性偽裝藝術和女性社會狀況。「面對丈夫，面對情人，每個女人或多或少都會想著：我不是我自己。」波娃描述的鬆散姊妹交小團體意象很吸引她。「對一

5 Erving Goffman，美國社會學家。

些女性而言，這般放縱、這種溫暖的親密感，比她們和男性冠冕堂皇的正經關係更珍貴。」她的字典裡找不到「冠冕堂皇」這個字眼，聽起來像法國上層階級的戀情，在柏林聽起來就是怪，不過「溫暖的親密感」倒是她近三年來懷念的一種感覺。女性主義是她在葡萄牙不得接觸的東西之一，取而代之的是要求對神信仰，以及等待正確的男人；她最近在瑪麗安娜廣場看到一場爭取女性墮胎除罪化的遊行，那時她才弄清楚這回事。幾百個女人帶著造勢喇叭和海報，大大強調著：「我們是女人，我們人數很多，我們受夠了！」接著是激進尖銳的「噁！」讓路邊的土耳其商店店主不贊同地皺眉。現在她打算讀《第二性》，也許加入一個小組，她在系上的告示板上研究過他們的招貼。每週四有個女性劇場工作小組一起討論現代女作家的劇本。讀書，彼此交換意見，不依賴男人。女性主義，光是這個字眼就讓她喜歡。

她在冬季月份開始有計畫地爭取安娜的友誼。一開始她有些害羞，在特定時間到美斯卡雷羅咖啡館露臉，期待安娜輪班結束之後沒有人來接，但是隨著時間過去就變成一種習慣。她們喝咖啡、聊天。安娜在科技大學攻讀電機讓她感到驚訝。安娜有個深膚色的父親和白人母親，喜歡跳舞，最喜歡和黑人上床，至少到咖啡館來接她的都是黑人。然後瑪麗亞就一個人留下來，回想從前她在里斯本對克莉絲汀娜和華蘭汀的忌妒。她對警察提起安娜的名字似乎沒有什麼不良後果，外籍人士登記處的人對她的態度雖然是不變的粗魯，但是並未騷擾她。總而言之，她全身而退。烏青，不安的良心，以及嚴重流感，示威過去一星期後迫使她穿上兩雙襪子，脖子上圍著圍巾坐在書桌前，她寫的不多，常常胡思亂想，一邊期待她的男友來訪。未如預報的降雪，唯有細雨落在髒兮兮的後院。羅曼和古德倫一直占用廚房，說些找不出結論的話，但是他們計畫耶誕節到西德去看家人，過完年之後才會回來，讓瑪麗亞鬆了一口氣。

她對自己說，路易來的時候，這個公寓只屬於我們。

他在一個冰冷的冬日到來，那天城市擺脫它灰色的薄紗，好吸收幾個小時的陽光。煙柱升往淬藍色的天空。因為西柏林和里斯本之間沒有直航的航班，瑪麗亞在機場入境大廳等著，等待巴黎啟航的法航旗幟後亮起著陸燈號。取代軍綠外套的是米色冬季大衣，再加上高筒靴。她花了兩天的時間把瓦德瑪爾街的公寓打掃乾淨，今天早上還預熱洗澡熱水爐。顯示燈號轉換的時候，她迫不及待地離座。

她常驚訝自己能和同一個男人交往這麼久。第一年她讓路易保持距離，像個教養良好的天主教徒該有的樣子；第二年，他們在卡帕里卡沙灘上和電影院裡牽手，之後是親吻和愛撫；一直到第三年才在他拜沙的學生宿舍裡上床。嚴格說來這是她的第一個男朋友，家族住在塞辛布拉，自從革命瓦解舊獨占勢力，就靠著捕漁船而收入不菲。他肩上背著旅行袋出現在大廳，期望讓他顯得有自信。焦糖色的大衣底下穿著黑色高領毛衣。他的眼光搜尋著掃過接機人的頭，然後他發現瑪麗亞，下一刻他就到了眼前，聞起來、嘗起來和從前一樣，只是更好一些。

「Bem-Vindo a Berlim.」（「歡迎來到柏林。」）她的眼睛瞬間充滿淚水，雙臂環繞著他的頸子。漂亮的男人，或是像她父親常說的，一個好青年。露德絲在家裡甚至深信，這個男人不會讓他的女兒蒙羞。夏天以來，路易負責歐利衛斯住宅區規畫，收入顯然足以讓他負擔機票。他們手牽著手走向巴士站，寒冷讓他一時之間屏息。然後他開始來回跳躍，在空中呼出白雲。「我們蒸發了。」他說，那股興奮讓她笑出來。在巴士上有那麼多話要說，使得他們錯過轉車，一直搭到動物園站，瑪麗亞寧可避開的一站。流浪漢在地鐵站走道裡乞討，毒蟲和酒鬼零散地賴在樓梯上，而且聞起來有尿味。她匆忙拉著男友穿過人群，在開往十字山的地鐵上他們必須站著，可以繼續看著對方。他剃掉鬢角，瑪麗亞喜歡他兩頰上深色的鬍子暗影。列車離開隧道，刺眼的陽光射進車廂。

「為我介紹一下這個城市。」路易用嘴角擠出這句話，取笑她的饑渴。她不停地想抱住他、吻他、舔他。「我知道剛才經過的那個教堂……瑪麗亞，有人在那兒。」

「教堂?這裡的習俗不像我們那裡那麼拘謹。夏天的時候，人們光溜溜地躺在公園裡。」

「胡說。」

「我親眼看到的。」

「全裸?」

「嗯，在大眾公園裡。」

「為什麼?」他錯愕地問。

她再度以雙臂環抱著他，猜想他之所以來到這裡，是為了對她的異鄉生活有個印象——而且來之前就已經決定不喜歡。「也許有趣吧。」她說。

「我們現在在哪裡?」他深色的眼睛盯著門上方的路線圖。

「你在這裡，我也在。哈囉。」她迫不及待地踮起腳尖親他的耳朵。說葡萄牙語很舒服，就這麼滔滔不絕地說，不必矯正句子。

「圍牆在哪裡？」他問道，地鐵正駛進十字山。

「你會看到飽的。別問了。還是你就是來觀光？」

他們在寇特布斯大門站下車。路易以他城市規畫師的專業眼光看著新十字山中心，崩壞的外牆，地窖氣窗的炭渣，葡萄牙人不會把這些和西方大都會聯想在一起。「我以前對東柏林的想像就是這樣，」他說，「只差了毒蟲。」

「東邊沒有土耳其人。你想要的話，我們可以搭車過去。」

「危險嗎？」

「不像我們以前被灌輸的那麼危險，至少我這麼認為。」他們轉進瓦德瑪爾街，瑪麗亞指向正前方。「前面就看得到一部分圍牆。」

「就這樣，那個灰色的東西？看起來好像可以就這麼跑過去。」

「你甚至可以在上面敲一敲，只不過沒人會開門。」

他們在大門入口停下來，看著那道詭異的圍牆，它在橋前方朝右彎。除了一些塗鴉，整面牆光禿禿的。剛開始的時候，瑪麗亞每次都停下來，就像她沒意識到圍牆將城市一分為二就無法前進。此刻她觀察著路易備受吸引的目光，她說：「牆就在那兒。」然後把他拉進公寓。冷冷的菸草味懸盪在走廊裡，晴朗的冬日天氣卻只有冰冷鑽了進來。她的男朋友沉默看著四周，走進浴室。瑪麗亞把他的旅行袋拿進房間，拉上窗簾，等著。微光讓二手家具看起來沒那麼醜，帶著水漬的綠色壁毯，聞起來有殺蟲劑氣味的地毯。路易回來的時候，她赤裸地站在床前。可以聽到從後院傳來的孩子聲。她曾經觀察十字山的少男少女，他們在街上玩示威抗議就像其他地方扮牛仔和印第安人一樣。

他慢慢鎖上門，她認出他動作裡的羞澀想法，就像他進行每一步之前都要考慮自己可不可以這麼做。「妳瘦了，」他說，然後脫掉他的毛衣，「還有這些是怎麼……」他的眼睛必須先習慣黑暗。

「以後再告訴你。」

「那是烏青，小瑪麗亞。怎麼……怎麼來的？」

「我們之後再說。」為了轉移他的注意，她幫他脫掉T恤，手指梳過他胸部的細毛。「我希望我有個比較漂亮的房間，至少在你來的這幾天。不過還好我們獨占公寓。雖然看不出來，但是我把一切都打掃過了。只是想讓你知道。」

他沉默地坐到床上，把她拉近身來。她瘦了，真的，她的髖骨比從前更加突出，因此受傷就更嚴重。她小時候淤血也總是要很久才消退。「發生什麼事？」他問，「誰做的？」

「警察。」

「警察？」

「是我不好。我誤入一場抗議活動，被逮捕了。」她因為欲望而發抖著將雙手放在他的頭上。路易吻著青腫的部位，然後是肚臍，恥毛前緣。雖然她的膚色一直都比較淺，但是對比從不曾像現在那麼明顯。

「然後呢？他們把妳……」

「不是。那是在逮捕的時候發生的。我之後再告訴你一切。現在和我做愛。」瑪麗亞拉著他的手放在她的乳房上。她知道他不喜歡她這樣說話。她比他小三歲，他之前還有過別的女朋友，但是很快就明白，他在這方面沒辦法教她什麼。隨著一聲喘息，他把臉埋進她的下身，搖著頭說：「不行，妳現在就先告訴我。」

她大致維持自己在警察局未被接受的那一套說法，她和錯誤的人站得太近，被誤以為是他們的一分子。他們終於開始做愛，罪惡感卻讓她性致全消。路易事後多次質問，她是否真的說出實情，瑪麗亞發誓實話實說，但是沒有用。才第一天，她就給他一份證據，證明她活在錯誤的地方。外面的天空再次烏雲密布，降下冰雨。路易帶來的咖啡香氣也無法蓋過公寓的霉味，第三天就連床聞起來也像發霉。在瑙林街的自助洗衣店裡，他們盯著床單在滾筒裡轉動，地上滿是菸蒂。不管她或他，這都是第一次沒和家人一起過耶誕節，但是在柏林出於某個原因又無法慶祝。他們就像一切如常，就像時間跳躍，讓他們重聚，回到在家裡的那個夏天。但現在不是夏天。濃厚的霧飄過屋頂，月臺上的擴音機狂吼著命令，有一次路易忘記打票，他一下子就被抓到了。之後他臉上的表情洩露，他不會那麼快忘記查票員高高在上的語氣。日復一日，越來越難讓他維持好心情。他在柏林必須依賴她的協助，這似乎蠶蝕他的驕傲，但是她越解釋，他就越是沉默聽著。到邵賓納劇院看格呂柏導演的《哈姆雷特》根本讓他覺得屈辱。六個小時後他們才離開劇院，而他的表情僵硬。她想在床上補償他，但是她才剛把他的陽具含在嘴裡，他就冰冷輕視地質問她還幫誰這麼做過。

「Cara do cu!」（「你這混蛋！」）她說。這是她第一次說這種話。

雖然他第二天早上就道歉，卻再也回不去了。他飛回家前一天，他們坐在美斯卡雷羅咖啡館裡，戶外的雨打在玻璃上。他們只花了二十分鐘就看完新國家藝廊的展覽，現在已是傍晚。瑪麗亞脫掉全溼的鞋子，想抽菸。雖然安娜總是在星期二值班，今天卻完全沒看到她的影子。「你想喝什麼嗎？」她問。「我們喝點酒吧，這一天幾乎要過完了。」

「我不渴。」

「喝酒不是因為口渴，啤酒也許除外。你想喝啤酒嗎？你已經在德國一星期了，還沒喝過啤酒。」

他一時不說話，「我不渴。」

「隨便你，我要暫時消失一下。」她起身，在他臉頰上親了一下，感覺自己鼓勵、溫柔的姿態已經使盡。從廁所走回來，順便從自動販賣機買了包高盧香菸，搶在路易能質問之前就把他的問題撥掉。「有時抽，現在我就想抽。想抽根菸和來一杯美洛紅酒。」

「妳不必那麼大搖大擺的。」他說，一邊彈手指找服務生，有個滿頭拉斯塔卷髮的年輕人瞧了他一眼，又轉身離開。

「這裡不這麼做的。」瑪麗亞說。「不禮貌。」

「我應該跪在地上拜託服務生為妳服務嗎？」

「就我所知，在葡萄牙也不這麼做的。」

「遊客就會。」

她搖著頭，靠回椅背。

「妳覺得我沒耐心？」他問。「咄咄逼人？妳覺得我給妳壓力？」

「怎麼說？」

「我們剛認識的時候，妳讓我保持距離一整年。我抱怨過嗎？」

「當時沒有。」她說。「還有，要抱怨什麼？我當年十八歲。你現在要補抱怨嗎？」

「我說我那時有耐心，因為我們有時間。後來妳想到柏林來，我吞下去了，只說：好吧，我們會有三或四年的時間幾乎見不到面。現在兩年半過去了，妳連……妳連升級考試都沒通過。」

「對，我是慢了。」沒提醒他光是語言考試就花了一年，只是把煙噴向一邊，點點頭。一旦她弄清楚，她一星期以來都感到害怕的是哪種談話，恐懼就消失了。「用德文寫功課很難，我現在就已經夠緊張的，因為我二月必須要做課堂報告。無論如何我在劇院裡聽懂一半以上，而且我還能看些報紙，這是我微小的成就。你不是唯一有耐心的人。還是你要告訴我，你的耐心已經到了盡頭？」

「我最近注意到，其他人覺得我天真。我說妳一定會完成學業回來，華蘭汀就擺出那副表情。」

「他覺得把我搞懷孕比較聰明。女人帶著孩子就不會跑掉，去念什麼該死的文憑。更何況，學業不會被完成，而是被運用。」

「用在哪裡？妳看看自己過的是什麼生活。誰是妳的朋友？在里斯本也有電影院和劇院，還有大學。我們甚至還有好天氣。為什麼妳要咬緊牙關去完成沒有價值的任務？」

「我承認，」瑪麗亞說，「十二月不是最好的季節，但是這裡畢竟是西柏林。我覺得表現得一副這城市根本沒什麼了不起的樣子真夠傲慢。對著任何東西皺鼻子，有點……」她本想說小家子氣，幸好他打斷她的話。

「讓我抓狂的是，我們把自己教養成對文明北方來的東西感到驚嘆。」

「我沒想到這次來訪會傷害你的愛國傲氣。」

「妳傷害我的傲氣。妳帶我到劇院去，還對我再三強調我得以欣賞世界級的藝術，因為光憑我自己根本不會注意到。」

「我想要你開心。我們那裡沒有這種劇場。而且我事先不知道會演那麼久。」

「妳一直想要能讓妳變成專家的東西，好讓別人感覺他們比不上妳。」他彎身越過桌子，瑪麗亞被他臉上憤怒的屈辱表情嚇了一跳。「我人夠好才會在家等著妳。妳想像一下，我差點要說我有工作，我能貸款買房子。放心，我不會說。我也不會因為這些年感到抱歉，但是妳讓我到這裡來，就為了讓我看看妳拿什麼來交換和我一起生活……這些……」他輕聲地說，然後安靜下來。

第二天十一點二十分，他們又站在泰格爾機場，一切都在倒轉。一星期過去，他們親吻，互相擁抱，然後路易消失在通往起降區的登機門。她的眼淚說服不了任何人，往外走的路上，她生氣地擦著臉頰。雨停了，但是這座城市看起來累壞了，公車上的人們投以懷疑的眼神。她樂於為自己的生命做決定，只是不知道該是哪個決定。

瑪麗亞猶豫了一下才認出穿著藍色工作服的男人。她追逐著自己的回憶大半個小時，自問罪惡感是否有一天會減輕，她會不會停止想念路易。這期間，閱覽室裡的活動減少。前方借書處發生爭執，因為某個人插隊。她想著，**是那個人**。法克以急速的步伐，手上捧著兩堆書穿過大廳，走向一張空著的桌子。十二月的示威之後，他們還沒碰過面。她在學期最後一堂課獨自完成以邵賓納劇院為主題的口頭報告，因為激動而聲音沙啞——她第一場以德文進行的學期報告。這時她把袋子放在地上，觀察法克怎麼拿過一本又一本的書，翻閱這些書又把書放回去，就像這些書無法達到他的要求。他沒察覺到周遭環境，否則他一定會看到她。

幾星期前她看到系上的公告，新成立的自由大學學生劇場要排練一齣戲，劇名是《牆》。聯絡人旁邊列了兩個名字，其中之一是法克。那一定是他之前說過的那齣戲，但是她不知道他想不想讓她參加。冬天那幾個月，她相當熱切地專注在學業上，其他時候則讓自己陷入變換的情緒。路易離開之後，她在除夕夜去一家酒吧，喝了很多酒，凌晨三點帶一個陌生的年輕人回到公寓。或許為了確認自己的自由，也因為她從不曾做過這種事。他們在走廊裡就已經完成前戲，赤裸地躺在床上，這時對方表示他不想戴套子做，於是開始動手，起初有點像在玩，伴隨著親吻的摔角，但是他的抓握越來越緊，聲音越來越具有威脅性，她腦子裡的保險絲燒斷了。她慌張地踢他，對著他大吼大叫，用書扔他，直到他抓著他的衣服逃到樓梯間。在門關上之前，他大叫著說她完全瘋了。也許這一刻，一切都從她心裡衝出來，無論如何她一整個小時都無法停止歇斯底里地哭泣，赤裸地坐在通道的地毯上。第二天她決定自己不再需要新的冒險，而是一個能說說話的女性朋友，以及足夠的學分好登記參加升級考試[6]。除了到咖啡館和安娜聊天，這是一個安靜、漫長而且相當沉悶的冬天。

6 德國舊學制分為初級和高等學程，中間必須通過考試。

十分鐘之後，法克完成書籍檢閱，把兩本書塞在他連身工作服的胸袋裡，其他的就留在桌上。除了瑪麗亞，音樂書籍區的兩個年輕人也注意到他偷書，幸災樂禍地暗指著離開的身影。瑪麗亞在衣帽間趕上他，他正從容地接過歸還的背包。「哈囉。」她點個頭，把鉛牌放在櫃臺上，超重的女士於是把掛在後方的軍裝外套遞給她。「你也在這裡用功？」

「好久不見。」他把一塊布繫上脖子，就像她到他公寓那天一樣打量著她。有些不舒服，但是沒有敵意。「我還以為他們把妳驅逐出境了。一切都沒問題？妳後來連個影子都沒有。」

「很好。你也不見人影，我是說在大學裡。」

「浪費時間。」

「我一個人做我們的學期報告。」

眼光停在牆上的傑佛遜銘言，他似乎在考慮，她說的話是否要求他回應。然後他走到外面，瑪麗亞自從示威那天就經常注意到的鴿群，沿著運河飛越屋頂。法克從連身衣抽出兩本書然後放進背包裡，瑪麗亞看不出書名是什麼。

她十分肯定地說：「你偷書。」

「妳要告發我嗎？」他爆出一陣挑釁的笑聲，瑪麗亞才不信這一套。有幾次她本來臨時起意想去找他，但是想到他樓友的冰冷接待就讓她打消主意。「妳就不要胡思亂想。」他說，有如猜到她的想法。「妳說的都是他們知道的。我在四十五號那邊探出窗戶太多。有照片。那些豬玀對妳所做的事只是要嚇唬妳。很糟嗎？」

「還好。」她說，半鬆口氣。「後來怎樣？」

「公益勞役。我對法官說，我正在寫一部有關我們這個時代意識型態混亂的劇本，沒有比這個更公益的了。法官沒接受，讓我在新科隆的青少年中心擔任管理員，但是主管看出我的天賦不在這方面，於是我就教孩子們如何製作汽油彈。」

也許只有一半是實話，但是瑪麗亞很高興他沒對她生氣。他雙手插在口袋裡站在她面前，連身工作服上面套了一件牛仔夾克，是她自覺被對方吸引的男人當中最沒有吸引力的一個。他不刮鬍子，但是也沒有真的長出一臉鬍子。「你為什麼偷書？」她問。

「我沒有，我看完就還回去，除非真的是好書。」

「為什麼你不像其他人一樣把書借出來？」

「就為了看完還回去？其他人才這麼做。」他搖著頭。「妳還是一樣有這麼多問題。妳看到系上的公告了嗎？我們要弄一齣戲。目前為止有五個人報名，其中三個從來沒上過舞臺。」

「告訴我那齣戲到底是關於什麼。」

「妳演過舞臺劇？」

「以前在學校裡。」

「哪一齣？」

「《溫夫人的扇子》[7]」。這段回憶讓她笑出來，她很想說這個故事，但是法克搖搖手，走向腳踏車架。依著諾瑰拉斯女士對維多利亞時期上層社會的想像，青少年上臺表演。有如吞了塊木頭似的，因為緊張，瑪麗亞在上臺之前五分鐘月經來潮，因為一時沒有其他方式可以解決，只好在兩腿之間塞了一條手帕演出普萊戴爾夫人。後來她還因為特別英式的姿態受到讚美。「那是你的腳踏車？」她問，法克正從車架上拉出一輛沒上鎖的折疊腳踏車。「還是你借用之後再還回來？」

「星期一來參加下次聚會。妳如果對那個房間還有興趣，目前已經空出來了。」

「目前。」她說。

「當然不是我一個人可以決定。我們要開住戶大會，妳要自我介紹，之後投票。如果妳不堅持投票給基民黨，也不為條子工作，一定沒問題的。妳考慮一下，星期一告訴我。還有其他人有興趣。我要走了。」

「你希望我搬過去你們那裡嗎？」

「問妳自己想要什麼。」然後他就躍上腳踏車騎走了。

接下來幾天都沒在閱覽室看到他，她卻在讀高夫曼時浮現一個想法，有趣到足以讓她為之寫篇期末報告。她拿著字典逐字讀書的時候，室外正展開春天，她想得越久，換公寓的點子就越誘人。瓦德瑪爾街的室友爭吵越來越嚴重，隨之而來的和解也很激烈，她已經受夠了坐在書桌邊聽著別人的生活。

戲劇學系位在策倫多夫兩座相鄰的建築裡。瑞麥斯特街二十一號是有著挑樓和樓梯吱吱作響的別墅房子，瑪麗亞在第三學期還時常在裡面迷路。荒蕪的花園裡，櫸樹和橡樹環繞著房子，上層是系所祕書處、圖書館和教師辦公室。研討課在旁邊的建築裡進行，一座紅磚建築，大門前有輛輪胎扁平的推車，停在和瑪麗亞第一次到系上的時候同樣的位置。夏天的時候，學生在這一區的公園和花園裡嬉鬧，寒冷的季節則是窩在系所走廊上，或是待在建築迷宮似的走道裡，所有的人都只稱之為生鏽的大樓。並沒有真正的校園，瑪麗亞期待的嚴厲德式教學也沒那麼扎實。自由大學的學生非常正經地培養一種叛逆、粗魯的習性，每個人都自行決定課程，同時兼好幾個工作，儘可能如其所願地留在大學裡。職業生涯這字眼被唾棄，出席名單是強迫手段，每次上課，退休的郵局職員，或是求知若渴的家庭主婦，他們做的筆記比所有註冊學生筆記總和還要多。瑪麗亞擺脫里斯本模範生的習性之後，她定期去兼職介紹處找工作，在工商展場當招待，一小時賺七馬克，如果因此錯過一堂課，也只是剛好而已。講師總是帶著咖啡杯出現在課堂上，有個教授站在開著的窗邊抽菸，偶爾上課被中斷，然後一堆人走進來，鼓動大家贊成或反對什麼長達十五分鐘，然後這些人離開，繼續上課。自由大學的人唯一真正尊敬的是自己的意見。

　　戲劇企畫的聚會在二十一號煙霧瀰漫的地下室舉行，平常是系上學生代表開策略會議的地方。整疊的傳單散放在四周，法克和企畫案第二發起人斯溫·葛拉斯霍夫最後出現，把一張桌子拉到中間，打量著出席者，瑪麗亞認識大約其中一半。除了她之外，還有個金色短髮的女人，有點口齒不清，其他人叫她卡蘿。她的眼神好像在說：你喜歡我，不是嗎？和地面齊平的窗戶前面，野□薇叢冒出最初

7《Lady Windermere's Fan》，奧斯卡・王爾德的劇作。

的花苞。

「好，我們開始。」斯溫一臉鄭重地把一個檔案夾放在身邊，兩手一拍。「這是第二次聚會，我們必須動起來。簡短自我介紹一下，只要說一下名字，還有到目前為止在劇場方面做了什麼。你先請。」他指向一個高瘦的人，戴著頂巴斯克帽，那人驚訝地往上看，做了個手勢，表示一切對他而言有點太快。在他自我介紹是塔歌、為他的西班牙口音道歉之前，他尷尬地改變了坐姿，而瑪麗亞根本沒有注意到他的口音，然後他又說：「沒有劇場經驗，但是我感覺得到我的天賦。」他似乎決定不想要別人太在意他，斯溫也就隨他的意，把下巴朝向下一個參加者。

五個人自我介紹，然後瑪麗亞感覺到每次在陌生人面前說話時總會襲來的不自在。她拘束地說了名字，以及事先想好的句子：「我寧可不要上臺，而是幫忙其他方面。如果可以的話。」

「你的想法呢，導演？」斯溫看起來很不高興，但法克只是點個頭，第一次開口說話。「可以。我們找得到事給她做。」

小小暫停，然後卡蘿說起她已經在一些表演學校試演過，兩次進入準決選名單。後來發現，十二個在場的人有一些都參加過史坦女士的演技練習課，課程目錄登記為史丹尼斯拉夫斯基練習課，但是除了卡蘿，大家的程度都只到學生表演。法克開始說話的時候，大家安靜地聽著，雖然他言不及義。他沒提起劇本內容，只是評論一些除了他之外沒人看過的戲，然後說：重點是完成藝術形式，同時克服實現之路上的阻礙。這齣戲要變成一扇櫥窗，眼光要透過這扇窗，著眼於形成這扇窗的各種形勢。他不要平順、現成的作品，不要樂於被消費的藝術，而是嘗試，片段和斷裂。訕笑的眼神四起，但是法克說話的時候，如果有人嘻笑，他就不高興。「太高深？」他問，「我以為你們是大學生。」

「那劇本呢？」某個人想知道。

「不是我們要排演的，應該從我們的排演才誕生。」

「我們不做宣傳煽動劇，把人偶戲留給那些接受補助的劇團。」斯溫的話有種權威感，但給瑪麗亞一種虛張聲勢的感覺。「我們集體創作出材料，各種情況融煉成人物。」

「意思是，我們規畫一次演出，還是一起寫一齣戲？」提問的人手裡拿著筆記本，似乎不怎麼服氣。「我就是看不出來，我們怎麼可能在一學期之內辦到這兩件事。」

「那麼就用兩學期或三學期。」法克頑固地說。「我們要啟動一個過程，讓這齣戲從中獲取血肉。」因為這目前不會發生，因此先用了半個小時討論排練時間。還討論了這個小組是否需要名字，以及這部還不存在的舞臺劇如何命名。塔歌開了個玩笑，起初只有兩個人笑出來，接著大家都笑了——除了法克和斯溫。小團體輕鬆閒聊即將打散全員集合之際，卡蘿站起來，拉著另一個女人走到中央，說：「好。那我們來討論一下製作條件。」這兩個人在幾分鐘內即興演出，對彼此說出關鍵字，壓抑想笑的衝動，最後不知道該怎麼繼續。她們不確定地看著大家。

「可以啊，我覺得不錯。」有個染紅髮的同學說。「也許先這樣：兩人一組，看看有什麼適合這個點子。這齣戲最後究竟要有多政治？我的意思是，政治性要多明確。」於是展開討論，直到兩個小時之後才結束，因為某人覺得法克的用語「社會主義庸人國家」很反動，於是和另一個參加者一起離開，其他人則是筋疲力盡。藍色的煙波貫穿室內，瑪麗亞感到產生輕微暈眩。改天繼續進行的建議被接受，讓人鬆了口氣。

「一星期後同樣在這裡。」斯溫說。「只想說廢話的人最好留在家裡。」

他們離開系所的時候，法克戴上帽子，瑪麗亞在中國革命分子的照片上看過同樣的帽子。瑞麥斯特街兩邊是獨幢和連幢的房子，窗戶後面全家坐在一起吃晚餐。樹木冒出新芽。走到湯姆叔叔小屋地鐵站要十分鐘，如果像法克走那麼快只要五分鐘。為什麼德國人總是快步走路，對瑪麗亞而言是個謎。她幾乎跟不上。

「你必須多給一些引導。」斯溫走在法克旁邊，給她一種他想和他朋友獨處的感覺。「那些人都是門外漢，需要清楚的命令。」

「我是門外漢，我們所有人都是該死的門外漢！什麼命令？我還沒有導過任何一齣戲。我們根本沒有劇本！」

「讓他們覺得你知道會怎麼進行。尤其不要讓卡蘿搶走你的主導權，否則她就會把這齣戲變成她自己的東西。」

法克沒有停步而轉身。帽子看起來像偽裝，卻滿適合他。「明天就是住戶集會，我已經通知他們有人會來自我介紹。」

「我究竟該說什麼？」瑪麗亞氣喘吁吁地問。

「說妳是誰，妳做些什麼事。說妳不在乎社會壓迫，想要按照自己的想像生活。大概就說這些。如果妳的父母信天主教，就清楚表達妳被他們虐待，而且必須離開家。」

「我的父母是天主教徒，但是……」

「帶一些東西過來，看起來緊迫些……」

斯溫清清喉嚨，「我們可以再說一下那齣戲嗎？」

「這邊這位同志就是這個企畫案的托洛茨基。」法克的心情瞬間好轉，拍拍夥伴的肩膀。「如何，里歐，你搞定表演的舞臺了嗎？票印好了嗎？我要一本節目手冊，聽到沒，不要只是黑白的便宜複印。」

「白痴。」

「給他一些刺激，讓他以為少了他一切都會走調。」

「就是會。」斯溫在地鐵站入口告別，他的宿舍只要走幾分鐘就到了。瑪麗亞還從未認識任何住在學生宿舍的柏林學生。

「不要把一切看得太認真。」法克在他背後喊著。「凡事總有第一次，早死早投胎，撐過去。我們下星期再說。」

「你們是好朋友嗎？」剩下他們倆人的時候，瑪麗亞這麼問。

「是個好人。」她得到這樣的答案。「他會幫忙。」

第二天，瑪麗亞出現在曼托以佛街的自介會談。廚房裡有張巨大的橡木桌，桌面看起來不像是進餐時使用，而是用來做些沉重的手工。洗水槽旁邊用過的盤子堆了半公尺高，窗戶邊框的油漆脫落，她在後院裡看到幾隻鴨子，她第一次來的時候只聽到牠們的聲音。及腰的圍欄將空隙堵起，空隙是隔壁建築物倒塌時留下的。即將降臨的暮色讓景象罕見地超脫現實，彷彿掉落另一個時空。木頭棚屋看起來好像曾養過馬，現在只有煤渣和垃圾。草從地面石板之間冒出。

六點左右，房子裡的住戶開始聚集。大家沒打招呼就走進來，從一個大壺裡倒出咖啡，坐到桌邊。瑪麗亞接觸他人眼光的嘗試，只有在一個大約五歲的男孩身上成功，有人叫他班尼，鼻涕流得嚴重到必須用嘴呼吸。就像半年前，聞起來有馬鈴薯湯、樹脂和菸草的氣味，菸草裝在小袋子裡就放在桌上，被大家推來推去。對瑪麗亞而言，其中的男人看起來都像工人，女人好像在一部有關集體農莊生活的電影裡演戲。所有的人都坐定之後就安靜下來，瑪麗亞正開始擔心自己必須第一個發言的時候，有個滿臉鬍子的男人搶先一步，「我少了支十號螺栓，」他嚴厲地說，「有人看到嗎？」

「在院子裡。」另一個人說。

接下來是十分鐘的聲明，公共財產應該謹慎使用。即使政治上所有的人都支持五十五號，依舊無法接受那裡的住民將這個公社當作替代營地和儲藏室。將來詢問使用一定要有共同路線，請法克負責管理。讓瑪麗亞驚訝的是法克只說了句「會搞定」，然後在手心裡寫些什麼。三番兩次提到一個艾力克老爺爺，他迫切需要新冰箱。沒兩個句子就用到「組織」這個字眼；煤炭、家具、食物，一切都要組織，好像有個「材料捐贈卡片索引」從旁協助歸類記錄。談話終於來到空下來的房間，整個廚房裡煙霧濛濛，瑪麗亞幾乎無法辨認他們的臉。她結巴地解釋自己從哪裡來，何時起住在柏林，還有她念什麼科系。像在說些什麼她不了解的東西，那種感覺幾分鐘內絲毫不曾軟化，活像被忽略的大家庭帶來的不舒服感也一直湧向她。「我覺得可以。」有個年輕女人說，她以充滿能量的動作把筆記本畫滿塗鴉，好似最重要的是把鉛筆用完。瑪麗亞是否能說一下自己的背景。那個叫什麼來著，不是佛朗哥，另一個，在葡萄牙的那個？每個問題聽起來都像期待特定答案，隨著每一回支支吾吾的回答她越加清楚，她並不符合他們的期望。某個人已經去過葡萄牙，說起嚴重的貧困讓國家受制於教會的詭計。精神—道德轉變這個關鍵詞讓大家都樂了，然後瑪麗亞第一次來的時候，讓瑪麗亞等在大門前的那個女人發言，她說她不要這個房子裡出現書呆子。「這裡會越來越像個知識分子圈，讓我甚至不敢到廚房來。」這些話被許多出席者當作過度誇張，以多聲部的低語回應，瑪麗亞只聽出「英佳又來了」。她求援似地望向法克，他放鬆地注意聽著對話。她從不曾看過他把手疊在膝蓋上。他們提到她只用第三人稱，而且有幾次聽到A．S．尼爾，接著就是一長串引述，然後質疑誰引述得比較正確。一個小時之後開始表決，八個人接納她住進公社。四人反對陣營的發言人英佳要求——她顯然是班尼的母親——上面的房間整理好之後應該留給單親媽媽，以及留給在育幼院長大的孩子居住，「也就是像我這樣的人。」又是一陣咕噥聲，開始有人起身離座。某人打開窗戶，瑪麗亞拿到房子和房間門鑰匙，關於租約的問題，她只獲得一陣取笑的哼聲當作回答。

集會結束了。

「進行得超級順利。」法克帶她去看房間時，他說：「比我想的還要好。」

「說我看書是個錯誤嗎？」

「這裡大部分的人比較會用工具。妳要馬上把東西搬過來嗎？」

「什麼東西？」她問，讓眼光在房間裡掃一遍，「我只有衣服和書。」除了窗臺上兩枝紅蠟燭，整個房間是空的。地板上的漆脫落，牆壁只稍微清掃，而且沒有爐子。她的新家。

「我們地下室裡有家具，」法克說，「還有床墊。」

「為什麼我在這裡？」

「因為妳想要在這裡。」

「因為我想要。」瑪麗亞沒頭緒地聳肩。她已經付了瓦德馬爾街四月份的租金，所以她必須儘快賺錢。「究竟是什麼把你和這裡的人連在一起？」她問，感覺到兩邊太陽穴之間的頭痛，「像英佳那樣的人。」

法克看起來就像重新經歷廚房裡的討論，然後重獲信心。「妳會習慣的。如果不習慣，可以再搬出去。我們不是邪教。」

「誰是A．S．尼爾？」

「他寫過一本反威權教育的書，我們這屋子裡的聖經。」

「好書？」

「不知道，」他說，「我對聖經沒興趣。」

「班尼的爸爸也住在這裡？」

「不，英佳在哥本哈根住過一陣子。」

「那個爸爸住在那裡？」

法克搖頭。「沒有爸爸，不管是這裡還是那裡，或是其他地方。班尼就是來自克里斯提安尼亞[8]

的孩子。」還是一樣難以確定，他究竟是否真的相信別人說的話，也不確定他說的話是不是認真的。接下來幾個星期，瑪麗亞觀察他每星期二和四如何主持《牆》的排練，就像世界上沒有更重要的事，接著在回家的路上侃侃而談，好像那一切只是為了好玩，他的熱情讓自己感到難堪。他雙腿大開坐在他房間地板上，身邊散落著紙條，手上拿著枝鉛筆。大聲和自己說話，讓文字展開，把劇本鬆散的走向連結起來，走不下去的時候就看著瑪麗亞，她正坐在床墊上，因為她覺得地板太髒，然後他說：「給我些什麼。」

到了五月。潮溼的煤塵味消失，空氣裡開始聞到後院裡巨大菩提樹開花的香氣，她沒寫有關高夫曼的書面報告，而是寫筆記，好協助法克完成工作。她在公社裡一直都是陌生人，每當她提出一個簡單的問題——好比咖啡碟去哪兒了，或者浴室裡的毛巾是不是大家共用——就會看到對方翻著白眼表示，**這種事情妳必須自行決定**。其他人是否把她和法克當成一對，她並不清楚。無論如何，他們在一起的時間夠長，長到足以浮現為什麼他們還不是一對這個問題。夜復一夜，瑪麗亞坐在他的床上，在對話暫停時她想著，現在會是個好時機，但是法克的眼神在房間裡游移，就像追逐著一個和她無關的念頭。他為什麼需要她始終不明，但每當她起身想走向自己的房間，他就說：「再待一會兒。」其實她反正也不想離開。隨著時間她習慣在他的房裡讀書，只有為了睡覺才消失在旁邊的房間裡。

「妳那奇怪的高夫曼進展如何？」有天晚上他問起。「騙局那碼事。」他靠著爐子，穿著破爛的

8 哥本哈根一個宣稱無政府自治的區域。

牛仔褲和洗到發白的T恤，就他的狀態而言簡直就是瀟灑。

「我告訴過你了，」她說，「那是種社會如何安撫失敗者的模式。」

「也就是摸頭？」

「他沒寫怎麼做，只解釋原則。」

「原則是？」他又問了一次。

高夫曼稱之為「騙局」的過程第一眼看來相當簡單：某人欺騙第二個人，第二個人想要向警察告發，於是第三者接近他，必須說服他不要這麼做。這個所謂的幫手把騙子遮掩起來，事先贏得被欺騙者的信賴，當然目的在於掩飾騙局。「英文是『cooling the mark out』。」瑪麗亞念出筆記本上抄寫的字。「『the mark』是必須加以安撫的受害者。『The mark is given instruction in the philosophy of taking a loss.』如何成為好的輸家？當他看出是自作自受的時候。」

法克用鉛筆尖點著他的牙齒。「幫手的任務是說服受騙者，但是怎麼做？」

「看情況，牽涉到社會角色的問題。為了社會化。」

「一旦變成政治問題，高夫曼就縮起尾巴，胡扯什麼社會角色。」

「他關心自我欺騙多於騙局。第一個騙子被幫手掩飾，騙子幫凶則被受害者拆穿。這裡：人不可以發展出一種可能被事情過程空洞化的自我意象，這是受害者認知到的錯誤，因此接受安撫。」

「對大家說『自找的』，然後他們就會乖乖的。但是或許只是別人讓他們相信錯誤的自我想像。或許真正的欺騙早在這之前就已經發生。」

「我只是讀出書上寫的。而且還對被騙的人說他們獲得新的機會。」

「更糟。」他嘆口氣。

「他們不會再被同樣的手法所騙，這是種進步。」

「他們讓你們在大學裡念這種東西。給我些別的。」

劇本目前正卡在一個點上，法克的主要想法，兩個私下合作的謊言系統——東德和西德——必須朝向戲劇性事件。東、西雙方的人物組成一對的點子在排練的時候保留下來，但整齣戲還是有點僵硬，法克正想找一個人物讓劇情滑順起來。高夫曼的幫手論引起他足夠的興趣，他自行讀了幾頁，但是他對理論性文字缺乏耐心，而且這篇對他而言缺乏批判性。他稱瑪麗亞幫他影印的這篇文章是「膽小鬼的哲學」。她從三星期前開始讀赫爾曼・梅爾維爾的小說——高夫曼提到這部小說——但是閱讀進展緩慢，因為她不懂古英文，而且覺得西蒙・波娃比較吸引她。法克把波娃的名字念成波瓦爾，因為他非得把對她重要的東西都取笑一番。

「為什麼**我**要幫**你**？」她問。就像平日，房客都忙著在後院拆解老舊廢物。沃勒或貝昂還是誰；他們一週都要出門幾次，在整個城市收集大型垃圾，然後在後院加工，就瑪麗亞能判斷的，變成廢料。她聽出小班尼的聲音，他通常自己玩，想多晚睡就多晚睡。傍晚的時候他經常坐在一樓，聽著艾力克爺爺的戰爭故事。公社一星期以來都在討論，到了夏天是否要把小男孩送去上學。「為了你，」她說，因為法克沒有反應，「因為是你，我才幫忙。」

「然後呢？」

「你總是只說『給我』。」

法克把紙條放在一邊，站起身來。那不是她第一次做出這種暗示，但是他第一次有所回應。也許是為了取笑她。「我想我們說的不是這個劇本。」

「是劇本，一直都是。」

「我認為，第一，這是高夫曼式自我欺騙的完美案例，受害者樂於配合。第二，妳坐在我床上。」他在她身邊伸懶腰，然後把手交叉在頭後面。「答案是，妳為了自己才做這些，每個人所做的一切都是為了自己。女人自我欺騙，因為她們樂於扮演犧牲者的角色，對真相完全無感。」

「你說什麼？」

「妳最近崇拜的女人這麼寫的：『女人對真相無感，因為她們缺乏創造力。』逐字引述。」他的下巴朝著地板上被翻讀到破爛的《第二性》。「妳在這裡留下幾次。」

「你沒有讀過，」她說，「你才不讀這些東西。」

「只讀過妳畫線的幾處。她完全就是個中產階級，但是比高菲阿姨[9]好一點，而且在我們這個情況，她是對的。反正妳很容易就被鬼遮眼。」

「我怎樣？」他總是用些她不懂的說法。

「妳相信水溝蓋的故事。那些他們用來軟化妳的條子神話。」

「這不公平。我畫線是因為……」

「我寫劇本讓妳獲得好處，否則妳只有一無是處的學業。我從妳的閱讀獲益，很公平。省省吧，不要欺騙自己。人一旦不確定自我意象就容易受騙，然後那些條子幫手就會前來壓扁他們。」

「如果我應該為你讀些什麼就告訴我，這是我的書。」

「『戀愛中的浪漫女人』，」他享受地引述，「『甚至接受她選擇的人不起眼、醜陋或有些可笑，她因此覺得更安全些。』」他躺著的時候，鼻子看起來比平常更大。「妳的西蒙真是奸詐狡猾。後面還有，要我繼續嗎？」

「混蛋。」她說，卻沒有真的生氣。

朝向院子的窗戶開著。停下工作的時候，大家都聚在廚房裡，聽著烏托邦電臺，互爭誰的父母親最像中產階級。法克有時候會想和大家在一起，現在將近十點，然後他就讓事情發生，瑪麗亞朝他彎身，吻了他。房間裡突來的寂靜在她的耳朵裡造成回音。她覺得奇怪，因為法克既不抗拒也不回應，只是僵硬得像塊木板躺著不動。雖然她不習慣主動，仍然把她的T恤從頭上脫掉，繼續吻他。他瘦削的身體膚色淺，到處都是小小的肝斑，幾乎沒有毛。在抓住他牛仔褲的皮帶之前，她短暫遲疑了一下，但是他讓事情發生。她用腳跟蹲著，脫掉他的褲子和內褲，把一隻手放在他的性器上。他自行把T恤脫掉。第一個親吻兩分鐘後，她只穿著內衣，而他赤裸著。從走廊開始傳來大麻的氣味。

「怎麼了？」她問，因為法克像個病人躺在她面前，眼睛盯著她。

「我在想，」他說，「妳想從我這裡得到什麼？」

9 戲稱高夫曼。

她忍不住笑。這看起來像什麼？「我什麼都不要，」她說，「我只想要你閉上眼睛。」

一時間什麼都沒發生，然後她把手放在他的臉頰上，用舌尖強迫他回應她的吻。她不知怎地踉蹌跌進他的被動造成的自由空間，覺得他卑鄙，讓她自己主動。但是她喜歡他皮膚的氣味，吻他的喉結，和他兩邊淺紅色的乳頭，當法克張開眼睛以惹怒她，她根本不看，而是慢慢向下移動。一會兒之後，她聽到他的呼吸變得比較大聲，然後她用雙唇接住原本放在兩手之間的東西。他的手撫過她的頭髮和床單。幾個星期以來什麼都沒發生，現在她感覺到那塊軟軟的肉如何在她的嘴裡開始長大。她最想要他放下他過分的酷勁兒，釋放自己。必要的時候釋放在她嘴裡。被這個想法嚇了一跳，也同樣受到激勵，她又舔又吸，抓住他的睪丸，直到她感覺他接近高潮。比期待的來得快。她確定的時候就靜止不動，一陣顫抖傳遍他的身體，溫暖的浪潮衝向她的上顎，然後又一陣。她慢慢地讓他的陰莖從嘴巴滑出，閉緊雙唇，感覺鹹鹹的黏液滑下她的喉嚨。不過幾秒鐘，那種噁心感就消失了。

從窗外吹來一陣涼風。

當她張開眼睛，他已經恢復鎮定。他靜靜地看著她怎麼用手擦嘴巴。廚房傳來笑聲。擔心多說什麼會破壞一切，她抓起T恤，走進浴室。在新的公社如果要用熱水淋浴，不僅要加熱熱水爐，還要注意沒人插隊把水用光。今天她只是站著快速沖澡，刷牙，幸好回房間的路上沒遇到人。

她回到房間讓法克顯得驚訝，「妳忘了什麼嗎？」

「我必須守望我的書。」她說，爬向他，鑽進被子裡。他剛才用來刺激她的那段引述後面是什麼，她自己知道，畢竟她已經反覆思考很久，那些話是否適用在她身上。浪漫戀人「假裝控訴使他們分離的阻礙，事實上正因為她和他之間根本不可能有真實關係，她才挑上他。於是她能把愛變成抽象、純粹主觀的經驗，不至於損害她的完整性」。不，和她的情況不合。以前她讓自己高不可攀，並且希望能被看穿，現在她看穿法克的故作姿態，期望他很快就放棄那種姿態。她把頭放在他的胸膛上，拉過他的手，咬他的拇指。無論如何，她喜歡他不符合她對男人的期待，不像任何她至今所認識的人。從她那晚先遇上那個攝影師，然後認識路易以來，這是一條漫長的道路。那時根本沒想過後來會如何。法克沒有反應，她又咬了一下。總有一天她要告訴他所有的事情，那天晚上和後來發生的事，告訴他革命一年之後在里斯本的事情，那時沒有人知道後來會怎樣。政府來來去去，社會分裂，她瞬間以為自己太老，無法再錯過生命當中的任何事情。

4

她渾身大汗又微醺地走向出口，音樂和人聲留在背後，只有舒服的昏眩陪著她穿過走廊到外面。馬克星的兩個門房都已經回家，原本門房的位置站著一男一女，彼此相望，就好像他們即將成為一對。瑪麗亞－安東妮亞走過他們身邊的時候，幾乎要對他們呼喊些什麼。就做吧，相信自己！她喝了幾杯卡琵莉亞，三杯？身邊沒有其他人，她到底要往哪裡去？

下一刻她就站在里斯本五月夜晚的藍色寂靜裡。

喜悅廣場周圍的窗戶都暗濛濛的。有部計程車從大街駛來，緩緩地繞著廣場行駛，沒看到顧客，於是又消失了。氣溫幾乎完全沒有冷卻下來，能逃離俱樂部裡黏膩的擁擠還是讓瑪麗亞－安東妮亞感到高興。夜晚的天空發出微光，某個地方傳來壓低的笑聲。她閉著眼睛靠著入口的牆壁，感覺到音樂的震動，自問克莉絲汀娜是否會找她，以及現在幾點。笑聲聽起來是個女人，某人正對她的耳朵低語些淫穢的話，笑聲從廣場中央的椅凳處傳來。每個人都以自己的方式從一場空轉的革命所帶來的疲累中復原，一連串沒有結果的選舉、罷工和示威抗議。瑪麗亞－安東妮亞張開眼睛，他就突然站在她面前。她根本沒聽到門的聲音，也沒聽到腳步聲。

「妳還好嗎？」

她直覺地把雙手交叉在胸前。「你能穿牆嗎？」還是他在她之前就到外面，這時以為是她跟著他出來？

「美人妳好，沒事吧？妳一個人在這裡嗎？」

「是又如何？」

「很不尋常。」傲慢的笑容伴隨著他的目光，他盯著她的打扮。熱褲和蘋果扣環皮帶是她存錢買的，但是由克莉絲汀娜保管，及膝的皮靴本來就是她朋友的。她估計這個男人將近三十。他們的目光在舞池裡就已曾相交，有一次還碰到手，但只是一下子而已。現在他穿著昂貴的牛仔褲和一件白襯衫站在她面前，深色的頭髮垂肩，他的表情就像在說，他了解生命裡一些事情，而他樂於與她分享。

「妳叫什麼名字？」他問。

「你叫什麼名字？」她回問。

他沒有回答，只是把皮夾拿出來，抽出一小張紙卡，遞給她。

「那是什麼？」

「我的名片。」他說。

「你的名片？」她笑著收下那張卡紙，必須把紙拿到眼前才看得出上面寫了什麼：馬力歐．帕奐斯，攝影師，下面是卡爾莫廣場邊的地址和電話號碼。背面只有凸印到紙上的圖樣，也許是首字母或家徽，其他什麼都沒寫——一定是個古老菁英家族，她想，菈帕來的有錢人，在國外學會昂貴的嗜好。「只說名字對你來說不夠嗎？」她想把名片還給他，但是他搖搖頭，「留著，也許妳還用得上。」

「哦，是嗎？我能用它在市場上換折扣？」

「我想為妳拍照片。」

「是嘍。對我說你為《時尚》雜誌工作，我就把名字告訴你。」她這麼說，她一喝酒，就覺得自己相當機靈，但是他又搖搖頭，就像她說了什麼合理的話，卻不是事實。

「我不為雜誌工作，只為自己工作。」

因為他不收回名片，她就把名片塞進褲袋裡，說：「沒興趣。」她越來越渴，卻不想在裡面繼續跳舞。她的兩腿早已有些沉重，有些什麼讓她哀傷。那個攝影師從襯衫口袋掏出一包菸，遞給她，但是她搖搖手拒絕。這些夜晚總是這般結束，據說一切才剛開始。

「妳可以保留底片，當然我會付錢。」

「我的朋友們等著我，我要進去了。」

「考慮一下，沒有名字的美人。」

瑪麗亞—安東妮亞想拉開門的時候，門從裡面被打開了。克莉絲汀娜用雙手搧風，看了一眼就掌握情況，然後審查似地看著她的朋友。「妳在這裡啊，我們找妳呢。」華蘭汀跟在她後面，稍微站得旁邊一些。

「想呼吸一些新鮮空氣。」

「我們必須馬上離開。」

「幾點了？我沒有手錶。」

「馬上就三點半了。」她的堂兄有事實為依據時最自在，他是泰歐琳達姑媽的長子，在山區長大，現在到首都攻讀建築，在藝術大學頂樓，可以俯瞰整座城市和河流。她有天晚上主動把克莉絲汀娜介紹給他認識，沒料到她的朋友會愛上這個鄉下人。她從眼角瞄到那個攝影師取出一根菸，並且對她打了個手勢，然後回到俱樂部裡面。打電話給我，應該是這個意思。

克莉絲汀娜從肩膀往回看了一下，確認那個攝影師離開了。「別做傻事，小女孩。」

「不要叫我小女孩。他只是個攝影師，想……」

「我知道他是誰。我告訴妳，不要做傻事。」克莉絲汀娜比她大三歲，具備她在醫院裡每天都要用到的快速反應理性。「有人在舞池裡搶鋒頭，就會發生這種事。」

「我總可以讓人拍照吧。他付錢，而且他看起來會付個好價錢。妳看到他的牛仔褲了嗎？」

「帕矣斯，瑪麗亞─安東妮亞，他如果誠懇，就會在名片上印上馬力歐．席爾瓦．帕矣斯。」她依舊嚴厲地盯著瑪麗亞的眼睛。「現在，聽出來了嗎？」

「妳說他是……」

「妳不會想和這些人有什麼牽連。」

「不，我不想……是他兒子？」

「侄子。把名片給我。」

「我已經丟了，在水溝那邊。」她這麼說，雖然她並沒有那麼想認識前祕密警察，卻有點自以為是。自從華蘭汀出現之後，克莉絲汀娜就不太有時間陪她，似乎已經告別她們共同的夢想。到外國去，就像她們從前一直打算的？不再像從前做計畫，她的朋友甩了甩深色的卷髮，說：多美好，可惜生命不是這麼一回事。為什麼在還沒完全嘗試以前，每個人都自以為知道生命是怎麼回事？到處都需要護士，因此克莉絲汀娜就選擇了這個職業。

「妳怎麼回家？」

「我想你們會騎華蘭汀的摩托車，我走路。」

「老天爺，妳怎麼回事啊！妳鐵定不能走路回家。」

「生命真無聊。」她嘆息著把頭靠在朋友的肩膀上，讓她和華蘭汀繼續商量。即使已經身處煙霧瀰漫的俱樂部五小時，克莉絲汀娜依然很好聞。華蘭汀消失在舞廳裡面，瑪麗亞—安東妮亞利用這個機會快速地吻了她一下。「妳還愛我嗎？說實話！」

「妳必須謹慎一點，妳明白的。有些人有很多可失去的，而他們會做任何事情去防止損失。他們不想要改變。」

「我不認為有人會把我當作威脅。」

「聽我說：他們覺得自己被搶了。因此他們自以為有權利拿走一切他們想要的東西。如果有人長得像妳這樣，就不能漫不經心。」瑪麗亞—安東妮亞感覺到有隻手滑進她臀部的口袋裡，抽走那張名片，名片幾乎無聲地掉落地面，接著是一陣親愛的輕拍。「相信我，這樣比較好。妳不會希望自己變成他想要的樣子。」

「現在，我要怎麼回家？」她問。「走路要十分鐘。我從前上學的那條路，其中半段。一點都不危險。」

「華蘭汀有碰到一個大學同學，也許他騎摩托車過來，可以載妳。」

「你們到妳那裡？」

「已經很晚了，我明天的班從十點開始。」

「把男人帶進宿舍沒問題嗎？」

克莉絲汀娜輕笑，來回搖了幾下。「有難度，但是只要不被逮到就沒問題。」

他們沉默地站在夜晚的廣場上一會兒。那邊椅子上的笑聲沉寂下來。她比較想要哪一種？單獨占有克莉絲汀娜？還是有個男朋友，可以和他躲過舍監溜進宿舍，兩個人躺在狹窄、吱吱作響的床上做愛？現在，如果一切發生變化，她的申請書可能就此沉睡在箱子裡，或是下回碰上郵差罷工就不見了，她還會不會拿到入學許可？她還必須長時間在餐館打工，晚上踮著腳尖溜進門，才不會吵醒她母親，她母親當然還是會醒來，裝作她撞見女兒正跟一個陌生人上床嗎？她應該一個人去英國嗎？大家究竟是怎麼到英國去的？年輕女孩哪都不去，而是等待某個人前來帶她走。如果運氣好，到外國去。

卡爾莫廣場，她也還記得門牌號碼。

門又被打開，華蘭汀和一個年輕男人走出來，他在裡面並未引起她的注意。他長得不錯，眼神既不咄咄逼人也不退縮。大學生就是了。

「瑪麗亞—安東妮亞，這是路易，」華蘭汀說，「他騎車來的，而且他反正必須和妳走同一個方向。」

「你好，你人真好。」

他們互相吻頰，四個人站在一起一會兒。人群離開俱樂部，附近燈滅的時候，就像夜晚眨了眼催趕他們回家。在家門前該套上的長裙，被瑪麗亞—安東妮亞塞在手提袋裡。再一次吻頰，這次是道別。路易的摩托車座椅上黏著改善世界學生委員會的標誌。「我應該扶著哪裡？」她在上車的時候問。

「最好抓住我。」

她照做。起先有些猶豫地扶著腰，然後用雙臂環抱著他，享受搭車穿過夜晚，好像把馬路上的房子分成左右兩邊。路燈在後照鏡裡顫抖，瑪麗亞—安東妮亞注意到路易繞路騎，他沒走競技場旁邊的巷子，而是繞著無花果樹廣場。晚上幾乎不會注意到這城市有多荒蕪，有多少垃圾亂飛，在所有的牆上都有剝蝕的海報碎片。從非洲返回的人在阿爾坎塔拉碼頭靠岸，他們既沒有工作，也沒有地方住，而且從來不曾把葡萄牙當成家。快到馬丁蒙尼茲廣場的時候，路易放慢速度，等著指示。

「在小教堂那邊。」她越過他的肩膀大聲說，大部分聲音都進到風裡，而不是他的耳朵。

「妳住在那裡？」

「在附近。」

「到底在哪裡？我可以送妳……」

「你會吵醒所有鄰居。讓我在小教堂那裡下車。」那是唯一倖免於當時拆除工作的建築。廣場邊本應建起一座購物中心和一棟新旅館，但是現今只有一塊被建築空地環繞、滿是灰塵的平地。路易把摩托車靈巧地轉進停著的汽車之間。零售商遵守命令用木條或塑膠蓋了棚屋，他們停車的時候，瑪麗亞—安東妮亞聽到其中一間傳出打呼聲。小教堂喚起她的記憶，明天，不，今天下午要舉行寇斯塔神父的喪禮。她下車，整理被風吹亂的頭髮，覺得自己完全清醒了。「謝謝，」她說，「晚安。」

「華蘭汀說妳想上大學。」

「如果我拿到入學許可。目前正在等。」

「如果沒拿到呢？」

「我就到外國去，反正我比較想這麼做。」

他有兩條寬寬的鬢鬚，但是上唇刮得很乾淨。他有張漂亮的嘴，嘴形幾乎像女人。「妳讀很多書？」他問。「華蘭汀說妳想讀文學。」

「華蘭汀，華蘭汀。你都做些什麼？你參加示威抗議嗎？如果有，哪一種？你是共產主義者還是社會主義者還是自由主義者？看起來在這個歷史時刻，每個人都必須是個他們其實沒概念的某某主義者。」

「我還年輕。」他說這句話的樣子讓她笑了出來。屋頂上方的月亮看起來蒼白而且狹長，就像天空的裂縫。「妳還沒拿到入學許可的這段時間做什麼？」

「幫我爸媽的忙，讀書，再寫一份申請書。我經常打工做市場研究員，在街上問路人是否有洗衣機，或者是否需要一臺。我比較想學日文，但是我不知道去哪學。」

「為什麼是日文？」

她沒有回答，只是聳了聳肩。「您願意為一部洗衣機付出多少錢？您知道下列哪些國際品牌？您的住家是否有自來水？沒有？為什麼我要和您說這些？請您回安哥拉去！」她這**整段時間**真的在做的是夢想做些別的事情。

「我有個更好的建議，」他說，「和我們一起到米尼奧去。夏天。」

「到米尼奧去？去做什麼？」

「我們是一群大學的朋友，決定只要米尼奧大多數的人還不識字，就先把書本放在一邊。我們幫忙——電力、自來水，以及任何需要的東西——建設！」他笑著舉起左拳，但他是說正經的。

「我覺得米尼奧不是我該去的地方。你從那裡來的？」

「我來自塞辛布拉。」他用拇指朝向河流的方向。「妳考慮一下，應該也會很好玩。也許比學日文更有趣。」

「我會考慮。」她覺得自己傲慢而且早熟，很高興路易只是點點頭，啟動摩托車之前，再把臉頰湊過來。她差點吻上他的嘴。「晚安。」

「我們會再見面的。」他壓低身子，催油門而去。

瑪麗亞—安東妮亞快步繞過小教堂走進她家那條巷子。她越來越渴，也越來越傷悲，不像剛和朋友狂歡一夜，而是錯過了另一個機會。她在樓梯間穿上裙子，脫掉靴子，踏上嘎吱作響的老舊樓梯溜上樓。房子裡的食物氣味變淡了，因為窗戶開著。她沒開燈，在廚房裡從櫥櫃拿了杯子裝水。她停下來正打算喘口氣，就聽到她父親在一旁嘆氣。不是在臥室，而是在客廳裡。這時是凌晨四點。她走過去，看到他手裡拿著杯子坐在黑暗中，直到她坐到他身邊，他厚實的身形才動起來。「嘿，爸。」她執起他放在大腿上的手，握在她的手指間。安東尼奧聖像掛在受難耶穌銅像旁邊。「你睡不著嗎？」

「變熱了。」阿圖爾無須低聲細語，他一向輕聲說話。

「是個美好的夜晚，不是嗎？」

他慢慢搖頭，「妳媽媽不高興，因為妳在外面遊蕩。在喪禮前一夜。」

她沒有回答，而是繼續輕撫他的手。他的皮膚粗糙，布滿疤痕、切口和小小的燒傷水泡，在爐邊生活的痕跡。阿圖爾剛提到的來自她母親的指責，他並不贊同，也不期待她辯解。每次女兒出門，露德絲就不開心。「她現在比較好了？」她問。

「她以為她今天會起床。我們傍晚才開門做生意。」

「怎麼回事？既不是哥的冥誕也……」

阿圖爾轉頭，但是沒有回答，只是喝乾杯子，把杯子放到桌上。「她明天會起床的。」

「你知道有辦法幫忙的，可以做些什麼的。還是因為神父過世的關係？」

阿圖爾用拇指根部把瓶塞壓進白蘭地瓶子裡。就算在餐廳裡，他也不喝超過一杯。然後他靠回椅背，說：「山區的橄欖樹農夫怎麼會有一個這麼美又聰明的女兒。」

「聽我說，那是憂鬱症，是種病，只不過不是身體上的。那可以治療的，有藥可以吃。」

「妳不要擔心，只要妳在外小心。現在是危險的年代，而且還會更壞。」他沉重地從座位起身。

「很快就會變得和智利一樣。」

「為什麼你不想知道？會對她有幫助的。」

「生命就是這樣，小瑪麗亞。慕拉里亞人生的病和菈帕人的不同。晚安。」

「祝你好眠。」她聽到他的腳步聲，廁所沖水聲，接著是老舊床墊彈簧的擠壓聲，最後什麼聲音也沒有了。她在浴室裡用冷水淋浴，試著避免碰到滑溜的塑膠浴簾。她只把腳和小腿擦乾，刷牙，然後匆匆回房。她赤裸著站在書桌和床之間的空隙，微光從外面灑落她的皮膚，水滴從背部滾落。她把雙手撫過扁平的小腹，看著鏡子裡的影像，往兩邊轉身，來來回回。上世紀留下來的木框鏡子框起她。就是這樣，她想著。頭稍微傾向一邊，連同漂亮的胸部最好拍成黑白照。

＊＊＊

快到學期末時，瑪麗亞終於成功在望。她努力好幾個星期之後，最後只需要不經意問一聲，安娜和她就會成為朋友。七月初在微溫的夏日傍晚，他們一起離開美斯卡雷羅，燕子滑翔穿過最後的日光，當時瑪麗亞正要如往常吻頰道別，安娜歪著頭，然後說：「說說看，妳上一次跳舞是什麼時候？」

「不知道，」她說，「在柏林根本還沒跳過。」接著是片刻沉寂，兩人擠眉弄眼地看著對方的眼睛。咖啡館裡的交談隨著時間越來越熟悉。安娜說起她的哥哥，在他以批判記者的身分被多次逮捕之後，流亡住在美國。安娜為了愛才決定到西柏林，但是那段關係在她到達之後不久就結束了，她從五年前到現在一直計畫離開這個城市，但總有些什麼事插進來，大部分是因為某個魅力強於性格的男人。「完全沒有可不行。」她最後說。緊接著的星期五，她們在歐蘭尼亞街的一家地下室俱樂部玩到清晨五點，安娜跳舞的樣子就和瑪麗亞想像的一樣，就像不是她自己而是音樂讓她的身體動起來。城市東方已經露出清晨的微光，瑪麗亞才溜進法克的房間，赤裸著醉醺醺地對他低語：「就承認你想念我吧，反正我知道。」

然後暑假開始了。因為幾個演員離開了這座城市，《牆》的排演中斷直到秋天，法克沒有放假，反而開始準備新戲。瑪麗亞寧可離開公社。因為距離最近的海洋中間隔著兩條國界，而她也沒聽過對西柏林的湖有任何好評價，所以她白天都到民眾公園的哈森草原，晚上則認識一些地方——她根本不知道居然還有這些地方。她就像上個世紀初登場的人，在安娜牽引下進到城市的各個房子；某個由流亡人士和學生所組成的波希米亞式團體，他們共同分享憂愁，交換伴侶，以夜晚提供的各種方式對抗鄉愁。那是個拉丁美洲加勒比地下空間，它的入口分布在整個西柏林，從夏洛德城堡區的莎莎舞，騰柏霍夫機場附近的巴恰塔貼身舞，到什列施威大門和圍牆間無名的地下酒吧。安娜知道每一個。

「真的，我完全沒概念。」瑪麗亞說，某個晚上她們走進一個廢棄的防空洞，裸露的牆壁，頂端滴著水的暖氣管底下。她們猜測生鏽的鐵門後面可能是偽幣製造廠，或是祕密武器倉庫，絕不像是凌晨兩點開始擠滿人的舞池。

「對什麼沒概念？」安娜穿著無袖的衣服，把頭髮紮起來，眼神在空間裡穿梭。

「我以為我多少比較熟悉柏林了。」

「德國人跳舞就像冰箱一樣，我們需要自己的地方。」她的朋友舉起手打招呼，吧檯後面一個高大的黑人搖手回應。不一會兒她們已經坐在吧檯邊，啜著她們既沒點也不准付錢的免費飲料，必須把頭貼在一起，才能在這般噪音之下說話。擴大機傳來梅倫格舞曲，大麻煙霧聚集在頂端。安娜甚至能坐著跳舞。「那些瘋子做什麼的？」她以搖動的肩膀示意。

「他們鎖螺絲。」

「什麼？」

「人家如果問他們，他們是做什麼的，他們就說：我鎖螺絲。意思就是他們修理汽車和任何科技儀器。他們從來不明說他們是做什麼的。算是一種吹噓。」

「我鎖螺絲。」安娜重複一遍，搖了搖頭。「我螺絲鬆到快瘋了。妳怎麼受得了他們？」她的德文比瑪麗亞好，但是說起德國人通常帶著輕視，每當她說起朋友，指的都是其他南美洲人。

「滿有趣的。例如，如果有人走進廚房，他們不會對坐在廚房裡的人說哈囉，受不了問候語。如果某人給你什麼，不可以道謝。禮貌是裝模作樣。只有某人幫你一個大忙的時候，你才可以說『好棒喔』，但是要聽起來刺耳。」

「好棒喔。」

「就是這樣！妳要搬來我們那裡住嗎？」

安娜做出快要被勒死的動作。她偶爾和到吧檯買飲料的人打招呼，有如參加拍賣會一樣，所有的人都搖著錢，嘶吼著他們要點的東西。一瓶瓶伏特加、蘭姆酒和龍舌蘭排在舊的倉儲架上。瑪麗亞啜飲著飲料，心想自己要是有勇氣穿大膽一點就好了。黑色上衣來自她在里斯本上城區迎接新浪潮來到葡萄牙，期盼自己離鄉的那個時期。她當時畫成深色的眼睛、尖頭的半筒靴，比她今晚的保守裝扮更適合十字山。「真的，搬到我們那裡，」她說，「如果他們問妳是做什麼的，妳就說電工還是什麼這類的。租金便宜得要命。」

「我告訴奧斯卡妳今天會來。」

「妳為什麼這麼做？」

「妳喜歡藝術家。」

奧斯卡是個窮得要命的智利詩人，他把詩寫在紙條上，然後在酒吧裡出售。他為瑪麗亞寫了一首，她喜歡，但是聊了十分鐘之後，他宣稱只有她能拯救他，她就沒興趣再見到他。而且她喜歡她的生活。「我有個男朋友。」她說。

「是，情況如何？」

「很好。」

「回答得真簡短。」

「我知道妳怎麼想，但他是個有趣的傢伙。自以為是，沒錯，但是……」自從他們倆個在咖啡館裡見過一次之後，瑪麗亞就放棄三人一起聚會。

「他屌有多大？」安娜喝酒的時候最喜歡的話題。

「也許我不像妳這麼見多識廣。」

「妳不必見多識廣才知道他的有多大。」

「妳知道我們那裡怎麼說巴西女人的嗎？」

「我們是婊子，妳們是修女。多大？」安娜的眼光變得凌厲，還有些卑劣。「舉起手發誓，妳看過他的老二。」

她不情願地舉手。

「結果呢？太小。用雙手比。如果有必要就用雙手，然後用……妳臉紅了？」

「那是因為酒精。我們不一樣，正漸漸認識對方。他是個藝術家。」

「妳是說性無能。」

「我是說他很會幻想。」

「叫他去找醫生。」

「他有想法要表達，他重視這些。」

安娜跳起身來，手拍了兩下，用臀部頂著瑪麗亞。「我很想幫妳，但妳不讓我幫。你們葡萄牙人太奇怪了。像妳那樣坐在那兒！我們跳舞吧，小雞。」

她從未認識像安娜這樣的女性。她漂亮、有自信，風趣而且聰明，總是尋找肩膀寬闊而且對她不好的男人。她覺得女性主義是蕾絲邊的事。她的哥哥在加州當自由記者安身立命，不同的筆名換著用，以免危及故鄉的家人，安娜賺的錢則大部分花在每個月的電話帳單上。她似乎也從某些關係獲得金錢支援，宣稱之所以讀電機，是為了某天能獨立自主。在舞池裡待沒幾秒鐘，有個穿著白色汗衫的傢伙就把手放在她背上。

瑪麗亞走回吧檯的時候，奧斯卡和一杯新的飲料已經等在那裡。時間晚了，她抽了根菸，某人過生日，到處請大家喝龍舌蘭酒。夜間酒吧裡的大男人歧視詩人，黑幫輕視共產黨分子，但是到了凌晨大家都醉了，大麻抽到嗨，把彼此當作兄弟。此時離開這一切，穿過空蕩蕩的街道跑回家，很是舒服。

這是她一生中第一個沒有在葡萄牙度過的夏季。她和安娜徹夜狂歡，她如果能說服她的男朋友休息一下，他們就一起去欣賞表演和音樂會。在十字山的地下室裡，登臺的樂團成員不會表現出一副他們能演奏手中樂器的樣子，這是新的樂風，叫做龐克。有天晚上，在一家叫做「前衛影院」的店裡，法克和她坐在翻過來的桶子上，聽一段有關魚的獨白，超過三小時，直到聽眾一個接一個爆出歇斯底里的笑聲為止。瑪麗亞不知道這叫什麼。在曼托以佛街公寓裡，如果她有什麼不懂的，她會被當作外國人而要求從寬，但從不曾因為她是女人。女人做的事和男人一樣——以英佳為例，她甚至有鬍子。廚房裡整天放音樂，星期五整群人拉著拖車出發，到「香草和甜菜」店裡買黑色長麵包，公社居民就吃這個過活。不許吃肉，蔬菜被煮過頭。每次瑪麗亞聞到烤肉的香味，或是在報紙裡讀到家鄉的消息，她的思鄉病就被勾起。通常都是壞消息，所有關於家鄉的報導都會加上一句「歐洲貧戶」。為了減少勞動力外移，應該隨即就會提高外移的費用，而她的雙親在電話上抱怨，現在根本不值得印菜單，因為價格上漲得太快了。國家借錢，也拿到一些，炸彈在里斯本警察局前面爆炸，阿圖爾和露德絲說起要出售兩家餐廳的執照，搬回山區居住。根據一篇報紙報導，國內通貨膨脹超過百分之二十，而且上漲得很快，文盲率也同樣高，而且減少緩慢。

「而且這還是平均值。」瑪麗亞指給法克看的時候這麼說。「我父母親的故鄉，也許他們還會再搬回去，那裡大部分的人都不會讀和寫。」這些數字和里斯本的炸彈同樣讓她震驚，她對家鄉的想法同時觸動了她很久沒去想的一件事。她承諾耶誕節回家看他們，努力存錢，但是她無法對此感到期待。「你有聽到我說話嗎？」她問。

「嗯—哼—」法克對她說的話不感興趣時，他會點兩次頭，然後轉回他的工作。他坐在地板上，穿著一件格子褲，瑪麗亞想著，幾天前另一個房客穿著這件褲子。自從弄來洗衣機、並且安裝在地下室之後，老是有人拿錯衣服，她是唯一帶本書等著、直到她能帶著自己的東西離開的人。「語言行為，」法克深思地說，「聽過嗎？」

「沒有，那是什麼？」

「顯然有個相關理論，語言行為理論。妳認識任何讀哲學的人嗎？」

「沒有。等等，有一個，叫什麼名字？他上星期也到前衛影院，戴著一頂毛帽。」

那是九月的一個傍晚。意外地，溫度再次攀上三十度，雖然窗戶打開，熱氣還是堵在房裡。安娜陷入新的戀情，下個週末她會開始抱怨，拉烏爾，爵士音樂家，沒有固定工作，不在床上就把她當空氣，但是**在床上……**

「問他。」法克喃喃地說。

瑪麗亞餓了，把報紙折好。她的男友說那份報紙乏味到只有吃素的人會看。他的新劇本涉及東德特務機關，牆壁上貼著紙條，上面是速描和文字片段，但是他找不到切入點，因為之前的那齣戲礙著他。瑪麗亞驚訝於他的工作熱情那麼普魯士。總是一件接著另一件。兩星期後排演又可以繼續。

「我不要戲劇藝術，」他說，卻沒有洩露他說的是哪一篇，「只想對觀眾咆哮一回。誰說話無所謂，因為反正沒有人物，只有狀況。妳明白嗎？我不想提供絲毫說明。」

「而是語言行為。」她下午在國家圖書館裡複印了一些有關圭勞莫事件[10]的文章，放在檔案夾裡。現在她決定沖個涼，從床上站起，脫掉她的上衣。法克的視線鑽進他的筆記本。

「分析狀況，得出結果，然後把這個結果呈現在舞臺上。不了解的人可以滾。」

「你為什麼因此要用到理論？」瑪麗亞問。

「妳到底會不會問他？那個帽子男。」

「迪特馬，」她說，「迪特馬．賈克伯。如果你告訴我，你想知道什麼。」

「找他問清楚，語言行為本身是什麼？是戲劇能分解出來的最小單元嗎？如果沒有情節，會剩下什麼。還有妳今天吃過飯沒有？妳越來越……」他的手做了個動作，就像那其實不干他的事。

---

10 Guillaume-Affäre，東西德歷史上最具政治意義的間諜案。一九七四年四月二十四日，當時西德總理布蘭特身邊要人圭勞莫被揭穿是東德間諜，布蘭特因此下臺。

「中午我吃了個土耳其的波菜包。」

「波瑞克。」

「波瑞克。」她說，忍不住笑。一邊說這個字，一邊半裸站在房間裡，就像她要把自己獻給他。

「要我出門買些什麼嗎？」他問。「我自己也還沒吃什麼。」

「你有錢嗎？」

「夠買一個披薩。」

她以眼光在牆邊的架子上尋找乾淨的毛巾，點點頭。「我一直以為找個理論不會幫到你，反而會妨礙你。不要問自己語言行為是什麼，就讓角色說該說的。」

「問題就在於根本沒有角色。」

「為什麼是理論，為什麼不是怒氣、情緒，隨便什麼來自於你的東西？」自從她德文說得比較好之後，反駁他就為她帶來樂趣。而且這是唯一吸引他注意力的方法。「如果你不想在**劇裡**做解釋，你也不需要**為劇本**辯解，不是嗎？」

「也許妳說得沒錯。」他說，意思差不多是「說夠了」。他離開公寓的時候，瑪麗亞走進浴室，架高的水盆底下的瓷磚覆著一層油和灰塵。英佳錯過及時幫兒子登記就學之後，少年福利機關的兩個代表現身，檢查居住空間，記錄嚴重的衛生缺失。瑪麗亞在這裡住得越久，她就越不了解是什麼讓法克留在這裡。似乎沒有人知道他在寫劇本，因為雖然所有的人都誓言對抗中產階級世界，基本上卻對其他住民做些什麼不感興趣。因為A．S．尼爾的名字幾乎出現在每次對話，她就翻了一下他所寫的

《反威權教育理論與實踐》，而且覺得比她預期的還有趣，但是她認為班尼不會被教養成反威權，而是根本沒人教養照顧。最近院子裡有隻鵝啄了他的臉，就在左眼下面一點，雖然法克覺得她瘋了，但是她確信鵝是要阻止那孩子偷牠的飼料。總是有毒品被弄進房子裡，最近有幾個人半夜蹲在廚房裡，被附身似地狂敲鍋子。法克對這事只說，她自己偶爾也會抽一下。對他而言，這個公社就是替代家庭，他會反駁任何批評以保護它，卻對自己真正的家庭閉口不談，也不想知道她家裡的事。幾天前他問，她可不可以幫他到東邊一趟，把手稿拿給人民劇場的人，那是他從前認識的人。根據他的看法，最有趣的戲劇都在牆的那一邊演出，但是他身為東德叛逃者不能跨越邊界。他帶著披薩盒子回來，瑪麗亞正躺在床上，穿著乾淨的底褲和晚上睡覺時穿的T恤。她看著他怎麼把鞋子踢到房間角落，坐到她旁邊，盒子就放在地上。

「你有沒有想過離開這裡？」她問。「我是說和我一起，只離開幾天。」她今年連一天都還沒有在沙灘度過，除了前臂，全身白得像麵粉一樣。

「沒有。」

「沒想過，還是你不要？」

「我沒錢，沒護照，也沒有那個興致。」

「你可以像我一樣打工，申請護照。怎麼會有人沒興趣偶爾離開城市？」她彎身越過床邊，拿了一片披薩。法克從褲子側邊口袋拿出一小瓶紅酒和兩瓶啤酒。她躺著看了他一眼，但是他專心地開酒瓶。自從去年十二月的示威行動以來他就有前科，行事刻意謹慎，但是她不能一下子改變一切。她已經代替他去圖書館以免他偷書。「我不要你……」她開始假意地說。

「妳要，妳覺得那很浪漫。」

「我不這麼覺得。為什麼偷了啤酒？」

「沃勒要過來看牆壁。」

「什麼牆壁？」她問，雖然她想得出來他是什麼意思。所有公社住民之中，沃勒是最自閉同時最熟諳各項技術的人。他用花盆為廚房爐子做了個排煙管，眾口稱讚他熟知房子裡的所有電線和水管走向。拆牆在這個公社像是某種運動，大家總是在討論，房間分割能如何加以改變，在牆壁被拆掉之前，整個過程看起來就像沃勒檢查所有牆壁，有些人稱之為「和牆壁協商」。

「根本就是浪費，」法克邊咀嚼邊說，「妳不用妳的房間。如果我們把牆壁拆掉，我們的地方就比較大。」

「我們也可以在自己的公寓裡有大空間。」

他沒有回答，而是把酒瓶遞給她，因為她想喝紅酒，也就接過來喝。他已經把石頭從房間搬走，和大部分抗議人士保持距離，最近會用體香劑。一定是偷來的，不過總算用了。五分鐘後門被打開，沃勒一句話不說地走了進來，他的大鬍子湧出的氣味讓瑪麗亞想到石膏繃帶底下的味道，她有次手臂骨折必須上石膏。法克遞給沃勒一瓶啤酒，她快速地穿上褲子。「這就是那道牆。」他說，用腳把床墊推到一邊。「你覺得怎麼樣？可行嗎？」

整整一分鐘沒發生任何事，除了法克把啤酒罐從沃勒手裡拿回來，開罐再遞回去，就像把湯匙放到痴呆症患者手上一樣。沃勒除了啤酒以外什麼都不喝，至少不在其他人面前喝。據說他的房間裡有個養著一打青蛙的水族箱，片刻間瑪麗亞以為他把其中一隻裝在他的工作服口袋裡帶出來。但那不過是他空著的手在口袋裡動著，然後抽出一枝粉筆，站在牆的前面。他傾聽，停住，再聽一次。然後他敲一敲，畫線，喝他的啤酒。在牆上形成的圖樣看起來就像小孩子描繪的城市圖。最後他把粉筆又放回口袋，然後說：「困難，放射結構。」

「但是理論上可行？」法克問。

沃勒拿起第二瓶啤酒，再次走向前，在牆中間拉了一條垂直線。「只有左邊。」他說。

「了解，多謝。其他的我們就不動，當作隔間牆。」

之前她從沒看過男友對其他人這麼禮貌。沃勒離開之後，他在牆壁前面站了一會兒，似乎正努力思考。「什麼是放射結構？」瑪麗亞問。

「什麼？」

「他說放射結構，那是什麼？」

「沃勒很了解牆壁。」

「了解牆壁。」她搖著頭重複這句話。「我有時覺得你們大家合演一齣戲好愚弄我。對我而言他就是個流浪漢……」

「妳真傲慢。」法克說。「而且妳一個人把整個披薩吃光了。我以為有個比較大的房間會是個好主意。」

「紅酒還有。」她把瓶子遞給他。「放射結構是什麼?」

「他的意思是不容易拆牆,因為水管在牆裡繞來繞去。這是道結構牆,但是可以信賴沃勒。」他把酒喝光,把床墊拉回原來的位置,躺了上去。

「我要你多跟我說一些。」她說。「為什麼這個公社對你這麼重要。你怎麼認識人民劇場的那些人,你怎麼到這裡來的,所有一切。」

「那和我的舞臺劇有什麼關係?」

「好問題,我也想知道這個。」

「我告訴過妳,我不想要男女關係瑣事,那對我來說太無聊了。」

瑪麗亞又脫掉褲子,走向床墊。最近她告訴安娜:我不喜歡不透明的男人,我只是對他們有「性」趣。現在她跪在他身邊,看著他的眼睛。「你太盲目以至於無法自行找到幸福,所以我必須強迫你。告訴我,你有什麼感覺。」

「我覺得肚子餓。」

「對我!」

「對妳是一個階段。」他撥開她臉上一撮頭髮,少見的溫柔表情,讓她知道,他對她的感覺比他說出來的更多。「這是新鮮事,刺刺癢癢的,我幾百年來都是這麼過活的。」

「你知道我的想法嗎?你害怕自己會愛上我。」

他動也不動地躺在她身體下面,散發出男人的自信,不必花什麼力氣就顯得有吸引力。他有著蓬鬆的鬍子，因為毛髮內生，於是每次他刮鬍子，就會在皮下發炎，至少他是這麼宣稱的。她不受誤導地把一隻手放在他的胸膛。「能遇見我，是你這輩子最幸運的事。」

「因為妳有屁股和奶子？」

「總是這樣，說起認真的事你就變得粗魯。」

他笑著打她的大腿。「好吧，我愛上妳了。滿意了嗎？但是無論如何，我還是做我的事。」

她不讓他翻身離開，反而以騎馬的姿勢坐在他身上，鬆開他的皮帶。昨天她平生第一次走進藥房，羞紅著臉要求購買保險套。越險阻的道路越正確，和法克在一起不會無聊，毋庸置疑，只是和她想像的男女關係不太一樣。那又怎樣？乾脆就建立一種新的男女關係模式。或許是個浪漫的古怪想法，也許甚至是自我欺騙，但是她不在乎。

5

瑪麗亞沉默地凝視著山谷上方冰晶透明的空氣。這幅景象讓她想起埃什特雷拉山脈，想起無盡綿延山丘上方的藍色開闊，從她父母的房子看出去就是那些山丘。幾天之後，那裡將迎接他們，而她自問，阿圖爾和露德絲是否曾像她和何暮德剛才那樣爭吵過。再沒兩個人像她的父母那樣天差地別，露德絲在一所天主教孤兒院被修女扶養長大，直到今日依舊虔誠，而據說阿圖爾年輕時十分暴躁易怒，偶爾喝太多酒，但是瑪麗亞一點都不記得家裡發生過爭吵。她的父親是個封閉的人，以前頂多在看葡萄牙自行車賽轉播時才會大聲吆喝，但那也已經是很久以前的事了。那段時期，只要遇上喬阿金·阿奎斯提諾的偉大時刻，廚房裡總放著一部老舊的電晶體收音機，而阿圖爾總是興奮過度，把醋和油弄混了。

現在她身在上黑森邦的一座森林小屋前，坐在丈夫身邊，憶起在家裡的事情，莫名感到安慰。啤酒桌和椅凳疊在入口邊上，廣場上的礫石看起來就像剛被整理過。安東尼歐去世也許導致阿圖爾隨著年歲越來越沉默，而母親越來越過度緊繃，雖然她宣稱，自從她住在山區之後，她已經從慢性憂鬱症痊癒。何暮德深吸一口氣，想終止這沉默，但瑪麗亞堅定地搖搖頭，踩熄香菸說：「我先。」

「好。」

「下不為例，絕對不要再這樣對我大吼大叫。我是認真的。只要再一次，我就會永遠離開。」她立刻又從香菸盒抽出下一根菸，想著兩人在這種狀態下，根本不能去拉帕。

「對不起，瑪麗亞。」

「沒那麼容易。」她既不想要他道歉，也不想聽解釋，甚至不要他低聲下氣地保證絕不會再發生同樣的事。他差點兒就害死他們倆，最好就這麼閉嘴！

「我不知道該說什麼。」他說。

「那就算了，什麼都不要說。」

「而且我不知道，我們該如何度過這一天。」

距離婚禮還有三刻鐘。在接下來要舉行慶祝會的旅館也已經為他們預定了雙人房，也許有柔軟的床鋪，還有太沉重的棉被。從前她曾在婆家就躺在這樣的棉被底下醒來，望著俗氣的耶穌抱羔羊像。她一直和他的家族熱絡不起來，也許可惜，卻無法改變；此外每次前去拜望就一定會想起這件事，這也讓她煩心，因為教養的關係，她總是從自己身上找過失。一旦她開始這麼做，罪惡感就會自動湧現，她根本不須尋找，罪惡感顯然夠多。

「妳曾經後悔和我結婚嗎？」他問，就像他猜到她的思路一般。「現在或從前。」

「我知道你想聽到什麼。從前**沒**那麼糟，但是……」

「我知道自己的行為像個白痴。」

「人難免會有像個白痴的時候。你剛才卻是個失去控制的瘋子！我生平第一次對你感到恐懼。開到對向車道！你天殺的怎麼回事？你病了嗎？」他想反駁，但她用獨斷的手勢堵住他。菸灰從香菸尾端掉落，掉在她的衣服上，留下灰斑。「現在談這個根本毫無意義。沒有什麼好說的，所以別提了，拜託！」

「我從不曾後悔。」他說。「一分鐘也沒有，一秒鐘都沒有，從來沒有後悔。」

「然後呢……所以現在我應該感覺良好？如果你受不了，請你到車上等我。」瑪麗亞拿起手提袋，開始翻找。她說得越久，她就越強烈感覺到丈夫的和解期望。原諒我，他懇求，那樣清楚意識到自己的過錯，使任何控訴都變成多餘。她只想儘快過完這一天，其餘無他，但是沒有自我麻醉根本辦不到。她的手指終於摸到她想找的那個金屬盒。

「你還記得我們幾星期前的談話嗎？」她問，注意到自己聲音裡的變化。知道有東西可用，片刻間就變得比較平靜。「斐莉琶和朋友們在阿姆斯特丹的時候？過聖靈降臨節。」

「我知道她去阿姆斯特丹。但我們談到什麼？」

「說起她是否吸毒，或是曾經用過。」

「喔。」

「我們在這方面並不了解她。也許就像我們父母親對我們所知一樣少。」那是他們在柏林比較美好的一個夜晚的對話。他們剛看完電影，開了一瓶酒，引出何暮德坦言新的狀況也有好的一面。「你還記得嗎？」

「妳那時說：那又怎樣，我們每個人都曾抽過大麻菸。對嗎？」

「然後你說你沒有。」

「我沒有。沒抽過。怎麼想到這些？」

「那時我就說，考慮到你的年齡，以及你所屬的世代，這根本說不過去。一根大麻菸都沒有，我覺得那實在奇怪。你盡可否認，但是你終究還是個六八世代的人。」

「在六八世代的人眼中不是。」他回答。「我也自認不是。我……」

她又用手勢打斷他。她從過往的談話早已知道，他堅持自己對同世代的左派而言是個「該死的自由主義分子」，在此刻更是無關緊要。「我原本是想我們明天在波昂試試看，」她說著，把香菸丟到地上踩熄，「讓我們坐在露臺，慶祝我們假期開始。你遲來的……怎麼說的……入門儀式。」

「什麼儀式？」

那是昨天她腦中突然冒出來的想法。顯而易見，何暮德自從搬家後喝很多酒，但是卻不能說酒讓他比較平衡。他自己承認工作結束之後不容易轉換心情，無法把大學的壓力拋諸腦後。在收拾行李的時候她想到，她在柏林和安娜，還有和皮拉爾在波昂偶爾都會哈草，好承受每日生活的嚴峻，是種偶爾為之、療癒性的使用，或許也能幫助她的丈夫。值得一試，她這麼想，就用小盒子裝了捲好的大麻菸，這時正從手提袋裡拿出來。

「妳從哪弄來的？」何暮德問。

「你可以一起抽，或是不抽，隨便你。」

「我們必須出席婚禮。不管我們想不想。」

「根本說不上想或不想。這是唯一的可能，無論如何我是這麼看。你也許打算之後暢飲一番。」

「妳從什麼時候開始抽……這些東西？」

她看了他一眼，打住他的其他問題，點燃大麻菸，深吸了一口，然後遞給丈夫。捲在其中的是搬家那天，彼得讓她驚喜的最後一點大麻。是個問候禮，對初次嘗試的人來說其實太強，但是目前的情況需要特殊措施，何暮德似乎也能理解。不再繼續裝腔作勢，他把大麻菸放進嘴裡抽了一口，就像用吸管吸優格一樣。他的眼睛張大，必須壓下一陣咳意，然後又快速地呼氣。瑪麗亞搖搖頭，說：「再一次。」

「妳常在柏林做這種事？和妳的劇場朋友們？」

「試著把菸留久一點，然後想些美好的事。」

「不然我就會有噩夢般的經歷？」

「這是草，何暮德。試著放鬆自己，噩夢我們剛剛已經作過了。」

他照她說的做。她抽下一口的時候，身體幾乎痙攣的肌肉開始放鬆。監督思想交流的嚴厲警察脫下制服，讓一切流動。「相當強勁。」她低語。夏天的風在樹木間輕嘯，撫過她的肌膚。除了早上吃的脆麵包，以及在餐車上享用的一塊蛋糕，她今天什麼都沒吃。現在她鬆懈下來，想著今早斐莉琶的簡訊。上面寫著「爸爸很奇怪」，卻沒進一步說明她為何這樣想。違背她的意願——即使少不了她的推波助瀾——斐莉琶從小就是家裡的氣壓計，在打雷之前就能感覺家裡的氣氛干擾。自從她上大學以後就越來越少說些什麼，每當她覺得被父母濫用充當中間人，就說「你們的垃圾請自行處理」。瑪麗亞在路上想打電話給她，她的電話關機，之後瑪麗亞又忘了簡訊的事，可能是個亂流預告。

他們又把大麻菸來回遞了幾次。她丈夫抽的時候做出堅決的表情，有如要彌補自己的錯誤。瑪麗亞的思緒開始遊走。每次她站在辦公室窗前，看著寇本廣場，即使現在她依舊認為，只要一點點，就能守住當初搬到柏林時所做的承諾。無論如何，很難說這一點點在哪裡。每天清晨從潘寇搭快鐵到市中心要花掉她半小時，然後稍微走路經過畫廊和咖啡館。劇場位在奧古斯都街一幢紅磚建築裡，直到兩德統一前都被當作變電所。這幢建築並未如規畫改建成活動中心，幾乎變成廢墟，直到古蹟保護單位介入，投資人退出。自從法克八年前接手之後，柏林劇場，簡稱BT，就是這幢房子的名字，雖然不那麼適合當作演出場所。大堂既沒有舞臺塔樓[11]，也沒有足夠大的後臺，每次上演都有上下場的問題。

財務更加吃緊的時候，瑪麗亞的前任轉行到行銷代理商那裡工作，法克從此只稱她為「叛逃的賤貨」。即使如此，春天時他還是委託她的新雇主，找出改善劇場財務問題的方法。〈缺乏資源依舊向前：現代劇場的新商業模式〉，這是兩個月後郵寄來的二十頁報告的標題。夏季休演時間越來越近，必須決定一些事，涉及後續表演時間的事情更是必須立刻決定。劇場幾年來一直都在討論額外的收入來源，但是目前柏林劇場依賴參議院的企畫案補助維生，明年就要到期。延長補助的可行性評估即將結束，很快就會決定，國內正在舉行的世界盃足球賽主導新聞，劇場的人卻正為另一個結局顫抖。

她在柏林的前十個月飛快流逝。

11 為方便舞臺背景、設備等升降而建築的高塔。

某個星期四早晨九點二十分，瑪麗亞坐在辦公室裡，得到的印象是研究報告的作者並未考慮到柏林劇場的特殊條件，而是根本以自由舞臺的情況為考量。**一家僅依賴售票維生的劇場，面臨喪失原本使命的風險**，引言裡這麼寫著，因為票價在藝術創作者和消費者之間畫了一條界線。比較好的是所謂**會員**模式，經常使用該方案能獲得折扣，可額外刺激參與。瑪麗亞暫時從報告抬起頭來，啜飲她的濃縮咖啡，在腦子裡整理出要點，她在十分鐘內要向法克匯報：只有沒用到所支付部分的人，才能要求退回全額會費。

多聰明，他會這麼說。

沿著整個走廊的門都開著，電話響著，九點二十八分的時候，亞莉克山德拉．克拉莫充滿能量的腳步聲接近。一如往常，她先進來才徵求她的同意，進來之後以她的臉部表情示意，沒有人像她一樣了解情況的嚴峻。「有什麼事？」瑪麗亞問，闔上報告書。

「我們必須馬上過去。皮要繃緊點。」

「他究竟到了沒有？」

「他從七點開始就一副他不在那裡的樣子。」亞莉克絲交叉雙臂站在房間裡。本為男性設計的眼鏡玻璃後面，她的眼睛盯著瑪麗亞桌上那一團亂，發現夾著報告的資料夾。「裡面有什麼能幫助我們走下去的嗎？我什麼都沒發現。」

「有些東西可以討論。錄影和排演直播，網路慣用會員在網路上的反饋。定期邀請其他人參加排演，公演期開始時介紹節目等等。基本原則是，在哪……這裡：應該藉助穩定維繫觀眾來分散藝術風險，而非試圖在財務上不依賴觀眾。」

「我不知道我們面臨財務獨立的威脅。妳說會員——什麼的會員？」

「我們的，劇場的，推動協會或是劇場之友。重點在於他們是劇場的一部分，而非經由購票取得暫時的入場權。」

「我們為這份報告已經支付了兩千歐元。」亞莉克絲搖搖頭，她嘟起的嘴脣亮得像成熟的櫻桃。「結果她現在建議我們進行她還在這裡工作的時候不想碰的事。有個推動協會，我想，這個協會甚至還有活生生的會員。」

「有些句子聽起來好像她希望得到法克的認可，藝術不可被消費什麼的。」

「我們私下說說，她希望得到的是法克本人。」

「了解，」瑪麗亞說，「即使如此，我喜歡這個想法，藝術不是藝術品，而是通往藝術品的途徑。某人是否願意因此付錢，我不知道，但是法克一直都有粉絲，妳讀讀看那些郵件。」

「我看過了，那是我的工作啊。我到底在抱怨什麼？」

「妳和文化管理部門談過了嗎？」

亞莉克絲翻了個白眼，因為隔壁辦公室裡她的電話響了。「在暑休之前不會有任何進展，看來快沒戲唱了。」

「妳的電話響了。」

「我戒菸了。」

「我知道。妳每個星期都在戒菸。」

「說到每個星期。楊科對我緊迫盯人。他想知道我們最喜歡哪些外部劇團，此外他還問起妳。你們兩個認識嗎？」

「我讀他的評論，但是從來沒碰見過他。」

「聽起來他很想改變這種情況。」

「楊科是媒體，媒體是妳的事。」十個月後她已經不再是劇場的陌生人，但是她發出的堅決聲調有時還是會引起自己的注意。她還在自由大學念書的時候，波里斯．楊科已經為《每日鏡報》寫過評論，是柏林專欄裡少數推崇柏林劇場的人之一。

亞莉克絲閉上眼睛吸進空氣裡的菸草味，旁邊的電話鈴聲已死，然後又開始響起。「跟他聯絡，他和決定我們未來的審查人士關係良好。」她沒等答案就轉身走開。「告訴法克我立刻就來。」

「我該和楊科說什麼？」

「看他想知道什麼。記得對他要比對我友善。」

瑪麗亞嘆著氣收起筆記，離開辦公室。

法克在東德轉型後一度很紅，但幾年後名聲不再，為了搶進走廊另一頭的寬敞辦公室當上主任，他在一九九八年必須孤注一擲。書桌旁掛著一幅照片，上面是當時的文化眾議員彼得．拉當斯基，和法克站得有點距離，只近到他們握手所需，以見證聯盟。拉當斯基施恩似地看著相機，法克則盯著他伸出的手，就像那隻手不是他的。那張照片是他連同所有相關報導從《柏林日報》剪下來，然後用黃色螢光筆畫線，那行字表示歡迎「城裡唯一有前科的劇場主管」在文化界站穩腳步。

「早安。」她說，一邊走向窗邊的座位。「我聽說你從七點就在這裡。睡不著嗎？」法克如果比其他人早出現，在辦公室裡把自己關起來，那就代表沒什麼好事，通常她也猜得出來為什麼。他交叉雙臂坐在書桌後面，桌面上除了幾張筆記紙和筆之外空蕩蕩的。房間裡令人窒息的空氣促使她打開窗戶。

「亞莉克絲在哪裡？」他喃喃地問。

「立刻就來了。」她假裝天真地搖搖報告。「和這個有關嗎？」

「那個不急。」

「好吧，那還有什麼事？」

「亨寧。」他說。「布萊特豪斯家的那個混蛋亨寧。」

正如她所想。她把文件放在桌上，透過開著的門聽到亞莉克絲離開她的辦公室。這幾年法克贏得刺激年輕演員天賦發展的名聲，一段時間以來，亨寧．布萊特豪斯都是劇場之星，一個帶著高傲男性氣質的粗壯傢伙，他在《歐洲屠宰場》當中的表演讓評論家折服，這些評論家對這齣戲的反應卻有所保留，甚至帶著敵意。「他到底告訴你了沒？」她問。

「昨天。」

「之後你就睡不安穩？」

「妳聽起來挺開心的。」法克惱怒地說。

她沒有坐下，而是走向窗邊。演員們停好腳踏車，走上建築物正面的低矮增建部分，那裡之前是個維修站，目前充當排演空間。無雲的天空籠罩城市。上週日，突來的懷舊情緒讓她前往達倫，發現瑞麥斯特街的兩幢別墅如今一幢是葡萄牙使館所在，另一幢則充當身障者住宅。搬家前她本來期望休假時能回溯她往昔的足跡，如今卻沒有時間。身為法克的個人助理，她沒有固定的工作範圍，而是完成他想完成的事，最好是立刻解決。她常在辦公室留到晚上，十點或十一點搭車返回潘寇之前，到食堂看看有誰還在。彼得邀請她去普蘭河岸他最愛的義大利餐廳吃飯的時候，她才會到之前住過的街區。此刻，亨寧運動員一般的身形穿過大門，亞莉克絲衝進導演室，為自己的遲來道歉，握起拳頭，「好消息！」她喊著，「貨真價實的好消息。」

「能拜託妳坐下來嗎？」法克說。

「我們收到來自哥本哈根的邀請。」

「可以拜託妳……」

「再一秒鐘就好，不然我要爆炸了。」亞莉克絲身高一百八，身形結實，不容易阻攔。「我們每個人都知道，皇家劇院有新的劇場，為了開幕，他們邀請全歐洲最重要的劇團。是個國際盛會，三個受邀的德語劇團之一是——我們！現在你們怎麼說？」

「坐下！」

亞莉克絲求救地望著四周。「我說的是中文嗎？國際盛會，最重要的劇團……」

「聽起來很棒。」瑪麗亞說，示意她將這件事暫放一邊。法克從桌邊站起來，走到房間中央，擺出導演的架式。他雖然不再從二手店買襯衫，但是他把衣服穿到看起來像二手店的衣服。開口之前他等了幾秒鐘。「他說妳知道？」

「他到我的辦公室，」瑪麗亞說，「告訴我那個電影邀約。因為他擔心你的反應，希望由我告訴你。我拒絕了。」

「換句話說，妳知道。」

「那是他的決定，我要他提起勇氣親自告訴你。我先試著改變他的心意，沒有成功。他認為那是他的大好機會。三天前的事。」

「我可以問發生了什麼事嗎？」亞莉克絲的眼光在他們倆人之間來回。

「和亨寧有關，」瑪麗亞說，「他……」

「和信任有關。」法克說。

緊繃的沉默籠罩空間。院子裡敲敲打打，工人正在修理舊卡車平臺，好在排演休息時間作為抽菸露臺。「我能對他說什麼？」瑪麗亞問，對自己無力的聲調著惱。

「我不介意妳對他說了什麼，而是妳沒向我提起半句。妳應該對他說『自己告訴法克』，妳應該對我說妳所知道的。這不是很清楚的事嗎？為什麼我必須對妳說明這些？妳在這裡已經快一年了！」

「這樣就不誠實了。」

「那個混蛋反正要離開！」他大吼。

亞莉克絲又站起來。「如果我們要說親熱話，我最好把門關起來。」

關於忠誠和信賴的演說持續了五分鐘，瑪麗亞緊閉雙唇聽著。劇場許多同仁最初對她抱持懷疑，但再沒有人比她深知老大的脾氣，在他爆發前化解他的怒氣更能擊破這些懷疑。缺點是從此以後每當有人想從他那裡要求什麼，他們就來找她。於是她從法克那邊受到許多不是她應得的責難。她決定暑休之後做些改變。一等他的怒氣稍歇，瑪麗亞就把胸前當作保護盾一樣的筆記本放到一邊，問他：

「我現在可以說話了嗎？」

「請，儘管說。」

「與其把我們的工作時間浪費在愚蠢的演說上，你應該思考一下，亨寧的決定是否和你的態度有關。」

他點頭，就像他等這反駁已經太久。基本上這只是她比其他同事先有的認知：法克多麼享受爭執，以及如果接招會贏得他多少敬重。「顯然妳已經想過這個問題了。我聽著。」

「亨寧想離開，因為他相信那個電影邀約，而且再也沒興趣老是被你挑剔。」

「妳認為他不能忍受批評。可惜的確是這樣。他那個階級就是不習慣被批。」

「他對你的語調過敏。」

「哦，那我應該趕快改變。」法克鬆開交叉的雙臂，走向桌邊。身為這個劇場的頭兒，他試著以諷刺平衡他所缺乏的魅力，瑪麗亞早就時常觀察到，她反正知道眼前這場表演不是給她看，而是給亞莉克絲看的。「我可以為兩位女士準備咖啡嗎？有人想要足部按摩？不要以為這些事除了員工的福祉之外還別有所圖，我已經叫人在排演區安裝漩渦水流浴缸。」

「還有別的事，還是我們已經說完了？」她問，「我還有幾個電話要打。」

「如果妳願意，我可以幫妳拿著話筒。」

「我了解你，法克，或許你也了解我。」

「對，還有一些事。」直到此刻，亞莉克絲一直沉默地聽著這番爭執。「我不敢相信，你們根本連提都不提。」

「我們應該在哥本哈根上演我們最受歡迎的劇本？」他問，「前一季最暴紅的那齣戲？」

「他們支付一萬五千歐元，外加住宿、機票和其他花費。」

「可惜主角打算變成電影明星。」

「我們說的是明年的事，明年夏天。」

「我們該討論的是下一季的演出。下一季本來計畫推出這齣戲，但是那個藍血高貴的垃圾不感興趣。」有如他能同時浮現多種情緒，法克握緊拳頭，扭曲地牽扯嘴角。「我們導演私下都說，他的一切都要感謝我。一切！」

「我再說一次：一萬五千歐元，更別提正面的媒體消息。如果我們散播接到邀請這件事，也許還會對評估造成影響。你想被亨寧摧毀嗎？反正我們勢必要找個替代人選。」

「對方什麼時候要收到回答？」他問。

「暑休之前。」

「我主張堅定的特助怎麼說？」

「你自己知道。」

「我這總是掃興的人說：第一，我不能帶著萊哈特幫我搭的爛舞臺到丹麥去。第二，妳們也知道，我們來年夏天也許早已不存在？」

「到夏天之前還在的。」亞莉克絲說，「最糟糕的情況就是我們到哥本哈根，最後一次登場，然後所有人從教堂尖塔跳下來。我已經去過那裡，有幾座尖塔。」

法克看了時鐘點點頭。他最喜歡人家為了取悅他而說一些言不及義的話。「我要走了。」

「我要答應哥本哈根那邊嗎？」

「我們大家一起討論。舞臺那回事我是認真的。下星期五。」他把筆記收起來，轉身要走。

「那天我不行。」瑪麗亞說。「我先生的外甥那天要結婚。」

法克只稍微想了一下。「他娶誰，妳嗎？妳不在場他照樣能結婚。」

「我兩個月前就請假了，那天就是休假前的星期五。」

「所以我們不能向後延。」他大跨步走向門口。「抱歉，斯溫下星期只有星期五在劇場裡。今天就這樣，我還要再次強調，妳們倆是這個劇場裡最好的員工，和妳們一起工作是種幸福，我愛妳們，拜託告訴其他人，星期五晚上六點開會。」他已經走到走廊裡，喊著：「別關門，我沒有帶鑰匙。」

亞莉克山德拉坐回沙發，閉上眼睛。「寂靜。」

瑪麗亞有時覺得，法克利用早晨的小會議，好讓自己準備好進行後續的排演。某種情緒上的暖身，依照他的箴言，劇場工作主要關鍵是正確的運作溫度。就在過頭之前達到最好結果，讓他不受演員歡迎。亨寧本來就喜歡裝模作樣，那時幾乎跪在她面前。**他會扭掉我的頭**，他哀求著，她被自己隨口的回答嚇了一跳：**就正該如此**。

「我必須向妳學習，」亞莉克絲說，「在他那樣大聲抓狂的時候反駁他。」

「學起來，他會吞下妳餵他的任何東西。妳剛才不是親眼看到了？」

「他一直都是這樣？」

瑪麗亞聳聳肩，站起來。因為她不知道，她們的對話有多少會傳進法克的耳朵，她很少提出個人看法。即使幾乎看不出他們在交往，亞莉克絲和法克在劇場裡算是一對。「無論如何，有建設性的批評不是他的長處。」

「如果妳錯過婚禮很糟糕嗎？家族更容易耿耿於懷。」

「我會省略趕鬼宴。」外面法克正趕著走過院子，和幾個迷惑的工人握手寒暄，消失在排練室。

「如果他不改變對舞臺背景的看法，下個星期五會很糟糕。」

「我知道。不能怪他避免衝突。」

「不，他對不會導致衝突的途徑不感興趣。我們等會兒去吃飯？」

「自從我不抽菸以後，已經胖了兩公斤。」

「那是不嘍？」瑪麗亞問，已經走到門口。

「可惜不行。」

她自己的辦公室是個三公尺見方的空間，便宜的架子放著檔案夾和書籍，覆蓋著側邊牆，中間是給訪客坐的椅子，變電所工作人員可能已經坐過。她對用品的貢獻只有菸灰缸，還有旁邊的加框相片：阿爾布費拉沙灘上的幸福小家庭。何暮德臉上是三天沒刮的鬍子，斐莉琶穿著她的碧綠色泳裝，下面露出殘餘的嬰兒肥。瑪麗亞從寇本廣場的葉片式屋頂看著幾個孩子追逐鴿子。收發處等著幾個一般詢問：公司想承租劇場作慶祝場地，商請演員在私人生日朗誦詩歌，新科隆的德語教師要求三十張免費票。她不知道究竟什麼是趕鬼宴，某種德國傳統，不參加會讓假期前的最後一個阻礙顯得小些。晚上和她丈夫通電話的時候，她不會讓自己被看穿……

「瑪麗亞？」何暮德的聲音把她拉回現實。

就像剛從午睡醒來，不知道午睡持續了十分鐘還是兩個小時，她看著四周。太陽依舊照著山谷，暖風拂過樹冠，即使如此，她還是直發抖。她覺得頭昏沉沉的。他們一起抽大麻，聊了一會兒，但是她只記得其中的片段。**我不介意，我們可以生活在混亂當中**，何暮德這麼說過嗎？他迷糊地坐在她身邊的椅子上，看著她。也許是風吹亂他的頭髮，或許是她弄亂的。「多晚了？」她的舌頭乾乾地貼著上顎，手放在膝蓋上，像是有五公斤重。

「三點十五分，」他說，「快遲到了。」

「婚禮何時開始？」

「三點半。」

「那我們就坐在這裡。」

「妳知道那是行不通的。」

她毫不猶豫地用雙手捧起他的臉吻他。如果她能把時間倒轉，她會在馬爾堡下火車，然後會先說自己很開心看到他。她已經不知道自己實際上說過什麼話，無論如何絕不是那樣。「在國道上發生嚴重意外，全面封鎖，」她低語，「我們過不去的。」

何暮德站起來之前，眨了幾下眼睛。她必須盡力才能跟著做。晴天的雲飄在天空，雲影在地面相伴而行，她覺得雲和影的移動比應有的速度快，就像縮時影片。「那水可以喝嗎？」她問，指向噴泉。「我快渴瘋了。」

「車裡有水瓶。」

那是道涓涓細流，從一隻鹿張開的嘴滴出來，她花了幾秒鐘才讓雙手捧滿水可喝。「我還記得，我們第一次見面時，你說你來自鄉村，那裡直接用手殺雞。」她用手指頭沾溼額頭和太陽穴，覺得之前從沒想過的句子脫口而出很有趣。

「什麼？」

「用手，你說的。那是騙我的嗎？」他們彼此隔著大約七、八公尺看著對方。「那時我就已經覺得奇怪。你的教養優雅，總是充滿體諒。我從不曾認識這種男人。嗯，只有一個。」

「瑪麗亞，我們必須想辦法……」

「拯救我們的婚姻，是的。說的比做的容易，但是我會做的。你以為我忍受你二十年，就為了讓你用這樣的行動來結束？我可沒這麼想。」

「在那之前我們必須及時趕到教堂。」

「你不該嘗試讓我們撞死。現在我必須換衣服。」

「婚禮之後妳就能換衣服，在宴會之前。現在我們一定要快點。」

「我的衣服上有一塊灰斑。」她抗議，但是何暮德就這麼動身了。她以不確定的步伐跟著他走上小徑，一路穿過茂密的林木向下。地面不平坦，她穿著高跟鞋扭了好幾次。他們到達停車場的時候，另外兩部車停在他們掛著波昂車牌的福斯汽車旁邊。何暮德深色的西裝掛在後門的衣架上。「說真的，」她說，「這是教堂婚禮，我不能穿著一件沾了菸灰的衣服出席。」

「那就少抽點。」他的聲調聽起來幾近嘲弄。這是那個半小時前衝進對向車道，而且失控怒吼的男人嗎？

「我必須整天坐在你身邊嗎？我不認為我辦得到。」她站在副駕駛側，看了他一眼。站在打開的車門邊，他已經換好襯衫、綁好領帶，並且用樂觀算計的口氣說話，她不喜歡這種口氣。

「我們之間的事還沒完結，你懂嗎？不會只因為我們抽了大麻就算了。你幾乎害死我們！」

「我知道，瑪麗亞，那……」

「你這個病態混蛋。不，不要這樣盯著我，一副我失控的樣子，**你**才是失去控制的那個人。開到對向車道！你還幾乎害死兩個不相干的人。」

「責備我不會有所改善。」他輕聲說。

「不，但是會讓我好過些。」

「我已經道歉，而且還會一再道歉，像……」

「**那**會讓事情比較好？」她上車，利用遮光罩上的鏡子稍微整理一下儀容。她的眼睛看起來哭過紅紅的，但是只能快速畫個睫毛、上一點口紅，時間不夠了。就因為他，她會像個喪屍一樣坐在教堂裡。手裡拿著一包面紙，瑪麗亞再次下車，蹲在草叢後面，已經有種被監視的感覺。她回到車上，她丈夫已經在方向盤後準備好出發。「另外，你知道新娘的名字嗎？」她問。

「我記不住，K開頭的。」

「你的外甥要結婚，而你不知道新娘的名字。我該叫她K嗎？」儀表板上的時鐘指向三點二十七分。她很想停止指責，但是她一再想著如果不說出來就會因此窒息。她對他和他的家族不滿，因為他們的緣故，她必須出席這該死的婚禮。大麻並未使她平靜下來，只是減弱她的自制力，誰知道這還會引發什麼狀況。她其實可以對露忒說，她們這輩子不可能變成朋友。

「而且我們也還沒訂葡萄牙的房間。」何暮德似乎看出新一波爆發的危險，想把她的念頭轉向其他事情。「妳還想要我們兩星期後開車到阿俄加維嗎？」

「是阿卡夫。現在閉嘴，開車。」

他們開下林間道，道路在最前面的房子那裡變成寬一些的馬路。經過城堡山右側，轉進一片狹窄巷道區，這裡的人稱之為上城區。鐘聲響起。被桁架屋圍繞，教堂尖塔高聳，外觀壓抑，呈現明顯的新教特質，教堂前的停車場停著幾部車，天線上綁著彩旗和氣球。孩子們在盛裝的人群之間來回奔跑。從韓國前來的賓客顯得特別開心。

何暮德找到停車位，把車停好。

瑪麗亞動也不動地盯著手裡的衛生紙。她們每次重逢她都會想到這個畫面：露忒抱著小斐莉琶，打開屋門，鼓舞地看著她的嫂子。經過二十年卻仍未成為過去。她再次抬頭看，何暮德的妹妹朝著她的方向招手，斐莉琶跨出同齡圈子走向汽車。瑪麗亞從鏡子裡看見一張蒼白的臉，眼睛裡是赤裸的驚恐。

「我們辦得到的。」何暮德的手伸向她的大腿。

「別想碰我。」她輕聲地說。「今天一整天，把你的手放在你身邊，否則我就尖叫。」

「只要我們雙方都努力，就能辦到。」

「那你自己努力把手放在你身邊。」下車的時候，裝著她的合約的貼郵信封從手提袋滑出，她又把它塞回去。

「真夠慢的。」斐莉琶以德文喊著。她顯然認為鄉間的一場婚禮不足以讓她特別盛裝打扮，她就穿著一件比較舒適的襯衫搭配牛仔褲。向前擁抱母親之前，她搖著頭對著手錶示意，並且改用葡萄牙文。「嗨，沒事吧？你們為什麼這麼晚才到？」

「沒事。火車誤點。妳什麼時候到的？」

「昨天下午。」

何暮德走在前面，瑪麗亞和女兒留在車邊，深吸一口氣。入口大門前，大家擺著姿勢拍紀念照，飛快更換位置，快樂歡笑。教堂鐘聲淡出。「妳過得怎麼樣？」她問，撫著女兒的面頰。「妳沒有其他衣服可穿嗎？」

「謝謝，我很好。」這是她的回答。少女般的身形不僅讓斐莉琶看起來比較年輕，也讓她顯得比實際瘦弱。她最近剪短頭髮，明顯展露出臉部線條，凸顯她和父親的相似處。

「漢堡的情況如何？」

「太棒了，我期待假期來到，要去瑞典。」

「妳什麼時候來看我？我到柏林快一年了。」

「十月，如果妳方便的話。新學期開始之前。」

瑪麗亞點頭，說葡萄牙文讓她感到舒服，就像在緊急情況下有個化外之地可讓她退縮。「露忒說了什麼嗎？」

「對我的牛仔褲？」

「我昨天沒有露面。」

「重點是妳今天出席了。」斐莉琶的姿態有些男孩子氣，從來不用香水，唯一佩戴的首飾是葡萄牙祖母送的銀鍊。第一眼很難看出她是女同，但是一旦知道就會覺得果然如此。她會和一個來自加利西亞的西班牙女孩到瑞典旅行，她的第一個固定女友，瑪麗亞忘記她的名字了。今天顯然所有的名字都掉了。

「說到出席，」她說，「再說一次新娘叫什麼名字？」

「什麼？」

「新娘的名字。你爸爸只知道名字開頭是K。」她看到丈夫站在親戚旁邊，一邊用手指向汽車的方向。直到露忒再次搖手，她才意識到自己沒有回應最初的問候。她頂多才度過這天的一半，也許只有三分之一。

「她的名字是美善。」斐莉琶嚴厲地說。

「美善，明白了，這個名字我記得住。美好的名字。有什麼意義嗎？」

「妳怎麼了？妳看起來完全沒力。」

「一切就是這麼開始的，『寶貝，妳怎麼了？』不，當然更早以前就……不要問我，好嗎？就表現得一切如常。要是我突然想尖叫，請把我帶到外面，然後隨便拿什麼東西塞進我嘴裡。」

斐莉琶沒有回答。賓客聚集在教堂入口前，露忒的丈夫拍著手，然後大家都儘快走進教堂，讓瑪麗亞沒有時間問候親戚。她踏進昏暗的教堂中殿，何暮德已經在第二排坐定，並且對她打了個信號。韓國人坐在右邊。真人大小的耶穌受苦地掛在十字架上，瑪麗亞察覺到自己湧上想大笑的衝動。多年前她曾在葡萄牙踏入一座教堂，她的弟弟祖阿嗚──除了同姓之外，她從不覺得和他親近，卻不知道何以如此──用手指向聖壇，表示：斯巴達克斯也在那裡。那應該是一個表兄弟的婚禮，瞬間眼淚滑下她的臉龐，每個人都以為她是感動到落淚。

下一刻她又恢復自制。新郎緊張又驕傲地站在座位前方，望著入口。所有的人都轉頭，座間一片輕聲低語，管風琴開始演奏。瑪麗亞就像被石化一樣坐在位置上，觀察著牧師如何朝向信眾。一個大約五十歲的男人，將法袍的領子整理好，疊著雙手站在聖壇前，既不莊嚴也不無聊，而是正如人們所期待、人們自以為知道的那樣。人們所選擇的生活。連同生活所帶來的，不論是福是禍。
事實上人們什麼都不知道。

6

聖靈降臨節一起出遊的想法在復活節過後不久成形。多雨、溫和的冬天，每個人都說起聖嬰現象及其瘋癲，多雨寒冷的春天緊接而來，瑪麗亞需要能讓她開心的事。年初法克和她搬家，就在嘗試拆掉他們房間中間那堵牆，而在公社裡造成嚴重水患之後。這是沃勒第一次失誤，幾乎在同一時間，英佳懷孕，但是沒有公布這次誰榮獲父親角色，反而要求更寬敞的居住空間，最好靠近廚房。**法克和那個書呆子可以搬到樓上完成一半的房間**。瑪麗亞不想和她爭執，抓住這個機會，在里格尼策街找到單房住處，雖然狀態不好，但是明亮。她告訴法克，必要時她會一個人搬過去，他於是讓步。他們整理廚房用具髒汙和塗牆壁花了一週的時間，訂了球煤，讓法克的朋友弄來一臺舊冰箱。瑪麗亞在綠色週擔任商展招待賺到新床墊的錢，直到下次國際旅遊展之前她放棄床架。最重要的是：他們有自己的公寓。

搬遷之後不久，《牆》接連兩晚公演，而且在《每日鏡報》一個小欄位當中被善意地提及——法克認為：居高臨下、無知而且愚蠢。這齣戲劇是部充滿野心的作品，評論者這麼認為，「從業餘戲劇中成長，卻尚未到達下一個階段」，此外，挑釁的意圖大於對材料的熟悉。斯溫為了這齣戲的公演在維多利亞公園附近找到地方，也向大學管理部門申請布景和服裝補助，因為這齣戲用不上，就有多餘的錢好好地慶祝初演。先是有些猶豫的掌聲，然後是瓶裝啤酒和塑膠杯裝著的溫香檳，斯溫在發言時宣布，他在夏季學期將轉學到基森大學。法克試著不讓別人注意到他的失望，導致他在接下來幾週少說話，瑪麗亞問他接下來要做什麼，他只是喃喃地說還早得很。對她而言，是她該重新關心自己學業的時候了。復活節之前，她要寫一篇有關《凡尼亞舅舅》[12]編劇的演出分析，並且說服講師接受她有關高夫曼的報告，雖然遲了一年。春天遲遲不來，讓她只能待在圖書館度過每一天，把家裡的工作空間留給她男朋友。

她對一起出遊有何期望，她自己也不知道。

她晚上從大學回家，好幾部警察巴士停在高架橋橋柱下。五月初，人行道布滿最近一次示威抗議的痕跡。狗聞著翻倒的垃圾桶，有個陽臺垂下兩個吊頸的櫥窗人偶，在里格尼茲街的樓梯間一如以往沒有燈亮著。公寓位在橫向建築的五樓。走進去的時候聞起來有新鮮壁漆的味道，混合某種甜甜的氣味，從內建廚房裡增建的淋浴間排放管傳出來。

「哈囉。」她在門口站定，試著猜測法克的心情。「你已經吃過飯了嗎？」

他穿著羊毛衣和牛仔夾克，坐在角落裡的書桌邊。如果那是她的工作空間，她一定會把桌子移到窗邊，但是他不想要分心——後院反正沒有太多值得分心的，只有垃圾和鴿子，也不想被自己的毫無作為影響。她覺得他身上僧侶似的氣質十分怪異，他嚴格拒絕任何帶來舒適和鬆懈的東西。「他能幫妳嗎？」他回問，沒轉過身來，「妳的教授。」

---

12 安東．契訶夫的四幕悲喜劇，發表於一八九七年，一八九九年於莫斯科藝術家劇院首演。

「他不是教授，只是助理。」

「教授in spe[13]。」

「什麼是in spe？」

「問他。」他說。

瑪麗亞嘆口氣，他可能已經坐在舊打字機前面好幾個小時，而且一個字也沒寫。「他認為我應該以具體互動來說明『騙局』，覺得當作隱喻太抽象了。即使如此，他還是給我個二[14]。我覺得他喜歡我。」

「妳之前在圖書館？」

她從袋子裡取出兩本書，放在桌子上。有個叫歐托·福露格費爾德寫的《動物園寄生蟲及其宿主反應》，還有一本教科書，標題是《行為生理學基礎》。他第一次構思劇本卻沒有向她透露主題，因此她有些幸災樂禍地看著他的窘境。而且她覺得這個暫停休息來得正是時候，雖然還缺兩個學分，她已經開始思考自己的碩士論文題目，和幾個比較年長的同學碰面，他們比較了解學術論文。遇上有人爭取大學畢業文憑，法克就表現得一副他們髒了自己的手似的。

「不必謝了。」她說，把一隻手放在他的肩膀上。過去幾週內，她三度把一份手稿用帶子綁在小腿上，而且幸運地沒有在佛烈德里希街地鐵站被搜身。透過法克的關係，她認識一些人，產生有趣的對話，觀賞兩次公演，但是對他的劇本毫無幫助。對住在東德的人而言，法克對那裡的描述並不新鮮。從那邊看來，他的文字充滿算計。上次她在知情之下，為他受傷的自我意識進行安慰任務。她這麼做，因為她和一個年輕的同性戀交好，他管理海納・慕勒的私人圖書館，而且因為東柏林讓她想到里斯本，至少在好天氣的時候，以及還有老房子的地方。她為強迫交換拿出雷克藍出版的契訶夫、沙特和馬克辛・高爾基，書頁聞起來有嘔吐的酸味，就像她從前的教科書。「你想吃些什麼嗎？」她問。「要我拿什麼嗎？」

「我想要安靜地死去，可以嗎？」

她笑著坐到他懷中，用嘴唇吻過他的臉頰。她的需索隨著她的傾心程度而增強，隨著她的週期而浮動，比遲來的春天早了一步。他的需求則隨著工作變動，他常覺得應該要懲罰她，因為她說服他接受一種意識型態上可疑的生活方式，那種成對的同居形式。今早她在他書桌上放了一個放了很久的巧克力復活節兔子，兔子這時已經被畫上希特勒的鬍子。*今天沒戲了*，她想。

「我痛恨任何點子，想到之前就痛恨。」法克說。

「你要是不寫就會痛恨自己；如果你不和我討論劇本，你根本寫不出來。」她把額頭頂著他的額頭。「為什麼你要讀這些生物學的書？」

他把頭轉向一邊。「妳聞起來有菸味。」

她用雙手把他的臉轉回來。「告訴我為什麼。」

---

13 拉丁文，意指未來的教授。

14 德國給分系統，一最高，六最低。

他們從來沒有進行過像她和路易持續進行的對話：我們第一次在哪裡相遇？你對我的第一印象是什麼？我們何時墜入情網？他身上有些疤痕的故事她不曾知曉，而她知道得越少，她就越密集觀察、詮釋和猜測。「妳注意到妳被他迷住了嗎？」安娜最近問她。她甚至喜歡她在這其中遭遇的阻力。「你需要休息一下。」她說，因為他的嘴扭曲，鬥雞眼盯著自己的鼻梁。「如果你沒想出什麼，坐在這裡一點用都沒有。一旦天氣變暖，我們就去玩，不許反駁，去湖邊。」

「這是命令嗎？」

「我們去野餐。如果你不想去就去自殺。」

「妳想要另一種生活。」他說，不理會她的蠢話。

「我想要我們的生活不一樣，至少經常這麼想。」

「青菜蘿蔔各有所好。」

「我痛恨你說些我不懂的辭彙。」瑪麗亞說，站起身來。他們的談話隨著他的沮喪增加而受限，尤其讓她煩躁。她不能安慰他說他的作品超越時代，因為如此一來就像在說他需要安慰一樣。東德祕密警察鬧劇——他給它一個標題：《語言／行為／東德》——是他目前為止最好的作品，是齣無恥、完全不在乎傳統的戲劇，但是她也不許這麼說，因為聽起來就像辯護自己的影響。她鼓勵他不要執著在一個點子上，而是大刀闊斧去寫，他認為結果是本大雜燴，走樣變成鬧劇，他的政治主張被廉價的論點取代。無論如何他這般宣稱——她無法相信他這樣誤解自己的天賦。「我們有水嗎？」她站在門邊問。「我是說洗澡水。」

「水有點棕色，而且氣味很嗆。教授家裡無疑不會有這種情況……」

「別說這些廢話，告訴我到底什麼是in spe。」

「意思是『未來的』」。

「你神經病。」她笑出來。在他的絕對自我中心之外，偶爾會表現出忌妒，讓她感到安心。「我必須再出門一次，打電話給我爸媽。」

廚房流理檯上排著空瓶和飲料罐，門邊放著裝了髒衣服的袋子，除了包裝破掉的麵包乾，家裡沒有任何東西可以吃。瑪麗亞找不到垃圾袋，就把幾個瓶子塞進洗衣袋裡，回到房間。法克把一張空白的紙折成帽子戴在頭上，就像愚人的帽子。「聖靈降臨節天氣應該不錯，」她說，「我覺得我們只去一天也可以。」

「稱之為再教育。」

「如果天氣不好，我就把你拖到電影院去，去看某部作者電影[15]，《白色城市》，你還記得嗎？你應該祈禱不會下雨。」

他裝成被子彈擊中的樣子，把雙手按在胸膛上，讓自己從椅子跌落。撞擊地板的聲音相當大，她在門口看著他的手臂如何慢慢垂下，然後像死去一般躺在那兒。他拒絕夏天陪她到葡萄牙去的建議，反正基本上很難想像把這個男人介紹給雙親。他們目前正審慎計畫搬遷。阿圖爾位在山區的老家——

15 指稱一種電影形式，導演實質參與電影一切藝術面向，如創作劇本、剪接等等，有如電影的「作者」一般。

她還不寒而慄地記得那裡的陰森——房子要改建，來年才能搬進去。屆時她在里斯本就沒有家了，只剩下這裡。

「我慘死在地，而妳只是站在那裡。」扭轉著脖子，法克僵直的眼神盯著她。「沒有半點同情？」

「小丑。」

「沒有妳，我活不下去。」

「騙子。」

「從下方才看出妳的奶子有多棒。」

她離開公寓，走到勞席茲廣場邊的電話亭。她才剛把其他的硬幣疊好，拿起話筒，她突然改變主意，撥了安娜的電話號碼。在光禿禿的樹後面，咖啡館的窗戶閃耀著燈光，自從她的女友人不在那裡工作之後，她越來越少去那裡。好幾輛警車閃著藍光，鳴著警笛沿著街道呼嘯而去，噪音遠離之後，她聽到安娜不耐煩的聲音。「……哈囉？」

「嗨，是我。」瑪麗亞說。「十字山又熱鬧起來了。」

「我知道，我自己就住在那裡。一切都沒問題吧？」安娜從冬天開始住在王子街地鐵站附近的新建築裡，和一個巴拉圭女孩住在一起，她正在自由大學攻讀博士，但是通常睡在男朋友那裡。瑪麗亞才見過她兩次。

「過得去。」她說。「我在妳以前的工作地點附近，想到我們可以聚一聚。我想喝點什麼。」

「和導演吵架？」安娜已經交出碩士論文，正在全力準備最後的考試，此外她還說起要回巴西。自由選舉似乎已經不再被排除，就連她哥哥都考慮回國。比起即將結束的學業，失去安娜帶給她更多焦慮。未來究竟從何時開始顯得這般黯淡？

「沒有吵架，」她說，「我們就是沒辦法和對方正常講話。一切都拐彎抹角，不乾脆，而且造成無數誤解。」

「如果妳想被了解，妳必須和我談談，不是和一個男人。」

「雖然我盡了力，他還是不成功，他就把這回失敗看得更嚴重，在我們之間造成隔閡。」

「妳讀女性主義的書，結果不過如此。」

「什麼結果？是指我試著幫助他嗎？」

「妳跑到圖書館，把他的手稿帶到東德，而他連一個謝字都沒有，妳還從自己身上找過錯。這就是結果。」

手指間捏著一枚硬幣，瑪麗亞觀察著電話機上的猥褻塗鴉。「沒有我，他只是個沒有成就的作家；有我，他如果沒有成就，面對我還必須因此感到羞愧。」

「妳要幫助那個男人，就離開他吧。」

「到咖啡館來，一個小時。我需要有人讓我的腦袋清楚一點。」

「妳知道我們的時間，會持續到早晨五點。」

「妳有興趣，我聽得出來。」

「我當然有興趣！」安娜生氣地大叫。「我整天坐在這裡用功。廁所沖水器壞了，我每次都要伸手到水箱裡，壓緊塞子。我為什麼要這樣過日子？我根本記不得上一回做愛是什麼時候。」

「上上個週末，和維托。」她來自里約熱內盧的同胞，有著不甚光彩的過去，迷人的笑紋，在旬嫩貝爾格區擁有兩家俱樂部。目前他是瑪麗亞唯一的希望，才能在政治樂觀的情況下，讓安娜不要回到巴西。「這是我所知最後一個。其他的妳可以到咖啡館來告訴我。」

「如果這該死的考試結束了，我會有什麼選擇？」

「妳說妳的教授可以……」

「女黑人可以在德國做清潔工作、跳脫衣舞，運氣好可以當保姆打工。這些我都做過，我對自己的生活想像卻不是這樣。我對我生活的想像？不知道！反正不一樣，最好是更好的生活。」

「也許妳可以在科技大學得到講師的工作。」

「將來我想要小孩，但不是在一個冬天可以凍掉耳朵的地方。」

一時之間只能從電話聽到沙沙聲。有人用黑色的筆把四個可疑的字母ＡＩＤＳ寫在電話亭上，一段時間以來出現在各地、沒人知道從何而來的一種病。瑪麗亞甚至不知道這四個字母代表什麼意思。

「妳和新室友相處得怎樣？」為了換個話題，她問。

「因為她男朋友不想要她搬過去和他一起住，所以她才租了那個房間。他們倆個和你們倆挺相似的。德蕾莎說起教授資格論文就像人類演化的一大步似的。她做肉餡捲餅，好讓那個窮人工作的時候不會餓死。為她說句好話，她的肉餡捲餅真是不可思議。自從她住進來，我還胖了一點五公斤。換句話說，我喜歡她。」

瑪麗亞並不喜歡聽到安娜還喜歡另一個人。「我不會做肉餡捲餅，我不只和男朋友住在一起，我改造他。」

「不，妳只是在圖書館用功，反正妳出門，就順便幫忙帶幾本他在家裡需要用到的書，因為他創作藝術。妳**為他**工作。」

「妳知道這和愛有關。」

「女人以犧牲奉獻表達這種愛，他們的男人則樂於接受這些奉獻。」

「妳讀了我借給妳的那本書。」

「男人並不因此感謝女人。他們英雄式地徹夜工作是最大的犧牲，根本無法以餡餅來衡量。」

「安娜，電話快斷了。我口袋裡還有七馬克，我們每個人兩瓶酒，之後就靠妳的魅力了，拜託！」

「然後明天一早九點面對和我同組的好學生？妳想像一下，他們自願早上九點集合！沒有人強迫他們。」

「妳自己告訴我維托做了什麼，讓妳那麼生氣。」

「這個狡猾的混蛋！連修個廁所都不會，但是最讓我生氣的是我自己，妳知道。我居然那麼笨，就像妳一樣，氣我們都那麼笨。」

「最後的提議：我買酒，然後去妳那裡。」

「去咖啡館，如果妮娜在那兒，對她說她還欠我個人情，我今天想討回來。我需要半個小時。」

「妳是個寶貝。」

「妳怎麼總是知道我發生什麼事？我坐在這裡等著妳的電話已經兩小時了。」

「因為我愛妳。」她說，但是電話已經中斷。瑪麗亞越過廣場走過教堂，此刻正下著毛毛雨，汽車燈光映照在潮溼的瀝青上。她在街道另一邊站定，看著周圍，一瞬間彷彿看到陽光下的羅西歐廣場。鋪石地面的浪紋，咖啡館，午後人們拉長的身影，佩德羅四世紀念雕像，據說雕像呈現的其實是墨西哥的馬西米連諾一世。當時的她帶著激動的心穿越廣場，知道她將永遠不會忘記這一刻。太陽西沉，世界即將改變，但是除了她沒有人看到，她自己也不知道她的記憶會將這一天變成什麼樣子。什麼樣的開始或結束？這麼多年之後，當記憶突然回歸，基本上她還是不知道；對那個攝影師的微笑和一切所隱藏的記憶。幾秒鐘後一切消失，眼前是勞席茲廣場，她從臉頰抹去雨水。然後她踏進咖啡館，等待她最要好的朋友。

天氣在聖靈降臨節準時轉暖。

法克最後表示同意和她一同前往萬湖，只要她別逼他去看作者電影，但是他不負責讓計畫圓滿。星期六聖靈降臨節那天，他們坐在地鐵裡，瑪麗亞在諾仁多夫廣場已經幾乎要中斷計畫。她惱怒地看著她的書，假裝不認識身邊的這個男人。她告訴過他帶一條毛巾，於是他就拿了條坑坑洞洞的布放在肩膀上，一副要昭告四方他被迫出遊的模樣。他的心情在過去幾天稍有改善，新劇逐漸成形。法克整天像著魔似地寫著，他晚上就會變得可親，並且開玩笑說新劇的題材是人類宿主和寄生蟲的共生，靈感來自他們倆的同居生活。淋浴設備又可以用了，因為他從曼托以佛街要了螺絲起子過來。幾天前他甚至宣稱，他期待今年第一個溫暖的週末不必在公寓里度過。但是現在他臉上掛著一副不懷好意的微笑。

他們在動物園站轉車。帶著小孩的家庭擠滿快鐵車廂，雖然瑪麗亞已經在柏林住了幾年，卻是第一次看到格努能森林。其他乘客的袋子突出捲起的墊子，她的背包放了一瓶酒和兩個酒杯。她也帶了一個保險套，但是看到滿車的人，她就不敢期望能找到偏僻的河岸。因為她無法專心看書，就闔上書，把書放進袋子裡。思考了幾星期之後，她決定討論契訶夫書中的女性。《以西蒙・波娃的論點探討契訶夫劇本中女性缺乏卓越性》，或是這類的。她想慢慢進行，在一年內舉出要點，但是必須寫一百頁德文的焦慮一度讓她癱瘓。

出遊的人潮在尼科拉斯車站湧過車站通道，一部分走向巴士站，其他人徒步上路，因為法克或是她都不熟悉這個地方，只能跟著人潮。穩定的風讓空氣流動，一起前來的狗兒四處歡縱，十分鐘後，一片藍色的水面在林木間閃耀。不久他們抵達一座尖山牆長側翼的建築，非常緩慢地將兩條人龍吞進去。瑪麗亞感覺到期盼被清醒取代，和葡萄牙的夏天相較，一切面臨破滅的威脅。她面前是圍起來的西柏林湖邊浴場，水面沒有波浪，沒有鹹味，四周都被湖岸圍繞。牢籠裡的大自然。

「應該買得到冰淇淋。」法克握著毛巾兩端，探看四周。「在這裡等我。」

她還來不及拉住他，他已經走向一個攤位。她排在人龍的最末端，閉上眼睛，什麼也不做，好抗拒回憶：傍晚的卡帕里卡海岸。仿晒劑的氣味，以及捲起的沙，就像黃霧懸在海岸線。路易每年六月看起來就已經像摩洛哥人，莫雷納海濱開始人潮洶湧，他們還會再跨上摩托車，繼續往前騎。他們聽著小販拉長的叫賣聲消逝在海浪聲中。Vai boilinha! 柏林果醬包，一種甜的糕點，吃完後舔著手指，然後一起想著為什麼它以一個德國城市命名。兩兩成雙，也常和克莉絲汀娜和華蘭汀一起，或是更大一群人，他們整天都在戶外度過，在太陽傘下的陰影裡睡著，吃掉帶來的三明治，在水裡暢快奔跑，直到太陽在他們頭上出現光暈。遠方的陸地就像海市蜃樓一般消失。最美好的時刻是傍晚，薄霧升起，熱氣不再逼人，男生圍成一圈玩足球。等大家再次跳進水裡，就全都被光線、鹹鹹的吻和壓抑的情欲所迷醉。

我在這裡是因為我想要，瑪麗亞想著，張開眼睛。她從克莉絲汀娜那裡得知路易已經結婚，雖然不感到忌妒，還是覺得太快了。法克拿著兩大杯覆滿鮮奶油的冰淇淋走回來。他最近建議她應該寫些有關手槍在契訶夫劇本裡的意義，那比情感雜亂有趣得多，反正她已經想太多這方面的東西。瑪麗亞走到票亭，在她的錢包裡挖零錢。「這裡。」他說。

「拿著一會兒，我付錢。」

「冰淇淋要融化了。」

「你為什麼買這麼大一份？」她買了兩張票，把他拉過擁擠的旋轉票閘。

「快拿著！」他催促著。

他們面前是一片斜坡地，引向被沙灘椅、洋傘和蒼白的軀體占據的湖岸地帶。她直到目前都只在照片上看過罩式沙灘椅。在游泳區中間突出一條狹長的架橋通往水裡，只有邊緣的人潮才比較稀少一些。風在水面吹起漣漪，空氣中滿是孩子的尖叫聲。在票亭旁的板子上寫著空氣溫度和水溫，但是她看不出粉筆筆跡寫什麼。感覺起來不像夏天。

「試試看！嗯……好吃。」法克不用小塑膠湯匙而是直接咬那一堆鮮奶油，就像咬蘋果一樣，白斑點黏在他的鬍子上。他把第二杯遞給她，直到她接過去，然後他再度把臉湊向橫流的冰淇淋。

「我不要，」她搖著頭說，「我不想吃冰。」

「還有，妳知道嗎？這裡以前不准猶太人進入。今天這裡是享樂帝國慶祝會，一起來，試著享受這一天！」

「法克！你想破壞這一天嗎？你幾乎辦到了。也許你還可以透露，為什麼你迫切想這麼做。」她感覺到融化的冰流過她的手指，走到附近的垃圾桶把那杯冰淇淋丟進去。

「那個要三馬克。」他說。

有一會兒她很生氣，很想對他大叫。窩囊廢，沒有人對他的劇作感興趣，藝術家的驕傲只是面對以工作養活自己的人的空洞高傲。她賺到床架的錢，下訂單，安排送貨之後，他諷刺地說那是一張真正的婚姻之床。她沒有大聲尖叫，只是動也不動地站在他面前。他傲慢的獰笑從臉上消失，冰淇淋的痕跡和鬍子上的鮮奶油讓他看起來只是蠢。

「你注意到發生什麼事了嗎？」她問。

「注意到了，妳試著強迫我過一種我不想要的生活。」

他們旁邊有個豐滿的媽媽正在指揮兒子到更衣室去。人們從入口湧進來，經過寬廣的路走到沙灘。這一幕在她眼中就像個笑話，其中的苦澀在於她曾相信能在這裡和法克扮演一對情侶。「你是認真的，」她說，「你澈底瘋了嗎？」

「我這麼說不是為了惹妳生氣。」

「你可真好心。」眼淚當然已經滑下臉頰。「我幫你借書，幫你找資料，把手稿帶到東柏林。更別提目前也都是我在採買和洗衣服，我們在公寓裡很少有東西吃，如果我不……你只是寫作。你以為在展場上拿著油膩的點心換來油膩的讚美很有趣嗎？對你有何強迫可言？」

「別提了。」

「告訴我，你這個混蛋！」她察覺到其他遊客的眼光，但是她的怒氣必須發洩出來。「不要這樣盯著我，打開嘴巴說。我們第一次做其他情侶在週末會做的事，而你說那是強迫，是你不想要的生活。我對你到底多麼可有可無？」

他用手掌擦了擦鬍子，觀察下方岸邊的活動。他站在那裡，顯得束手無策，也有點尷尬，顯然這已經是他對她說的這番話最強烈的反應。要造成更強烈的震撼必須扯斷打字機的色帶。「沒人想要你的劇本，」她說，「那不是我的錯。我做了一切來幫助你。」

「某人喜不喜歡我的劇本干我什麼事。妳做任何事好達成妳的夢想。」他的眼神慢慢回到她身上。「妳夢想著有一天我會變成成功的劇作家。第一，我根本不關心這回事；第二，那根本不會發生。如果妳因為這樣才幫助我，那就別幫。」

「我為什麼要為了你到東柏林去？」

「因為只有那裡有一些有趣的劇場人士。我很想要他們知道我的劇本。妳以為呢？以為我笨到相信他們會在那個垃圾國家上演我的劇本？這就是我所指的強迫：我還可以在曼托以佛街住上三十年，就這樣寫下去，但是妳覺得這樣不夠，妳有遠大夢想，而我必須實現它。妳抱怨自己沒有藝術家的天賦，但是實際上妳很開心自己沒有天賦。反正妳沒有那個意志從裡面發展出什麼。現在不要哭了，不要提到妳幫我借的那些書。我在認識妳之前就讀很多書了。」

「然後呢？」她問，因為她感覺他還沒發作完。

「斯溫寫信給我，海納．慕勒在冬季學期會到基森當客座教授。」

「斯溫啊，嗯。意思是你要去基森？」

「對。」

「你沒辦法找一天陪我到湖邊，因為那會干擾你神聖的工作。現在你要去基森，去上大學。這是個笑話，是吧？」

「有什麼好笑的？」

「你還記得你對大學的看法嗎？」

「我們找個地方再繼續說。」

「那我呢？」她問，「我們呢？我以為你沒有護照。」

「那我就去弄一本。聽著，我去一個學期。斯溫說慕勒會和學生一起籌備一齣戲，這是個機會，妳了解的。我必須去那裡。」

「你一個人去，對嗎？因為我干擾你的工作，因為我找碴，因為我每隔一個週末就要出門，到一個擠滿人的湖邊玩？」

「妳從哪裡學來找碴這個詞的？」彷彿就是不知該如何解釋自己的打算，法克一下子放開了，也把他的冰淇淋丟進垃圾桶。一群孩子大聲歡笑地跑過。她從彼得・卡洛那裡得知慕勒已經看過手稿，並且覺得不怎麼樣，她無法克服一切告訴法克這件事，即便是現在這樣也沒辦法。

「我們才剛住在一起，你就要離開。」

「我從一開始就告訴過妳，我不要男女關係這些麻煩事。」

「男女關係這些麻煩事，其中包括所有兩個人一起做的事，除了揍扁彼此的鼻子之外。因為你一年前說過你不想要那些，所以我的需求就無關緊要，你注意到你有多不公平了嗎？」

「對，很明顯。」他用雙手把她拉向自己，而她錯過抗拒的時機。「女性流淚的傾向，」《第二性》論及像她這樣的女性，「主要來自她們樂於扮演犧牲者的角色，但是比她們哭泣更可恥的是她們立刻原諒男性，只要他至少認知她們的需求。」

「今天早上，」他說，「我腦子裡浮現完整一幕而醒來。整個結構、對話，我坐在床上想著，我只要幾個小時，那麼一切就完成了。」

「為什麼你什麼都沒說？」

「不知道我明天是否能寫下這一幕。」

「那我們搭車回去，免得你接下來幾天寫不出來，又開始責備我毀了你一齣戲。」

「妳從不曾毀掉我任何一齣戲。」他占上風之後，抓住第一機會展現他的寬宏大量。「現在我們在最胖的家族旁邊找個位置玩水，直到妳嘴唇發紫為止。如果有必要，我再買一杯冰淇淋。」

沒有海的夏天，沒有法克的冬天，她將會一個人坐在公寓裡，可以靜靜地寫論文，晚上沒有人可說話。他們踩著涼涼的沙到湖岸浴場最外緣。在葡萄牙海灘看不到裸露的小孩或大人，在眾目睽睽之下扒掉溼漉漉的泳衣。遙遠彼方，白色風帆在風中鼓脹。「真的一定要在最胖的那一家人旁邊嗎？」她輕聲問，「有好幾個胖子。」

他們找到一塊空位，距離其他遊客夠遠。他們沉默地坐在一起一會兒，瑪麗亞考慮拿出酒來。她把T恤脫掉。「如果我們從標示區域游出去，沿著湖岸那裡，我們會被吹哨趕回來嗎？」

「也許。」

「你到底有沒有帶泳褲？」

法克脫下牛仔褲，展示他棕黑色的泳褲，看起來像六〇年代的衣物。

「你有這件泳褲很久了嗎？」她問，有如他展示的是塊皮疹。

「從公社那時起。某人去年在王子浴場發現的。」

「你先去吧。」她脫掉裙子，覺得她的膚色在陽光下更顯蒼白。任何膚色和黑色比基尼的對比都相當強烈。她跟著男朋友前進的時候，察覺到男性的眼光。他站在及膝的水裡，讓自己涼快一下。地面泥濘水冰冷，她跑了幾步，跑過法克身邊時濺了他一身溼，然後一頭栽進湖裡。為了抵抗突來的冰涼，她快速划動雙手，一下子就喘不過氣。她覺得水怪異的停滯，既承載不了她，也不湧向任何方向。當她翻身仰泳，驚訝地發現法克已經趕上。「你知道，之前……」她的心快從喉嚨裡跳出來，讓她難以開口說話。「我早已想過……你心情那麼壞也許是因為……」

「妳抽太多菸了，妳注意到了嗎？才游十公尺就已經要換氣。」

「聽我說，你心情不好……是因為你不會游泳。」

「妳這麼想？」

她不這麼想，只是想激他一下。即使這溫馴的淡水沒有浮力，游泳還是很舒服。它趕走鬆散的想法，代之以活動的興致。

「要是我不會游泳，怎麼到得了西邊。」他吸一口氣，然後以用力的換氣姿勢游走。她只能從嘴裡低咒一聲，然後試著趕上他。她趕上時根本喘不過氣來，讓她一句話都說不出來。他們已經距離浮標標示的游泳區大約一百公尺，似乎無人在意。

「再……說一次。」她吐出一句話。

「妳抽太多菸。」

「另一句。」她快速地趕上他，用雙腿圍繞他的軀體，感覺他的手在她背上。

「真的，妳一定要多注意自己一點。」他說。

「我期望**你**多注意我一些。」溼溼的頭髮讓他看起來不一樣，突出下巴和鼻子的男性線條。「現在告訴我逃亡的事。我一點都不知道，也不知道你在那邊的生活、你的家庭，什麼都不知道。已經超過一年了。」
「妳想淹死我嗎？」
「如果有必要。為什麼你從來不說這些？」
「不說逃亡的事是因為工作上的需要，不說家庭是因為那很無聊。我不想知道妳的家庭，也不想說起我的。妳弟弟想成為牙醫，妳爸爸或許是種橄欖的農夫，我都不感興趣。妳媽媽總是到教堂去，和我們有什麼相干？」
「很多。我生命中最重要的人之一是個神父。」她說。「你根本不想和我一起去葡萄牙嗎？那是我的故鄉。」
他厭惡地歪嘴。「那個詞聽起來像穿著可笑服裝的東普魯士納粹。」
「你從哪裡來的？」
「我住在十字山，寫劇本。最近我和一個女人分享生命，她的要求我無法滿足，為了報復，她讓我的工作停頓。」
「安娜認為她可以幫我找個保姆的零工。如果你也打工，我們明年夏天就能成行。」
「我滿意現有的一切。」他試著擺脫她的糾纏，但是她不讓他離開。她不耐煩地把下身頂向他，期望他會用手抓住她，就像他用言語那樣積極。透過薄薄的布料她感覺到他勃起。
「你從來不考慮未來？」她問，「我是說我們的未來。」
「從不。」

「為什麼不？究竟怎麼回事？」

「我就是這樣。」

「你是個瘋子。你喜歡我嗎？」

「瑪麗亞……」

「說啊！你喜歡我嗎？你不是喜歡晚上睜眼躺著，看著我睡覺？或者你上我只是讓我不要煩你？」

此刻他還是回應了她的吻，手指俯過比基尼褲子的布料。「妳想過不一樣的生活。」

「不要總是這麼說，好像那是命運似的。」

「就是。我就像我讀到的那個日本畫家，他一生只畫了一幅畫：總是以同樣的方式畫同樣的月亮，之後他不滿意，撕掉畫，然後從頭開始。但是他從不曾畫過其他東西，那是他的任務。用同一種方式畫月亮。」

「那是你編出來的，多可惡的象徵！」

「那是個故事，我讀到的。也許是在妳的書裡，妳老是讀那些日本書，到底為什麼？」

「我的書裡沒有這個故事，而你寫的並不總是同一齣戲。就我所知，你每次都嘗試不同的劇本。你最近背著我寫，我不喜歡這樣。」

「妳的嘴唇發紫，我們必須回去。」

「你的意思是說，你像那個畫家一樣，用同等的執著工作。」

「我指的是一切：如何生活，我做的事。妳可以留在德國或是回葡萄牙，可以教書或是為報紙寫東西，妳可以結婚、生小孩，或做任何事。我不行。」

「如果這是你想擺脫我的嘗試，還是想個更好的藉口吧。」為了證明，她加強雙臂環繞的力量。她用嘴唇愛撫他的耳朵。「我想更常和你做愛，我們做的太少。而且宣稱沒有選擇並不坦誠。我清楚你必須寫劇本，但是你可以用不同的方式賺錢。好比你可以當個很棒的展場小姐。」她已經受夠當受害者，一次就夠了，再也不要有第二次。她的舌尖逗弄著他的耳垂，慢慢地吸到齒間，吸吮著。然後，毫不考慮自己做什麼，她咬了下去。

法克大叫，把頭往後拉。「妳瘋了嗎？」

「可能吧。」她說，迎著他的目光。「我從不曾忌妒，從前也沒有。但是你和別人討論你的劇本，卻不和我談，這是欺騙。所以我恨你，還有得你受的。」

「妳神經病，妳該死的究竟怎麼回事！」

「你以為你了解我，但是你根本沒概念。我了解你，咬這一口只是開始。」

他瞬間用雙手握住她的頭，緊到她發疼。他臉上有種陌生的表情，就像他下一刻會對她大吼或是噴淚。他的眼睛惡狠狠地發亮，但是瑪麗亞一點都不後悔。她有片刻自覺強大，幾乎不可傷害。然後他放開她，飛快地游開，讓她寒冷而痲痹的四肢跟不上。她的前方是陽光下的沙灘浴場，有如明信片上的田園風光。她知道他本來想對她說什麼，也知道他為何沒說出來。總有一天自制會失控，善意的表情會變成惡意的遊戲。總有一天一切都會倒轉，但是只有發生的那一刻才會知道。她越靠近湖岸，動作就越平靜。他的血液在她嘴裡嘗起來有金屬味，而且甜甜的。

她幾乎覺得水暖和起來。

7

寇斯塔神父的喪禮四點開始，持續一個小時。接著教區居民跟隨扶柩人從教堂走近路，到達聖祖昂高地墓園。幾百個穿著黑衣的人，絕大部分是老人，手裡拿著手帕，好抹去眼淚及汗水。十字路口有個計程車司機站在開著的門邊，凝望著送葬行列，手畫十字。六月尚未開始，但是屋頂上方的藍色天空已經讓人想到前年的高溫紀錄。下方城市邊緣，太加斯河在陽光下閃耀。瑪麗亞－安東妮亞和所有熟悉的臉孔保持距離，也遠離拿著乳香的祭壇男童，感覺四肢疲累，寧可在小教堂和她的神父道別，人潮實在太擁擠。

隊伍塞在墓園大門之際，她發現了雙親，因此放慢腳步。露德絲中午才起床，不斷指責她：她知不知道自己要多感謝這個偉大的人，他的喪禮前夜居然在外遊蕩，她究竟在想什麼。神父是葡萄牙人和一個信奉天主教的英國女性的兒子，在牛津讀大學，就算不被慕拉里亞地區的居民視為聖人，也被他們看成重要學者。據說他每天讀兩份報紙，一份是不久前停刊的《共和國》，早上則讀一份英文報紙。茶也是他從英國買來的，而且從不喝咖啡。他還年輕的時候住在澳門，曾寫過許多本有關耶穌會傳教使命的書，在課堂上也經常提起法藍西斯科·薩維爾[16]以及古代的聖人。教區只有少數人知道他

16 指的應是聖方濟·沙勿略，天主教會稱之為「歷史上最偉大的傳教士」。

懂中文和日文，而且他們也毫不張揚，生怕他優點過多似的。

在墓園裡，瑪麗亞—安東妮亞站在巨大的家族墓穴後方。從大家的頭顱中間，她看到寇斯塔神父教團兄弟的莊嚴表情、一個頂著一圈頭髮的年輕男性，以及一個官員無聊的表情。一群退休軍人觀望著整個過程，有的撐著木頭拐杖，有的坐在輪椅上。一等神父畫了十字，賜福完畢，幾個喪禮來賓便很快地逃離熱氣，其他人則朝著坦開的墳移動，瑪麗亞—安東妮亞決定明天自己單獨再來一次。

她急忙走下羅卡達斯將軍路，越過佳薩山丘，拐進他們那區的一條小巷子。她在家裡淋浴，穿上另一件洋裝，留了一張字條給她的雙親。剛過中午她就打電話給克莉絲汀娜，刻意在工作的時候打過去，好讓她的朋友只能簡單回答，反而洩露更多訊息。最晚在聖安東尼奧節的時候，她會再見到路易，也許還會更早一點。他最年長的哥哥在安哥拉打仗，加入抗議活動串連，是路易的偉大榜樣。因此他必須在夏天去米尼奥，為新生的葡萄牙做出貢獻。

他喜歡妳，克莉絲汀娜曾這麼說。

她走過小教堂的時候畫了十字，然後繼續走。穿過遮蔭巷子到羅西歐廣場，經過劇院和一家咖啡館，人們如常地坐在太陽底下。她確定路易將會成為她的第一個男朋友，但她卻不明白為何她無法等待。她的腳步不由自主地加快。入睡前她和自己做了個約定：如果她在醒來之後還記得那個地址，她就過去。現在她跨上往上城區的樓梯，必須強迫自己不要奔跑。那幢房子聳立在卡爾莫廣場北側，瑪麗亞—安東妮亞發現門牌上的號碼和她記憶中的一致時嚇了一跳。四層樓的建築狀態比旁邊的房子好。旁邊的商店販售家用商品，成疊的鍋子和碗盤填滿櫥窗。辦公室的職員蜂擁越過廣場，腋下夾著報紙。她背靠著屋牆等著，直到門打開，腳步聲遠離。下一刻她站在陰暗涼爽的走廊裡，覺得自己的心怦怦直跳，有如已在喉頭。那本是個氣派的樓梯間，牆上的灰泥剝落，幾個地方缺了瓷磚，階梯的深色木頭像皮革一般發亮。甚至還有電梯。

三樓右側，名片上是這麼寫的。

她走上樓，敲門。她沒聽到街上傳來任何聲響，完全寂靜，直到門後傳來腳步聲。腳步聲停住，門裡一隻小小的圓眼睛盯著她。鎖還沒開，他的臉尚未出現在門縫裡，瑪麗亞－安東妮亞就聽到他得意的笑聲。「我該說我正等著妳，但我沒有。妳好啊，美人。所以拒人千里只是偽裝。」他笑著欠身，把臉頰湊上前去，但她連招呼都沒打就走過他身邊。心跳得那麼快，感覺像要嘔吐一樣。

走廊向右轉，左邊開著的門透進日光。聞起來是香菸、油畫顏料和房子前巨大藍花楹的香氣。瑪麗亞－安東妮亞走進第一個房間，窗扇間掛著布簾，使光線浮動。她從不曾看過天花板這麼高的房子。除了隔間屏風，屏風後什麼也看不到，還有兩張紅色單人沙發，和一張長方形放滿科技器材的桌子。照相機、鏡頭、閃光燈和電線。攝影師消失，回來的時候端著一杯水。他和昨晚一樣穿著牛仔褲和一件白襯衫，但是白天看起來年紀大些，一定超過三十歲。「不要擺出這樣一張臉，活像剛參加完一場喪禮。」他說，把杯子遞給她。

「但是我的確剛參加過喪禮。」

「哦，誰死了？」

「寇斯塔神父。」

「慕拉里亞的聖人。」他說的時候沒有半點譏刺，但是嘴巴保持傲慢的線條。他看起來有點像奧地利演員赫慕特．貝爾格。幾星期前她看到一篇報導，那些把他叔叔帶進監獄的守衛用手遮著臉，以免被認出來。「妳認識他？」他問。

她沉默地點頭，走到窗邊把窗簾拉向一邊。傾斜的廣場，對面是卡爾莫修道院廢墟，旁邊是國民警衛隊的營區，政變那一天，卡丹奴就躲到那裡。隨處有人站著，或是正要走回家，手裡拿著香菸，耳朵上貼著電晶體收音機。事件過去已經超過一年，每天都有新消息，大部分都是壞消息。瑪麗亞—安東妮亞聽到攝影師在她身後把弄著他的器材。當她轉身，她看到相機鏡頭。「告訴我有關妳的事情。」他說，「試著收下巴。我們都知道妳有多高傲，但是這樣比較好看。」

「你叔叔究竟被關在哪個監獄？」

「卡西亞斯。」他毫不猶豫地回答，她立刻對這個問題感到羞愧。以這樣笨拙的方式對他表現她知道他是誰！城裡每個人都知道監獄的名字。「不要拉這麼低，下巴，慢慢移動離開窗戶，轉向牆壁。」

「你探望過他嗎？」

「他應該在他所在的地方發爛。我以前也幾乎不認識他。」

相機喀嚓響，她必須努力才不會眨眼。她把空杯子放在地上，在沙發後面擺姿勢。他那麼乾脆地和他叔叔的作為保持距離，幾乎讓她感到失望；據說他叔叔下午都到巴西咖啡館喝一杯咖啡，以看著為他服務的侍者冒冷汗為樂。**那也會讓你開懷的**，她想著。這個想法就像保護盾一般，屏障鏡頭的透視。

「告訴我關於妳的事。」他重複說了一遍。「妳對生活有什麼打算？妳五年後會在哪裡？」

「上大學，也許在外國。」

「哪裡？」

「英國。」

「妳什麼高中的？」

「瑪麗亞阿瑪麗亞。」

「慕拉里亞的人怎麼會去那個學校？」

「因為成績好。」

他第一次把相機放下，直接看著她。「不錯嘛。我在巴黎上大學。妳還想喝水嗎？」

「拜託。」

「在廚房裡。」

他讓她自己找路，她聞著咖啡香穿過陰暗的走廊，走廊讓她覺得有如踏進迷宮。柯達的燈箱招牌發出紅光。廚房水槽裡一堆用過的杯子，幾個杯子裡還有菸蒂。他沒出現在牆上掛出的任何照片上，也許照片都是他拍的；聚會照片，泳池裡從容的臉龐，不同物體的靜物像，女性瘦削的手戴著黑手套。她在喝水的時候自問，他有什麼打算，以及會不會痛。克莉絲汀娜說相當痛，但是只有一下子。

她回到房間的時候，他已經把沙發轉向窗戶，向她示意坐在上面。「看向窗外，假裝我不在這裡。」

「房子裡還有其他人嗎？」

「可能吧，房子這麼大……過來！」他重複示意，她坐過去。「昨天在俱樂部的其他人——女性朋友還是姊姊？」

「女性朋友。」

「那兩個傢伙誰是妳男朋友？」

「都不是。」

「沒有男朋友？」他站在兩扇窗戶中間，用一隻手拿著相機，另一隻拉過窗簾好改變光線。他以微笑記取她沒給的答案。他又拍了幾張照片之後停下來，然後指向窗戶外面的廣場。「四月二十五日我站在外面人群裡，不該說是站著，指揮官演說的時候，我正爬上一根燈柱。到處擠滿了人，在人群中間幾乎無法呼吸。」

「你為什麼不在這幢樓上聽他講話？」

「我想身在其中。妳那天在哪裡？」

「我父母不讓我出門。」

「了解。妳總是照著父母說的去做？」

「他們沒有建議我今天到這裡來，如果你是這個意思。」

要是他喜歡她說的話，他的眼光就會一瞬間變得通透，專心的表情轉換為誠摯而且一點也不高傲的笑。然後就很難不覺得他可親。「我沒有看錯妳，瑪麗亞。」

「我叫瑪麗亞─安東妮亞。」

「終於知道妳的名字。」

接下來十分鐘他拍照片，糾正她的姿勢，他碰到她的時候，都儘可能短暫而且保持超然。她的緊張紓解開來，聽到廣場上的腳步聲，欄杆上鴿子的咕嚕聲，偶爾聽到其他房間的聲響。有人在講電話，但是也有可能是從上面的公寓傳來。他出其不意地放下相機，點點頭，「先這樣，謝謝。」

「已經結束了？」

「除非妳還有其他點子。」

「你拍這些照片做什麼？」她問，「你昨天說我可以拿走底片。」

「我要先沖片子，我現在還沒辦法拿來做什麼。至於妳會想拿走底片的照片不在其中。如果妳堅持，我還是把底片給妳，把妳的地址給我，我再通知妳。」

「我和父母親一起住。」

「幾天之後再過來。」

「我比較想現在繼續拍。」因為他背對著她，她看不見他只是取出舊底片，還是放進新的底片。他悠哉地拿起原子筆，看了眼時鐘，標示在一個小塑膠瓶上。她原本想一切都會自行發生，她在事後才會了解發生什麼事；這個「事後」對她顯得幾乎比其他的更誘人。「我喜歡妳走路的樣子。」他終於轉身。「我在想是否可能抓住這種感覺。我覺得最好的方法是我們在戶外工作，在街上。」

「不行。」

「脫掉鞋子。」他現在手上拿著一部比較大的相機，把相機舉到肩膀高度朝上，就像他要發射起跑訊號。「沿著牆壁漫步，假裝那裡掛著圖畫。給自己時間，但是不要站著不動。從肩膀上方望向側邊，讓我拍到妳的側影。」

她赤裸雙腳下的木頭地板溫暖卻並不特別乾淨。細小顆粒和小石頭讓她不容易均衡地走動，而且看不到相機讓她覺得不安。「妳從畫上看到什麼？」他問。

「什麼都看不到，因為沒有畫。」

「就這樣看著，動起來。當模特兒可不是只站在那裡都不動。妳從畫上看到什麼？」

「是……一幅人像。」

「好，誰的？仔細地看。」

牆壁顆粒的結構讓她想起她在家裡的房間，和這個裡的空間比起來就像個斗室一樣。她瞬間自問，她弟弟如果看到她這樣，他會說什麼。記憶所及，她一直期望能有個姊妹，最好是個姊姊。克莉絲汀娜有個妹妹，依妮茑絲，她很愚蠢，認為應該以處子之身結婚，否則就會被排斥。「各種不同的臉，」她說，「小孩，大人，老人。」

「繼續。找出一幅妳喜歡的畫。」

「一張嬰兒的臉。」

「聖母瑪利亞！不，不是妳。看著畫，繼續說。一張嬰兒的臉。」

「淺色皮膚和胖胖的臉頰。是個男孩，那麼小，讓他的笑看起來像做鬼臉。我想搔他癢，聽他會發出什麼樣的聲音。」

「繼續，就像妳很難將眼光移開，妳的眼睛停留在他身上。非常好。妳演過戲嗎？」

「有一次，但是我演得不好。」

「再回來，同樣的牆壁，不一樣的畫。妳喜歡的嬰兒不在其中，只剩下男人和女人。找出一張妳不喜歡的。」

轉身的時候，她看了他一眼，但是他的相機擋住臉，他緊繃的身體姿勢讓她覺得自己做對了。

「一張會讓妳迷惑的畫。」他說。

「一個男人，年輕又俊美。可以看到他的臉和裸露的肩膀。」

「為什麼他讓妳迷惑？」

「是他的眼光。陷入愛戀，但是……我認為他是同性戀，喜歡攝影師。至少他看起來是這樣。」

「不對，瑪麗亞，全錯了。別玩了。」

「我的名字是瑪麗亞—安東妮亞。」她聽到他放下相機，不知道自己該繼續走還是站住。

「妳看起來一點都不迷惑，反而像是在說笑話。妳也沒有看著畫，而是對我說話。我不在那裡。從頭再來一次，努力一點。」

「我可以喝一點水嗎？」

「晚點。不要忘記遊蕩和偷偷摸摸的區別。讓手探索，像個女人一樣走路。然後看著畫，靠近妳所看到的。妳看到什麼？」

「我。」

「很好。慢慢接近。不要思考自己看到什麼，只要描述。」

「我的臉，就像在鏡子裡。」

「妳喜歡自己的臉嗎？」

「喜歡。」

「但是？」

「我只是年輕漂亮。我讀書，因為我沒有別的事可做，只能在餐廳裡幫忙父母。我母親要我在廚房工作，好讓客人不能盯著我看。我不管他們是否盯著我，反正他們什麼也看不到。但是我也看不到，我在乎的是這個。我現在可以喝口水了嗎？」不等他回答，她走向沙發拿起杯子。他用雙手捧著相機，看著她。

「妳真的是來這裡讓我拍照的嗎？」

「你邀請我來只為了幫我拍照嗎？」

他定格在他站著的地方，如果他的臉曾出現任何動作，那麼就是遺憾。什麼事也不會發生，她了解，一點也不會。「頂著我這名號的人，這段時間必須小心謹慎。」

「我以為是大家必須小心頂著這名號的你。」

「下回再來。」他說，「現在光線太弱，我不喜歡用人造光源。我的設備不夠。」

她想回答他曾經有過機會，卻浪費掉了，但這不是她的感受。外面的確開始變暗。幾分鐘內她將走進同一個荒蕪的世界，接下來幾天等著克莉絲汀娜和華蘭汀下次約會的時候帶上她。路易是個可愛的年輕人，正在尋找可愛的女孩，她是可愛的女孩，卻不想繼續當可愛的女孩。如果她接近攝影師，就像外國電影裡的女人所做的那樣，也許她可以從他這邊多獲得些什麼，但是她的意願只夠讓事情發生，還是得由他來做。

「又是一張葬禮臉。」他說。

「男人就只會說，說個不停。」

「對了，我還讀過一篇有關妳的神父的報導，一篇訃文。他顯然拒絕了教授職，好接受他教區裡虔誠家庭主婦的告解。」

「你不認識他。也許你從來不認識像他那樣的人。」

「他的英國護照以前給了他一定的自由空間。有些人以為他曾經是個間諜。妳怎麼想？有可能啊。在教堂他能接觸很高層的人士，妳自己知道教堂有哪些管道吧。」

「你叔叔對你胡扯這些嗎？」

「想像一下，某個人走進懺悔室，但不是為了減輕良心的負擔，而是為了傳遞訊息。完美的偽裝。」有如想讓她覺得他討人厭一樣，就像她一開始想對他產生的感覺。「妳不會喜歡聽這個，不過我還是要告訴妳：龐巴[17]知道他為什麼趕走耶穌會教士。他們不是善男信女，他們想達成某些目的，而且知道怎麼做。也許妳的神父幫妳進到一所像樣的學校，對吧？妳在課堂上表現良好，他幫妳搞定其他的。」

「是因為我的分數。」

「沒有他也沒有用的分數。我知道慕拉里亞的人把他當什麼，瑪麗亞，但是沒有聖人，只有相信聖人的人，以及加以利用的人——一句話說完葡萄牙歷史。」他又像對女傭一樣對她說話，朝著走廊示意，就像想要擺脫她一樣。「照片三天內就好了，如果妳想看。」

「我不要，沒興趣。」

「聽起來滿熟悉的。」他打開門，讓路給她之前，看了眼樓梯間。就和她踏進屋時一樣，她刻意忽略他湊過來的臉頰。「很快再見面，美人。下回見。」

沒有左顧右盼，她走下樓梯，門在她上方關上。

＊＊＊

她每次到夏洛德堡都覺得有如來到一個陌生的城市。紀念教堂和動物園車站之間的通風地帶上空，一絲大都會的微風混合尿騷味。毒蟲、遊客和南斯拉夫的帽子把戲騙子占據庫坦大道的人行道，兩邊巷道裡是高級精品店和許多色情電影院。最近一段時間瑪麗亞經常到這個區域來買書，或是和安娜碰面，到哈爾登貝爾格咖啡館卻是第一次，有著高高的天花板和深色木餐桌。她知道里斯本有類似的咖啡館，隱身在阿瓦拉德住宅區裡，她想不起店名，店裡的奶昔讓那家店遠近馳名。

她四周坐著學生和幾個藝術大學藝術家型的人。她不敢在十字山明目張膽地讀《法蘭克福匯報》，但是她約的人還沒來，而且第三版上面出現葡萄牙首相。務實社會主義者和受歡迎的父母官，一則保持中立的報導。照片呈現他結束流亡返國那一天的樣子，他在聖阿波羅尼亞車站向著歡呼的群眾揮手，另一張則是他在慕斯特來佛泉成立政黨的照片。索阿雷斯將在夏天簽署加入歐盟的聲明。瑪麗亞喝著牛奶咖啡，看著外面兩棵植物光禿禿的枝子，以及科技大學學生餐廳明亮的入口。秋天和冬天她都在修正碩士論文的大綱，直到指導講師滿意為止，之後她就忙著每天的例行公事。她每天早晨醒來都以為擁有很多時間，然後切割成採買、喝咖啡休息和完成小事，時間在散渙的念頭之間飛逝，念頭從契訶夫和斯坦尼斯拉夫斯基的合作溜向法克在基森的生活。多年來她首度再次獨居，每一天都讓她痛恨。爐子只會發臭卻不會發熱，打字機繼F之後連P也卡住。她向指導教授請求建議，得到的回答是：依照您的大綱；但是她越這麼做，就越覺得有問題。《我們永遠不會搬到莫斯科》是個好標題，但這其中哪有她想找出的女性掌握內心的技巧？排紙牌，和錯誤的男人結婚，這就是技巧？覺得在家裡被天花板壓得喘不過氣來的時候，她就拿著東西準備到圖書館用功，但是大部分時候她只是搭地鐵到恩斯特—洛以特廣場那一站，坐在地鐵站裡。安娜在德律風根大樓的四樓和三個同事共用一個

17 原名Sebastião José de Carvalho e Mello（一六九九—一七八二），葡萄牙十八世紀最重要的政治家，支持啟蒙思想，里斯本大地震後擔任第一首相，不久即領頭反對天主教的政治勢力。

辦公室，瑪麗亞每次叫她出來，她都很高興。

她一再看手錶，快要四點半了。

過去五個月裡，法克只有一次離開基森。耶誕節的時候，他到柏林停留幾天，當然沒有和她一起過節。他的神是海納・慕勒，他只膜拜他。聽著她高傲的男友吹捧一個男人頗為奇特，除了在波鴻擔任客座講師，同時編劇，飛去參加各種活動，帶著裝滿各種免稅商品的塑膠袋回來。如果排演不順利，他就請客，說說笑話，不然他似乎很少說話，知道一切，從不失去冷靜，讓學生盡情嘗試他們想做的，只會在事後問：不能再精簡一點嗎？法克十分興高采烈。瑪麗亞花了極大的力氣才說服他陪她去邵賓納劇院，因為她買了《三姊妹》的票，期望能為她的論文帶來靈感。結果是她的男朋友在布幕拉起時嘆息，演出中間嘲諷大笑，中場休息時間在前廳裡宣稱彼得・斯坦是個木乃伊。

然後他就離開了。

瑪麗亞憤怒地留在其他劇院來賓之間，他們看熱鬧地搖搖頭，然後繼續各自的對話。他至少不要讓她覺得，他對特定劇場形式的輕視其實是輕視她。在販售飲料的吧檯，有道謹慎的目光對上她。瑪麗亞覺得那個年輕男性看著眼熟，他穿著一件黑色毛衣，獨自站著，因為附近兩個女人開始低聲對她品頭論足，她就走過去說聲哈囉。他的眼鏡都是霧氣，就像他剛從外面進來一樣。

「一年前，」針對她問起他們倆人是否見過面，他這麼回答，「在一場派對上。之後所有的人都到公園裡滑雪橇。那天晚上雪下得很大。我是那個研究語言行為的。」

「迪特馬・賈克伯介紹我們認識。」她想起那個晚上，還有他提過，他在科技大學當哲學助教。

「晚上三點，」他說，「我的茶裡已經摻了東西，但妳還是想知道我對那個主題所能說的一切。」

「茶裡摻了東西是什麼意思？」

「喝醉了。派對上有種可怕的水果酒。」至於他看到她和法克那一幕，他沒有任何評論，只是摘下眼鏡，問她是否還對語言行為這個主題感興趣。

「不了，」她說，「已經解決了。」她記得最清楚的是那晚的降雪量。她手裡拿著一杯熱紅酒，和其他戲劇小組的人站在一起，那時迪特馬在她肩膀上點了一下，說他認識某個在美國拿到博士的人，能告訴她更多有關語言行為理論的事。她在劇院大廳說起那齣戲的時候，她想起他和她其他大部分熟人不一樣，他聊天時不會一直想證明他的批判精神。他們一致認為科琳娜・基爾霍夫把愛琳娜演得驚人的好，而且這齣戲編排得好極了，不愧是彼得・斯坦。

「那就這樣。」下半場銅鑼聲響起時他說，「如果妳需要什麼哲學資料……隨時。」

「也許給我的碩士論文一點建議，卡住了。」

「我把電話號碼給妳。」他摸索著他的袋子找筆，沒找到，而瑪麗亞還生法克的氣，她就說：「之後給我吧。我有個好位子，隔壁的位子剛空下來。」

她又從報紙抬起頭來看著，他剛好走進咖啡館。開始下雨了，他走到桌旁一邊抱歉地指著手錶，從大衣領子擦去雨水。電話上他說三點四十五分會結束，現在已經過了一個鐘頭。「我的上司一說話就忘了時間。抱歉。」

「沒關係。」瑪麗亞把報紙折起來。「這樣我才能好好地研究這些懷有敵意的媒體。」

他的表情讓人分不出他把這個說法當成諷刺，或是就這樣信以為真。他把圍巾收進大衣袖子開口，身上穿著格子襯衫套燈心絨夾克，也許固定閱讀《法蘭克福匯報》。「妳什麼都沒點嗎？」

「一杯咖啡。」她這才注意到杯子早就被收走。

「妳不餓？我要趕快吃點什麼。」

「不餓，」她說謊，「對我而言還太早。」

「我們中午經常到這裡來，科技大學的助教們，我和他們星期天總是一起玩排球。」他的眼睛掃過菜單。「妳有興趣嗎？我們每個人打得都不算好，除了迪特馬，基本上他做什麼都很好。如果妳的巴西女朋友打排球，他應該會歡迎她。」

「我以為他有個女朋友。」

「我只是轉述他叫我說的話。這裡，」他把食指點在菜單上，「蘇黎世豬排，這個分量夠大，也許我們可以分著吃。妳想搭配葡萄酒嗎？天幾乎黑了。」

她沒吃早餐，中午吃了可頌權充午餐，於是她聳了聳肩，何暮德招手讓服務生過來。自從在劇院重逢之後，他們已經見過兩次面，兩次他都請她吃頓熱食，就像他知道她有多不定時進餐一般。安娜稍微知道他，因為他的辦公室也在德律風根大樓，他的女朋友和她住在一起。何暮德就是那個德蕾莎專程為他做肉餡捲餅——餡餅讓安娜發胖——而且不想要德蕾莎搬過去一起住的男人。除此之外，瑪麗亞對他的了解不多，他們的談話都圍繞著她的碩士論文，他幫助她理解重點。他們的聚會可說是純工作性。「妳這週過得如何？」他問。

「還可以。」

「沒有進展？」

「繞圈子，也算嗎？」

「如果之後有看出癥結，退步也算是種進步。」他以外文寫他的博士論文，因此知道她要奮力對抗的困難。現在他似乎察覺到她尋找的比較像是排遣而非協助，於是說起他在美國的那段時間。瑪麗亞對美國中西部沒有太多想像——遼闊、空曠、大湖，他說——而且也不太能想像維多莉亞風格的建築，雖然他把這棟建築描述成他的第二個家。冬天是特別舒適的時間，剛出爐的瑪芬蛋糕香氣流過空間。他的博士論文指導教授在第二次世界大戰失去弟弟，就在比利時邊界，並且讓何暮德幫忙調查他死亡時的情況。他是個名叫史丹·賀維茲的卓越男士，曾是足球員，後來變成某類學術的專家之一，這門學問只有大西洋彼岸才有。他太太做的英式瑪芬蛋糕是全世界最棒的。一手撐著下巴，一手拿著菸，瑪麗亞聽著，想著他唯一不討她喜歡的是他的名字。何暮德，還有更拗口的嗎？「妳曾經去過美國嗎？」上葡萄酒的時候，他打斷自己的話。他鬢邊的頭髮已經灰白。

「我曾經和之前的男友到過安達魯西亞，」她說，「至於法國，我知道從火車窗戶看出去是什麼樣子，全部就這樣。我對美國人沒有好話，因為他們在我的國家支持獨裁者。英國瑪芬蛋糕是什麼？」

他用拇指和食指做出德式麵包卷的大小。「烘烤的瑪芬，然後塗上瑪莎木梨果醬。我總是和她坐在廚房裡半個小時，讓我自己做好準備。然後上樓和史丹討論戰爭，總是說起他的弟弟、戰爭，以及戰爭為何發生。他完全沉迷其中。很難說明我為什麼那麼喜歡想起那些夜晚。」

「因為瑪芬蛋糕？」

「也許。」他說，讓眼光環繞室內。雨水從窗戶玻璃流下，服務生匆匆端著滿滿的盤子走過一桌又一桌。那時在公園裡她曾經觀察，他如何和女朋友在雪裡嬉戲、親吻，但是談話時他顯得嚴肅。他有雙漂亮的手，長得其實不錯，以某種平淡的方式。「告訴我有關葡萄牙的事，」他說，「我知道我對這個國家所知不多。如果我的消息正確，我們也支持過獨裁政權。我是指西德。」

「大家都一樣。」她說，「即使如此，異議人士可以在里斯本的歌德學院登場，革命以前就可以。那時我看了生平第一回舞臺劇，彼得．魏斯。那齣戲讓我印象深刻，第二天晚上我立刻又去一次。也讀了布雷希特的詩。我還記得我怎麼站在海報前想著：布雷希特？不認識。然後我聽說在德國念大學不需要學費。我問了十個人這究竟是不是真的，大家都說是。從那時開始我就有個目標。」自從安娜不在美斯卡雷羅咖啡館工作，而她開始寫碩士論文，瑪麗亞就很少在咖啡館裡度過，不過今天是星期五；她有權利忘記學業一個晚上，稍微美化一下她為何到德國來的原因。「我沒有很多錢，我的父母親來自葡萄牙一個沒什麼錢、比較多雞和山羊的地區。你看過怎麼殺雞嗎？」

「經常。」他的回答讓她驚訝。

「用手？」

「這就比較少，也許只有一、兩次。」

「在哪裡？」

「家裡。」他說，「妳怎麼會想到這個問題？」

「因為我的家族。從前，我們每次前往山區拜訪，我們的親戚就把他們最好的東西端上桌。我一口都沒吃，不僅因為我覺得那些食物噁心。食物的確噁心，但是我特別要表明我不是他們其中之一。每次拜訪之後我都會做惡夢，夢到年老、穿黑衣的女人，她們用彎曲的手指把雞弄死。夢到動物呼出他們的生命，他們沒有呼吸的長啼聲。」她笑著，雖然她的記憶讓她起雞皮疙瘩。因為阿圖爾和他父親有所爭執，他們只有出於特殊因素才前往拉帕，婚禮和喪禮，最後一次拜訪已經是好幾年前的事。她並不清楚他們分裂的原因；涉及一塊土地和一個姻親，因為他的婚姻沒有為他帶來子嗣，於是就想在其他方面自我證明。家族爭執，若非如此，她會出生在山區，生為橄欖樹農的女兒，今日她的孩子也許就像牙齒那麼多。說話的時候，她把她的酒杯以雙手握著，描述那裡的房子既沒有電，也沒有自來水，更別說沒有書，只有空蕩的斗室和下方的畜欄，掛著已風化的聖洛克畫像。「以前我不了解人怎麼能這樣活著，現在我爸媽在那裡改建一棟房子，正好是他們父母的家。」在她的記憶裡，那裡本是簡陋的小屋，縮在墓園下方的山丘裡，但是阿圖爾在電話裡保證，將來看起來會不一樣。大又明亮，還有現代暖氣，以及兩個陽臺。他顯然享受這個願景：以有力人士的身分返鄉。他是否和喬西姑丈和平共處，還是想要引起新的不滿，瑪麗亞寧可不要問起。她從不曾認識她祖父。

咖啡館的門被打開，一陣冷風吹進室內。服務生在桌上點好蠟燭，食物被端上來。「妳不打算將來有一天回去嗎？」何暮德問她。

「我不知道。碩士論文之後的一切都是遙遠的未來。」

「沒有鄉愁？」

「有時候。我母親從來就不喜歡住在里斯本，每年會發作兩、三次憂鬱症，她稱之為過勞，也怪罪城市裡的壞空氣。她來自山區，但是在南方長大。如果我的父母搬走，我只會對不再存在的家有思鄉病。這就像是某種葡萄牙國家情感——你看，我就是個變化過的陳腔濫調。」她說和喝得越多，她就越有興趣說話和喝酒。「還有，這酒不錯。」她說，因為何暮德只是微笑地盯著她。

「妳哥哥怎麼去世的？」他問。

「安娜告訴你女朋友的？」

「如果不關我的事，妳不必回答。」

「她說了什麼？」

「只說那是在妳出生之前發生的事。」

「是肺炎。」她不在意提起安東尼歐，但是安娜對德蕾莎說起這事卻讓她心裡不爽快。「就在他兩歲生日前。我還小的時候曾經問過，誰是照片上的嬰兒，他們說那是妳哥哥，現在是個天使。我知道我的任務是修補一切，我也想這麼做，直到我了解那行不通。然後我想離開家，過我自己的生活。」雖然她只吃了一點，還是把盤子推到一邊，拿起菸。自從法克到基森之後，她每天要抽一包菸，每當她試著少抽一些就頭痛。「仔細說來我有兩個永遠都是嬰兒的兄弟，一個我從來都不認識，另一個比我小一歲，念牙醫。此外他夢想擁有自己的摩托車。」她又笑了起來，擦了擦自己的眼睛。她最想整晚在咖啡館裡度過，但是何暮德眼裡某些東西告訴她，她不該這麼做。他和他女朋友成雙成對四年了，但是根據安娜的說法，進展得並不順利。德蕾莎希望得到暗示未來的訊號，最好是以婚戒的形式，他只說起他教授資格論文以及不確定的願景。瑪麗亞打電話給他，他就有時間陪她，但是從來不是由他結束會面。「我馬上就要離開了，」她說，「也許我還能寫些什麼。」

「誰是遠藤周作？」談話中間他曾拿起一本書，就放在她旁邊桌子上，他觀察著這本書。《海與毒藥》，黑色的字體印在孤寂的海岸風景上。

「有人推薦我這本書，」她說，「一個神父，以前他對我的意義，就像你的博士指導教授對你的意義一樣。他不踢足球，只下棋。踢足球會讓他看起來很笨拙。」

教堂距離她雙親家只有幾百公尺，曾經屬於學院所有，這是里斯本的第一所耶穌會學校。因為這樣，也因為附近巷道的寂靜，寇斯塔神父比較喜歡在那裡講道，而不是在交通噪音及市場嘈雜環伺下的小教堂。神父是個瘦削、滿頭白髮而且聲音溫和的人。瑪麗亞沒有起身離去，反而開始敘述一九七三年那個令人懷念的夏天，整個城市都在討論大屠殺的事，是葡萄牙軍隊在莫三比克犯下的事。有個英國傳教士在《時代雜誌》上寫出這件事，一星期後卡埃坦諾總理就出訪倫敦，被狂噓和斥責了一頓。在里斯本先是傳出幾十人死亡的謠言，接著又傳出死亡數百人，但沒有人知道究竟發生什麼事，因為政府防堵消息，國內的媒體噤聲。「我當時十六歲，第一次對政治感興趣。」她說，「當時再沒有比殖民地戰爭更不受歡迎的事，但是報紙甚至不會出現殖民地這個字眼，那裡叫做海外省分。有個星期天，寇斯塔神父布道剛結束，正要離開布道壇，他突然問他下星期天是否應該談談那場大屠殺，就這麼直接問出來，就像在桌邊問還有沒有人要來點沙拉一樣。他認識那個英國傳教士，認為想多知道一些的人應該舉手。大家停止呼吸，不知道有沒有祕密警察坐在教堂裡，而且他說了『大屠殺』。接著是一陣竊竊私語，因為後方有個人舉手，然後又來一個。我是第四個還是第五個舉手的，我永遠不會忘記我媽的眼神。沒一會兒，大家的手都舉起來了。」

「他後來說了什麼，發生在莫三比克的事？」

「幾天後他突然昏厥，在床上躺了兩個月。那經常出現，十年前他去世了。我在基博特書店看到這本小說，突然注意到我有多久沒想起神父。坦白說，我把手舉起來只是不想讓他失望。當然也為了招惹我媽。」

「但真的有大屠殺？」

「這件事從未被澄清，也許有。無論如何，這個指控大傷政權，或許也導致一年後發生革命。」她把書拿在手裡，聳聳肩膀，一副事不關己的樣子。身為日本天主教徒的遠藤是神父最喜歡的作家之一。「而且講這麼多話也不是我的風格，」她說，「喝了酒的關係。」

何暮德點點頭，眼睛看著四周找服務生。「我們再點一瓶。」

兩小時後，他不許她分攤她那一份的帳單。他們在地鐵站相對面的月臺等了一下，然後他往魯本的方向，瑪麗亞登上往十字山的地鐵。迎接她的是公寓的寒冷和寂靜，爐子裡的火熄了，她還要拖煤炭上來，然後必須等上三個小時，才能不穿外套坐在書桌前。她賭咒著拿起一袋髒衣服，離開公寓走到洗衣店。沒有看書，反而盯著機器旋轉的滾筒。兩個龐克走進來，檢查換幣機裡是否有漏下的零錢。一小時後她知道自己要做什麼，收好溼答答的衣服，走進電話亭，把剩下的零錢像平常一樣疊在電話上，撥號。她驚訝於自己那麼熟悉他的電話號碼，她只打過三次而已。

「海巴赫。」他接聽了。

「又是我。」她的心一下子猛跳，就像她剛跑了一陣。她沒想好一篇說詞。

「妳忘了什麼東西嗎？」何暮德毫不掩飾他的喜悅。背景的憂鬱薩克斯風音樂被調小聲。

「你到底住在夏洛德堡哪裡？」

「栗樹大道，靠近泰歐鐸－霍矣斯廣場。」

「你在哪裡長大？我的意思是雞的那些事發生在哪裡？我們後來就沒有回到這個主題。」

「在馬爾堡附近的一個村子裡。」他說，「妳因此打電話來？」

在發亮的電話亭裡她覺得渾身不自在，就像站在展示盤上給來往行人看。即使如此她還是拿起下一個硬幣，放進投幣孔裡。「那裡的人徒手殺雞？我以為只有在葡萄牙才這樣。」

「就像剛才說的，一、兩次而已。通常有其他方法。」

「你做過嗎？」

「沒有。」

「你會嗎？」

她的堅持讓他笑出來。「下次核子戰爭之後，如果還有活生生的雞落到我手上，我才會這麼做。

我知道如何擠牛奶、怎麼用鐮刀除草。還有什麼我能幫忙的嗎？」

「我想到我在咖啡館沒有問你我想知道的，因為我突然間有那麼多必須說出來的話。和我的碩士論文有關，你沒想到吧？」

「妳想知道什麼，問題在哪裡？」

「在我身上，還會在哪裡呢？系上一切都亂糟糟的，因為我們搬遷，但是沒人知道往哪裡去。沒有地方上研討課，開課說明上寫著：請注意公告。這當然不算理由，我不必上研討課了。只是在家裡我什麼都擠不出來。」

「妳說過已經有大綱，是關於契訶夫和他書裡的女性角色。」

「我惹惱了我的指導教授，最後他或多或少是直接強迫我寫這份大綱。現在《三姊妹》根本在我腦海徘徊不去。讀的時候我沒注意到愛琳娜是中心，但是像斯坦的編排……我最好只討論她。這個論文主題反正太大。」

「試著縮小範圍。」

「第三幕她說：『一切何處可尋。』或是最後：『總有一天人們將了解，一切有何益處。』這是關鍵字，時間。時間過得折磨人地緩慢，又走得太快，是邵賓納劇院典型的作品。你兩年前看過格呂柏的《哈姆雷特》嗎？六個小時，感覺起來像二十個小時，即使如此我還是喜歡。」她停下來，嘆了口氣。「如果我讓你煩心，你一定要告訴我。」

「我發覺我最近對俄國戲劇很有興趣，尤其是契訶夫的劇本。」

「為什麼那是好劇本？什麼都沒發生。革命性的是其中什麼都沒發生——直到某人死去之類。《海鷗》初次上演的時候，大家都笑了。沒人了解這齣戲的意義在於沒發生的事。坦白說，我也不了解，但是和時間有關。」

「也許妳不想聽，但是我覺得這齣戲在中場休息之後比較精采。」

「下一個問題就是我的德語。」她繼續說，就像他什麼都沒說一樣。「對一百頁的論文而言，我的德語不夠好，我需要好幾年。這全部就是個惡劣的笑話：我不是寫論文，論文就是我的生活。」

「妳的德語不錯。我們就繼續這樣碰面。把妳的想法告訴我，我幫妳找到正確的表達形式。妳何時有空？」

電話亭牆面上被刻了一個符號。一個被圈起來的大衛之星，或是無政府主義的A，在十字山常見的符號。「我們不能再見面了。」她說，感覺到心跳加速。

「什麼？」

「你知道我是什麼意思。你有女朋友，我有男朋友，我甚至認識你女朋友。」上星期他們三個人一起出去，和安娜一起，瑪麗亞事後想到，德蕾莎和她有點相似，不會有真摯友誼。她是天主教徒，以解放神學取得博士論文，她舉止大方，如她相信別人對她所期待的那般。

「是妳打電話給我，」何暮德說，「在劇院那天晚上之後。」

線路裡一陣寂靜，電話亭的窗戶起霧。什麼都不要說，她想著。

「我們可以像今天一樣見面，其他的……」

「我寧可我們現在就結束。」她的雙脣吐出這些話。

「我不想。而且今天下午我本來想對妳說件事。冬季學期我必須走馬上任，一個代理教授的職位，我的上司幫我找的麻煩。在多特蒙德。因此我才那麼晚到，他讓我清楚知道，如果我不接下這個職位，我就被解僱了。我以為這會讓妳變得哀傷，而且妳那時看起來已經很哀傷。現在也許妳鬆了口氣。」

額度用完了，訊號聲響起，瑪麗亞把下一個硬幣塞回口袋裡而非放進去。「為什麼我會因此鬆口氣？」

「妳再考慮一下。」他說，在喀啦聲標示終止之前。瑪麗亞把話筒拿在手裡，沒有注意到電話亭外喊叫著要她快點的年輕人。自從安娜在大學工作，她們不再一起去一些煙霧瀰漫的地下室酒吧，而是去天花板上有裝飾、陽臺上有藤製傢具的老住宅舉行的派對之後，她經常有種感覺。派對主人是擁有不同護照的年輕伴侶，客人帶著沙拉前來，手裡拿著甜酒杯，歪著頭站在書架前面。其中有個德國人模仿首相的口音，所有的人都聽著可以讓人擦眼鏡卻不能跳舞的音樂。平克．佛洛伊德。爵士。熱鬧起來的時候聽治療樂團。每次她們都覺得自己是外星人，取笑這種僵硬的聚會，直到安娜獲得下一回邀請，而瑪麗亞跟著前往。她的女朋友最近常說起家庭，指的卻不是她親愛的家人。瑪麗亞陪著她，好讓德蕾莎不會跟著前去，也因為她希望安娜能找到某個讓她留在柏林的人。永遠，她想著。「永遠」這個字也是那種感覺的一部分。八〇年代已經過去一半，十字山對她而言顯得像個包圍區，時間從旁拂過。超過一年以來，她第一次再度前往瓦德瑪爾街，為了向舒茲太太買雞蛋，她問：和平常一樣？就像只經過兩星期一般。這種感覺沒有名字，她只能對一個人解釋。

瑪麗亞以凍僵的手指將硬幣投入，一如以往地撥了同一個電話號碼。

8

乍看之下差別並不明顯：假期開始的時候，他們總是在里斯本祖阿嗚那裡住幾天，白天各走各的，晚上聚集到上城區進餐。斐莉琶還小的時候，何暮德帶她去動物園，或是兩人一起搭電車穿越舊城區，她女兒長大之後就寧可和祖阿嗚一起出門，瞞著雙親做些什麼。何暮德到埃什特雷拉公園聽爵士音樂會，瑪麗亞逛遍奇亞多的書店，坐在咖啡館裡，品嘗身在家鄉的奇特陌生感受。第一天每當旁邊有人說葡萄牙文，她就嚇一跳。今年何暮德和她儘可能各走各的路，在祖阿嗚公寓旁的購物中心吃飯，分床睡。劇烈爭吵過去四天。昨晚她聽到丈夫二度輕手輕腳穿過走廊，但是當她清晨八點半起床，客房的門還是關著。不一會兒她離開房子，只有汽車警報器劃破清晨的寧靜，遮蔭的小巷還留存夜晚的清涼。前往地鐵站的路上，垃圾桶傳出刺鼻醋酸味飄向她。

她並沒有目的地。

里斯本在八月被遊客淹沒，但是在舊城區之外看不到任何遊客。瑪麗亞搭黃線，在龐巴侯爵站轉藍線，然後在下城搭乘無盡的電梯往上。白瓷磚就像在巴黎。她最近在一本書裡讀到有關奇亞多的前身：歷史悠久的精品店區，有珠寶店、茶坊以及專門量身訂做的紳士服店。現在她在加瑞街北端街尾走進日光，看著博斯和班尼頓的招牌。佩索亞銅像前遊客擁擠。她的鄉愁奇怪之處在於即使回鄉依然存在。她常以為會變得比較強烈，雖然她已經好幾年沒來到她往昔的生活區域。此外，摧毀城市核心的並非盲目追求利益，而是一場大火[18]，在某些角落還看得到一些痕跡。

這天看來將是無雲而且炎熱的一天。她在兩個小時內走遍上城區，尋找足夠的內在寧靜，好安靜地坐在咖啡館裡。前往聖本篤半路上，在陰涼的百花廣場邊緣，她找到一家，窗前架著黃雨棚，牆上安著深色木頭。她點了一杯咖啡，嘗起來就和從前一樣，片刻間她就覺得好多了。自從吵架之後，她和何暮德只交換最必要的言語，仔細說來連這些都避免了。他們第二週要去哪裡度假依舊未明。過去幾年他們都先到拉帕，然後開車到海邊，但是在目前的情況下，瑪麗亞覺得無法忍受她母親的怪癖。

她只和一個人仔細說過這件事——彼得·卡洛。她從波昂打電話給他，跟他說那天在婚禮上她沒辦法獨自坐在一旁。當天有樂團，有很多酒，如果說她必須自我偽裝，好在午夜之後和她先生跳舞，這並不正確。自制，但是沒有偽裝，應該說這符合她一半的感受，另一半則是期望在眾人眼前賞他耳光。每一杯酒都讓她更放得開，之後她在床上感覺到他的手放在她的胸部，她很想給他一拳，或是也樂於對他的攻勢退讓。拿開你的手，她這麼說，第二天在波昂她堅持他睡在沙發上。坦白說，她已經自覺有些過分。

何暮德打電話來的時候，她正坐在咖啡館前面抽菸。廣場中心小小一片綠地上聚集了一群穿黑衣

18 一九八八年一座倉庫發生大火，延燒兩公頃，主要沿卡莫街燒毀許多舊建築。後來在極力保存外觀之下重建。

的老人，瑪麗亞想著今天是不是某個慶祝日。「喂。」她不情願地接起電話。即便在陰影下，熱氣每分鐘都在增加。

「我坐在電腦前找東西。我們先到海邊再到拉帕的計畫不變嗎？」他問，有如提及事先的約定。

「我們這種情況一定是不能去我父母那裡的。」

「南邊幾乎到處都客滿。塔維拉有個新的旅館，看起來非常漂亮，還有一間套房空著，妳覺得呢？」套房，他順帶地提起，表示：我的盡心盡力妳看到了嗎？她最想做的是一句話不說掛掉電話。她究竟和什麼樣的一個男人結婚，為什麼不過四天，看起來就有如不是他荒謬的舉動阻礙他們和好，而是她的驕傲？因為他願意訂一間套房？「瑪麗亞？」他說，「我知道這對妳並不容易，但是一句話都不說可不是辦法，我們正在講電話。」

「幾張床？」

「一張。」

「隨便你。」

「四天？對我們來說足夠嗎？」

「你現在想聽什麼？」她問，「是，足夠？不，我需要五天？下星期天三點半一切都會恢復原狀？」她在婚禮上和露忒說的話不多，每次她看到何暮德和她說話，就感覺他們在說吵架的事。直到三點，大部分的賓客都已經離開，她和她的小姑才坐在舞池邊，聽她說起斐莉琶為她父親所買的禮物。幾天前她秀給家族成員看，是一個內建喇叭的小枕頭，好在晚上聽音樂。希望能改善何暮德因耳鳴造成的睡眠問題，露忒慼同身受地說。那時瑪麗亞才知道丈夫受耳鳴之苦，他對她一句話都沒提過。

「妳媽媽在答錄機上留言兩次，」他說，「我們必須告訴他們，我們何時會到。他們本來期待我們昨天出現。」

「公寓會空到什麼時候？」

「祖阿嗚和費南妲後天回來，然後下週去拉帕。我預約明天到星期一。」

「你已經預約了？」

「否則到處都被訂走了。」

「那你還問什麼？」

「好吧，」他說，「晚點見。」

第二天早晨他們搭上十點半從恩特雷坎普斯出發的火車。前往拉帕要用的車子，何暮德這幾天會在法羅租借，在這之前不需要，他在離開公寓的時候這麼說，也許意指在這之前不需要讓她坐在副駕駛座上。他們那節車廂裡有兩對英國來的夫妻，一個年輕人戴著耳機，以及三位中年女士，以阿連特裘的音調聊著天。火車駛過大橋時，何暮德站起來好從窗戶欣賞城市這一面。瑪麗亞從她的位置看著貝倫的紅屋頂和大西洋無盡的藍。她內在德國人的部分注意到骯髒的窗玻璃，葡萄牙人那一部分則覺得怪異，因為她坐在頭等車廂。何暮德在車廂的另一端和那些英國人說話，有個女高音說：「多美。」他重新坐回位子上，她必須自我克制才不會把昨天買的書拿出來看。他們慢慢轉向南方，沉默變得有壓迫感。一遠離里斯本的郊區，就幾乎看不到任何村落，只有田野、草原和幾群羊在平地上吃草。瑪麗亞一大早和她的母親通電話，表示如果祖阿嗚和費南達也在拉帕，她才比較想去。

「橄欖樹和軟木樹，」何暮德終於朝車外示意說，「有人問酒來自哪一區，我們手邊大概沒有地圖？」

「葡萄酒區非常靠近東邊，或是西邊，不知道，反正就是在別的地方。」

「種植葡萄的區域？」

「是的，何暮德，」她慢慢地說，「種植葡萄的區域。」她無力對抗突如其來的笑意，她只能搖著頭表示這不是開心的笑。

「妳的意思我很清楚。」他高興地說。

火車在格蘭杜拉火車站停了幾分鐘，除了高壓電線和幾間房子，外面什麼都看不到，因為髒汙的玻璃看起來就像沙塵暴吹過。何暮德開始低哼以該地命名的著名革命曲子，但是當她以手勢要求他不要哼的時候，他就靜下來。距離此處不遠是她母親成長的孤兒院，當時母親才兩歲，失去雙親。露德絲很少說起的一個時期。火車又開始移動，但是直到他們從阿連特袞抵達阿卡夫，風景才有變化。他們在法羅下車，前往塔維拉的接駁車必須等待四十五分鐘。

「或是我們搭計程車。」何暮德說，但瑪麗亞搖搖頭，指著車站對面的咖啡館。綠色的塑膠椅和桌子擺放在通道上。彼得那時在電話上想知道，她是否能想像沒有她丈夫的生活，她閃避地回答說她能想像很多事情。現在她看到萊恩航空的飛機正朝附近的機場飛行，啜飲著她的咖啡，想著二十年後離婚除了外在狀態還能有什麼意味，簡潔摘要文件所確認的，不同的地址，以及不再有共同的健康保險。以另一層意義，在她看來，人們在二十年之後無法分離，因為人無法**切割**二十年。奇特之處在於她對這層理解感到安慰，比較不那麼有壓迫感。越來越熱，她丈夫喝啤酒，讓人看不出他在想什麼。

「我媽的語氣聽起來擔心嗎？」瑪麗亞問，注意到自己第一次直接對他說話。「我是說你昨天和她講電話的時候。」

「我沒有。她打電話來的時候，我正站在祖阿嗚的電話答錄機旁邊。」

「你不想和她說話？」

「她聽起來一如既往：就像她必須以聲音強度克服距離。如果一個人說話用吼的，很難說他有什麼感覺。」

「這句話是指我媽嗎？」

他注意到自己臉上的微笑稍微下滑，聳了聳肩。「我的葡萄牙文和十年前一樣爛，所以我沒接電話。」

瑪麗亞抓著他的手，他的手因為啤酒杯而冰涼潮溼。她在過去幾天根本沒想到拜訪父母親的事情。阿圖爾秋天就八十三歲了，而且已經發作過兩次心臟病，還做了血管繞道手術。露德絲小兩歲，自從她住在山區就有關節炎。寒冷的冬天加重他們的負擔，有個女鄰居幫忙購物，中午和晚上他們到村子裡的老人之家當日間客人用餐。有一天他們會完全住進去，然後……

「妳在想什麼？」何暮德打斷她的胡思亂想。「妳看起來憂心忡忡。」

她朝上望，打量著他的臉。事實上人們能想像的比自以為的來得少。在想像裡，人們只改變一個細節，忽略其他部分也會跟著改變。「你從何時開始耳鳴？」她問。

「我何時開始……斐莉琶告訴妳的？」

「從何時開始，何暮德？」

「那不是耳鳴。有時我耳朵裡有個高哨音，而且……」

「那就是所謂的耳鳴。」

「我在葡萄牙還沒有發作過，都是因為大學裡讓人生氣的事。」他說，手裡轉動空杯子。「可悲的改革，雖然我們都不認為那有什麼意義，我們還是必須執行。我們所有的人都良心不安，只因為我們都照做，因此我們儘可能把事情做得那麼糟，然後爭吵。唯一的結果將是我們都放下教授職位。整個研究所。」

「為了什麼？」

「表態。」

「我是指那之後。你之後要做什麼？」

「失去我的退休金。」

「何暮德。」

「妳想聽什麼？我考慮就像貝爾哈德．陶胥寧那樣出走到南法，好開一家酒館？」那是和何暮德長久以來交好的一個年輕同事，直到他突然間丟棄一切。「那隻瘋狗。妳能想像我站在吧檯後面嗎？」

「也許在大學和酒吧之外還有第三個選擇。」

「種橄欖？」他牽起她的手親了一下，就像他常做的，吻在手指最底下的指節。彼得在電話上的總結建議是，他們應該好好做愛，忘記其他所有事情。火車駛入街道和軌道間的高聳圍欄那一側，何暮德點著頭。「那是開往塔維拉的火車。」

「我們必須趕上車嗎？」

「不用擔心。」他又親了一下她的手，有一秒的自信。「火車會停幾分鐘。」

旅館位在老城中心的山丘上，建築物從前是個修道院，從十六世紀開始建造。地面曾有個空間鋪著玻璃地板，讓人可以看到伊斯蘭時期的地基，周圍的地區更久遠。它被強烈地震所摧毀，如今特別吸引葡萄牙和英國遊客，他們重視寧靜勝於和沙灘的距離。有著梁柱長廊、寬廣大理石樓梯和綠洲似的寧靜，寬敞的中庭讓人想起恩典修道院的早期用途。外牆被漆成黃色，草地每晚都灑水，泳池在太陽下閃爍著鈷藍色。隱藏的喇叭傳出音樂，到處都有能坐下的角落，讓瑪麗亞可以帶著書縮到裡面。視共處時間有如帶著強烈副作用的藥物，對這樣的婚姻伴侶而言，這裡是個完美的獨處地點。

那本小說敘述生活在排擠基督徒時代的日本的葡萄牙修士，書名是《沉默》，已經很久沒有一本書讓她如此著迷。溫暖的光落在中庭地板上，在對面的牆壁往上移動，顯示太陽開始西沉。她旁邊的木頭桌子上是一大杯冰茶。她並不知道她在自己的位置上已度過幾個小時；這是第二杯飲料，而且她還稍微打了個盹，這期間一定是有個細心的工作人員放置了風扇，此時讓空氣撫過她裸露的小腿。整個下午她的腦子都在舊時日本，她猜塞巴斯提歐・羅德里奎茲的任務一定沒有好結局。不宣誓放棄西方異端的人，會被頭朝下地懸在一個洞上方，然後耳朵後面的皮膚被割開一道口子，直到他看清現實，或是流血而亡。這種技巧叫做「穴吊」，已經強迫羅德里奎茲的老師放棄自己的信仰。

她不知道何暮德在何處逗留。酒吧裡有個書架，他昨天在上面發現一本有關爵士樂在葡萄牙的歷史圖冊，沉浸其中大半天。革命之前三年曾在卡斯凱司舉行一次盛大的音樂節，迪吉・葛拉斯皮和邁爾斯・戴維斯都是表演樂手之一。書裡提到當時有一萬兩千人參加。枯燥學究馬爾塞洛・卡丹奴的國家裡有一萬兩千個爵士愛好者，對瑪麗亞而言，就像四月二十五日政變[19]的根源不在軍隊，而在於進步的樂壇。「讀這本書之前，你知道這事嗎？」晚上他們一起坐在餐廳露臺時，她問。視野涵蓋整個地區和分切地面的河流，落在石橋和一個巨大購物中心的招牌上。再過去是海洋，在夜晚的光線下與其說可辨識，不如說是猜測。

「我在某個地方曾看過，」他說，「那些照片讓人印象深刻。如果能得知有沒有錄像會很有趣。有機會我來找一下資料。」

「如果你喜歡爵士樂，為什麼你沒學會任何一項樂器？」

「起初我沒錢，然後沒時間，接著已經太遲。一些人的生命都能這樣總結。此外我還年少的時候曾經參加吹奏樂隊，但是沒有薩克斯風。那本該是我的樂器。」

「你吹薩克斯風……很難想像。」

「妳知道工作室裡的錄音機，」他說，「我買下來的時候已經不是最新科技，但是我可以收集錄製自己的錄音帶。自由柏林電臺有個節目，我把節目錄下來，星期天的《爵士收音機》。然後我就聽著錄音帶，表演空氣薩克斯風，表演得甚至相當好。」

「空氣薩克斯風。」

他把雙手舉在桌子上方，就像手裡拿著樂器。即將十點，他們吃了魚，幾乎把酒喝光，瑪麗亞感覺到微醺的舒適漂浮著。「我最近無聊的時候，就把舊的錄音帶找出來。品質還相當好，我對我當時的品味沒什麼挑剔的，不像妳對待從前的舊單曲，洛・史都華，真的！妳對文學是那麼嚴格。」

「你還玩空氣薩克斯風嗎？」她問，不理會他的嘲弄。

「玩。」

「撒謊。」

「不然就沒意思了。」

「你在波昂站在客廳裡，然後……」

「在工作室裡。那東西有一噸重，我不想拖來拖去。那是我得到科技大學的教職之後買的第一樣東西。一千一百馬克，連同兩個喇叭。」

她歪著頭的樣子應該是要表示懷疑，事實上她在調情。他們吃飽喝足坐在露臺上，阿卡夫的微風

---

19 葡萄牙發生軍事政變，日後被稱為康乃馨革命。

吹拂，已經讓她暗下決定，晚點不要和她丈夫上床。

「我甚至還有個藝名，」他說，「當時我幫自己取的。」

「何暮德，少來了！你和你的空氣樂器，夠了。」

「妳會尷尬？我沒有公開使用藝名。我在大學裡只是海巴赫教授。」

「你在想像的舞臺上叫什麼名字？」她問，謹慎地轉著眼球。

「貝瑞．曼德林諾。」

「真是個笑話，停！說這只是個笑話。」

「我自己一個人住，又有時間想出這些東西。現在我又一個人住。各位先生女士，請鼓掌歡迎獨一無二的……」顯然他察覺到自己有點玩過頭，搖搖手打住。試著不要露出他多麼努力想讓她笑。每次的小進步更激勵他。「那妳呢，妳沒有藝名？」

「這是典型的男人心態，想被讚嘆，想當英雄。」

「為什麼不？還有什麼比站在舞臺上，感受從觀眾那裡湧來的情欲能量更令人迷醉？妳在慕拉里亞長大，在著名的葡萄牙怨曲歌手之間成長。」

「我看到他們站在肉鋪前的長龍裡。如果你以為他們的光環必然刺激我的幻想。他們不是明星，只是會唱歌的鄰居。你總是把我的出身浪漫化。」

「那當然，想想**我**從哪裡來。」

「當時那裡只是個平凡人住的地區，就和我父母親一樣的小市民，目前已經變成貧民窟。而且我根本不喜歡怨曲。」她喝了一口，把空杯子推向他。「我告訴過你那個故事嗎？在我們餐館窒息死掉的客人，被一塊肉噎死。」

「沒有，聽起來滿刺激的。」

「我當時十五還十六歲，」她說，「必須到廚房幫忙。才剛傍晚，在餐館坐滿人之前。那個男人是常客，一個大約五十歲有點年紀的男人。」

「這樣算年輕人。」

「他是科恩特羅先生。我不喜歡他，他總是用刀而不用叉子把肉叉起來，然後放到嘴裡，在那一區算常見的事，但是如果在我家的餐館裡，我母親就會糾正那些人。她總說 *O lugar dos engolidores de espadas é no circo*……聽得懂嗎？」

「聽不懂。馬戲團裡的什麼人？」

「*engolidores de espadas*……吞劍人？」

「吞劍人。」

「馬戲團才有吞劍人，聽起來就像我媽會說的話，對吧？無論如何，那個晚上我在廚房，聽到用餐區傳來一聲大叫。科恩特羅先生一如往常正在吃他的比托克牛排馬鈴薯套餐，一邊和我爸爸聊天。我走出廚房門，他漲紅了臉站在位子邊，呻吟著。其他客人都跳了起來，無助地圍在他身邊。他的眼睛越睜越大，然後我媽把我拉回廚房，他倒下來的時候我只聽到悶悶的撞擊聲。那只是幾秒鐘之內的事。不久之前我還聽我媽說：老科恩特羅和他的故事。她也不喜歡他，但是她再也不原諒自己說過那句話。」

「他就這樣死掉了?」

「也許不是那麼簡單,但我還記得他臉上的表情,沒有憂慮,沒有驚嚇,只是不可置信的驚訝,就像他想說:我怎麼會在這時因為一塊牛排而慘死!可是就這麼發生了。我媽沒有走出這個陰影,也許她就是在那天晚上決定,只要可能就搬到拉帕。無論如何,在那之後每次她必須進到餐館,走到用餐區,她就在胸前畫十字。她左手拿著盤子,用右手畫十字。因此她只能拿一個盤子。」

「而妳從此以後就不再吃肉?」

「我告訴你這個故事,是因為你總把我的出身想得很浪漫。另一個客人原本要求打包食物,那一刻讓他胃口全無,但他是現實主義者,知道飢餓感還會回來。」

「那是妳編的。」

「只有最後的細節。」她笑了,有些慚愧,不是因為編謊話,而是藉一個人的死亡來得分。畢竟還算是好的目的。「科恩特羅先生在我們那裡噎死,這是真的。我說謊的時候,你看得那麼清楚嗎?」

因為故事的陰鬱被打斷而高興,何暮德伸手拿起酒瓶。「這個故事不僅是在慕拉里亞很典型,對所有人類生命也是這樣。任何時候都可能結束,一秒之間。」

「例如在道路交通當中。」她說,覺得自己像在潑冷水。

「我想妳很有權利這麼說。」他把剩下的酒分到兩個杯子裡。餐廳裡只剩下幾個客人,服務生似乎等著下班。「妳要吃甜點嗎？」他問，「餐後酒？咖啡？」

「不，我累了。」

他們起身離開，微溫的傍晚已經轉成舒適涼爽的夜晚。回到旅館的幾公尺路上，他們就像青少年初次親吻之前一樣走著，但是何暮德半小時後從浴室出來，看到她已經躺在床上自己的那一邊，他明白那個暗示。短暫猶豫間，在他關燈之前，本來可以來個吻，在後續的沉默間進行其他一切。

此刻，瑪麗亞闔上她的書，喝完冰茶，上樓走到房間。她一拉起木頭捲簾，陽光就淹沒房間，讓深色實木拼花地板發亮。懸鈴木窸窣的葉片後，塔維拉沉浸在傍晚的光線裡。她去沖澡，換了件衣服。床邊櫃上的時鐘顯示即將七點。

床上何暮德那一邊是斐莉琶送他的禮物，一個白色的塑膠枕頭，側邊有兩個孔。接上音樂之前，他低聲地問會不會打擾她，但是她比較喜歡這樣，而非覺得有人聆聽著她的呼吸聲。這時她從矮櫃上拿起手機，片刻間感到寂寞。唯一的出路是彼得的電話號碼。

「又是妳。」他這麼說著當作問候，「我以為妳在度假。」

「打擾到你了嗎？我剛注意到，我從不曾對著你的語音信箱說話。你一直都在。」

「為了妳，親愛的。你們和好了嗎？」

她生平第一次由一個男性扮演閨蜜的角色。她在柏林經常打電話給彼得，每當她晚上一個人坐在前往潘寇的列車上，擔心自己睡著的時候。「你在家裡嗎？」她問。

「我坐在辦公室裡研究不動產廣告，所以妳慢慢來。」

「反正我沒什麼想講的。搬遷的事情怎麼樣了？」

她的朋友經營一家小型文化科學專業出版社，由他的另一半爾文．克里格出資成立。一開始出版的書都和酷兒主題相關，目前變得比較廣泛，彼得夢想著將出版社搬到新的地點：從黑樂斯朵夫的破舊工廠建築搬到市中心。「最近我在劇場附近四處看看，」他說，「我的計畫越來越大膽。我想把蒙塵的人文學術從我們的角落稍微攪動一下。歷史、哲學，誰知道，也許有一天甚至是神學，一切都加上我們耀眼的封面。聽起來像是瘋了？」

「世界正等待耶穌是同性戀的證據。」

「不，但是世界需要看得出來是新的想法。我們出版社需要多些嚴肅的科學。如果你想在大學裡被當回事，光是漂亮的包裝長期下來並不足夠。最近幾年我們做的形象工作多於內容。」

「你懂得夠多嗎？我是說人文科學。還有嚴謹性。」

「我會僱一些懂的人。問一下妳先生，看他有沒有興趣從我這裡開始。我沒辦法付很多錢，但是我每天早晨會撫摸他的臉頰。」

「他會喜歡的。他非常能接受這類柔情。」

「妳讓他伸出雙臂空等著，對吧？戒斷愛情，因為他有一次失去控制。」

「你不在現場，」她說，「他完全暴走。自從那時起我自問，我究竟和什麼樣的人結了婚。」

「我曾經深愛一個人，以至於用刀威脅他。」

「然後呢？」

「他把刀從我手上拿走，賞我一個耳光。之後我只剩我的愛。如果我記得沒錯，我們終究還是共度一夜。」

「最可悲的女人是為暴君似的男性行為找藉口。」

「妳不該找藉口，而是原諒他。」

電話貼在耳朵上，她在房裡走來走去，這時她在鏡子前面站定，看著自己的臉。「我想要他再多受一點苦。他不必跪下，不必低聲下氣地解釋。我只想要他受苦。」

彼得從牙縫吸了口氣，但沒說什麼。

「我知道你在想什麼。其實沒有那麼糟糕。我們住在一家絕美的旅館裡，白天我們各做各的，這樣最好。懷念他比看到他好。」

「晚上呢？」

「天就黑了。」她簡短回答。她的朋友當中沒有熟人像彼得年輕時那般濫交，就連安娜在巔峰時期也沒有。現在他照顧感染慢性B型肝炎的伴侶，但是瑪麗亞並不認為他對另一半保持忠誠。坦白說，她對她的朋友所知不多，說不出他們之間的熟悉感來自何處。當時在東柏林，他是唯一幫忙法克的劇本的人。如果他無法為她做什麼，他甚至比她還失望。

「我必須掛斷了，」他說，「爾文需要打針。每週一次，他當然也能自己打，但這就是我們這些日子以來的共同活動。不要以為只有妳必須在妳的葡萄牙豪華旅館度過困難時期。」

「幫我問候他。」她說，「我可能會再撥電話。」
「下星期我們在挪威，沒有手機。我的建議還是一樣：古老而美好的和好交媾不公平地被指為膚淺，但在許多情況，那是最好的解決方式。在某些情況下是唯一的方法。」
「我考慮一下。」
「效果不一樣。」
「你有時候會驚訝於我們這麼好嗎？」
「看妳指的是什麼。」他說，「我剛好是妳需要的。現在去吧，雲雨一番。」於是他掛斷電話。
瑪麗亞離開建築物的時候，當地絕大部分都在陰影裡。旅館前的街道在塔維拉最高點終止，那裡放著一個球狀白色儲水桶。後方的古老城堡天然石牆隆起，牆內是一座植物園。沒有護欄的階梯通往開放廢墟的一個角落，瑪麗亞爬上去的時候，必須強迫自己不要向下看。她從上方一覽教堂和往下向著河流的成排房屋。她帶著她的書，但是沒有看書，只是靠著一根突出石牆的樹幹，抽著菸。入口前等著一群遊客，一堆圓形的遮陽帽，往這邊或那邊轉動。
從遠處看去，旅館和同樣漆成黃色的里斯本藝術學院相像。三天前她經過那裡，不由自主地想到那時候許多個下午，她嘗試讓自己看起來像藝術系學生。當時她從路易那裡拿到一本速寫本，畫下展出的塑像，充滿焦慮，擔心有人會從她背後看到，注意到她的天分不足。她常訝異於自己一生中花了多少時間在做白日夢，做些假動作，而她自己是第一個受騙的。不僅是青少年時期絕望地期待大學入學許可，之後也是。妥協、迂迴和死巷——她對自己說這些是生活的一部分，但或許因為她缺乏決心走上一貫的道路，所以這些才成為她生活的一部分。她的高傲姿態只是展現決心的拙劣方式。在她能繼續思考之前，她已經認出那個身影，大步跨上從河流往城堡的路徑。何暮德在一家咖啡館的立牌旁停住腳步，研究當天供應的餐點，看看手錶。看著他此時的樣子有種奇怪的感覺，就像他思考著她是否在旅館裡等他，還是寧可一個人。最後他走向空著的桌子，之後瑪麗亞只看得到他突出陽傘外的腿。

手裡拿著書，她向下走。當他們的眼神交會，她看出他臉上出現他二十年來每次和她打招呼時都會有的喜悅，不管他們倆是兩個鐘頭沒見，還是一個月。她親了他一下，坐下。片刻間兩人都不知道要說什麼，然後他問：「這是偶然嗎？」

「是指我們在塔維拉相遇？那會是個錯亂的偶然。」

「妳讀著和我們第一次見面時同一個作者的書。」

「我們第一次見面是在一個下雪的公園裡。我那時沒帶書，只有紙和筆。」

「第一次約好碰面時。或是最初幾次之一。」服務生端來新鮮橘子汁，何暮德把他的杯子推向她。「妳的神父建議的書，妳是這樣說的。我已經忘了書名。」

「可能吧。這是他最喜歡的書，我能了解原因何在。這本書顯然現在才被翻譯過來。」

「標題是不是和柏格曼的電影一樣？《沉默》。」

「那部電影在葡萄牙也有一個冠詞，*O Silêncio*，至少我是這麼以為。你的問題的答案：是的，只是偶然。我在里斯本把這本書拿在手裡，就想起我一直想要讀這本書。」她喝了一口。「你整個下午都在哪兒？」

「我繞了一圈，在街角這裡看展覽。主題是這個區域的香料交易。」

「香料交易。」

「從羅馬人到今日。此外我還租了車，明天我搭火車到法羅取車。」

「這會是我們第一次沒有沙灘的葡萄牙假期嗎？」

「我們明天開始就能自由移動。不過我記得去年的一場對話，沒有斐莉琶就少了一半樂趣。妳在泳池邊比較能閱讀。」

「那一定是自言自語。斐莉琶出生前我就喜歡沙灘。我們無法延長逗留時間，是嗎？我是指這裡。」

「如果妳告訴妳母親，我立刻照辦。」

「你還像以前那樣喜歡去拉帕嗎？」

「也是和孩子一起比較美好。」他猶豫了一下說。「以前妳的父母親比較健康，華蘭汀的雙親還健在，我們晚上在花園烤肉，我喜歡那個時候的一切。不過如今我還是喜歡。」

「彼得最近問我，我們是否對退休有什麼計畫，你和我。」

「那，我們有嗎？」

「我說，我們經常提起在葡萄牙過退休生活，但是我們是否這麼確信，那是另一個問題。我正考慮該拿房子怎麼辦。」

「有一天你們會繼承房子，我的感覺告訴我，你們既不想擁有也不想出售，祖阿嗚和妳。你們甚至不會討論除此之外還會想怎麼做。」

「就是這樣。」她說。

「但是妳不會原諒自己，如果妳不偶爾過去看看。我是說妳的父母……現在妳倒哭起來了……」

他中斷，握起她的手。

「你想說，如果我的父母親埋在那裡。」

「對。」

「你和一個可怕的愛哭鬼結婚。而且我還活在一個妄想裡面，以為有一天我會彌補這一切。我瘋了，是吧？」

「彌補什麼？」

「一切。」她說，一邊找手帕。

以前在她到訪之前，露德絲會打掃二樓，如今房間看起來一年只住過一、兩回，蜘蛛網和灰塵聚集在角落裡，馬桶蓋底下長出黴菌，樓梯間裡的圖片就像浴室裡的鏡子一樣模糊。夏天聞起來像乾木頭，冷天像舊報紙。她無法承受去想，當有一天踏進那個房子，而裡面再也沒有人居住，這個想法讓她不由得發顫。

「你研究這個地區的香料交易時，我也幫自己想了個藝名。」她說，為了換個話題。

「真的？說給我聽聽。」

「但是我不會登上舞臺，那比較像是行動藝術的藝名。」

「什麼是行動藝術？」

「最近我讀了一篇有關瑪莉娜．阿布拉莫維奇的文章。她把自己展示在一個博物館裡，參觀者可以對她做任何他們想做的事。她讓他們對自己做任何事。不久之後爆發縱欲虐待的事，男人抓住她，對她吐口水，打她，女人則在一邊吶喊助威。讀文章的時候我自問，哪部電影或哪齣舞臺劇能加入這個。不管結果有多嚇人和挑釁。」

「這和法克．麥凌恩有關嗎？」

「我是指一般而言。不僅因為這要求更多勇氣……」

「而且還要有一定的自虐衝動。」

「那不是重點。她並不空口主張，相反地，她使之成為真實。不是作品，而是現實。法克有一次說：演出之後要不收穫掌聲，一切都很好，或是噓聲，那就更好。原始意義的觀眾無法被挑釁，他們坐在舞臺前面觀看。我會想在劇場裡看到那些成雙成對的情侶，看他們如何回家，對著彼此為博物館裡發生的一切開脫。但其他人才這麼做，就她的演出來說，每個人都是獨自一人。女人鼓動他們的男人虐待另一個女人，我太驚訝了。在戲劇裡我會說，多麼廉價。」

「如果我們以比喻來說……」

「我說真格的。舞臺上展現的只是技能，而阿布拉莫維奇展現的卻是真正的藝術。」

「我一直都還在生氣，氣我在首映的時候沒有告訴妳，我對《歐洲屠宰場》的想法。」

「*Ó querido!*（噢親愛的！）」她說，拉著他的手放到嘴邊，親了一下。「首演之夜我感謝你沒有說什麼。現在那已經無關緊要了。」

「沒把話說出來，而是吞下去，到時候它們會在你最不想要的時候湧上來。」

「那是我們女兒程度的心理學。我們還不曾因為你不喜歡法克的戲而吵架。」

「妳曾經告訴過她嗎？」

「如果你想說，現在就說。這齣戲充滿算計、自滿又愚蠢，對吧？」

「現在已經太遲了。」他說，並且喝乾杯子裡的果汁。

有個老先生走出城堡花園，用沉重的鏈子鎖上門。海鷗在河流上方盤旋，瑪麗亞不知道自己有什麼感覺。必須有所改變，但是她不知道改變什麼，如何改變。變成週末關係，他們的婚姻注定失敗，這是一定的事。

「那麼，藝名是什麼？」何暮德問。

「安娜．竹如希[20]，安娜只有一個n，葡萄牙文式的。」

「我可以問這個名字是從哪來的嗎？」

「只是一個名字。我下午看書的時候想到的。」

「妳喜歡就好。妳還想喝什麼嗎？或是我們要走回旅館了？」

---

20 即《沉默》中「穴吊」的外文拼音**Ana-tsurushi**。

「我們走回旅館吧。」

他數了幾個銅板出來，放在桌子上。「還有什麼話要說嗎？」

「我星期六就告訴你了：如果再發生一次，我們之間就完了。永遠。」

「相信我，我寧可殺……」她儘可能快速地把手摀在他嘴上，搖搖頭。一個反射性的反應，她在幾秒鐘後才明白過來。共同的生活謊言是複雜的產物，但是根本原則簡單：一個不想聽另一個不敢說出來的話。這不是怯懦，而是某種沒有寫下的契約，雙方都有義務加以維持。何暮德剛才想說的話也許是真的，此外也可能是種勒索，但是她寧可和他上床，而不去想「否則他會做什麼」。

就像往常一樣，因為這樣才好。

9

瑪麗亞工作第二年以令人欣慰的新消息展開：負責的評審根據評量建議繼續補助劇場四年，文化局的愛絲溫女士宣布了這個好消息。參議院的主要委員會接受這個建議。雖然並未如期望提高預算，但是這個消息還是讓柏林劇場五樓的人鬆了一口氣，也帶來忙碌的工作。沒有人會失業，雖然在通過的金額和真實需求之間有著明顯的缺口，劇場繼續存在應該儘快儘可能盛大慶祝一下。才剛度假回來，瑪麗亞和另外兩個同仁就做出一份慶祝節目表，組織餐飲宴會，並且遵照密密麻麻的防火與防噪音規定。相關規定的主管單位由一位魯道夫先生擔任對話窗口，他只以簡潔的字眼來說明，好比「逃生比例」，瑪麗亞還需要同事幫她翻譯才懂那是什麼意思。九月開始，寇本廣場開始飄落葉子，收件夾裡的未讀電子郵件有如自行繁殖一樣地增加。書桌上放著傳單和海報的草稿，必須增加幾張椅子，每次拿著菸站到窗邊，電話就響起。

也許這樣才好，讓她沒什麼時間深思。

「那麼，一切如何？」

瑪麗亞往上看，法克站在打開的辦公室門邊，雙掌撐在門框上。早上九點四十五分。因為他太忙了，所以讓導演室的小組討論暫停一星期，此刻卻在前往排演的路上順道過來看一下，問問事情的發展。捲起來的紙就像匕首一樣插在皮帶上，也許是手稿的一部分。

「什麼如何？」

「妳覺得自己沒有被觀察的時候做的任何事。進行得如何？」

「我們需要幫慶祝活動想一句口號，」瑪麗亞說，「海報必須張貼出去，該是時候了。是誰堅持在新的一季開始前慶祝的？」

「想慶祝自己的存活，就必須儘快——在原因消失之前。至於口號，我有好幾個建議。」

「都被委員會一致拒絕了。『你們無法把我們丟出去！』這算什麼，我們畢竟拿到了補助。」

「那麼委員會必須找出替代方案，這就是所謂權力的代價。」雖然排演在幾分鐘之內就要開始，他似乎並不著急，往辦公室裡走了兩步。亞莉克絲和他在一個波羅的海小島上度過假期，相對於他的女朋友，法克的心情很好，滿懷幹勁地回來。就連他本來蒼白的皮膚也稍微變深。「我們必須找一天談談《屠宰場》，」他說，「最近某天。」

「哥本哈根的演出？那個還不急。」

「關於內容，我有個新點子。」

「你想重新排演？」

「瑪麗亞吃驚地問。」他站在書桌前歪著頭，試著從她的方向看那些文件。自從他和亞莉克絲在一起後，他把鬍子修得比較好，但是他今天一直用手指拉扯著鬍子，因為他顯然又冒出了什麼點子。

「看起來很好啊。我會想出口號的。下下一季的演出我們用《恐慌與政治》或《政治和恐慌》來當標題，我還不確定。」

「等一下，」她說，「你們花一個星期安排新演員，不是可以在慶祝會上以獨角戲自我介紹一下嗎？」

「問他。」

「你去問他。你什麼時候要重新排演那齣戲？而且到底是為了什麼？」

「演員變成羅柏特，他的表演方式不太一樣，其他演員也必須跟著改變。演戲和對手戲，很正常。沒理由這樣瞪著我。」

「你們只安排一個星期！」她重複。

「這邊一個星期，那邊兩個小時，廁紙三歐元五十分。現在我們已經獲得那該死的補助延長，變得更官僚主義。」他微笑了一會兒，就像期待下一個句子。「少和我來這套，寶貝。我們先看看羅柏特的表現，之後我再想些什麼炒熱整個活動。」

「隨你高興。」瑪麗亞聳聳肩。「我這裡不會太閒。」

「我在假期裡看了書。」他沒頭沒尾地說。「我反正必須消磨時間，於是我就想擴充我的視野，不然一本和佛教有關的書平常不會打動我。亞莉克絲買的。」他的目光定在她書桌上方的照片。「我從來就不明白，妳怎麼能在沙灘上度過那麼多時間。有什麼用？」

「那本書幫助你找到內心的微笑了嗎？」她問，把照片轉向一邊。

「箴言雋語，隨時可用，就像即溶咖啡一樣普通。只要和自己的想法攪拌在一起就完成了。」他示威似地將照片轉回來，把眼光在她和照片之間來回比較。「妳不覺得無聊嗎？和丈夫、小孩在一起。」

「我喜歡沙灘。我沒去過波羅的海。有人告訴我，那片海有一半的時間根本不存在。」

「那是北海。」他說。「說真的，我拿著那本書坐在沙灘上，不得不迷惑地發現我對自己的生活感到滿意。我早就知道補助會通過。參議院說：彎腰吧，法克，好讓我們從後面塞些東西進去。我從可靠來源知道，委員會裡連基民黨的人都支持我們，到達這種程度。想想看，要是妳一年之後就必須回……波昂。」他微微不屑地從唇間吐出那個地名，「我們可以做我們想做的事，不會傷害任何人。我讀完那本書的時候，我就登記了衝浪課程。」

「難怪你舉止那麼錯亂。先是基民黨愛你，然後……」

「妳的假期如何？有什麼新的認知？」

「沒有。」她說，「我讀了一本小說，美好的假期。」

「亞莉克絲以為我是個衝動的人，我們認真地討論過這點。那是度假對人造成的影響，開始觀察自我就像看專欄內容。」他發出他短促而挑釁的笑聲。他的左手又開始拉扯鬍子。「妳認為呢？我是個衝動的人嗎？」

「請你們私下解決。無論如何有些人一點都不煩惱喜歡自己的生活，就連度假的時候也不會。」

「現在我真的就快想起那個句子：而且那是有道理的。」

「真好。所以那本書畢竟發揮作用。」

「事實上喘息時間只是系統的奸計。其他人可以喜歡他們的爛生活。我很高興假期結束了。」

「說到結束，十點了。」她幾乎可以聽到亞莉克絲怎麼在一旁豎起耳朵。「你必須去排演。問問羅柏特！」

「我打擾妳了？」

「你有事要做，我也有。」她把他趕出辦公室。

「我的私人特助。」他笑出來，在桌子上敲了兩下。「實在有點瘋癲，不是嗎？」他在隔壁簡短說哈囉，之後瑪麗亞聽到藝術事務部門和業務室接待區傳來的談話聲和大笑聲。她一開始以為，同事們覺得那是他們的責任，所以對他表達正面想法，其實除了少數例外，法克在劇場裡頗受歡迎。他只會和那些妨礙他實現藝術願景的人發生衝突，那些和斯溫一樣不給他足夠預算的人，或是像萊哈特・拉寇夫斯基自作主張為舞臺布景想出點子。或是和演員有所爭執。他不太關心發生在五樓辦公室裡的事情，但是這麼多女性為他工作讓他開心。當他走到電梯那裡，辦公區就重新恢復平靜。

下午剩餘時間，瑪麗亞都把辦公室門關上。星期五在卡爾馬克斯大道和魯道夫先生有個重要會談，她必須為之做好準備。她從工作當中抬起頭來，就會看到照片上何暮德和斐莉琶開懷的笑容，她卻一臉若有所思，就像覺得被她放在兩手間的讀物所干擾。雖然何暮德和她今年沒到沙灘去，在葡萄牙度過的三個星期總算平息波瀾。在塔維拉開始的神經質愛戀，伴隨著他們度過整個假期。在拉帕有人作伴一向讓瑪麗亞開心，讓她和雙親的相處變得容易些。何暮德沒有窩在陽臺看書，而是包辦購物，還在花園裡挖出兩叢染料木，灌木叢擋住阿圖爾從陽臺望出去的視線。阿圖爾大部分時間坐在扶手椅裡，給人一種這個男人正靜靜地結算生命的印象。露德絲堅持為大家煮飯，抱怨工作太多。一星期後他們返回里斯本，在自由大道上的一家旅館度過最後幾晚，然後在星期二晚上飛回科隆—波昂。商務艙。在誠心努力和花錢贖罪的嘗試之間只有一線之隔，她在飛機上已經想清楚了。她要認定何暮德屬於哪一種行為取決於她。

到達萊茵地區的時候，天氣涼爽有雨。一部計程車載著他們上維納斯山，車停在門前，房子周圍看起來那麼缺乏照料，就像他們離開了大半年似的。陽臺上枯萎乾掉的植物立在盆子裡，蔓生植物逐漸爬上一樓窗戶。瑪麗亞拿著滿出信箱的郵件，踏上走廊。第一時間她覺得屋子裡有股奇怪的味道，就像插頭拔掉的冰箱。除了她的婦科醫師寄來的帳單，所有的信件都是給何暮德的。

「我們要開暖氣嗎？」他問，一邊提著行李進屋。

「歡迎來到德國。」她凍僵地把雙臂環著上身。「我們不在家的時候，沒人來照料房子嗎？」

「沒有，誰會來？」

她把信件交給他，沒脫掉她的夏季外套。之前曾經有個清潔助手，賽琳太太，但是瑪麗亞不記得她從何時起不再來打掃。鞋櫃上放著她在柏林的公寓鑰匙。「我想我明天或後天就搭車回去。」她就像自言自語地說。

「妳說過星期一才必須進劇場。」

「我不喜歡最後一刻才到。」

何暮德沒有回答，只是鎖上屋門，把行李扛上樓。瑪麗亞在廚房裡煮濃縮咖啡，回想著上午短暫的散步。順著大道往上走，在懸鈴木樹蔭下，有幾個小販在賣東西。往邁耶公園入口再也沒有往日的喧囂，但是喜悅廣場看起來一如既往，馬克星酒吧還在。她在那裡的噴水池邊坐了一會兒，追尋自己的回憶。鴿子在草叢裡啄食，她望向時鐘，已經來不及去看她從前的學校。現在她覺得，這趟散步已經是半天以前的事了。

沒等咖啡煮好，她走到走廊大聲說：「我來弄暖氣。」她在地下室點燃瓦斯爐，然後她就站在樓梯下的低矮小房間裡，裡面堆著收舊東西的紙箱。斐莉琶的玩具，網線斷掉的羽球拍，健行鞋，煮鍋。不知道是什麼驅使她，瑪麗亞把一些花園用具推到一邊，拉出箱子。直到搬家前，這些東西還分散裝在幾個鞋盒裡塞在床下，就像她想要何蕃德發現堆積數年的影視光碟。她毫不揀選地抽了幾張出來。《六人行》，她有三或四季。再抽一次，出現《母親的女兒》，麗塔．布朗寇主演的電影，她還模糊地記得這部片。她把封套拿在手上，聽著，她面前是生命片段的壓縮內容，從斐莉琶還是青少年的時候開始；帶著緊張、討論和劇烈的衝突，更年期的最初徵兆，她在聖奧古斯丁的工作陡然終止。讀小說或劇本，一段時間以來再也不能帶來如往昔的滿足，恰恰相反。她一旦拿起書就問自己，是想做樣子給誰看。她是個忙碌男人的妻子，是她女兒偏愛發洩怒氣的對象，偶爾在社區大學教葡萄牙文。因此她才從市圖借影碟出來，起初是曼努埃．歐利維亞和保羅．羅夏的電影，雖然達到她的標準，對「度假葡萄牙文」課的學生卻太難。於是她為下一次課程從葡萄牙帶了肥皂劇的影碟，情節和對話都非常簡單。有時和斐莉琶爭吵之後，這些就夠她度過剩餘的下午時間。

一開始就是這樣，從她是不是個壞母親這個老問題稍微轉移和逃避，她是否終究從當時的疏忽得到報應。上癮是從《慾望城市》開始，當時很多人說起這部影集，也有很多評論，但是瑪麗亞依舊保持對美國流行文化的反感，直到皮拉爾有一天帶著第一季影碟過來。她表示每個人都應該知道這部片，而且原音對白相當有趣。瑪麗亞為了朋友答應看一下。在家裡她一直是擁有菁英品味的人，就連在法萊西亞海灘都還讀《漢堡戲劇學》[21]，這時她突然帶著何暮德的手提電腦躺在床上，感覺到西蒙．波娃曾提及的「溫暖的親密感」是怎麼回事。四個女性以及因男人而發生的掙扎。四個女性朋友，一起走過高低起伏。她沒有告訴任何人，但是她覺得不僅從這部影集獲得良好的娛樂，而且覺得被理解。和她女兒的爭執越來越激烈而非減少，每次斐莉琶摔上門離開房子，她就把一片光碟塞進電腦，沉浸在紐約的平行世界裡。就像神祕的會面一樣走進臥室，對她有益。《慾望城市》和《陰謀與愛情》[22]有何區別，除了前者比較符合時代，更有喜劇性之外？

在散步穿過卡瑟斯魯爾的時候，她和她虛構的女朋友們進行對話，就像她從前融入川端康成或古崎潤一郎的小說角色裡。她多麼期望至少四個之一真實存在，最好是米蘭達．霍布斯。諷刺、聰明、暖心、伶牙俐嘴——有一天無預期地懷孕。這是第四季的關鍵，讓一切失去控制。瑪麗亞繼續單獨和米蘭達散步，不管是否重複曾為她帶來困境的某個模式。看完皮拉爾的藏片之後，她開始自行購買，她在網路上訂購，讓肥皂劇從巴西送來，下午三點躺在沙發上，盯著電視。週復一週，月復一月，好幾年。她常自問電視影集裡隱藏的上癮物質叫什麼，以及是什麼原因讓她消費越來越廉價的東西？是因為她無動於衷，還是因為她心裡有一股祕密的期望想懲罰自己？很長的一段時間過去，直到她慢慢明白，不再逃進毫無價值的東西裡，好讓自己擺脫過高要求的壓力，而是想出一個特別狡詐的贖罪方式……的確，贖罪。皮拉爾開始為一部叫做《慾望師奶》的影集醉心不已的時候，瑪麗亞知道柏林的工作是她最後的機會。

她聽到上方樓梯的響聲，放回封套，闔上箱子。她生命中的許多年。直到搬家前一個晚上，她把影碟都藏在地下室，發誓絕不再復發。她回到樓上，何暮德站在廚房裡，倒著煮好的咖啡說：「好主意。我年紀越大，搭飛機之後就越覺得疲累。我一想到我們從前開著車在路上三天……」他微笑著遞給她一杯。「而且斐莉琶回覆消息：『又回來了，問候你們。』就一般的簡訊。」

「我之後打電話給她。我要先淋浴。」

「她沒提到瑞典任何事情，至少沒告訴我。」

「那就是好，不要想太多。」

「她在漢堡的生活如何？」他問，「她做些什麼事？我完全沒概念，她什麼都不說。」

「她享受初次獨立生活，獨自一人在一個有趣的城市裡，這很難理解嗎？」她朝他跨了一步，輕撫他的臉頰。幾個星期之前她才知道她的女兒是同性戀，還在等著斐莉琶也告訴她父親。她承諾會告訴他，但是只要她還沒說，瑪麗亞和他說話的時候就必須小心翼翼。他經常出現的暗示讓她知道，他已經猜到些什麼，也許影碟那些事也沒有逃過他的眼睛。為何斐莉琶讓自己那麼難出櫃，似乎連她自己都不明白。

---

21 德國劇作家萊辛（Gotthold Ephraim Lessing）的戲劇理論著作。

22 席勒的劇本。

「我很可笑嗎？」他問。

「讓人感動。她畢竟是在一年前搬出去，而非昨天。你為什麼不打電話給她？」

「我不要讓她覺得被監視。」

「也許她覺得……」她起了個頭，但是搖著頭中斷句子。「不，**你**覺得自己被忽視，而且是被我。和斐莉琶一點關係都沒有，所以不要讓她牽涉進來。如果我星期五搭車到柏林沒問題嗎？」

「我覺得自己被忽略。」他聳了聳肩，「這個句子聽起來就像：沒人要跟我玩。對一個像我這年紀的男人而言並不尋常，不是嗎？」

「星期五？我想至少安靜地抵達，在喧囂開始之前。」

「這是妳的決定。」他說。

進浴室之前，瑪麗亞在工作室讀她的電子郵件。彼得詢問她的感受，建議他們應該在他的假期後立刻碰面；早已經不夠暖和，不能坐在外面的普蘭河岸上。她答應了。悠哉溫熱地淋浴，但是剛踏進房子時襲面而來的冰冷一直留著。

她的行李在臥室裡，就像等著繼續旅行。她快速地把一些東西放進櫃子裡，然後再度下樓，何暮德以酒杯取代咖啡杯，就像博物館參觀者一樣站在皮拉爾的畫前。傍晚微光中的海港景色，看起來善感又媚俗，即使如此也已經掛在客廳好幾年了。

「我有跟妳說我碰到她嗎？」他問，「假期之前，在我最後一個工作日。」

瑪麗亞坐在沙發上，彎起腿來。「你們說上話了嗎？」

「我們在城堡花園裡遇到，下午很晚的時候。我從大學出來，正要開車去參加趕鬼宴，她看起來就像要參加維也納歌劇院舞會，妳該看看她的帽子。我問她要去哪裡，她沒有回答。我想她沒有要去任何地方，只是在城堡花園走動，獨自一人。」

因為何暮德把所有室內植物都清掉，窗臺看起來空蕩蕩的。她一手握住正開始慢慢加溫的暖氣片，室外正陷入傍晚的黯淡光芒。「我們可以說些別的嗎？」她問。

「她表示妳上次和她連繫已經是大半年前。」

「我知道，我覺得不好意思。她有充分理由可以生氣。」

「我以為妳們是朋友。」

「我也這麼想。事實上她不希望我去柏林。當時我並不了解，很久之後我才明白，她從不想要我離開。」

「如果妳想和所有希望妳留在波昂的人停止連繫，應該從我開始。」

「說真的。我還記得那段對話。我當時說起你不太能接受我這個決定，她表示：這算什麼，其他人還放下一切，搬到澳洲。聽起來就像肯定，她也一直說起改變自己的生活。事實上，她只要幻想就足夠了，從來不曾真正加以實現。」

皮拉爾．拉德尼基是個清新、出格而且有些直率的女性，喜歡抽大麻，穿著奇裝異服，以鮮豔的顏料畫油畫。有一天，皮拉爾坐在她葡萄牙課的老實家庭主婦間，表示她無法忍受怨歌的哀號，當時瑪麗亞心想，這是個和她相親的靈魂。「你也常說起大學只帶給你憤怒。」她說，因為何暮德似乎在思考這對話只涉及她的朋友，還是他們倆人。「但是你曾想過放棄你的職業生涯嗎？我的意思是認真地思考。你會怎麼進行，在哪些條件之下，以及會有何種後果？」

「會換工作，」他回答，「但是維持同一個職業。妳怎麼現在想到這方面去？」

「你最近提到大學的時候，不是都在抱怨嗎？」

「我指的就是這個。如果你的工作不再帶給你喜悅，就把它放下。就像聖奧古斯丁。我對我的職業投資許多，太多，所以無法輕易放棄。除此之外，我也不會做其他的事。」

「你還沒嘗試之前就知道了嗎？」

「我已經不是三十歲了，瑪麗亞。」

她手臂伸直，指著牆上的畫。「幫我個忙，把畫拿下來。」

他驚訝地盯著她。「那幅畫……」

「我們看著這幅可怕的柳橙太陽已經夠久了。」

「這是妳朋友送的禮物。」

「拿下來。」她說。她們持續六、七年每週碰面，以為擁有夢想就像活出夢想。何暮德握著畫框，小心地取下畫，這時壁紙上只剩下一塊淺色的四方形。他慢慢地退後一步。「損失不大。」

「讓自己的生命有點價值，這是她的說法。只要不花力氣。結果就在你面前。」

「即使如此我還是驚訝於妳的嚴苛。把畫丟進垃圾堆？」

「她一點才能都沒有，除了自我風格化。」

牆上的白色方塊就像立體派的微笑一樣醒目。沒有實際改變，取而代之的是讓空間顯得裸露而伺機待發。瑪麗亞對自己的嚴苛有些吃驚，然後計畫在接下來幾天整頓花園。她最討厭整理花園，但是比在波昂有太多空閒時間好。然後出發前往柏林，她想。

好一會兒他們避免對望，就像罪行的幫凶。何暮德又倒了一杯酒。外面天黑了，暖氣排發出輕響。

彼得常去的店是「人民之家」，雖然供應的義大利菜不是全城最好的，但是有個大花園，裡面有棵盤根錯節的老栗樹，就在運河轉彎而開展向西的視野之處。瑪麗亞八點半占據樹下最後一張空著的桌子，天空散落紅、黃色彩，天鵝在城市港口前的水上游來游去。彼得在路上撥了電話過來，說他會晚幾分鐘到達。普蘭河岸這一帶她很熟，里格尼茲街就在不遠處，但她原本預期的似曾相識感卻沒有出現，因為十字山區已大不同於當年的煤黑破落相。街景變得多采多姿，咖啡店比較漂亮，汽車就像任何地方一樣多。法克目前住在運河對岸一間寬敞的頂樓公寓，根據亞莉克絲的說法，裡面幾乎空無一物，而且他宣稱，即使如此他依舊不能想像搬離此處。

她的手機響起，顯示出雷娜的名字，柏林劇場的劇場教育家，是慶祝會組織委員會的一員。「我坐在食堂裡，沒看到任何人，」瑪麗亞按下按鍵之後她說，「我想知道監管處那邊辦得如何。」

「不好，不必再想第三個舞臺的事。」

「為何要放棄？我們需要三個舞臺。」

「魯道夫先生根本不由我分說。卡車平臺被當作排演室的逃生空間，四周就不許堆放道具或纜線。除了向前方的大門，那個空間只有一個出口，而且還太窄。」瑪麗亞抬頭看著服務生拿來一瓶奇揚蒂，不是她點的，而是彼得用電話預點的。小情侶和土耳其家族走過運河橋梁，夏天週末那是她走向哈森草原的路線，她頓時覺得悲哀，獨自坐在這裡，不受自己的記憶觸動。

「排演室的逃生路線……」雷娜說，「那我們現在該怎麼辦？」

「兩個舞臺，反正我們也沒有多的座椅給多出來的舞臺，因為紙箱椅也被打回票，火災時太危險，人們踏進去，跌倒，然後死掉。那一定會燃燒。必要的時候，魯道夫先生會親自點火。」

「我們想破頭，他……現在我們必須把整個節目做調整。妳有什麼點子嗎？」雷娜嘆口氣。她是個充滿活力的年輕女性，留著短髮，在劇場隨專案工作，劇場僱用不起固定的教育人員。瑪麗亞有幾次和她一起吃午飯，自從她參與組織慶祝會，一直想和她晚上出去做些什麼事。

「我們順著我們的口號：精簡為美。」

「維持這樣？當作慶祝會的口號？」

「黑、紅、錢[23]——精簡為美。法克喜歡這種批判消費的調調，我現在完全不在乎了，重點是海報終於能貼出去。」

「隨妳的意思。妳和亞莉克絲談過網路故事嗎？我找了一下資料，『崩塌中的新建築』[24]做了類似的，支持者可以上線觀賞排練、和樂團聊天等等。一切都要付錢。亞莉克絲認為我們應該處理這事。」

「如果法克同意。」

「她說斯溫同意。」

「這樣還不夠。如果法克說不行，他會立刻改變主意。」

「那妳必須和他談談。告訴他『新建築』以這種方式事先籌募了兩張完整唱片的資金。」雷娜不喜歡漫天討論，有時會產生一種她才是主管的印象。「此外，齊陶那回事也沒有結果，昨天收到郵件，因為預算縮減所以不可能。德國越來越讓我想到保加利亞。」

「真遺憾，妳聽起來那麼樂觀。」

「我的確樂觀。隨便，我在齊陶能做什麼？我現在考慮科隆，明年那裡有個職缺，我正策略性地進行。」

「要記得妳曾答應我找個幾乎不用錢的DJ，這正是我們能負擔的價格。」

「欸，不加思考地回答我：可以和一個在職業上能提供助力的男人上床嗎？我是說，反正我覺得對方還不錯？」

「這就是妳的策略？」

「可不可以？」

---

23 諷刺德國國旗的三色：黑、紅、金。

24 德國現代實驗音樂樂團，八〇年代成立於前東德。

「如果不會變成習慣……」她們目前為止都沒有談過私人的事情，但也許這個問題在雷娜眼裡屬於公事。在瑪麗亞能重新思考她的答案之前，她看到一部計程車停在餐廳前，彼得下車，向她招手。

「我必須掛斷了。如果妳要，我們下回再聊。」

「就這麼辦。我有輛腳踏車要給妳，如果妳還需要的話。二手的，但是狀態良好。我們明天見。」雷娜掛斷電話。

栗樹枝枒間懸掛著的彩色燈串亮起。彼得穿著奶油色的夾克，根本無法讓人想起那個穿著斜紋工作褲、多愁善感的年輕人，總是穿著小一號的襯衫，好突出他的運動家身材。如今他把肚子藏在寬鬆的套裝底下，善感則以籠統也常有些誇大的姿態掩飾。「上酒那一招顯示我的殷勤，對吧？」他坐下來的時候，雙頰發光，也許他在家裡已經先喝了一杯。「妳的臉色怎麼這麼蒼白？我以為妳去了葡萄牙。」

「先是待在一家旅館可以遮蔭的中庭，之後在我媽的廚房裡。」她說，「挪威出太陽嗎？」

「峽灣，瑪麗亞，誰跟妳說太陽，寧靜在半夜讓我醒來。就像宇宙要吞沒我們一樣。」服務生像個老相識一般問候他，混合德語和義大利語。在把出版社帶起來之前，彼得根本是個倒楣鬼。他試過當劇作家，搞垮過一家咖啡館、兩家唱片公司和一份藝術雜誌，至少有過兩打失敗的親密關係，更別提無數次勾搭。沒有爾文・克里格的協助，他就會淪落到下水溝裡，他自己這麼宣稱。「不要做夢。」這時他說，在她的臉前面彈手指。「我必須告訴妳：上個星期我碰到妳的崇拜者，波里斯・楊科，在接待會上碰到的。他說你們有聯絡？」

「自從亞莉克絲告訴我之後，我寫了封電郵給他，然後他就用各種問題轟炸我。」

「他聽說法克和我私下認識。我必須更正說明，他就感到失望，但是一提到妳的名字，他耳朵又豎起來。早年的謬斯，我擔心我說得有點過頭了。無論如何他現在知道，重要作品的點子來自於妳。」

「難怪他那麼固執，感謝你。他給你什麼樣的印象？」

「沒有。他說起一本書的企畫，很想和我們一起實現，完整的麥凌恩。」

「我知道，生平、作品和效應。也許主要是對他個人的影響。他無論如何都想和我碰面。」

「他對我表示，他還需要一年研究生平背景。我說他應該寄一份簡報給我。一本有關法克的書可能適合我們公司，或許甚至可以賣出去。妳幹麼這張臉？」

「劇本沒有生平背景。法克喜歡裝得一副沒有的樣子。」

「前情人這麼說。傳記作家的看法不一樣。」

「他根本沒有情人，頂多生命片段……性伴侶。你想出這本書？」

「妳反對？」

她搖搖頭沒說話，因為服務生端上前菜餐盤，彼得總是點這道菜。上午她和亞莉克絲說起哥本哈根的客座表演，好確認法克想和亞莉克絲在那裡住雙人房。這番詢問不期然地引發片刻沉默。在同事決定雙人房之前，瑪麗亞必須多次保證，這只是暫時預約，春天還可以再修改。他們倆人是否面臨危機，或者朝向終點，她不知道；法克讓人感覺高深莫測。「過去幾個月我有機會多觀察他。」又單獨剩他們倆人的時候她說。「我在劇場看到許多材料，以前演出的錄影，舊的劇場計畫和手稿。我必須填補一些缺漏，而且我也想要對他的作品產生我自己的看法，你明白嗎？他能做什麼？其中有多少是演出來的？」她疑惑地看著彼得。「你看過的演出比我多，你覺得他是個什麼樣的劇作家？」

「他有衝擊力。」他一邊咀嚼一邊回答。「他經常只要施點力，就能惹惱那些他反正不喜歡的人。我覺得他憤怒的時候強大，但是他的支持者把他當作有偉大遠見的人，這對他不好。舉例來說，在接待會上楊科非常認真地表示，法克是最先看出東德瓦解繼之而來的會是什麼的人。寄生蟲那齣戲談的就是這些，雖然劇本在圍牆垮掉之前就已經完成。圍牆將會倒下，他當然也知道，《語言行為》就已經提到了。我想讓他明白，這些劇作在關鍵點非常模糊，可以做許多詮釋。他不接受這個看法，也許他就是想獲得確認，才想和妳碰面。」

「有多模糊？」她問。

「從來都不知道系統是什麼，所有可能的詮釋都被提出，最後法克怎麼說都有理。妳在意這事倒讓我感興趣。他想再度把妳弄上床？」

「我釐清一下。」她說。「一年前我無論如何都想離開波昂，我不知道這裡等著我的是什麼。現在我在劇場度過很多時間，我的婚姻受到影響，我自問這一切是否有價值。」栗樹下轉涼了，最初一批客人進到室內。法克當然拒絕告訴記者他的生平，也不想其他人這麼做，因此她決定獨自和楊科談。

「我警告過妳了，」彼得說，「劇場工作就是這樣。」

「你還記得怎麼在電話上消遣我的嗎？你說可以在出版社給何暮德一個職位。」

「一秒鐘後我就想到：噢老天爺，我在說什麼？我知道妳還會回到這個話題。只是隨口說說，可以嗎？」

「如果你擴充出版範圍，你需要一些懂得人文科學的人。」

如果我擴充出版範圍，是的。」

「他有能力又可靠。」

「我毫不懷疑，以他的年齡來說，他甚至相當好。」

「你會獲得完美的員工，還能拯救我的婚姻。」

「為什麼一個人要放棄教職，投入一家像我們這樣的出版社？」

「你總是宣稱你們正符合潮流。」

「我們還是小出版社。好吧，中等大小。我頂多能付他現在薪水的一半，而且我們一半的業績還是以絕對的男女同性戀書籍來達成。他怎麼會喜歡？他甚至還不知道自己的女兒是同性戀。」

「你已經想過薪水了！」

「在大學裡沒有人給他命令，而且一年有五個月的學期假。他一定是瘋了才會過來。」彼得越過桌子握住她的手，看著她的眼睛。「聽我的話：他不會想來，他做不到。」

「目前他寂寞又沮喪。」她說，「他想念我，大學讓他生氣，他私下找尋更好的替代工作。不，他沒有尋找，而是等著它自行開展。一個他從未想過、有點可笑的點子，突然出現在他面前。一個在柏林的工作，在卡洛及克里格出版社的一個職位，擔當人文科學領域的企畫主管。表面上看不太出來，但他其實有點瘋狂。足以讓他跨出這一步。」

「名聲、頭銜、薪水。試著讓自己設身處地，只要一下子。」

「那我剛才在做什麼？」

「把妳的期望投射在他身上。」他說，而且寧可說些別的事情。「我告訴過妳，我找到適當的地點了嗎？里尼恩街，就在你們那裡轉角。必須加新隔間，也許我們春天才會搬遷。之後我們兩個就可以從辦公室出來，直接開始歡樂時光。妳必須停止在劇場裡逗留到十點。」

「答應我你會考慮。只要這樣。」她把空杯子推向他。她在講電話那時早已知道那是隨便說說，然而這些話整個假期都在她頭上盤旋，一定是因為她持續增加的絕望。同時她想著，她已曾把腦子裡的胡思亂想變成計畫，接著變成現實，否則她今天就不會坐在這裡。彼得覺得這個點子不正常，但私底下他對所有的怪念頭沒有抵抗力，而且他也不太會讓她失望，她清楚這一點。問題在於何慕德是否具備足夠的彈性，不僅夢想另一種生活，還要實際去過這種生活。她內心沉重地放下這個話題，詢問爾文的情況。她會需要毅力和耐心，這是個長期計畫。「治療生效了嗎，他好點了嗎？」她問，「你不是早該介紹我們認識嗎？我開始相信他的生意是犯罪行為，你的出版社只是為了洗錢。」由之前的談話她知道，彼得的伴侶投資股市，擁有不同公司的股份，還收集現代藝術。他避免公開露面，如果在網路搜尋他的名字，得到的結果少得令人訝異。「說真的，」她說，因為彼得沉默地看著前方，「他怎麼樣？」

「他在挪威坐在陽臺上，看著水面。」

「其他什麼都不做？」

「聽舒曼的音樂。他虛弱得像是自己的影子。干擾素抽光他的精力。」

「那你做了什麼？三星期長的時間。」

「我一生從未那麼無聊過，幸好我帶了一些手稿。」

爾文的病是過往生活的陋習所導致。七〇年代他有一段時間住在慕尼黑的藝術家公社裡，試驗毒品，試著當個畫家，直到感染導致他產生黃疸，讓他住進加護病房兩個月。之後就告別毒品和繪畫，但是在三個月前，過去突然迎頭趕上：他在前往商業會談時，突然倒在街上，發現他有慢性肝炎。如果沒有接受治療，他大概只剩兩年到三年的生命，現在他用藥物治療，藥物副作用產生彼得抱怨的效應。「他過得爛透了，」他說，「他還必須吃將近一年的藥。如果治療生效，他之後會少工作，多點時間在挪威度過。他何必那麼富有？治療如果不成功，我會變成有錢人，這些是可能性。哪種比較可能，沒人知道。」

「一定是前者。」

「然後呢？我知道如果沒有爾文，我還是個職業失敗者，浪擲時間在無望的計畫裡。但我現在是個出版人，公司就要搬遷，銷量上升，我只想整天待在辦公室裡——為什麼該死的要去挪威？學釣魚，還是把自己再教育成護理師？我床邊早已放著皮西朗柏醫學字典。最近我晚上清醒地躺著，考慮寫一本犯罪小說，發生在病毒環境裡，某種微生物黑手黨，事實上我在生氣。就在我的生命照我一直期盼的方式進行時，他卻強迫我後退。那種病不僅讓他疲累，也讓他變得霸道和難以忍受，因為妳太拘謹不會問到性事，我就告訴妳：零，無，什麼都沒有！他根本不能毫無防護地做愛，刑法禁止，於是我們就知道招惹上的到底是什麼樣的一種病毒。」他的聲音聽得出來他快喝醉了，瑪麗亞也同樣感覺到酒精的效力。樹上的燈串開始變得模糊，這時候他們是唯二還坐在花園裡的客人。

「我們應該馬上離開。」她說。

「妳注意到了嗎？我們坐在同一條船上，妳和我。我們生平第一次做我們一直夢想去做的事——但是伴侶都不買帳。出於可理解的因素，但是沒有改善狀況。如果再喝一瓶，我會向妳承認，我對第二個可能性的擔憂不比面對第一個來得大。妳明白我在說什麼嗎？

「我明白，但是……」

「他究竟為什麼做這些爛事？我現在必須幫他注射干擾素，因為他宣稱害怕針頭——那以前呢？」

這時換瑪麗亞伸手越過桌子按著他的手。「如果治療有效，爾文再次站起來，他也許就不再覺得挪威有任何吸引力。我經常聽何暮德說他想當橄欖農夫，通常都是在學期末。」

「出版社搬到里尼恩街，在我的老街區中心，附近有個酒吧，我從不曾日出前走出來，尤其從不曾單獨一人。在那些時代。」

「我們買單然後回家吧。你知道結尾會怎樣。」

「妳真的以為何暮德會為了妳放棄工作，然後到柏林來嗎？」

「這是我唯一看到的解決方式。」

「卻毫不實際。妳曾想過他可能在波昂有個情人嗎？」

「沒有，從來沒想過。」

「我也從不認為爾文會欺騙我，毒品更難想像。他是個中規中矩的人，拖鞋永遠並排放在床前，坦白說我覺得那……他是我認識的人當中最奇特的。即使如此，我現在只想去酒吧隨便拉個人。我們再點一瓶。」

「我們走吧。」

「妳從來沒興致隨便找人上床嗎？純粹發洩然後分道揚鑣。」

瑪麗亞沒回答，只是舉起手叫服務生過來。

「沒有，妳是個天主教徒。」他說，「我當時就覺得不可思議，妳是天主教徒，然後跟那個扭曲的傢伙一起生活。我只看過他的劇本，但是這就夠了。何內克的太監聲音之類的。妳帶著稿子跨越邊界，出於愛！對我而言，妳是西邊的聖人。我在東德轉型之後看見法克，當時幾乎深受打擊，一隻紅髮的黃鼠狼，那個男人，妳為他……」

「我出於愛到你那裡去，你那時又不能來拜訪我。」

他微笑著把頭向後仰，看起來就像當時在東柏林的樣子。他們每次在照明不佳的月臺道別，他的眼裡就湧上眼淚。現在也是，但是他臉上的表情就像他忘了是什麼讓他難受。他深思地望著夜晚的天空，把食指伸向空中說：「滿月。」

然後他就從椅子上向後倒。

第二部

GEGENSPIEL

10

嬰兒號哭聲悶悶地傳向她，遙遠的聲音，從室外傳來也留在室外，她正透過窗戶看著露臺的前半段。前任房客留下的兩個花盆放在那兒，一些庭院用品，還有她丈夫從城裡帶來的那張棕色木桌。草地上石階向下延伸。庭院的盡頭有些泥濘的地方，是個木工廠，把汽車停在街邊、而非停在公司停車場的工人，有時會穿過那塊地。他們偶爾會在這個地區看到藍色卡車，車門上有羅斯曼有限合夥公司的標誌。再過去，她的視線就只能迷失在幾棵果樹和荒廢的田野之間。

她沒看到嬰兒車，因為就在房子旁邊。近午的早上，她既沒淋浴也沒吃早餐。沒有往下走，相反地，她走到浴室裡，站在浴缸前。傾聽，但是一切鴉雀無聲。沒有尖叫，階梯上也沒響起腳步聲。她脫下毛衣和胸罩，露出她腫脹的乳頭，偏棕色而非粉紅色，就像用來形容的德文字眼那麼醜陋。她用雙手捧起乳房，檢視損害程度。那些工人如果打開門，會互望一眼，然後說：聽著，這種的我才不幹。以她和何暮德最初常取笑的口音，他們也嘲笑燙頭髮的男人，以及穿著條紋彈性褲的女人。她打開蓮蓬頭，讓熱水流出，直到蒸汽蒙上浴室裡的鏡子。她在蓮蓬頭底下把一隻手放在大腿間，什麼都沒感覺到。沒有準備食物，還有髒衣物要洗，但是她想到上星期收到的信。信裡寫滿因遲來而升起的歉意，等了很久才從拉帕寄來新地址。就像婚禮那時的語調：高興而且熟悉，就像她們還是最好的手帕交，只是現在交換食譜，而非晚上一起出去玩，談兒童教育而非男人。斐莉琶是個小皇后的名字，照片那麼可愛。她有妳的眼睛。年輕母親們喜歡看到這類句子，年輕母親們體驗到的幸福寫在臉上，她們不看鏡子，因為變形的胸部而哀傷。

她裸身走回臥室。衣櫥開著，床上放著三期法文的《前衛劇場》雜誌。一張舊照片上的她站在埃什皮謝角，高高地突出海洋上方，下方是油印的傳單，宣傳《溫夫人的扇子》公演，地點在瑪麗亞阿瑪麗亞中學的大廳，一九七三年六月十二日晚上七點。兩張單曲唱片從拆開的封袋露出來，《你覺得我性感嗎？》以及《我們不再說話》。不知道出於何種因素，她把箱子從櫃子裡拿出來，現在她又把這些東西收起來，闔上箱子，把它們全部重新放回原來的位置。路易在暑假賺到錢的時候，也買整張專輯唱片給她，但是那些放在另一個箱子裡。

我必須穿上衣服，她想著。

新奇的混亂，就和她九個月來所居住的這個地區的蕭條景況一樣令人癱瘓。何暮德推測是因為懷孕時的併發症，德文怪物單字之一：子宮頸無力症。畢業壓力也有影響，醫師不想排除這個可能，也不隨便推測其他原因。直到十二月她才搬來，懷孕第五個月，拖著裝書的行李箱，第二個行李箱裝滿衣物，兩個紙箱裝著里斯本的東西。起初她甚至享受什麼都不必做，可以整天躺在沙發上看書，但是隨著身體體積增加，她開始覺得不舒服。背躺著，她會被嬰兒窒息，側躺讓她的骶骨疼痛，腹躺根本不行。何暮德做他能做的事，中午從大學回來，帶著熱食，一份報紙，有時帶著鮮花。他以幽默接受她身體的變化，如果她請求，就讀書給她聽。意外懷孕以及匆忙的婚禮之後，她在他多特蒙德的沙發上終於有時間愛上她的丈夫。她還有什麼選擇。

鋸子尖嘯聲把她從思緒裡拉出來。鏡子裡的女人手裡拿著克莉絲汀娜的信，應該放在箱子還是床邊的抽屜裡，這個問題似乎讓她僵住了。她再也弄不清是怎麼開始的。生產後第一個星期，嬰兒床放在臥室裡，在廚房的桌子上幫斐莉琶包尿布；她睡著的時候，小公寓裡是一片舒適寧靜。學期結束的時候，何暮德的代理教職結束。他們在報紙裡找到一間位在貝爾格卡門的房子，在城外幾公里遠處，每個月六百馬克，雙層樓，附庭院和車庫。雖然沒有汽車就沒辦法去購物，但是何暮德只需要三分鐘就能上快速道路，因為他冬季學期必須接受整個魯爾區的授課委任，好養活妻女，於是他們就租下來了。愛倫提芬街是個聽起來奇異迷幻的名字，就像德國童話一樣詭譎[25]。這個地方是由零散而沒有中心的住宅區組成。獨棟房子，庭院過渡到開闊的風景。吹東風的時候會聞到附近豬舍的味道，不然就是工廠煙囪和高爐的煙吹過屋頂。她在西柏林住了六年，現在她到達德國，一個和月亮一樣陌生的國家。

我必須穿上衣服，她想。

這期間的白天變短，早上這地方籠罩著霧，而她必須強迫自己起床。廚房裡堆著骯髒的碗盤，尿布桶都滿出來了。時間就像架在軌道上滑過她身邊。她先生整天都在路上，晚上拿著一杯咖啡保持清醒好寫東西，大約兩星期以來，他看著她的樣子和從前不太一樣。他注意到了，她也是。但是哪裡不一樣？最近她把一張衛生紙忘在褲子裡，從洗衣機拿出布滿白紙碎片的衣服時，她氣得咬自己的手

25 街名Erlentiefen，或許是聯想到歌德的詩〈魔王〉（Erlkönig）。

臂。

地板上有件外翻的牛仔褲。胸罩有著巨大罩杯，她必須在裡面額外塞進一些棉墊，雖然她才剛從浴室出來，時鐘已經指向十一點五十分。她沒頭沒腦地跑到樓下。她一把露臺門往旁邊推，尖叫聲立即變得震耳欲聾。她衝向嬰兒車，扯掉被子，把怒吼的孩子抱出來。孩子的臉看起來就像被燙傷，扭曲成一個吼叫的鬼臉。她把孩子摟進懷裡，不由自主地想那會有多簡單。天空掛著黑色的秋雲，預告會下雨，但是嬰兒安靜下來。這時她知道發生了什麼事。然後她想，**我瘋了**。

「可憐的小娃兒。」

洛雪先生交叉著雙臂，站在及膝的裝飾樹籬邊，樹籬圍起他的土地。戴著眼鏡的灰髮男人，介於六十到七十歲之間，除了星期天，她只看過他穿藍色的連身工作服。他是她唯一叫得出名字的鄰居。

「你好。」一時間她覺得自己被觀察，把孩子抱得更貼緊胸部。花楸樹後面傳來工人的呼聲。

「可憐的小娃兒，哪。我剛才正對我的黑爾佳說。」洛雪先生把沒刮乾淨的下巴朝向上。他太太躺在山牆裡狹長的窗戶後面，正從複雜的臀部手術復原中。「她一整個小時都躺在這裡像被丟出來似的，直哭喊。」

「對不起，我想她在長牙。」

「現在已經長牙？您可要小心她十二歲就說，**媽我想要獨立生活**。現今這種事快得很。」他的口吻一如往常充滿責備，聽起來卻快活，而且用上敬語聽起來卻像招呼熟人。「黑爾佳一直說：告訴我，她長什麼樣子。我說，一個甜美的小嬰兒，看起來就是這樣。」

「您太太身體好些了嗎？」

「唉，有這種噪音可沒辦法睡覺。」

她曾經建議帶斐莉琶過去，拜訪他的妻子，但是洛雪先生不想理會這事。家裡一切都亂七八糟，也容易讓他的妻子太激動。手術前她整理家，他整理庭院，但是現在——無法想像，他常這麼說，一邊揮了揮手。以前他在礦業工作，不是在地下，而是擔任管理工作，或是當看守人，她並不知道詳情。「那我走了。」他說，卻站在原地。「外面有遮蔭的時候，有許多事要做。」

她撫摸女兒的臉頰，感覺到自己抱著孩子的緊繃姿勢。斐莉琶側躺在她的手肘上，她的手朝前抓著尿布和大腿。露忒教過她，穩定地握著胯下是抱孩子的正確骨科方式。瑪麗亞抬起目光的時候有點昏眩；在這平坦的地區沒有什麼可讓人憑倚。

「夏天的櫻桃讓我的內在靈魂傷痛。」洛雪先生聲明。「以前，你們前任房客還住在這裡的時候……根本毫不關心，這些人……時機成熟的時候，黑爾佳就過去採收。為了做果醬，還有很多在地下室。我不在意俄國人再炸掉兩座核能電廠，我們這裡什麼都不缺，對吧。羊毛毯，水桶，什麼都有。」

「已經確定她何時能起床嗎?您的太太。」

「醫生，哼，就像政治家，大家都在透視學上花太多時間。」他的下巴朝著她的方向。「現在她又恢復平靜，小淚人。」

「我必須進屋準備些吃的。」

「現今一切只能用機器，洗澡等等的。一定要看看浴室裡的吊桿，好個大傢伙。要不用扛的，但是我的背也不行，要不像我說的，黑爾佳，進到健保的電動代步車裡。一開始她覺得那一點都不好笑，但是你想怎樣，嗯。那就這麼著，必須活下去。」

瑪麗亞用空著的手從嬰兒車裡拿起被單。斐莉琶為什麼不尖叫，好給她一個理由進到屋裡？露臺紅色的石板之間長著雜草。她從來不曾擁有庭院。她再抬起頭的時候，她的鄰居已經跨過圍籬，走上露臺。「我想近一點看著她，哪，我整個早上都聽到她的聲音。」

「我真的必須進屋了。」

「我們都有非做不可的事。睡得很平靜，小娃兒。」

自從斐莉琶出生以後，她覺得陌生人近身委實難以忍受。他們的氣味、臭味、呼吸。在超市裡有些女人把頭伸進嬰兒車裡，逗弄車裡的小東西，每次她都站在旁邊，按捺自己拔腿跑走的衝動。洛雪先生拾級而上的時候，散發出一種地下室業餘工作間和便宜刮鬍水的氣味。他的側分髮線雪白閃亮，就和何暮德的父親一樣。她自動停止呼吸。在柏林大家都保持距離，而這裡所有的人都貼著站，說「倪好」。瑪麗亞克制自己，將手臂轉向一邊，好讓洛雪先生能看清嬰兒的臉，而不須把他的頭放在媽媽的肩膀上。一隻指甲太長的食指靠近斐莉琶的鼻子。「現在該說些啥，」他想著，「除了可愛我想不出更好的字眼。嘿，妳，在我們這裡很好啊。」

「我現在真的必須進去了。」她機械式地說，就像屏住呼吸一邊說話那樣，但是洛雪先生沉浸於觀察嬰兒，什麼都沒注意到。

「等到能走路的時候，喏，就在庭院裡幫我一把。雖然還是個小女孩，但是時代不同了。等妳能拿起耙子，我們就可以快樂地到處探索，咱倆。」他的呼吸聞起來有罐裝餃子的氣味。他有時會說起他兒子，但是關係似乎並不好，沒有孫兒。他的手碰到嬰兒的臉，這時瑪麗亞的拇指和食指能抓到一點小腿，下一刻斐莉琶抽了一下，開始大聲尖叫。洛雪先生驚嚇地收回手。「唉，又哭起來了。我可不想嚇壞這小娃兒。」

「一定是做惡夢了。我必須進屋去了，再見。」

「要我簡單清理一下斜坡上的雜草嗎？那個樣子看得我心靈受傷。」

「沒有必要，多謝了。」手臂裡抱著尖叫的孩子，瑪麗亞消失在客廳裡。在通往走廊的門邊她再度回頭，看到洛雪先生從地上撿起些什麼，然後她就繼續快步走到廚房。斐莉琶持續地大聲尖叫，也許是肚子餓了。在她的家鄉，孩子五個月大的時候開始吃魚和蔬菜煮的湯，露德絲每週至少打一次電話，好讓她抄下菜單。豆泥、水煮魚，她匆促地寫在紙條上，貼在冰箱門上，混在特定水果和蔬菜的核汙染數據之間，何暮德的妹妹定期傳給她。瑪麗亞匆忙地把一個小瓶子放在暖水器裡，搖著孩子，心想她一分鐘也無法忍受這尖叫。她手上的這東西發臭。她在樓上浴室解開連身衣，背後已經出現淺棕色斑塊，把衣服從她女兒身上扒下來，確認何暮德離開家門時所說的：已經沒有尿布了。他昨天早上說還有七片，昨晚用了三片，現在一片不剩。她用哈克樂紙巾把斐莉琶擦乾淨，盡其所能地，然後抱著赤身裸體的孩子跑上跑下，強迫自己平靜地呼吸，有邏輯地思考。如果何暮德在六點半說沒有尿布了，那麼她已經整整六個小時沒幫她換尿布。她應急地把斐莉琶包在毛巾裡。走到北山的施列克超市很遠。她放到女兒嘴裡的奶嘴又被吐出來。她咒罵著把嬰兒放到她的床上，匆忙下樓，關掉暖水器，抓起錢包。她覺得自己做的剛好是錯誤的舉動，斐莉琶必須吃東西！她在身後拉上門，尖叫聲靜了下來。

眼前的街道空曠又安靜，天空中的烏雲更密了，很快就會開始下雨。她腦子裡有個命令中樞，設定計畫，吆喝命令；還有一個任何事情都會滲漏掉的複雜管路系統。她想在草地上散步，運動會對她有好處。街道另一頭有個男人推著嬰兒車接近，她偶爾會看到他出來散步，瞬間她不由得想到斯戴克立茲的樓梯間，想起聞起來有樟腦味的房間，她在那裡當房客住了六個月。第一和最後一個學期的寂寞，就像連成一個環。瑪麗亞站定，享受寧靜。雖然情勢困難，她還是通過考試，她畢業了。那個推著嬰兒車的男人沿著庭院圍欄走，望了一眼天空然後說：「如果您想步行，我建議您帶傘。」他穿著與電視裡的絡腮鬍警探同款的夾克，她不記得他的名字。淺灰色，長度超過皮帶。他的德語聽起來不像魯爾區的人。

「我只是要很快去一趟舒慕克，買尿布。」舒慕克商場，何暮德曾經提過店名，她連商場位在哪個方向都不知道。他晚上回家的時候採買，尿布用完是他的錯。

那個男人站住腳，把嬰兒車的蓬布繫緊。「該是多麼龐大的產業啊，我是指尿布。」

「白天五片，晚上兩片。」

「如果一天這樣就夠用，那麼幼兒時期要用九千片，我看到過這個數字。還是七千片？大概就是這個數字。」

無法想像，她差點說出來。

他的姿勢看起來像是要橫越兩公尺的差距伸出手來，但是伸到一半停了下來，皺起額頭。「我聽到的是妳的孩子嗎？」

「我女兒在睡覺。」

「奇怪，我發誓那哭聲……」他退後一步，伸長脖子就像試著越過前方屋頂看進房子二樓。「我會說她醒過來了。」

「我只是必須很快去買個尿布。」

「走路到舒慕克要好一陣子。如果很緊急，我可以幫忙。」他從嬰兒車躺椅下方抽出一片尿布。「小孩叫斐莉琶對吧？我曾經和妳先生說過話。」

「謝謝，您人真好。」她接過尿布，試著微笑。

「我反正必須去採買。如果只要尿布，我就幫妳買一包。哪一種，幫寶適還是魯夫？哪個年齡，五個月大？相信我，我是專家。」

「不用了，我……」

「如果我每天不走個幾公尺，我就覺得自己要生鏽了。前運動員的壞習慣。」

這下子瑪麗亞也聽到尖叫聲，整條街都聽得到，她那被忽略的女兒絕望的哭叫聲。「五個月，對，我想，我應該……我是說……非常感謝，真的。」

「不必客氣。如果我回來的時候妳不方便，我就把東西放在門前。我們會再見的，左邊最後一間房子。」

她回到廚房，啟動暖水器，跑到樓上。斐莉琶掙脫毛巾，像隻螃蟹紅通通地躺在床上。命令中樞接手指揮。突然間所有的動作都合拍，也許是羞愧阻止她在兩小時後打開大門，縮在廚房窗下觀察著鄰居沿著街道走著，每幾公尺就把嬰兒車向前推一下，趕上去，然後再推出去。

她在客廳沙發上坐了好一會兒，輕哼著腦子裡浮現的曲子，搖著睡覺的寶寶。因為洛雪先生的緣故，她不想把孩子放在露臺的嬰兒車上。洗衣服，清洗餐具，整理房子。就連她只是對自己說有哪些待辦事項也消磨了時間。三個月長的時間她只能起床上廁所，雖然她最近常去散步，但她經常突然疲累不已，其他時候則想來根菸。

她把女兒放在臥室床上，自己躺在旁邊。約翰醫院的醫生在道別的時候對她說：要記得，臍帶雖然剪斷了，但在情感上依然存在。窗戶開著，在遠方某處有輛貨車駛過，洛雪先生和木工廠的工人聊天。半年以來她一直想寫信給安娜，雖然她知道這不會改變任何事。

就在睡著前，她聽到外面開始下雨。

她醒來的時候，斐莉琶消失了。她蓋在女兒身上的格紋被單捲成一團，放在枕頭上。瑪麗亞驚慌地察看床邊，看嬰兒是否跌到床下，衝到走廊，聽到何暮德在樓下弄出聲音來。她平靜下來之後到浴室洗了把臉。幾星期以來，安東尼歐的臉龐就在她夢境裡沒有外型的空間裡迴盪著，但是她自問如何得知那是他的臉。在里斯本的公寓裡掛著他唯一的照片，拉帕那裡則掛著很多張，即使她的雙親當時沒有照相機。現在他們有一部，等著有機會能幫他們的孫女拍照。瑪麗亞套上褲子，抗拒重新躺回床上的欲望，走下樓梯。

何暮德的手提包放在打開的尿布包裝旁邊，他坐在餐桌邊，把奶瓶給斐莉琵吸，拋給她一個微笑，藏著疲累和沒有說出口的問題。「妳來了。」他打起精神說。「我不想叫醒妳。」他已經把餐具洗好。

「她有哭叫嗎？」

「她醒了。我想在她開始之前就給她些什麼。」水槽上方的時鐘指著將近六點。雖然還是夏季時間，外面天色已經漸漸暗了。長時間睡眠讓她更疲累，她覺得自己就像處在稀薄空氣裡的登山者。何暮德快速瞥了她一眼。「尿布放在門前？」

「我們回來的時候有點匆忙。」

「勞累的一天？」

「我睡得比我想要的久。」她依著桌子坐在他身邊，命令自己對斐莉琵微笑。「又一次。」

「這裡的高速公路簡直是災難。所有的車緊緊擠在A40。我們的鄰居總是怎麼說來著？魯爾龜行路，完全正確。」

「我們的鄰居聞起來很奇怪。」瑪麗亞冷淡地說。「而且我從不知道該如何回應他。他過來想看斐莉琵。那可憐的小娃兒。」

「老人聞起來都是這樣。」

「我希望躺在床上的是他，而不是他太太。」

「誰知道她是什麼樣的人。」他用一塊溼布擦斐莉琶的嘴巴，讓她換個姿勢，好讓她可以打飽嗝。瑪麗亞感覺胸部一陣拉扯。「我妹妹有打電話來嗎？」他問。

「有也是在我睡著的時候。」

「我買了冷凍披薩，我沒想到什麼更好的食物。」

「我反正不餓。」

「妳今天吃了什麼？」

她的眼光是要提醒他，她厭惡這個最近常被提起的問題。他問她一天過得如何並非閒聊。也許他還拜託露忒，在他不在家的時候打電話到貝爾格卡門，確認母親沒餓死，孩子沒有躺在自己的便便裡，冷凍櫃的門沒像上個星期那樣開著，直到所有的存糧都退冰。她必須注意，她也的確這麼做。她的床邊桌上放著一本貝克特的書，她每天把裡面的書籤往前移二十頁。

何暮德越過桌子看著她。「還要一陣子，但是總有一天我會拿到教授職。」

「洛雪先生只想說胡話嗎？」她問，而非回應他，「或是我應該再提要拜訪他太太？還是邀請他喝咖啡？我不知道怎麼處理鄰里關係。在柏林沒有這些。」

「如果他讓妳煩心，跟他說妳要忙。」

「現在他想整理我們的庭院，我們這裡的樣子看得他內在心靈疼痛。他另外一半的話我根本聽不懂。」

「先是庭院，然後是地下室，總有一天他會在我們的沙發上睡午覺。這種門房型的人無法想像。」何暮德笑起來，也成功地讓她一起笑，雖然胸口的拉扯感變得強烈。她要不就得餵斐莉琶母奶，不然就要用吸乳器。「說真的，」他說，利用這一刻，「妳今天吃了什麼？」

「我也不會問你整天吃了什麼？」

「早餐吃穀片，十點的時候吃了一根巧克力棒，然後……」

「何暮德。」

「……我到學校餐廳吃飯，真是美味。我一定要帶你去波鴻的學生餐廳。煮軟的燴飯加上輻射蔬菜[26]。下午我通常喝咖啡，幾片餅乾和一顆蘋果。現在我又餓了。妳呢？」

「把孩子交給我，我幫她包尿布。」

「我已經換過了。讓她睡。」

「好。」瑪麗亞說著站起來。「我在樓下洗衣房。」

他一個動作握緊她的手。她的目光掃過餐桌上的一團混亂，嬰兒衣服、奶嘴和被遺忘的採買都在上面，形成一幅負荷過度的靜物畫。一眼就能看出她無法掌握全場，他幹麼還提出那些蠢問題呢？「妳什麼都沒吃，」他說，「一整天都沒吃，連個麵包都沒有。」

26 何暮德開玩笑地暗示蔬菜大概都有核汙染。由於車諾比核事故，核電及其危險是八〇年代在德國被熱烈討論的議題。

「如果你不想要我恨你，就停止刺探我。」她掙脫他的手，跑下地下室，在背後關上小空間的門。幾秒鐘之後，她細聽何暮德是否跟在她後面，但是他沒這麼做。向外的金屬門通往放置垃圾桶的地方，矮籬後面是洛雪先生做堆肥的地方。她的菸收放在一個藍色的密封盒裡。瑪麗亞從菸盒裡抽出一根菸放在鼻子底下。命令中樞清楚傳來「不行」。露忒上次拜訪的時候曾說起一些母親不負責任，在哺乳期抽菸，在她眼裡就像把濃縮鈾混在嬰兒泥裡一樣，不必有偏執狂就能知道這種說法是刻意暗示。菸草聞起來很舒服，聞起來像美斯卡雷羅咖啡館的下午，她看書的地方，也是她觀察勞席茲廣場上的活動或是和安娜閒聊的地方，只要工作沒那麼忙。一想到西柏林和她最好的閨密，她的眼淚湧了上來。

早上——不是今天早上，而是兩年半前的那個早晨——她從里格尼茲街的信箱裡撈出一份簡介，然後從第一頁讀到最後一頁。信封上寫著「關於愛滋您應該知道的事」。雖然她早已經常看到這幾個不祥的字母，但是這幾個字母突然頻繁地出現在新聞當中，讓她有點害怕。出現新的字眼如「風險族群」，政治家要求受感染者和同性戀接受強制測試，甚至說起封閉的營區。不只安娜被嚇到了，她經常把這當作她新近帶瑪麗亞去學者派對，而不是到酒吧和俱樂部取樂的理由。她同時宣稱不會陷入大眾恐慌。「可能這整件事都是個陰謀。」她在三月有天晚上這麼說，即使是冬天似的低溫，她們還是買了桑格里亞紅酒，而且已經喝到第二瓶。「他們一定看著我們怎麼取樂二十年，現在他們看夠了。所以先是同性戀，然後輪到我們所有人。」

「誰是『他們』？」瑪麗亞從杯子裡撈出一塊鳳梨，努力跟上朋友的思路。「誰看夠了？」

「把這世界在這過去二十年的發展當作眼中刺的那些人。不然這麼說吧，世界的一部分。大家都懷疑的人，自由的敵人。」安娜眼睛裡的光芒讓人摸不清她有多認真。書桌上的錄音機自行播放巴西音樂已經兩個小時。瑪麗亞讓自己舒服地窩在僅有的一張沙發裡，活動她凍僵的腳趾。自由的敵人。

「他們現在勸說使用保險套？」

「永遠加上一句，保險套並不能提供百分之百的保護，真正的訊息是：如果你們不想完蛋，就完全停止。」

「我不懂。」

「沒人懂。我無論如何為自己弄了個護身符。」

「會有幫助。」

安娜雙腿伸直坐在地毯上，抓起醒酒瓶。她在家穿一件舊的慢跑褲，宣稱她的臀部不會因為豬肉餡餅而變寬，不是因為德蕾莎最近製作出令人擔憂的數量，而是因為她不再徹夜跳舞。無論如何她體重增加，以一種神祕協議的聲調抱怨，讓瑪麗亞把她的閨蜜想像成大腹便便的家庭主婦。安娜已經有段驚人的時間沒有任何情人，更令人驚訝的是，她完全不因此而抱怨。她寧可分析和評論她的女性朋友們的情感生活。「妳可能無所謂。」她說，「那個導演何時回來，讓妳從禁欲的枷鎖解放開來？」

「目前他還只是助理導演。無論如何是在他的神旁邊，這個神能幫助他開悟。」

安娜賦予她的聲音一種敬畏的口氣。「神的助理導演。妳知道妳因此處在一個潛在有力的位置吧？」

「是就好了。如果他打電話來，他也只說起他終於知道他想要什麼。每兩個字就會提起海納，海納這個，海納那個，海納說……」

「神的姓氏是慕勒。我們究竟活在什麼時代？」

「這不好笑。」瑪麗亞把手伸到空中無數次，灑出桑格里亞，猛然忘記她要說什麼。「我今天晚上可以留在這裡嗎？我喝醉了。」

「妳還一直以為是著名的男性親密恐懼症把他推到基森去的嗎？」

「不知道。我甚至不知道那種恐懼症那麼有名。我第一個男朋友不知道那是什麼。」

「其實我相信有其他因素。」

「妳不認識他。現在，我可以留在這裡嗎？」

「我們必須分享我的床。最近一段時間，德蕾莎大部分要用到她自己的床。」安娜把飲料平分到兩個杯子裡，向後靠。護身符是個小小的木頭十字架，戴在脖子上，她有時會親一下。她等了一會兒，瑪麗亞沒有回應她的暗示，於是她嘆口氣改變語調。「怎麼了？為什麼妳情緒這麼低落？」

「應該說我在思考。」

「不，我們不這麼說。如果是因為他，我就當場把妳丟出去。他回來，一切都會好轉，他愛妳——以他的方式。妳應該自行考慮，那是不是妳想被愛的方式。他不會讓妳幸福。」

「你也有某種事情走到盡頭的感覺嗎？我來到柏林是為了不想錯過任何事。我是說，因為我在里斯本有那種錯過一切的感覺。而現在……」她又離題，沉默下來。她喝得相當醉，先在哈爾登貝爾格咖啡館喝了兩杯還三杯葡萄酒，然後喝太多桑格里亞。此外這是她第一次欺騙安娜，宣稱她下午都在書桌邊度過。最後沒有說出實情，瑪麗亞只是喝乾她的杯子問：「我寫完論文之後該做什麼？」

「考試，但是妳要先寫完論文。現在我們去睡覺，否則妳明天又要抱怨自己什麼都想不出來。」

「那妳呢？妳的合約到期之後，妳要做什麼？」

「說真的，我們去睡吧。」

安娜的床擠兩個人太窄，抵著牆，瑪麗亞背躺著，試著想像她在基森的男友會以什麼樣的感覺想她——如果他想到她的話。她看過慕勒和學生一起編排的劇本，覺得很可怕，《哈姆雷特機》。法克講電話時把它說成驚世之作。經過一切修正，絕對的全新開始。未來他再也不寫傳統的劇本，而是要像海納一樣直接把真相吐出來。哪些真相，她問，但是沒有得到答案。

「妳需要枕頭嗎？」安娜睡覺時穿著一件足球衫，背號八，那是她某個前男友忘在她那兒的。就連她的胸部也變得比較沉重。瑪麗亞搖搖頭，她就躺下去，用雙手把瑪麗亞拉過來。外面下一班地鐵疾馳而過。德蕾莎不在這裡的時候，一定是和何暮德在一起。就連他們講電話的時候也是？

「有一天妳會有五個小孩。」瑪麗亞說著在環抱下轉身。「我突然想到，因為我覺得自己就是其中之一。」也許她的問題就在於她無法獨自一人。晚上最糟糕，她把所有的門鎖上，側耳聽著周遭的聲音，沒聽到任何人呼吸，輾轉反側，想做愛，覺得自己就像西蒙·波娃描寫的女人：「她的心跳動，經歷他人不在的痛苦、他人在時的恐懼，她感覺到挫折、失望、怨恨、興奮，但她依舊是張白紙。」四月的時候法克想回來，至少他是這麼說的。或者慕勒會帶著他到波鴻，把他介紹給一些人。

但是六月的時候一定回來。只在腦子裡上演的愛情是種自戀形態，總有一天變成受虐狂；她每天都讀到這些東西，舉止就像自己是契訶夫劇本裡的人物。

「我和科技大學解約了。」安娜輕聲地說。

瑪麗亞試著轉身，但是她的朋友把她抱得更緊。「為什麼？」

「直到夏季學期結束。大學不適合我，而且看起來不會發生新的政變。就連我兄弟都這麼想。」

「妳是說……」

安娜試著笑了一下，但是只發出像打嗝的聲音。「我努力過，這裡不是我的國家。」

「妳真的想要……永遠？」

「來拜訪我，我幫妳找個男人，一個會跳舞的。」

「我有男人。」

「一個會跳舞的男人。」

「我需要的是閨蜜。」這是瑪麗亞失聲之前的最後一句話。眼睛湧出眼淚，就像她按了按鈕。安娜把她擁在懷裡，慢慢地來回搖晃她。她打完電話之後直接到這裡來，一直覺得有個壞消息等著她。但不是這個消息。她很哀傷，幾乎不能相信這會發生在她身上。一切都可以發生，但是安娜必須留在她身邊。

她最後一次把香菸放在鼻下，然後她擦乾眼淚，拿起有密封條的盒子。成堆的骯髒、乾淨衣物堆滿桌子。瑪麗亞這時才注意到溼衣服在洗衣機滾筒裡，何暮德必定是在他回家後啟動洗衣機，她一整天都沒有下來這裡。她越來越常覺得時間以跳躍的方式前進。記憶和念頭在她的腦子裡形成漩渦，她一回到當下，就不知道消逝的是五分鐘還是兩個鐘頭。安娜和她那時哭了，直到公寓的門打開，德蕾莎走進來，然後又繼續哭，直到天亮為止。現在一切沉寂，瑪麗亞從洗衣機裡拿出衣物，都是露忒的雙胞胎淘汰的衣物。他們每兩個星期就開車去何暮德的家族那裡；也許他期望她能從那兒學會德國主婦實務，露忒把家裡弄得那麼美侖美奐。烤蛋糕、織襪子，把庭院裡的水果做成果醬，在耶誕節前夕送給鄰居，添加一半分量的糖，保證沒有受到輻射線汙染！瑪麗亞憤怒地拉扯糾結的衣物，一會兒之後，她聽到何暮德走下地下室樓梯的腳步聲。

他謹慎地打開門。「披薩可以吃了，妳還要在這裡弄很久嗎？」

「不用等我，你開動吧。」她沒有轉身，只是把一件連褲衣掛起來。她感覺自己的胸部脹得像氣球。

「我把一部洗衣機設定成高溫清洗。」

「我知道，我正把衣服拿出來。」

「休息一下，我們吃東西吧。」

「我反正必須餵斐莉琵喝母奶。」

「她早就睡了。」

她聽到他走進來，停住。汗流經她的太陽穴。「我必須餵她，不然我就要脹破了。」

「用吸奶器。我來把衣服弄好。妳在下面已經幾乎兩個小時了。」

「少胡說八道！」她忽視他放在她肩上、想讓她轉身的手，數著掛起來的衣服，總共七件。

「瑪麗亞。」

「拜託別管我。」

「瑪麗亞，看著我。」他用溫和的力量把她轉過身來。他抓到她最脆弱的一刻，她擔心一旦張開嘴巴就會哭出來，而他完全利用這一點。他把她拉向自己，一隻手放在她背上，另一隻扶著她的頭。

「妳想過露忒的建議嗎？」他問。

「我不要她過來。」

「為什麼不？只是一個星期。」

「我知道我當母親很失敗，我不需要你妹妹來讓我知道。」

「這無關緊要。」他說，「我知道妳不想聽，但是我擔心。我覺得妳的知覺……轉移。」

「錯亂，就直接說吧。你太太精神錯亂。」她對著他的襯衫布料說話，很想咬下去。

「此外我想要妳幫我個忙。即使妳不想，就當為了我著想。」

「什麼？」

「和我一起到上面，然後站到磅秤上。」

「對。隨時樂意。就像糖果屋的漢瑟與葛蕾特，不過故事裡沒有磅秤，不是嗎？巫婆用手指搞定，檢查漢瑟夠不夠胖。放心，我夠胖。」

「只要一分鐘。」

「你休想！」

「妳的體重比懷孕前還要輕。」他用雙手按著她的肩膀，看著她的眼睛。「妳聽到我說的話了嗎？妳越來越瘦。」

「我第一次這麼想，你才是發瘋的那個。」事實上她被他臉上的無力感嚇到。他眼睛下方有黑眼圈，低聲說話並非因為謹慎，而是他快哭出來了。

「來。」他說，握住她的手。

「我不要。」

「一起來。」

「不！」

他緊握她的腕關節直到發疼。「和我一起到上面來，只要一次。」他堅決地走在她前面上樓梯，如果她慢下腳步，他就拉她。

「何暮德，立刻放開我！」

他們已經來到走廊，在她先生前彎的形體後面，她看到一個胖女人蹣跚越過穿衣室的鏡子，她瞬間爆發。「渾球！」她怒喊。「你這該死的渾球！你以為你可以對我為所欲為？如果有必要儘管上我，但是不要再把我像隻畜牲那樣牽過房子！」她看到他的臉不知所措地僵住，但是她停不下來。

「我知道你需要露忒，好從背後監視我。或許你也委託洛雪先生這麼做。你們男人都一樣，你們以為我們是你們的玩具，要我們伏身乞憐。你想要我在你面前脫掉衣服，站在磅秤上。你是個什麼樣可怕的人，我恨你！」她想吐他口水，但是她口乾舌燥。沒有再說一個字，她迅速衝上樓，把自己鎖在臥室裡。

整個空間都在旋轉。拉扯的感覺穿過她的喉嚨往下傳到背脊。混合噁心、口渴和肌肉酸痛的感覺。瑪麗亞熄滅燈光，蜷曲在暖氣片前面。她想著，她早晨喝了一杯咖啡，之後就什麼也沒吃。一樓依舊毫無聲息。她對丈夫衝口而出的話帶來的羞愧感，就在走廊裡埋伏等著她。她很想把底下的門縫用床單堵起來，但是她只是打開窗戶，向外彎身，折下一段櫻桃枝，然後蹲下來，舔著被雨淋溼的葉子。這是她曾做過最瘋狂的事，不知怎的卻讓她平靜下來。

十五分鐘後，何暮德的聲音響起，工作室的窗戶被掀開，外面一片寂靜之際，她能從她的位置聽到他說電話。她錯過最開頭，因為一部汽車駛過愛倫提芬街。

「……而且變得更糟……」他說。如同她所猜測，露忒！

「我不許說那個字。上星期我說了，回答是：你為何不把我立刻送到精神病院？」

「我知道，露忒。」

瑪麗亞轉身，跪在窗前就像在告解室裡。她知道他在說什麼。她對他的了解勝於他對她的。

「在荷岱克那裡有，但是有些事情我不忍心。如果她想要，我會立刻去做，但是我不能違背她的意志……」這次是一列火車蓋過他的聲音，一列長長的貨車，她想可以在夜晚看出它飛馳的行動。和一個男人結婚，成為母親，這是一件事。在何暮德雙親家，那是他們第一次必須分床睡，因為他們雖然等著孩子出世，但是還沒有結婚，每次用餐前都要祈禱，就連露德絲也不會這麼做。新教徒，垃圾分類，全穀物飲食，全部都是同樣的綠色虔誠意識型態的一部分，帶有強迫性的循規蹈矩。李子蛋糕酸到讓人的喉嚨緊縮，鮮奶油只用剛好，但在說起暴飲暴食的時候還是會心生愧疚，不知怎的就輕視起基民黨的天主教中產階級特質。火車的噪音平息之後，電話似乎已經說完了，但是瑪麗亞接著明白，是露忒講了一段比較長的話。何暮德說是，是，再說一次是，最後：「我之前不知道。」她把雙臂撐在窗臺上。

「她的眼神常常變得空洞，不論我說什麼都是錯的。」

「什麼？」

「那她就開始大小聲，有時謾罵，但那還不是最壞的。」

下一部汽車駛過街道，開進入口，倒車，然後再次駛過房子，她幾乎憤怒大叫起來。口渴和寒冷變得難以忍受。總是一再發生：她長時間什麼都沒注意到，下一刻就幾乎無法忍受。

「今天又發生了，在大腿，側邊。」

「我快瘋了，露忒。這尤其讓我擔心害怕。我早上幾乎不敢出門。斐莉琶整天都躺在嬰兒車裡，或是躺在臥室被子上。她還不會爬，怎麼會……我甚至不能說出來！」

瑪麗亞聽不出接下來的聲響是什麼，是她從未聽過的聲音。風吹過另一邊隔壁土地上的樹，一對沒有孩子的夫妻住在那裡，她經常看見他們一起慢跑，或是拿著網球拍走向車子，但是那個聲音來自樓下。起初她以為自己聽錯了。一次是她告訴他自己懷孕的時候，就在塞洛里科的婚禮之後，以及其他一兩次機會，她曾看到他的雙眼溼潤。現在他似乎把一隻手放在嘴巴前面，以至於發出一種像是他堵著嘴巴的聲音。「我再也不行了，露忒。我上課的時候忘記內容，因為我問我自己家裡正發生什麼事。」瑪麗亞彎身到窗外，但是除了明亮的窗臺，她什麼都看不見。窗前放著一張書桌，書桌前是張椅子，她先生就坐在上面哭泣。她需要好一會兒才能處理這些訊息。在何暮德掛上電話、到樓上來之前，她快速跑進浴室，把嘴巴放在水龍頭邊。幾乎一分鐘之久，然後她拿起吸乳器，穿上睡衣，躺到床上開始吸乳。

我病了，她想。一會兒之後她聽到走廊裡的腳步聲，以及廚房裡的響聲。她還是個孩子的時候，夜晚躺在床上時經常有種感覺，從她的房間延伸出去，直到她迷失地躺在一個角落，不知道她是否應該害怕。或是害怕什麼。就像某種癱瘓，命令她的身體，同時形成保護殼。睡眠和清醒之間的界線就像游泳的時候，在水上也在水下，她能來回變換，甚至同時在兩邊。何暮德走上樓梯，他床頭櫃上的鬧鐘指著零點十分。他走進浴室，然後進臥室，沒有開燈。瑪麗亞覺得所有的力量都從她的身體流失。這是個月明夜，在窗簾後面等待著，呼喚著她到外面去。她很久沒有覺得這麼舒適。就像光一樣輕盈，她走下樓梯，穿過臥室，走過露臺的門出去。她腳下的草涼爽柔軟，她沒有踏上去，而是像飛翔一樣劃過。下一刻她又躺在床上，聽到何暮德走向身邊。斐莉琶的叫聲來自遙遠處，比早上更遠的地方。

露德絲每次都躺在黑漆漆的臥室裡，其他的家人就輕聲細語，直到她再度起床為止。過勞。也許她母親其實飄過慕拉里亞的巷弄，夜晚的月光就照在上面。下一回瑪麗亞離開庭院，穿過通道走上木工廠。公司用車投射出完整陰影，後面延伸著及膝的無主草地。銀色微光照亮景色。她既不曾和安東尼歐一起玩，也不曾爭吵，他是她的哥哥，即使如此也依然是個嬰兒，仔細說來他根本不存在，可畢竟還是她的哥哥。因為過去曾在的一切都在，要不在夢裡，要不在生活裡。自從搬離柏林之後，她感覺到和嬰兒一樣的憂慮，他們必須被緊緊包在被子裡，才能保護他們不被寬闊空間嚇到。她最懷念圍牆。

天色漸明，瑪麗亞側躺著，看向窗戶。何暮德在他的鬧鐘響之前就起床。她聽到他在浴室裡。她用一隻手碰觸腳底，驚訝地發現腳底沒有黏著草。外面汽車駛過，整個地區開始運作，如果她記得沒錯，何暮德今天必須到伍珀塔。多特蒙德、波鴻、伍珀塔還有另一個城市，只有星期五他待在家裡。她聽到他走進來，他的刮鬍水聞起來就和在哈爾登貝爾格咖啡廳裡一樣。

「瑪麗亞？」他輕聲呼喚。「我必須出發了。」

她動也不動地躺著。她不在乎。

「我給她喝過奶，也幫她包好尿布了，也許會睡到九點左右。」他走近兩步。「瑪麗亞？」

她逐漸了解夜裡發生什麼事。命令中樞沉默，不想理會任何事。何暮德繞過床邊，蹲在暖氣前面。「妳有聽到我說話嗎？斐莉琶九點的時候要喝下一瓶奶。」

「我無法起床。」

「妳無……為什麼無法起床？」

「我不行。」

「妳生病了嗎？」他伸出手，她感覺他涼涼的手放在她額頭上、臉頰上。「妳發燒了。」

「我沒辦法起床，何暮德。」

「妳怎麼想呢？」

「你必須打電話給露忒。」

他保持不動好一會兒，她閉上眼睛，感覺到他的眼光在自己身上。瘀青，他在電話裡說過。嬰兒身上烏青瘀血。外面的世界有個真相埋伏著，她還不敢面對這個真相。

「妳就躺著，好吧？要我幫妳端杯咖啡嗎？」何暮德站起來。

「水，給我水。」

他離開房間之後，她聽到他打了幾個電話。他回來的時候，已經把襯衫換成T恤，把一瓶水連同杯子放在她床邊。「她今天下午過來，我會到多特蒙德車站接她。」

「對不起。」瑪麗亞說。

「躺著好好休息。我們能解決的。我今天留在家裡，十點左右醫生會過來。」

「什麼醫生？」

「完全普通的醫生。我們畢竟需要家庭醫師。」

「我知道我變瘦了。」她說，為了讓他高興一下。

「這就好，現在好好休息。」他幫她攏攏被子，給她一個吻。工人把車停在街邊，走過洛雪先生的土地到木工廠去，大聲說話，就像天已經大亮。她沉重地撐起身來，喝了一口水。露忒很會整理東西。幾星期以來，瑪麗亞第一次迎向她什麼都不必做的一天。
她把水喝完，然後睡去。

11

瑪麗亞—安東妮亞交叉雙臂站在窗邊，望著外面。阿祖達大道緩降至河邊，屋頂上籠罩夏日寂靜，沉落的太陽讓鵝卵石板熠熠生光。不遠處，就在另一邊斜對街，穿著制服的警衛檢查往總統府的通道，一時間她以為和審視的眼光在那裡交錯。她立刻彎下身然後退一步。緊張讓她的雙頰滾燙，雙手冰冷。她要是往外彎身，或許可以估計總統府後面太加斯河往大西洋的出海口。剛才她在車裡問為什麼是貝倫區，得到的回答是那裡晚上的光線比較好。她聽到他從浴室出來，走向小房間，走進來，她把眼神垂下。她不知道這公寓是誰的，一間沒有廚房的閣樓公寓，有一個比較大的空間，外加浴室和一個小房間，馬力歐正在裡面鋪床。其他所有的窗扇都關上。

八月。熱氣讓街道空無一人，讓全世界都湧向沙灘。窗戶旁邊立著一部風扇，瑪麗亞—安東妮亞用大腳趾按下按鍵。似乎沒人住在這裡，幾乎沒有家具，電視覆蓋著一塊白布。唯一的書架上，皮革精裝的經典著作蒙塵，有一本《葡萄牙與未來》，和兩疊法文雜誌：《電影筆記》和《前衛劇場》，再加上幾期《觀眾》，這本雜誌從去年開始就以裸胸女郎作為封面人物。為了轉移自己的注意力，她拿起三月號的雜誌，觀察上面的金髮美女，微笑地挺著乳房。她從開著的門感覺到馬力歐的眼光停在她身上。「妳懂法文？」他問。

「當然。你也有些有趣的葡萄牙文的東西。」

「如果妳想要就拿去，我不需要了。什麼東西有趣？」

她把那期雜誌遞給他看。「這是你拍的嗎？」

「你知道我不為雜誌社工作，而且這種姿勢太廉價。」

「這間公寓是你的嗎？」

「我可以使用。」

「用來做什麼？」

他用他傲慢的哼聲回應，說：「過來，我讓你看看有趣的東西。」她隨著他走進斜屋頂的小房間，他把窗扇稍微拉開一條縫，讓光線透進來，指著立在門邊的屏風。屏風和床一樣寬，強烈的金色調主導畫面，但是瑪麗亞—安東妮亞需要好一會兒才看出主題，一艘三桅帆船正在卸貨，看起來像珠寶箱的木箱堆在船板和陸地上，一列繽紛的人影走向城市，他們穿著寬管褲和異國服裝，許多人物有著超乎比例的鼻子。

「我一個曾祖輩的叔叔買的。」馬力歐站在她後方，一隻手放在她腰間，另一隻手指點著圖畫的線條。「據說畫的是長崎的港口。醜陋的形象，看起來像皮諾丘的是葡萄牙人。」

「這幅畫是真跡嗎？」

「什麼真跡？」

「當時畫的。」

「不清楚。第二座屏風呈現船隻啟航的畫面。就像妳看到的，幾乎看不到日本人，他們都藏在房子裡。」

有個黑奴在隊伍首領頭上撐起一把傘，木頭籠子運送猴子和鸚鵡。岩石海灣裡有水，水手在船的索具上舞弄雜耍。「你有什麼喝的嗎？」她問。

「冰箱裡有水。妳緊張嗎？」

「對。」

「了解。」自從他們離開卡爾莫廣場的公寓，他就一副他們要做什麼危險勾當的樣子。他把車子直接停在大門前，催她趕快走進樓梯間。門後可聽到電視和說話聲，瑪麗亞—安東妮亞還絆了一下，因為他在後面推著她。現在他把另一隻手也放在她的腰間，把她轉過身來。他們已經見過五、六次，拍照，聊天。今天他雖然提起貝倫區的光線，但是沒有打包相機。所以是這裡，她想。

「妳想沖澡嗎？」

「不想，」她說，「還是我最好沖一下？」

「我對妳說過了：由妳決定。」

「你的第一次怎麼樣？」

「昂貴。」他把她壓到身上的時候，她察覺到他褲子裡的東西，鬆了一口氣，所有的東西都在克莉絲汀娜解釋的地方。她大概知道會發生什麼事，以及什麼時候會痛，尤其重要的是克服它。即使如此，讓她身體發顫的不只是焦慮。在鄰里中心的樓梯間，她曾允許一個年輕人把手指從她胸罩下方伸進去，這時她把眼光轉開，馬力歐不疾不徐地解開她的衣服釦子，直到衣服只是掛在她肩膀上。他隨手把衣服從她身上拂下，接著是胸罩，然後他坐在床上，脫掉她的內褲。她想像自己在遙遠的地方，和畫上的人物在一起。馬力歐用手背撫過她的下身，說：「躺下來。」

他脫掉自己的衣服，她從眼角盯著。他把自己的衣物掛在屏風上，她的衣物就放在地上。外面的汽車駛過，世界照常運轉，而她赤裸地躺在陌生公寓裡。他只帶她去過卡斯凱司的派對一次，當時他整晚裝得就像他們互不相識。他注意到她偷瞥的眼光不由得笑出來。「不要強迫妳自己，這又不是什麼祕密。」他的陽具不像她所想像的那麼堅硬，但是比想像的大，毛髮、血管和皺褶的皮膚形成的奇特懸掛物。他躺下之前遞給她一條毛巾，說：「墊在底下。」

「我們也接吻嗎？」她不確定他慣常的舉止讓她覺得安心還是不安，似乎兩者都有。

「我們做任何妳想做的事。」

「我的接吻技巧也許不怎麼樣。」

「停止道歉，妳學得會的。」

雖然熱氣鬱積在狹小的房間裡，她還是寧可蓋上折起來放在她腳下的被單。想要令她如此恐懼的事情發生，實在奇特。她仔細地把毛巾展開，就像在沙灘一樣躺上去，雙臂放在身體兩側。馬力歐用腳趾推了一下窗扇，之後只有微弱的光線從開著的門洩進來。

親吻的感覺很舒服，讓她的恐懼消失片刻。和他接吻不是如她所知的無助地用舌頭翻攪，而是溫柔的碰觸，感覺甚至觸動她的胃。他的手滑過她的胸部和腹部，她的呼吸平穩，不想走錯任何一步。幾乎像她在學院度過的第一天：害羞的模範生進到新環境，想證明自己被招收進來並沒有錯。他的手一碰到她的大腿，她就把雙腿張開。「妳也可以用妳的手。」他低語，於是她立刻抓住長了毛的囊袋和裡面的兩顆球。

「現在呢？」她低語回去。

「想像妳會喜歡我。」

「我有點喜歡你，你無比傲慢。」

「試著不要因此處罰我，不要現在。」

「大庭廣眾之下你因為我而感到羞愧，」她在他唇邊說，「來自慕拉里亞的女孩，承認吧。」

「那妳為什麼在這裡？」

「我們不能先……你知道的。我聽說會短暫痛一下。」

有根手指頭靠近她兩腿中間。即使是他的手也從不曾漫無頭緒或是猶豫。「妳真的還沒和小夥子們做過？」

「我寧可等待錯誤的那個人。」這個句子是她這幾天想出來的，她喜歡它的俏皮感。「我有幾次在電影院……」下一秒她尖叫起來。他的指尖變成刀子，疼痛地插進她的身體裡。他另一隻手緊緊按住她的嘴。

「噓……就這樣。技術上來說。」

她感覺汗從額頭冒出來。疼痛感消退，集中在一個小點上，慢慢離開她的身體。雖然昏暗，她還是看得出馬力歐舉到她面前的指尖上的血，接著他用毛巾擦掉。只一會兒她的呼吸就恢復正常。

「妳想要克服它。」他說。

「我其實也可以自己來。」

「我很訝異妳沒有這麼做。妳總是表現得一切盡在掌握之中。」

在躺著的情況下，她盡其所能地以毛巾圍著身體，從他伸展的身體上爬過去，跑進浴室。克莉絲汀娜完全沒提過那只是用手來這麼一下。直到站在淋浴缸裡，她才取下毛巾，看到血順著她的腿流下來。左右兩條細細的痕跡。就像月經的第一天，但是她沖完澡之後就沒有再流血。她小心地用一塊準備好的香皂清洗，想著已經有多少女孩在這個浴缸裡把血從大腿沖洗掉。因為不想再用同一條毛巾，手邊又沒有其他毛巾，她就溼答答地站在鏡子前面。

牆上貼著藍色瓷磚，蜜色的光線從屋頂窗戶射進來。她緊閉雙唇，忽略眼淚，自問為什麼一切是這樣。馬力歐已經穿回衣服、換掉床單了嗎？片刻之間她希望是路易在那個小房間裡等著她，但是他在塞辛布拉度假，在他叔叔的漁船上幫忙。七月時她和克莉絲汀娜及華蘭汀一起開車去看他，但是他們沒有四個人一起躺在沙灘上，路易和華蘭汀跟著漁人一起出門，第二天晚上才回來，聞起來有鹽、魚和太陽的味道，而且疲累到立刻上床睡覺。從那時起她就期待夏天結束，就像她之前期待夏天開始一樣。

因為她還一直哭，就打開屋頂窗戶看出去。周圍的庭院種著檸檬樹和棕櫚樹，遠方大橋的橋柱伸進天空。這是個充滿叛變謠言和未知的瘋狂夏天。她看著外面，一邊用手指試著觸摸找出和先前有何不同。已經不痛了，但是她有種奇怪的感覺。她赤裸著離開浴室，在冰箱前灌下一杯水，猶豫不決地站在窗戶前。有艘貨船逆流而上。她感覺到電扇的氣流，觀察總統府前的警衛，隨時準備一旦有被看見的風險就躲起來。「寇斯塔．高梅斯到底有沒有住在總統府裡？」她轉頭問。

「我怎麼會知道？離開窗前。」

總統的暱稱是「軟木塞」，她曾讀過，但是不知道為什麼。「我覺得他不穿制服的時候，根本無法想像他是個將軍。他看起來像個圖書館員之類的。」

「妳想讓大家看到妳的乳房嗎？」

「為何不？多美的乳房。」她走向一側，馬力歐側躺著，他那東西又軟又小地垂在一個毛窩裡。她背朝著他坐在床緣，觀察著那座屏風。那幅畫沒有中心點，只因對細節的愛而生。在房子入口前坐著一個父親和他的孩子們，看著前進的行列，背景是寶塔和寺廟的起伏屋頂。「日文裡的謝謝是來自我們的語言，真的嗎？」她問。

「妳和妳的問題。誰教他們的？」

「當然是耶穌會教士。我們說的茶這個字是從中文來的。」

「因為茶來自中國。妳以為我們是良好禮儀的發明人？」

「絕對不是你。」

「妳看看這些陰暗的傢伙。」他的手指向三個穿著黑斗篷的身形，就在畫的下緣，站在一幢日本建築前，從門上的十字架才看出那是個教堂。「這個民族存在幾千年，直到現代才等待幾個耶穌會教士來到，教他們說謝謝？妳的神父就愛說故事。」

「歐布里嘎多，阿里嘎多——有可能。」

「他們稱葡萄牙人是『南蠻人』。果然聽得出來對我們崇高文化的敬畏。」

她笑著躺下，問：「我們現在做什麼？」

「妳瞬間變得興致勃勃啊。」

「我們必須做得正確，否則不算。我還是個處女。」

「妳的父母知道妳腦子裡都裝些什麼事嗎？」

「不，怎麼知道？他們去拜訪親戚。」她吻他就像他之前吻她那樣，用手撫摸他的胸部，然後慢慢向下移動。否則他為什麼問她上次月經何時來，以及她是否知道如何計算安全日？「我的家族從北方來，你要知道。我有些堂兄弟姊妹還從沒看過海。」

「這我一定要知道。」他沒有回應她的溫柔，而是翻身背躺，皺起眉頭。「不要弄我的屌弄得像是妳想蓋座沙堡似的，好嗎？形狀是天生的。」

「我以為男人是主動的那一個。」

「妳以為是我們教日本人舉止有禮貌。」

她把那塊軟軟的東西握在手裡，就像剛孵化的小雞，用手指摸過上面的頭，觀察著那東西如何開始生長。從馬力歐棕色的皮膚可看出他在哪裡度過夏天，以及他不想帶她去哪些地方。她沒有吻他的嘴，而是吻他被細毛覆蓋的乳頭。他的喉頭發出一陣舒服的輕哼聲，她手裡的那個東西變硬。她做了正確的事，對自己感到驕傲，但是下一刻他又重新掌握主動權。他一個快速的動作把她轉成背躺，壓在她身上。瑪麗亞—安東妮亞驚訝地屏住呼吸。進入她裡面的東西又大又硬，而且毫無顧忌。沒有之前那麼痛，但還是痛。開始一陣激烈的喘息和撞擊。她迷茫地想著「我做了」，但其實都是他一個人在做。他的動作越來越激烈，疼痛只是慢慢消退。她的頭撞到牆壁，他翻攪擠壓，好像騎到她身上一樣。

「慢一點。」她喘息著，但是那更刺激他。她的手指戳進他的肉裡，聽到自己的喉嚨發出奇怪的聲響。他毫不猶豫地抓起她的雙腿放在自己肩膀上。汗水滴在她臉上，他的臉怪異地扭曲。在她身上狂飆的男人，就像他的欲望是他必須報復在她身上的事。隨著拍擊的聲響，他的身體撞擊著她的，然後他忽然停住，發出像是吞了隻黃蜂的聲音。瑪麗亞—安東妮亞想著克莉絲汀娜的描述，但是她的身體麻木，她只覺得可恥，也鬆了一口氣。當他筋疲力竭地跌落在她身邊，她覺得從自己體內湧出一小陣浪潮。

她混亂地側身蜷縮。一隊快樂臉龐的行列穿過陌生的城市，耶穌教士開心看到當地人，海員首次踏上新世界。馬力歐懶洋洋地撫摸她的臀部，但是她不想轉身讓他看見她的眼淚。她把手伸進兩腿中間，覺得自己的陰道腫起來，受了傷，被一種黏黏的汁液覆蓋。馬力歐雙手環抱著她說：「沒什麼好哭的，甜心。」

「我沒哭。」

「對女性最困難的是承認她們也喜歡性。」

「你知道什麼。」就這樣了，她想，一旦經歷了沒概念的事情。除了讓事情發生，她還能怎樣。

生命就是讓人面對的。「我想掐死你。」她說。
「但是妳不會這麼做。」他的東西又硬了起來。
「你要是再像剛才那樣虐待我，我就會那麼做。」
「我現在乖乖的。」有一會兒他真是如此。他的手撫過她的體側，用嘴唇逗弄她的耳朵。然後他的腿一個動作張開她的大腿，再次進入她的身體。沒有急躁，毫不費力，沒有懷疑，就像他在生命當中所做的一切。在他的圈子裡很常見，她可能非常恨他，但正因如此她才前來。會痛，是其中一部分。

＊＊＊

獨自散步對她有益。十月間，有幾天的秋日驅散天空的雨雲，讓天氣變成所謂的「老婦夏日」，德國人偏好的怪異創字。瑪麗亞走過草地和田野，期望有個高點能讓她俯瞰景色，但是大地只是平坦地躺在陽光下，她的眼睛無處定焦。於是她坐到幾星期前發現的長椅上，從袋子裡抽出書來，但是她很快就只是靜靜坐著，思緒飄回家裡。自從露忒讓她可以隨意睡飽和出門散步，日常生活變得容易些。斐莉琶夜裡哭叫時，何暮德或她就起床，但是早上露忒就接手，而且也幫忙家事。要不這樣安排，要不就考慮住院修養，克雷斯醫生這麼說，他從一週前開始擔任她的家庭醫生。當然只有在她想要的時候。她不想。露忒的到來讓恐慌消失，瑪麗亞一坐在日光下就開始期待回家，把斐莉琶抱在懷裡，和她的小姑一起喝咖啡。她當然不想生病，這病讓她想到露德絲黑暗的日子，但得了這種病並不比當個壞母親的感覺更糟。德文裡有著棄子不顧的「烏鴉媽媽」這個說法。沒有針對男性的對等字。

長椅位在田野小徑轉彎處，小徑和鐵路平行，一百公尺後接上聯邦道路。瑪麗亞眼前展開遼闊的田野，望過田野可以認出木工廠，還可以認出工廠房子的山牆尖。鐵路上方的電纜上聚集著候鳥。讓露忒開心的是昨天飛越貝爾格卡門的第一批野鴨，她抱著姪女跑到庭院裡，好觀察天邊的候鳥隊形，瑪麗亞從臥室窗戶看著，想著自己還有很長一條路要走。這時她聽到腳步聲，從書本裡把頭抬起來。

「又見面了。」是鄰居推著他的嬰兒車，穿著上次遇到時同一件夾克，還戴著一頂上面印著HSV的藍色棒球帽。她還欠他尿布錢。

「哈囉。」

「我可以陪妳坐一下嗎？」

「請坐。」她想她還記得他們上次互用敬稱。「可惜我沒帶錢出來，」她說，「尿布錢，我沒忘記，只是……」

「妳先生已經給我了。」

「我先生？」

「我把結帳單附在一邊，在上面寫了來自街尾的問候之類的。無論如何他當天下午就來我家，他說妳覺得不太舒服。妳現在好些了嗎？」他把嬰兒車停在長椅邊，稍微看了一下裡面，然後坐在她旁邊。

「我那時給人的印象很奇怪嗎？」她問。雖然那一天過去不久，但是她的記憶模糊。

「有點不知所措和不堪負荷，就像帶小孩常有的情況。我也是這樣。」

「一點都看不出來。」

「不應該看得出來，不是嗎？」

「這裡也很少看到男人推著嬰兒車。」

「說得好。如果你看到我其他同仁，告訴我一聲。」他把手伸向她，「奧力佛。妳先生已經把妳的名字透露給我了，葡萄牙人，對嗎？」

里斯本，她本來想回答，卻只是點點頭。「你也不是本地人。」

「聽到妳這麼說真好。以本地話來說，我是個泥炭腦子，也有人說煤渣腦。」他們握手，因為瑪麗亞一臉茫然不解，他又加了一句：「就是指北德人，應該是獨特的說法。我太太是魯爾區的人。」

「她說你煤渣腦？」

「她的兄弟會這麼說，有四個，一個比一個壞。」他對個人訊息很開放，瑪麗亞寧可聽他說，不希望他問起她的感覺。他的手把玩著一個沙鈴，一邊說起他在漢堡上大學，和他太太約好，等到教師實習之後才成家。但是後來卻有意外發展，於是現在他太太在事務所當律師，他則在家照顧小孩。

「我覺得挺好的，」瑪麗亞說，「男人站在廚房裡。」

「我太太也這麼覺得。只是我通過的漢堡考試絕不會讓我得到北萊茵－西法倫邦的教職。教德文和英文。」

「因為這裡不說這些語言？」

他的笑聲可親，有點太大聲。「德國聯邦制不允許。而且也沒有職缺，這個國家快完蛋了。」

「漢堡怎麼樣？」

「如果妳不想看到我號啕大哭，還是別說這個話題吧。漢堡是個大城，相對於……」他的手劃過空中，然後懸在那裡。「甚至不知道應該比向哪裡。後面那片薄霧，那是多特蒙德。那座高聳的煙囪不是位在海爾就是林貝爾格，反正就是它們其中之一。就這樣。」

接下來半個鐘頭他們都拿西柏林和漢堡的優點比對魯爾區的缺點，卻是平心之論。她想起波鴻的劇院，奧力佛承認喜歡多特蒙德的阿克奇恩啤酒，其餘則是不對等的比較，但是很久沒有對話讓瑪麗亞這般滿足。他們同時也發現有些作家他們倆都推崇，當奧力佛問起她的孩子在哪，她驚訝地發現很容易說起露忒的到訪，以及前幾個星期遭遇的困難。那個她背負了好一陣子的字想衝出她的腦子，於是她加上一些限制把這個字包裝起來，然後說：「看來我患了某種輕微的產後憂鬱症。」如果是在家裡她會因此獲得掌聲，這時的說話夥伴卻只是點了點頭，回答說：「比大家想像的還要常出現。」

「你是說你太太……」

「不，她很堅強，她根本不會注意到自己有憂鬱症。」

「我了解你的意思，但是這不可能。」

「等你認識她就知道了。」他站起來，因為嬰兒車裡有什麼在動，但是讓瑪麗亞鬆了口氣的是他沒把嬰兒抱出來。她對陌生嬰兒的興趣幾近於零。「我們維持遠距關係三年，」他說，又坐了下來，「她在這裡，我在漢堡。她才剛開始工作，我準備考試。每次見面，我們的時間表都要配合她的經期，我當然也記在日曆上。她的經期掌控我每一季的規畫。此外我們不停討論，把孩子生到這個被汙染的世界，我們能負責到什麼程度，其實只是偽裝我們的疑問，懷疑我們到底要不要小孩。強調是我們。聽起來耳熟嗎？」

「沒有，我懷孕之後，我們才說起這些。」

「我是指德國人傾向把個人焦慮做政治包裝。有句口號說，我想要孩子，但是冷戰讓我辦不到。終於發生的時候，我被召到這裡來，雖然我覺得搬家很困難，但我必須說，我喜歡生命不由人計畫這個想法。自從我有孩子之後，我知道我想要小孩。」

瑪麗亞點頭。「我們去旅行，我拿到處方避孕藥，因為我不是做事有條理的人，有一、兩次忘了吃藥丸。很老套。」虛弱的胃可能也有影響，她略過不提。目前有張黃色紙條貼在她床邊燈的按鈕上。上面雖然什麼都沒寫，但是她的手指一碰到那張紙，她就再查看一次藥丸。先不提這些，她對上次房事的記憶就和對下回房事的興致一樣弱。「無論如何，我搬到這裡來，誰都不認識，完全不了解嬰兒——除了我母親在電話上告訴我的那些。」

「沒有參加生育準備課程？」他問。「我們參加過兩次，而且房子裡還有好幾書架的參考書。我想過把我們家登記成公共圖書館。」

「我當時必須完成學業。我曾在里斯本把我女性朋友的孩子抱在手裡，那就是我的準備課程。」

「熟人裡沒有嬰兒？」

「沒有熟人。」

「我是說在柏林。」

她聳聳肩，搖搖手。她從長椅望向那邊的黃綠色草地，一群長者在散步。「我必須走了。」她說。快四點了，斐莉琵可能已經醒了，和露忒的約定是瑪麗亞應該每天多一點和女兒相處的時間。

「《冬天的櫻桃樹》。」奧力佛說，指著她手裡的書。「後面藏著什麼？」

「德國人傾向隨便翻譯書名。原著書名應該是『山的聲音』，或是『山的聲響』[27]之類的。」她站起來，用下巴朝著她家的方向示意。

「妳懂日文？」

「一點點。」她說謊，卻不知道為什麼。

「很開心。」他一邊認可地點頭一邊說。「如果妳對嬰兒這個主題還有什麼想知道的，就告訴我。我住在隔四幢的房子，在這個領域真的幾乎無所不知。非自願的，但是誰在乎。」

「非常感謝，再見。」

「你先生建議我們可以找一天來烤肉。四個人，某個週末。」

「就這麼辦。」她點頭，舉起手來。

路轉了個彎接上愛倫提芬街。電纜上一小群候鳥飛起，轉了一圈又折返來，就像完成盛大啟程前的預演。走路的時候，她把手插在口袋裡。陽光普照的秋天晚上變得冷涼，每個早晨草地上都結霜。耶誕節前一週，何暮德要進行第一次試教，按照他的說法，要為杜塞多夫的教授職進行申請試講，他將之視為彩排，因為他估計沒有機會獲得這個位子。她一想到未來，第一個認知就是她的未來取決於丈夫的職業生涯。雖然他們深入討論他應該在哪裡申請，卻一點也無法改變他被迫到處申請，而她也要跟著前往接受他申請的地方。基本上她也喜歡生命不能計畫這個想法，但是她是否能再度生活在城市裡，一個讓她覺得舒服的城市，這種不確定性實在難以承受。

車庫出入口停著的車牌是UN開頭，代表的是烏納，這個地區似乎沒有外國人。對面棕色的磚塊屋屬於一對醫師夫婦，瑪麗亞有時從窗簾後面看到他們的人影，但是從來不曾在房子外面看過他們。有時候她覺得一切都那樣無望，任何努力都是徒勞，沒有任何有價值的想法。然後她按了電鈴，聽到露忒急促的腳步聲。門打開，她的小姑抱著斐莉琶，手裡有支塑膠湯匙，說：「妳看誰來了。」然後對瑪麗亞說：「她剛醒，我做點東西給她吃。」

「有點晚，我被拖住了。」

「沒問題，進來。」露忒用眼神問她是否要抱斐莉琶，瑪麗亞走進走廊，指著她的夾克：「我趕快把衣服換下來，然後洗洗手。」那個雖然體重過輕，看起來卻依然肥胖而且醜陋的女人在浴室鏡子裡等著她，其實她最想躺到床上。瑪麗亞閉著眼睛站在洗手檯前面，重複著她的行動守則：維持眼光接觸，即使斐莉琶的眼睛搜尋她姑姑的眼睛。不要認為露忒除了幫助她還想要其他的，因為那算什麼心態。靜靜地感覺羞愧，但是不要浮現罪惡感。她走下樓，露忒帶著斐莉琶坐在廚房桌邊，餵她吃東西。「等妳餵完，我抱她。」瑪麗亞急忙說。

27 川端康成所著《山の音》。

「她越來越會吃糊漿了，葡萄牙菜合她的胃口。噢，妳媽打電話來。」

「這次又是什麼？魚湯還是蔬菜糊？」

「她說了幾次妳的名字，我回答晚一點，later，later。散步，walking。」露忒笑著聳肩，「我只知道五個英文字。」

「比我媽還多五個。我晚點再回撥給她。」

「壺裡還有咖啡。」

廚房乾淨整齊，窗邊插著一把新鮮的秋季花朵。露忒和海納住在馬爾堡附近一個寧靜的小地方，有棟寬敞的房子，而且感謝孿生子讓房子也充滿生命。瑪麗亞走進那棟房子的時候，每次都想起她認識的那個字，那個難以定義而或許典型的德文字：適意。屋前有個連著木椅的瓷磚爐灶，桌上的蠟燭，星期天使用的好餐具，耶誕期間以特定形式排排坐好並且喝茶。對一個有著三個冬季的國家而言這是適當的形式，聽在她耳裡像是浪漫主義的曲子，以及對抗敵意世界的某種窩巢溫暖。並非不舒服，但是瑪麗亞拜訪他們回來之後，她想坐在地板上，盯著白色牆壁。然後她渴望柏樹、腳下的沙子和一個不需要進口檸檬的國家的光線。

「再兩湯匙就吃完了。」露忒剪短髮，看起來比何暮德更像父母。她在家裡放棄化妝，把毛衣的袖子捲起來。何暮德覺得，她和德蕾莎當時馬上就會像姊妹一樣互相接納。

「海納和小少年們究竟什麼時候會來？」瑪麗亞問。

「他們星期六吃過早飯就出發，午飯的時候就到達這裡了。如果天氣沒變化，我們就能烤肉。」

「我們到底有沒有烤肉架？」

「何慕德想買一個。啊，他也打電話來。問候我們，我們不用等他吃飯。有一個人必須和他討論一本他出版的書。他會自己跟妳解釋。」

「好。」

「好了，我的甜心，現在我們飛到妳媽媽那裡去。我們八點吃飯？或是八點十五，這樣我可以看新聞。我想知道，那件事……我要是記得名字就好了。」她搖著頭站起來。「未經監督隨處放置的放射性垃圾，真難想像。」

瑪麗亞不清楚她的小姑在說些什麼，接過孩子，以全身的力量微笑。

「如果她睡著了，把她向前傾，才不會擠壓她的脊椎。」露忒輕聲說，在瑪麗亞肩膀上鋪開一塊布。「如果我一下子給妳太多指示，告訴我。我不想煩妳。」

「露忒，拜託，寧可多一個指示，也不要讓我折斷她的頸子。」

「庭院裡很安全。」她使了個鬼祟的眼神。「我看到他開車離開。」

「他下午又煩妳了嗎？」

「反正他話很多。老是抱怨一堆事，但從來說不出他太太究竟怎麼了。」

「我以為她的人工關節發炎，必須再次取出之類的。他跟我說話的時候，我只懂一半。最近我還夢到他，真的。他晚上站在圍籬邊，大喊著：我肚子餓！」瑪麗亞笑出來，雖然這個記憶讓她全身起雞皮疙瘩。「我知道這個夢其實和斐莉琶有關，但是在夢裡就是洛雪先生。」

他們看著對方，露忒的手撫過她的肩膀。「這個……時期的好處是……」

「直說吧，產後憂鬱症。我已經進步到接受這個字，如果能幫助我擺脫這個狀況。」

「好處是它無論如何會消失，就像從惡夢中醒來。回顧的時候看起來真的像場夢。」

「在妳身上持續多久？」

「一個月，再加幾個星期的時好時壞。」

「兩個男孩呢？我是說……」

「妳覺得呢？」

「完全無感，一無所知。」

露忒點點頭，「這裡的這個小傢伙也會一樣。」

這是互相擁抱的正確時機，但是懷裡抱著嬰兒可沒辦法，於是瑪麗亞只是微笑著說：「那我就帶她一起出去一下。還有，謝了。」

「要是聽到洛雪先生的車聲，我會拉警報。」

她經過露臺的門走出房子。涼涼的空氣聞起來有蘋果的味道，來自運動型夫妻土地上的果樹，果實掉到地上，在草地裡腐爛。她笨拙地讓斐莉琶換個姿勢，看著她熟睡的臉。小嬰兒有長長的睫毛，她的眉毛是淺色毛茸茸的兩道，一個鈕扣似的鼻子和淺粉紅的嘴唇。這般觀察必定在她心裡引發些什麼，從可愛的特徵轉化成愛的感覺，憂鬱就藏在那裡。她抱著嬰兒走過庭院，在梣樹枝下彎腰，走到木工廠。單獨的大堂，這個規模讓她想到她學校的大廳。停車場的粗瀝青被鋸屑的痕跡所覆蓋，聯邦道路上交通繁忙。六年後，她懷中這個孩子會去上學，十年和十五年後繼續上學，她對未來所知不超出於此。只不過她依舊不會原諒自己造成的那些瘀青。那些永遠都在。

八點十五分，露忒關掉電視搖搖頭，顯然因為戈亞尼亞憤怒暴民的畫面而不安，他們朝著喪葬行列丟石頭。這次放射線意外的第一個犧牲者是個六歲的小女孩，在這種時刻，瑪麗亞覺得自己有種情感麻木，不只侷限於和斐莉琶的關係。露忒的眼睛含淚，她自己卻考慮晚餐要吃濃湯還是麵包。戈亞尼亞位在巴西內陸，距離巴伊亞州相當遙遠，對她而言還是相當重要。兩個撿垃圾的人發現一個密封的金屬桶，賣給一個廢料商，商人打開金屬桶，發現裡面有種閃著藍光的粉末，他六歲的姪女把粉末像亮光粉一樣抹在皮膚上，扮演嘉年華會女王。現在她躺在一個七百公斤重的棺材裡，以鉛和水泥打造，但沒有人知道，為何暴民向喪葬行列發洩怒氣。

「因此我才加入綠黨，」他們一起坐在桌邊的時候露忒說，「好讓這一切不會發生在我們這裡。」往走廊的門打開著，因為嬰兒對講機的電池沒電了。瑪麗亞短暫聆聽一下樓梯間的狀況，然後她們互視對方胃口大開。

「我父親最近也推動地方政治，」她說，「不過他的政黨並不特別注重環保。他說這是唯一當選的機會，成為他故鄉小村的某種地方主席。其實他從不曾對政治感興趣。」

「他為什麼想被推選出來？」

「他覺得自己還不到功成身退的時候。在他的村子裡，他算是深諳世事的知識分子，因為他曾在首都住過，在法國當過幾年廚房助手。」阿圖爾在電話裡散發不尋常的樂觀和躍躍欲試。瑪麗亞不知道他有什麼計畫，但或許涉及他的姊夫以及他的土地。「三十年來他都在餐廳裡聽著人們說話，他知道他們腦袋裡想什麼。說服拉帕的農夫們他是正確人選，對他而言易如反掌。」

露忒想回答什麼，但是止住然後舉起手來，「她醒了嗎？」

輕聲嗚咽穿透樓梯間。

「我去。」瑪麗亞說，站了起來。露忒來訪期間，嬰兒床放在臥室裡，好讓何暮德的妹妹有自己的空間。瑪麗亞走進臥室，她的女兒躺著，舞動著雙臂。聽起來像嗚咽的聲音，其實是她的體操造成的一連串聲響。床邊有個檯燈放著繽紛的小動物，守護著斐莉琶的睡眠。

「小斐莉琶。」她低語，然後慢慢走近。她女兒的動作看起來就像在自由落體遊戲當中嘗試維持平衡。露忒在她出生時送的小玩偶滑出嬰兒床的欄杆，瑪麗亞把玩偶撿起來，但是她沒有走回樓下，而是坐到地板上，伸展雙腿。她沒興趣說起她父親。「一星期前，」她低聲說，「我蹲在窗邊舔櫻桃樹的葉子。妳的媽媽這些天就是這樣子，相當瘋狂。下面那個女人，妳以為是妳媽媽，其實是妳的姑媽，她對妳很好，對我也很好。」對著嬰兒說話，起初感覺有點瘋狂，但是不比超市裡老婦人的亂親瘋狂。而且說葡萄牙語很舒服。「也許妳注意到我不是那麼有母性。妳爸爸認為，我們應該一起參加親子游泳斑。坦白說，我寧可被剃成光頭，但是也許他說得對。妳反正還太小，不會被這裡的方言口音傳染。等妳大一點，我們就把洛雪先生關在地下室裡，妳才不會有一天像他一樣說話，那會讓我**內在靈魂痛苦**，妳懂嗎？」她彎身向前，把小玩偶從欄杆間塞進去，撫摸斐莉琶的臉頰。她嗯嗯作聲，雙腳踢動。順著自發的衝動，瑪麗亞把她抱起來，然後一起躺到床上。「這違反規則，」她低聲說，

「妳應該學會一覺到底。我們周遭的人都很重視規則，但是妳和我，我們是葡萄牙人，現在我們想躺在大床上，規則可倒楣了。」斐莉琶有如想讓她的動作配合一定的韻律，她不了解的律動。她一再中斷，然後再重新激烈踢動。瑪麗亞想跟著做，但是她不想做過頭。這是她們幾週以來第一次自在相處。十分鐘後，斐莉琶的動作變慢，她一停下來，就閉上眼睛。瑪麗亞把食指放在她手裡，感覺她的反射性緊握，對自己說這是個跡象。過了一會兒，她的眼睛始終閉著。露忒在樓下講電話。瑪麗亞小心地把孩子放回嬰兒床上，對她說：「晚安，我的小可愛。等妳長大，試著不要恨我，好嗎？」然後她又下樓。

讓她驚訝的是何暮德已經到家，和露忒一起坐在桌邊，她進來的時候中斷原本的對話。

「我根本沒聽到你回來。」她說。

「我輕手輕腳地進來。她睡了？」

「我對她說，妳要是不安靜下來，就揍屁股。」露忒不太能接受這種笑話，但是何暮德笑了。

「妳好多了嗎？妳現在看起來比較好。」

「你是說變胖了。」

「也有，雖然妳還沒把自己的盤子清空。」

「唉，你要是留在伍珀塔就好了[28]。」她唱出來，坐到桌邊。瞬間她必須克制自己不要站到桌子

28　原本是首一九六八年德國暢銷曲〈如果留在杜塞多夫就好了〉。

上，大聲唱出那首歌。「不是這樣唱的嗎？」

「差不多。」

「洛雪先生剪樹籬的時候就唱這首歌，庭院裡的各種工作都有自己的歌。我會提起這個是因為有時會讓人以為我才是發瘋的那一個。」

「我不在的時候妳們喝了什麼嗎？」

「沒有。」露忒說。

「其實我們可以喝一杯啊。」她的腳趾在桌子底下玩著何暮德的腳踝。「我們地下室裡剛好有一瓶酒。」

「我多特蒙德的同事送的餞別禮。這個叫做格調。」

「拿上來！」她命令。

「我知道放在哪裡。」露忒站起來走出去。

他們面對面坐著一會兒，一句話都沒說。這段婚姻還很新，足以給她一種她第一次看到她丈夫的感覺。婚禮的時候她就有這種想法，在許多不認識的賓客之間。道地的鄉村慶典配上塞拉的酸酒，再加兩隻烤仔豬。女士們把頭髮盤成髮髻，男士們的領帶既寬又繽紛，像小孩的圍兜。他們沒去度蜜月，因為三天後學期就開始了。「她沒找到酒嗎？」瑪麗亞問。

「我想，她在洗衣間。」何暮德把眼鏡放在桌上，不時眨眼透露他有多疲累。

「我不希望她覺得自己像個電燈泡，更不要她把自己當女傭。」

「讓她去做，她喜歡做。妳要暫時迴避洗衣間。」

「德蕾莎和她還有連繫嗎？」

「什麼？」他驚訝地看著她，「妳怎麼會想到這個？」

「有可能啊。你說她們……」

「一定沒有。」他說，「她們很能理解彼此，但那是……不，一定沒有，真的。」

她站起來，繞過桌子，坐在他懷裡。寂靜之中，往事干擾的現實，以及「一定」這個字眼的迴響太嘈雜。他們共有的羞愧感，但是每個人都要承擔自己那一份。「你的骨頭能承受嗎？」她問。

「沒問題，我可以承受一些。」

「我從來不曾正式道歉。」

「我不想要妳這麼做。」

「我對你的指責是可怕的事。」

「不是妳，這是重點。」

「我也想這麼看，但是……」

「就這麼做。」他們接吻的時候，她長久以來第一次覺得想要更多。露忒似乎還要在洗衣間待一會兒。

「你付了尿布的錢，」她說，「給我們鄰居。」

「我想看一眼那個在門前偷塞紙條給我太太的傢伙。」

「你怎麼知道他是誰？」

「還有誰？我之前已經遇過他一次。」

「我今天在路上碰到他，我們要一起烤肉？他說那是你的建議。」

何暮德點頭。「他給人親切的印象。我從沒和他太太說過話，但是我們早上總是同一時間出發。事實上在這裡我們不認識外面任何人。」

短暫的情欲膨脹已經過去，取而代之的卻同樣感覺美好。真實，就像這裡的人的形容。她三十歲了，住在魯爾區過渡到西法倫的荒蕪地帶。她逐漸踏實，在可預見的時間內只有日常生活會造成威脅，身邊的男人顯得可靠，她運氣好。「幫我個忙。」她說，「走到樓下告訴露忒，我們想喝酒。」

「那是德國酒，不合妳的口味。」

「會出什麼亂子。一杯，然後我就醉了。」

「之後呢？」

「到時候再看看。」她說，站起身來。「我們有個小孩在房間裡，你妹妹睡在隔壁房間。」

他搖著頭把她拉回他懷裡。「我是說之後，等露忒離開這裡以後。冬天來的時候，等我申請職位，而且沒有成功的時候。我說：到時妳能忍受嗎？」

「過去幾個星期你沒有認識我最好的一面，但是我可以不一樣。我比你想的堅強。」

「我曾經認識過妳嗎？我有時會在汽車裡自問。」

「在車裡？」

「我的思考時間。」

「我該說什麼？就算不是——一切都還沒有過去。」

「我希望永遠不要結束。」

「你那時對一個修士這麼說實在輕浮。我站在一邊想著：他說葡萄牙語，也許不知道他在說什麼。坦白說，我也不確定。你的發音有點……」他試著搔她癢，但是她擺脫他的掌握，拍著手。「現在夠了，到下面去告訴女傭，她應該奉上酒水了。」

何暮德笑著走出去，她坐到窗邊。快速的雲朵飛過月亮。洛雪家的所有窗戶已暗，只有大門上的燈還亮著。樹的另一邊，白色泛光燈照射著木工廠，庭院一片寂靜，瑪麗亞相信自己聽見了。

12

每次告別都一樣。她和何暮德站在新的總站鋼管屋頂下，祝他返家順利，在他開口之前，她已經知道答案，「下回見，不論何時。」然後他的笑容顯得無力，她努力擠出笑容，兩者反映出他們的婚姻狀態。那一回激烈爭吵已經過去八個月，他們繼續每四到五週相聚一次，隔段時間就打電話，何暮德無理地宣稱這個間隔越來越長。除此之外，他們只關心各自的工作。波昂新頒定的學程規定並未防堵改革混亂，而混亂在劇場裡反正是日常的一部分。無論如何，這段時間以來可以感覺到活力。去年秋天的慶祝會大成功，從那時起，報紙專欄都提到麥凌恩導演和團隊的新開展。柏林劇院重新被視為前衛舞臺，他的新互動形式實驗在某些觀察家眼中具有指標意義。「以劇場作為未來實驗室」，最近《每日鏡報》的一篇文章這麼寫著，作者側面了解之後斷言，觀眾參與製作過程釋放創造潛力，長久以來卻一直被忽視。波里斯．楊科寫道，很可能「觀眾」這個概念很快就必須被重新定義。是瑪麗亞說服法克進行實驗的優點，沒有太執著在財務問題上。這符合他本來就不追求成品的工作方式。入冬以來，他雖然抱怨兩個帶著相機的書呆子出現在每週排演，但是他也喜歡剪接出來的毛片，片子後來被放到網路上。登錄贊助者數字上升，平均年齡三十二歲。法克每個月邀請大家上線聊天，他盡說大話：直到目前，城市劇場不畏任何攻擊保持菁英地位，但是數位革命將動搖這個地位。他已經在想一齣戲，這齣戲永遠不會離開排演室，只能在網路上觀賞。

就連這個狀態也很典型：何暮德搭的火車一開走，她往快鐵走去，其他想法就浮上表面。他的探望變成例行公事，她有時比較期待，有時沒那麼期待，正如他有時比較靈巧有時比較笨拙地隱藏他在公寓裡的不自在。晚上他們出去，喝酒，和對方做愛，但是正常的表面光彩越來越黯淡，逐漸消逝。他們舉棋不定。瑪麗亞最近想知道他為何在假期當中也到大學去，而不是像從前那樣在家工作，他表示，如果他發生心臟病，會死在客廳裡躺好幾天而不會被發現。這個答案是典型的病態，卻令人厭惡地真實。在兩通電話之間有時相隔三天或四天，而他知道她對非理性憂慮的敏感。

她不知道該怎麼辦的時候，就在路上打電話給彼得·卡洛，詢問事情的進展。出版社不久前搬到劇場附近的新辦公室，里尼恩街一幢改建過的公寓，喬遷的時候舉行簡單的香檳招待會，老闆發表談話，宣布卡洛及克里格出版社明年的計畫性擴展。相關人力擴充就在眼前。瑪麗亞微笑地站在同仁和賓客形成的半圓裡，知道話裡指的是誰。人文科學企畫主管是這個模糊職缺的名稱。五月或六月，彼得會丟出魚餌，何暮德應該會咬……

此時已是四月，六點二十分的涼爽夏夜。電話貼著耳朵，她在快鐵站沃蘭克街下車，看著熟悉的整排房屋。從前，邊界沿著鐵路堤，舒徹街在東邊，只有特別忠於正確路線的人才准住在冷戰時期的最前線。後排房子變成無人地帶，側邊的房子直到今日還是沒有向後的窗戶。過去幾個月，彼得告誡她不應過度關注這件事，她已經聽過幾百次了。沒人會在非緊急情況下放棄教授職，更別提是為了在一個力爭上游但還很小的出版社任職，薪水明顯減少，又沒什麼聲望可言。或許是這樣，她想著，離開車站，兩分鐘後站在她的房子前面。

「換句話說，」他問，「B計畫是什麼？」

一定要成功，她想著，並且承認沒有替代方案。與其逐步改善情況，她寄望夏天，然後帶著一絲悔意返回她空蕩的房間。何暮德很常忘東忘西，一隻襪子，他的行事曆，或是原子筆，今天他忘了一本口袋書，標題是《維特根斯坦語言哲學裡的生活型態衝突》。這時她拿起書，不由得想起亞莉山德拉最近在辦公室播放過的一首歌，〈你必須離去時最美〉。

「就是現在嗎？」她問，「共同生活二十年後突然同床異夢？我在波昂無聊，但是我們的婚姻比較好。我常想，我以前對他晚上回家的期待，比我現在對他來訪的期待強烈。」

「我剛想講，如果妳沒有替代方案，會把我身上的壓力變得相當強。」

「你決定什麼對出版社最好。」

「妳知道我。」

「如果你違背你更好的認知，我會知道，然後告訴你，你不該這麼做。」

「無所謂，這對你們有意義？」

「是。」

「會有什麼意義呢？」

「不要問我。」她手裡打開的書呈現認真閱讀的痕跡：直線和橫線，還有潦草的評論，還延伸到另外一張放進去的紙條。有個特別醒目標示的句子是：「因此我們能從維特根斯坦那裡學到一些行動方式，這些方式能解決生活形式之間的衝突，而且我們能認知到這是種熟悉的方式，我們不應被說服我們無能這般行事。」昨天看完電影後，他們的對話圍繞著何暮德是否該找人來整理維納斯山荒蕪的庭院。他不知道該找誰，而她不在乎。

「妳曾經考慮過離婚嗎？」彼得問。

「以前比現在想，從來都不曾認真考慮。」

「答案應該就是了。」

「應該說我拒絕接受我們的婚姻失敗是因為我搬家。我們已經撐過一些艱困時期。你問自己，這個決定對你的出版社會有何後果。其他的事不是你的責任。」她的手機發出來電通知，也許何暮德坐在火車上找不到書，她樂得中斷對話。這個婚姻危機持續越久，和第三方談的需求就越小。「我必須掛斷了，」她說，「如果他再到柏林來，我會告訴你，然後你們可以見個面。也許六月初。」幾星期以來，一場頑固的感冒揮之不去，讓她頭昏腦脹，晚上突然發汗。掛斷電話之後，她看到螢幕顯示的是法克的名字，不是她丈夫。她稍微喘口氣，按下按鈕，把一絲不耐煩混到聲音裡。「就不能等到明天。」

「我們必須到漢堡去，」他沒打招呼就說，「妳和我，最遲五月初。我要讓妳看些東西。」

「看什麼？」

「妳到時候就知道。妳必須告訴萊哈特我們要用車，他老是開著車到處跑，我覺得他在車裡的時間比在辦公室或是工作室裡的時間長。」

「那排演怎麼辦？」

「我們找個星期五出發，大概四、五點。」

「我還沒開過那部車。」

「那是四輪的車子之一。而且我不需要司機，我只是必須給妳看些東西。別在那裡裝模作樣，我是妳的老闆。」

「當然，老闆。你倒是讓我知道，為什麼不能等到明天再談？」

「我要是去排演，萊哈特就會巴結地到妳的辦公室，問妳哥本哈根的舞臺劇怎麼樣了。我聽說他目前每天都這麼做，他緊張嗎？」

外面有部快鐵駛進車站。穿過夜晚的空車，這就是她每天結束時看到的景象，而非從前在客廳裡的交談。「我回答他什麼？」她問。

「告訴他，為了私人用途最好自己買部車。現在是星期天晚上，我哪裡打擾妳？」

「打擾我思考。」

「思考什麼？」

「沒什麼和劇場相關的。我只是想一些事情。有些人在週末做這些事，所謂的正常人。」

「是那些為了日常生活和婚姻困境而煩惱的人，對吧？妳知道妳可以跟我攤開來談。」

她以短暫沉默表達對他譏嘲問題的反感。法克的夜間電話日漸增加。哥本哈根的客座演出越來越近，他堅持他只以新的布景在那裡演出，但他不透露新布景是什麼樣子。萊哈特每次離開她的辦公室都搖著頭說，會變得更糟。「其他還有什麼事嗎？」她問。

「我們從來不談私人的事。最近在首演慶祝會的時候，妳沒有把妳女兒介紹給我認識。她對於妳為我工作感到奇怪嗎？她究竟幾歲了？」

「五月的時候就二十歲了。」

「她覺得奇怪嗎？」

「她和她女朋友一起參加慶祝會，對新認識的人沒什麼興趣。下次有機會我介紹你們認識，然後你就可以自己問她。」

「我也看過妳先生，我是指你們兩個，昨天晚上在巴比倫中央電影院前面。也許那是妳先生，我不認識他，不過他看起來像個教授。」

「我以為你不進電影院，」她說，「還是你在我背後窺探？」

「我可以找個藉口說我是去對面的情趣用品店，但我不會這麼做。我在人民劇院。」

「你從何時起又到人民劇院去？」

「我想看高柏．史夸德。看他們怎麼把電影和影片裝置到舞臺上。」他似乎是一個人，一邊說話一邊正在弄什麼東西，聲音聽起來像酒瓶和酒杯。「我沒被嚇倒，了解得也不多。好像是和安迪．沃荷、一九六五年和當時拍的那些無聊電影。從那時起我就一直想著復古前衛這個字眼。看看吧，也許我會把它用在某個地方。」

「會怎麼用？」

「沒概念，已經不前衛，於是人們就用從前的前衛，就像現在大家又戴上曼雷太陽眼鏡。」

「你是指雷朋吧。那不一樣，不是復古。」

「無所謂。」他笑了一聲，匆促的笑聲。「所以那是妳先生。你們看了什麼電影，《愛情期望》？」法克聊得起勁時，比他想吵架的時候更要特別注意。如果劇場裡的傳言可信，他和亞莉克絲分手只是時間問題。「我走過去的時候看到片名，然後我想：聽起來相當沉悶，我是說聽起來像是你會喜歡的電影。」

一瞬間她對這通電話的厭惡強烈到想掛斷，但是她克制自己，在廚房餐桌邊坐下，雖然喉嚨沙啞還是點上一根菸。「故事比片名來得好。」

「妳到底有沒有喜歡過我導的戲？」他問，「還是早在當時就只是為了消磨時間？妳喜歡格呂柏、契訶夫和妳憂鬱的日本人，一切徒勞無益的東西。如果妳一成不變，那麼妳不可能喜歡我做的東西。」

「我不是一成不變的人，這樣有個好處，讓我容易喜歡任何東西，我不必像你一樣質問自己的原則。」

「我知道《屠宰場》的問題出在哪裡了。」稍微挑釁過她之後，他換了種口氣，談到他真正的主題。這齣戲從秋天之後就不再列入公演計畫，但是還必須在哥本哈根公演兩次，全體人員不是那麼期待。「我想重拾一些早已解決的東西，揭露個人的墮落並沒有意義，因為一向都會成功，卻沒有切中問題。即使宣稱個體是系統畜生依舊過時而且很廉價。此外我開始複製我自己，我的名字和一些特定字眼連在一起，麥凌恩繞舌、機器人角色。妳覺得我應該改編其他人的劇本嗎？莎士比亞之類的？從註冊商標到墓碑不過一步之遙。」

「如果我對媒體的理解無誤，我們相當受歡迎。」她回答，「拜託你放過《羅密歐與茱麗葉》。」

「我最近看到新 **iPhone** 的廣告影片，在我腦子裡揮之不去。手機十一月九日在德國上市。一點沒開玩笑，這個集團真的知道自己在做什麼：他們創造歷史，只是他們的進步在於掩蓋過去。嘿，這是個好句子：他們掩蓋歷史。我們講電話的時候妳做筆記嗎？」

「你看了新手機的影片，然後了解到自己的時代已經過去？」

「那不是手機，」他說，突然間他聽起來像喝醉了，「那是未來。」

「一支有許多附加功能的手機。使用它是為了打電話給朋友。」

「為了使用它才打電話給朋友。怎麼用？愛撫它，肌膚親密當作使用模式，就像人與人之間，這是真正的革新。未來許多男人會對他們的手機比對妻子好。妳以為我們還能改變這些？」

「改變什麼？」

「一切。新的舞臺，新的劇目，新的劇本。《屠宰場》已經變古董，我不想帶著這齣戲到哥本哈根。」

「而是？」瑪麗亞警覺地問，「我們以這齣戲接受邀請。他們已經開始翻譯字幕。」

「那又怎樣？我為什麼要有自己的劇團。」

「不要在哥本哈根。我們先去公演，然後再排演新劇。」

「這是由妳決定嗎？」

「法克，聽我說！」

「妳還記得那個叛逃賤貨的研究嗎？售票在藝術的製作和消費之間劃出界線。我說排除異己的是舞臺，舞臺標定權威：上面宣揚，下面傾聽。但權威是昨日的事，我沒有注意到，因為我是來自二十世紀的白痴。一說起系統我就想到強迫、制服和祕密警察，但是我們掉入實現自己的期望這個圈套當中。系統安撫我們，我們的撫摸只是回應，某種反饋，某種融合。換句話說，我低價出售我自己。」

「法克，你聽到我說的：你的企圖是個瘋狂的點子。你把整個客座演出……都賭上了。」

「不是接受命令。」他不受干擾地繼續，「我們讓自己被設定成追隨，這樣我們就省了服從。這也適用在妳身上，嗶嗶：我們下星期到漢堡去，之後我們去吃飯，然後討論整件事。我有一堆點子。現在我讓妳繼續思考和我無關的問題。和萊哈特說一下。」

「我不要和你去吃飯，」她說，「其他的……」

「告訴他應該讓車通風一下，我不喜歡他的手藝人汗臭。」

「你怎麼了？你喝醉了？」

「是，我喝醉了。兩杯之後就醉了，就和從前一樣，我一點都沒變，我還是忠於我自己。這是我擺脫潮流的方式。」

「在家裡發脾氣？」

「我沒有家。」他說，瞬間發怒。「沒有，不需要也不想要。家是像妳這種人的事。」然後他掛斷電話。

外面，下一列火車駛進快鐵車站。前方的樹木還像冬天一樣光禿禿的，但是瑪麗亞打開廚房窗戶，覺得風比前幾天柔和，帶著春天的氣息。她放棄最後一根香菸，而是寫了一封郵件給雷娜，建議延遲她們的下一回聚會。她想先把感冒養好。她在剛過十一點的時候撥打何暮德的手機號碼，無法連上線。十一點半也沒有接，或許他正坐在車裡，期待冰箱裡的那瓶酒。她每次和法克說話之後都疲累而且不安，想上床睡覺，也知道自己將無法入眠。

最後她站到窗邊，還是又抽了一根。

舒徹街的房子都有小庭院。後方有條柏油小路給人散步和慢跑，當時這條路上必定有武裝邊界警衛巡視。她每次站在這裡，晚上在路燈的刺眼光線下，就會想像這一幕。車站位在東柏林區域，只能由西邊出入。通道在軌道下方，兩分鐘內就可以走到月臺，那是最近才興建的，她的一個鄰居曾告訴過她。需要公民倡議才得以完成這個計畫。街道再過去百餘公尺有一排車庫，屬於一個登記有案的協會，一塊牌子掛在前面，舒徹街車庫聯合會。最近她注意到，目前她在德國生活的時間已經比在葡萄牙長，但還是一再對她選擇的家鄉感到驚奇。這個車庫聯合會一定有個主席和章程，而且耶誕節前會開慶祝會。在電影院大廳裡，她對何暮德敘述這件事，從眼神可以看出他正在思考她真正想對他說的是什麼。十一點四十五分她留言給他，告訴他過幾天會再試著聯絡他。有種德國典型的實事求是，背後卻藏著些什麼，她的丈夫也是如此，有種逆來順受的性格，偽裝成對無名權力的信賴，這權力的唯一價值在於出錯的時候，大家可以把他們的罪惡推到它們身上。他最後表示這可能有幾分正確。這和超過四十年的時間都由外來權力作主有關係嗎？也許，她想，走進浴室。或許沒有關係。
無論如何，冷戰並不能解釋，除了期望改善之外，為何她個人也沒多做些什麼。

接下來兩個星期一切如常運作：開會、會談和一般衝突。法克一直推延客座演出討論，為劇場帶來緊張，印證了瑪麗亞的疑慮，果然和計畫中的漢堡行有關。她已經寫信給斐莉琵說因為工作必須到北邊，但還不確定她的時間是否能讓她們碰頭。有點蠢的郵件，但是她不想到漢堡又不告訴她女兒。斐莉琵和她的女友到柏林來已經是三個月前的事，短暫的拜訪，事先瑪麗亞就被嚴正請求，這三天之內不要在公寓裡抽菸，不要說出反天主教的話——她根本不記得自己曾經做過這種事。她做好心理準備，訪客可能和她母親相似；她有種不安的想像，這想像卻和這女友不太相符，也不太符合大家對一個攻讀營養科學的女同志的期待。嘉布麗愛拉比斐莉琵年長六歲，外表並不顯眼，彬彬有禮，而且有點呆板，但絕不複雜，和斐莉琵本身相反，她的舉止介於服從和遊戲似的任性，甚至給瑪麗亞一種明顯幼稚的印象。

她和雷娜約在四月最後一個星期六。自從慶祝活動以來，她們一起出去過幾次，通常去酒吧，瑪麗亞走進去的時候，全體的平均年齡就呈跳躍式增加。她星期四發簡訊給她的同事，覺得自己已經老得不好到佛立德里西海因消磨一晚，就臨時改約在舒徹街。雷娜準時八點半走上樓梯，遞給瑪麗亞一瓶酒，先問：「我的腳踏車放在房子前面會被偷嗎？」
「有可能。哈囉。」她把臉頰湊向同事。「最好牽進公寓裡，院子裡已經有些腳踏車失蹤了。」

雷娜轉著眼珠子，把酒塞到她手裡，再次跑下樓。瑪麗亞在開著的門邊等著，雖然她已經有一輛腳踏車，目前卻還未能找出到市中心的腳踏車道，而在潘寇她只對公寓周圍比較熟悉。這裡有家叫龍穴的可疑酒吧，兩家除毛和日晒中心，刺青的機會比買到好酒的機會多。如果她的計畫成功，何暮德到柏林來，他們會搬到另一區。他上次來訪時，對她公寓簡單制式的裝潢表示，這種展演似的無格調藏著些不正經，但是雷娜牽著腳踏車回來放好的時候，她滿意地看著走廊上赤裸的燈泡和空蕩蕩的牆壁。「所以妳住的地方長這樣。」她說，「妳最近說起妳最初不知道如何報稅，我還想著典型的教授太太。那個五十歲的時候說『現在終於該是以我為主』的女人，二十年來只關心嗜好的那個女人。」

「妳喜歡這裡真好。此外我現在才四十九歲，已經知道怎麼報稅。」

「我想說這間公寓讓我平靜。看起來就像妳才剛搬進來。」同事的臉上掛著大大的笑容，隨著她走進廚房。「科隆那件事似乎能成功，我百分之九十五能拿到那個工作，也許因此才覺得一切那麼美好。電話今天早上來了。」

「恭喜。」

「恭喜。」雷娜學著她平靜的語氣。「條件還不是那麼清楚。我告訴她們，只有配給助理的情況下我才做，但是我當然也會單獨前往。我的第一個全職工作，三十四歲，我對自己感到驕傲。」

「不要被我的語調誤導，我為妳感到高興。」

「妳心情不好嗎？」

「感冒還沒好。我必須少抽點菸，可是卻辦不到。」

「是因為我和代理執行人睡覺嗎？反正他的婚姻已經完全破碎。我不是第一個，而且他很快又會有其他人。」

「真令人欣慰。」

「而且那也不是關鍵。妳當時在電話上說：是，沒問題，那時候我就覺得奇怪。妳還記得嗎？」

「我這麼說了嗎？」瑪麗亞一邊倒酒，一邊想起另一些話。「而且妳和誰上床也不關我的事。妳什麼時候開始在科隆的工作？」

「九月，就在哥本哈根之後。」雷娜聳著肩膀，對女性而言是相當寬的肩膀。她以前是耐力訓練師，她還保留著運動的野心。「這城市不壞，而且我喜歡卡琳・拜爾。她會有點成就。」

「妳已經很餓了嗎？我什麼都沒煮。」

「我直接從劇場過來。和罪犯們排演。」

與其再次出門或是叫外送，她們決定吃冷凍披薩和沙拉。雷娜述說和她一起在柏林劇場創作劇本、有前科的青少年，瑪麗亞想著十五年雖然不意謂著世代差異，但足以造成偶爾誤解。她在劇場有許多三十歲上下的同事，在他們之間她表現得比事實上要來得無牽無掛。出於最初的內在渴望，在當了十五年的波昂中產階級之後，她覺得這種渴望就和同事的開放及年輕氣息一樣有解放效果。很難說從那時起有何改變。在柏林工作實現她的夢想，但現在她經常坐在餐廳裡，聽著她其實覺得沒品而非有趣的笑話而笑著。她感冒起初是原因，後來是讓她早點離開劇場的藉口，好多些時間在家裡度過。冬天她開始再次閱讀她從前覺得重要的小說，她就像當時一樣喜歡《細雪》，但是從頁緣的短註和筆記她知道今日的看法已異於往昔，令她深思的已不再是叛逆的么女而是沉默的三姊。她覺得《美麗與哀愁》裡的女畫家音子比離經叛道的情人更有意思，而且她注意到川端經常描繪老去女性的綻放之美，其實這些女性的年齡和雷娜差不多。雷娜這時捲起袖子，切著番茄，說起柏林劇場有兩個演員談戀愛，還把他們的關係壓力帶進劇團裡。雖然她一週只工作兩天，卻對劇場裡的事瞭若指掌。她和亞莉克絲經常一起去吃飯，也許因此對導演計畫和他的個人助理到漢堡的事一清二楚。法克把日期定在下個星期五。「如果我能問一下，這是怎麼回事？你們何時開始一起出遊？」

「我們稱之為：公務行程。他想讓我看些東西，把這弄成個大祕密。萊哈特一想到這可能和哥本哈根的演出有關就失眠。我反而比較擔心法克還要修改劇本。」這說明他為何在六月的排演表裡留了一大段的空窗期。雷娜的眼光透露她擔心的是亞莉克絲因為假定的出遊而飽受折磨，因此瑪麗亞就轉了個話題。「我需要妳的建議，無關漢堡行程，那個必須走著瞧。和波里斯．楊科有關，我和他碰過頭，一開始我自以為聰明：和他聊聊，讓他保持好心情，然後他為我們劇團寫些好話。他也的確這麼做，但是他的好奇心並不滿足。」

「他想知道什麼？」

「一切，而且他很有技巧，不僅從我這裡問出一切，還說出他自己的研究。我必須不斷提醒自己不要說太多。」

「妳知道法克對忠誠的定義。」

「他這麼說，其實只是純粹大男人主義姿態：我是妳的老闆，我說什麼妳照做。」

「問題是，他真的是妳的老闆。」

楊科和她第一次碰面是在人民劇院旁邊一家咖啡廳，他建議的地點，瑪麗亞前往是因為以書面回答他的問題越來越花時間。除此之外，她對這次會面並不抱什麼期望。但楊科是個令人愉快的談話對象，很幽默，對她的尊重不下於他著作裡的主人翁，毫不掩飾地稱之為他的畢生之作。十年前他開始寫，當時他害怕麥凌恩的偉大時期已成過去。如他所說，他似乎認為她就像他一樣注意法克的生涯發展；他和人民劇院的決裂，公然發作的挑釁，《寄生蟲或新式宿主》之後沉默多年，那是迄今的最大成功。瑪麗亞著迷傾聽，避免表現出大部分對她而言都是新鮮事。

「妳知道楊科甚至提到法克最早的劇作嗎？」她問雷娜，「一部學生時代的創作，他從那時起就看遍所有作品。」

「相反地，法克卻覺得他是個弱智。」

「因為他喜歡踐踏敬佩他的人，讓他看起來超然獨特，加倍享受：他人的讚賞加上自己的輕視。」

「妳會說自己很了解他嗎？」

「反正是越來越了解他了。」

兩個鐘頭的聚會飛逝，然後楊科開始發問，不再說那麼多，他問瑪麗亞是否聽過謠傳，說麥凌恩的父親是祕密警察高官；或是另一個謠傳說他父親曾在包岑入獄。最後一個謠傳是上述兩個傳言都是空穴來風，甚至是法克自行散播的謠言。她好一陣子才明白，楊科在這第一次的會面並非尋找新消息，而是想測試將她當作消息來源能有多大用處。

「妳知道怎麼使用瓦斯烤箱？」這時她問，「我想要先預熱。」

「妳在波昂當然有傭人可以幫妳做這些事。」

「不僅如此，我一直都覺得閱讀的時候要翻頁很累。」

「說認真的。」雷娜笑著說。「最近妳提到法克怎麼邀妳來工作。劇場裡沒人知道妳是從哪裡突然冒出來的。妳也不曾說起妳以前是做什麼的。」

「他問過我兩次。」她把兩片披薩從塑膠袋裡取出，讓雷娜完成其他步驟。「第一次是九八年秋天，當時我女兒十一歲，我不太能接受一個在柏林的工作。取而代之的是，我在社區大學開課。此外我還擔任聖奧古斯丁城的文化專員三個月，聽起來像嘉年華頭銜，但真的是個工作。」

「為什麼只有三個月？」

「因為我不認識任何人，也不知道應該籌畫哪些活動。我知道妳在想什麼，標準的教授夫人。或許吧。當時一切都從一棟醜到不行的建築裡的辦公室開始，不，應該是我其實並不想要這份工作，我只想測試自己能申請工作到什麼地步。幾星期後我坐在一條走廊裡，裡面的人幾百年來彼此熟識，互相開著圈內人的玩笑。」她們拿著酒杯站到窗邊。鐵路堤另一側，一輛救護車旋轉的藍光照亮外牆。她腦海裡閃過幾個名字。接待處和善的女士叫做維特寇夫斯基。玻多爾夫市長從來不只在門外打招呼，一定走進來和她握手。「第一個活動，」她說，「還是前任在她懷孕前籌畫的，在萊夫埃森銀行展出當地藝術家作品。水彩畫。你知道伍迪·艾倫的諷刺劇《如果印象畫家是牙醫》嗎？那一回他們真是如此。此外我不可能敘述這個故事而不顯得高傲。試著忽略這些。我不是高傲，只是陌生。」

「所以妳就辭職了。」

「還沒。展覽過後我收到一些人的手寫信，向我表示感謝。當時我才上任十天，每天早晨必須在電車裡重複我至少撐過試用期的誓言。即將到達聖奧古斯丁之前會經過一家葡萄牙餐館，至少當時還是。我對自己說，總有一天要在中午休息時去這家餐館，和故鄉人聊個天。我在家不常說葡萄牙文，因為我女兒認為我是頭蠢母牛，最好以法克對待記者的方式來對待我。」她五月上任，但是當她終於決定去那家餐廳的時候已經七月，而試用期幾乎快要結束了。她還記得那是個悶熱的夏日，市長在上午通知她，希望她繼續工作，尤其是每週的文化談話會非常受歡迎，已經被鄰近地區複製。「我想靜靜考慮，於是走進餐廳，有個老先生立刻和我攀談，他是那裡的常客，一個退休的律師和滑翔機愛好者。我沒有思考我的未來，反而聽著他說故事。喝咖啡的時候，他讓我看某個飛翔老人的標誌，表示我應該一起去。他的飛機是兩人座，而且起飛場地就在附近。我搭車經過的時候也看到過。」

雷娜一手撐著臉，另一隻手從沙拉碗裡撈出番茄塊。「我總說高跟鞋的唯一合理用途就是可以給這種人一腳。妳怎麼回答？」

「妳會以為我瘋了，但是我有種感覺……不清楚，我就說好。人有幾次機會能真正不假思索地行動。」

「人不會上陌生男人的車。如果他們有飛機當然另當別論。隨便啦，繼續說。」

「餐館主人認識他，而且他雖然調情，但主要是他喜歡聽自己說話。突然間他開始說起也還在荷蘭的一艘船。那時我們已經在飛機場，而我已經沒在聽。那是我第一次坐上一部滑翔機。機體被絞盤拉住，陡直升高，鬆開纜繩，只有輕微的震動。我們在萊茵河谷上方兩小時，飛過七嶺山。起初他不停地說話，然後我對他說我想安靜地享受這個視野，他也就不說話了。如果妳有機會一定要試試看，我大為推薦。」

「沒有動手動腳？」

「我們一前一後坐在小小的飛機艙裡，我坐後面。」

「之後呢？」

「我表示謝意，他載我去搭軌道車，吻我的手道別。之後我再也沒有去上班，我請病假，然後以書面聲明在試用期後解除合約。出於私人因素。從那時起我就沒有工作，一直到劇場才又開始。因此沒人知道我突然從哪裡冒出來。」

雷娜深吸一口氣，屏息，然後點點頭。「出於什麼私人因素？」

「我在飛機上明白了，我再也不想委曲求全。我因此決定等待，直到斐莉琶年紀夠大為止，然後搬到柏林。緊急的話，就算沒有工作，獨自前來也要這麼做。那是我長久以來第一次自己做決定。我真的感覺良好，至少好一會兒。」

「妳怎麼告訴妳先生的？」

「我告訴他發生了什麼事，告訴他我決定放棄那個工作。他覺得飛機那事真是瘋了，對第二件事表示理解。柏林的事我一字未提。」她聳了聳肩，就像說起一件尋常的事。她的確覺得現在談起的那個女人既陌生又熟悉。她一直都有點情緒化，但是在那些年變成奇怪的反覆無常。前一刻喜歡，下一刻覺得毫無可能，好比和一個上了年紀的好色之徒調情，那人在飛行之後絕不想輕易放棄，不像她剛才宣稱的那樣。

「私底下妳還始終以為妳的地方其實在波昂。」雷娜說，「這是我從故事裡聽出的訊息。」

「還好至少有個人了解我。妳也是天主教徒？」

「我根本不了解妳，妳是……」她的同事做了個姿勢就像想說：無可救藥。「這是妳的生活！」

「妳看，因此我對妳想和執行長上床一句話也沒說。這不只是我的生活，也是我的婚姻和我的家庭。我聽著年輕女性說話，就經常想，她們是如此解放，她們根本不知道從什麼被解放出來。」

「不是我們的錯。」

「尤其不是妳們的成就。」

「所以妳沒有到柏林來，而是等到妳女兒離家，否則妳無法面對自己的良心。」

「對。」

「但是等待不是行動。妳整天都做些什麼？」

「每天填滿生活的事。家事、看書、瑜珈。電影和影集。這裡沒有電視，妳看到了嗎？這是我給自己的條件。有電視我就不會讓我自己搬家。」

「如果法克沒有再次找妳來接這個工作會怎樣？」

「不知道。」她說，「但是我可以告訴妳讓我惱火的事：面對我丈夫，我必須為我搬到柏林辯解。我和妳說話的時候，妳斜眼看著我，因為我在波昂停留這麼久。那並非難以忍受，妳了解嗎？我們晚上坐在客廳裡聊天，現在我有工作而且獨自一人。面對他，我嘗試喚起另一種印象，但是並不一貫認定哪種生活比較好。我很想兩種都要，就像他一直同時擁有兩種。要我必須二選一並不公平。」

雷娜打開烤箱門的時候，一股熱氣充滿小小的廚房。「妳到聖奧古斯丁上任是法克第一次要妳來柏林的時候？」

「那之後兩年還三年。除去劇場的工作，那是我當時或許可以做的工作。我是指『委曲求全』。但是我已經沒興趣這麼做了。」

「妳寧可看電視和影集。」

「對。」她說。「我並不為我自己感到驕傲，所以注意妳接下來要說的話。和代理執行長上床好玩嗎？我可都沒問起。」

兩個小時後，披薩吃完，酒喝光了，雷娜道別的時候說：「我們下次再繼續聊。」之後瑪麗亞醒著躺在床上，屋前的路燈在房間屋頂上映照出菱形的光點，但是讓她睡不著的不是光線，是一個才慢慢成形的想法。通常她前往工作的路上會穿過奧古斯特街，她就在畫廊的櫥窗裡尋找可能適合波昂客廳那個位置的東西，原本掛著皮拉爾畫作的地方。何暮德宣稱自己對這些沒有眼光，因此找到替代品是她的責任。每次她找到自己喜歡的就感到喜悅，卻很快轉成遺憾。然後她看到自己坐在沙發上，那個她度過無數個下午的地方。她在思緒裡聽到屋門的聲音，把書放在一邊，走向她的丈夫。她曾經想過她有一天可能會渴望這些嗎？她現在正渴望著，同時生氣自己告訴雷娜在波昂一切都沒問題。事實上那是種持續麻醉的狀態，她放在手邊的大部分時候都不是書，而是電視遙控器。她晚上晚一點才會拿起書，聽著屋子裡的寂靜而非閱讀。牆上掛著一幅女友人的畫，這個友人畫些俗氣的作品而讓生命有所成就。斐莉琶的房間傳出輕微的音樂聲，樓上工作室傳出何暮德單調的鍵盤聲，從她的位置幾乎聽不到。一點都不對勁，她想著，就像……完全就像現在。

只是沒那麼安靜。

13

房子寬敞明亮，即使如此她在裡面還是覺得不舒服。建在城邊的坡地上，石礫庭院環繞，改建之後就有兩個陽臺和大得超乎尋常的窗戶，朝著每個方向。朝北可看到通往墓園滿覆無花果樹的小徑，瑪麗亞如果把臉貼著玻璃就可以看到發電風車，聳立在拉帕綿延的山丘上，為山區提供綠色電能。她朝前方看著把村子切割成新舊部分的那條河，夏天只是涓涓細流；再過去是從國外返鄉的人所蓋的養老房舍，她雙親的房子在這一側是最大的。地方代表阿圖爾・維克多・安東尼歐・帕萊拉的雙層住宅，挺著變得圓滾滾的肚子走過村落街巷，對每個居民都張開耳朵傾聽，說上幾句鼓勵的話語。**拉帕的教父**，何暮德今天早上開玩笑地說。

她們昨天從里斯本開著租來的車抵達，穿過酷熱的五小時路程，如往常繞過梅阿拉達，好購買露德絲指定的烤乳豬，那個臭味還一直懸在鼻尖。她到達的消息讓半個村子的人聚集到教堂廣場，斐莉琶被輪流抱著，露德絲哭了，阿圖爾用手帕擦眼睛，直到她的眼淚也潰堤為止。一邊取笑自己的眼淚，陌生老人簇擁著他們，喜悅得就像自己的女兒返鄉一般。之後她從客房越過山丘遠眺，心裡對自己說著這幾天的咒語：只要一星期，然後我們就開車去海邊。

「和他談談，小瑪麗亞。」

此時將近中午。死掉的沙丁魚從廚房流理檯呆望著虛空，桌上是一盆馬鈴薯，削完大概要兩小時。露德絲穿著藍色工作服坐在她對面，手裡拿著把刀，說的並非她的德國女婿，儘管存在一切文化及語言隔閡，她還是衷心接納他，因為他是她所謂顧家的人，這是何暮德目前躺在陽臺上看書贏得的稱號，露德絲正一邊抱怨的是祖阿嗚可能行為不軌，因為他正過著一種今日看來完全正常的生活。

「妳是他姊姊。」她說。

「他年紀夠大了，媽。而且他不聽任何人勸，就連我說的話也不聽。」

「如果他們要一起住就必須結婚。」

「如果他們不想就不必結婚，他們倆都不想。」

「不要說他們倆——說他！一個女人怎麼可以……」露德絲毫不諒解地搖頭。瑪麗亞伸手越過桌子把那一盆馬鈴薯拉過來。一旁沒人在意的電視開著。

「這我來就好。」露德絲又把那一盆拉過去。「妳去招呼妳丈夫。」

「他如果需要什麼會自己說。妳知道，在里斯本大家不那麼在意鄰居怎麼想。」

「那她的父母親呢？瑪麗亞—安東妮亞，他們一定要結婚！」

「我不能強迫他們。妳在想什麼？」她才見過費南妲一次，就產生一種她不想挑明來說的好印象，不然聽起來就會像她母親說的話一樣。說服她弟弟結婚的每一回嘗試都只是浪費時間。每個人都明白，除了露德絲。

「和他說一說，為妳的家族做些什麼！」

「今晚到底有多少人會過來？」

「所有的人。」

「我知道，但是到底是幾個人？我們不是反正要去華蘭汀和克莉絲汀娜那裡？我弄錯了嗎？」她沒等母親回答，就拿起桌上的刀子開始削第一個馬鈴薯。她母親知道昨天的約定；瑪麗亞不明白她為何還想維持家裡依舊食指浩繁的幻象。她瞄了一眼露德絲彎曲的手指，費力地拿著削刀，然後又把眼光轉開。外面的天空萬里無雲，越接近中午村子就越安靜。她最想到上面去，拿走何暮德手上的書，和他做她過去幾個月幾乎沒辦法做的事，但事實上她們從不曾在這間房子裡做愛，就連晚上也沒有。每個房間裡都掛著十字架，和她雙親在同一個屋簷下反正也不可能。要等到下週在南邊才可能重拾婚姻情愛生活。「奧蘿拉姑姑最近怎麼樣？」她問。

「妳一定要去看她。」

「我知道，她怎麼樣？」

露德絲畫了個十字，搖搖頭，沉默不語。阿圖爾最年長的姊姊住在教堂邊一個長滿野葡萄的小房子裡，沒有冰箱和電視，窗扇整天都關著。自從喬西失蹤之後她就穿著寡婦衣裳，很少走到門外。不管一天當中的哪個時間，只要瑪麗亞走進那棟陰暗的房子，她姑姑都坐在廚房桌邊，手指間轉著玫瑰經念珠，即使在問候親吻她滿是皺紋的臉頰時也不會停下來。「妳覺得喬西姑丈有一天會回來嗎？」她問。

「不會。」

「他一生都在山區度過，突然……」她用手做了個動作，並非表示他消失得無影無蹤，而是表示疑問：怎麼會這樣？

「他覺得羞愧。」

「為了什麼？」

「妳知道的。」

「覺得羞愧是一回事，但是離開妻子，從這個他過了一輩子的地區消失……」她觀察她母親，看出她努力抗拒那個她不想要有的想法。「從一開始目的就是這樣嗎？爸爸想要他消失？」

「妳父親想為村子裡的人做些事。妳看看四周：我們在這裡生活，我們的孩子要不就在里斯本，要不就在國外。如果奧蘿拉姑媽一個人沒辦法過下去，她還能去哪裡？妳父親做必要的事。我只祈禱他還有足夠的時間。」

「妳寧可我在葡萄牙生活嗎？」瑪麗亞問，因為「時間」這個關鍵字傳達出露德絲希望談談阿圖爾的心臟病，而非他姊夫的去處。兩年前喬西有一天突然失去蹤影，就在阿圖爾成功主張他對遺產的部分所有權之後。村子裡都說他越過天然邊界到西班牙去了，雖然兩國之間的天然邊界地帶早已不復存在。

「妳有家庭，」露德絲說，「妳的地方在那裡。」

「那不是我的問題的答案。有時我想我會覺得陌生，妳知道的。我覺得里斯本變了。」

假期最初幾天她們還是在祖阿嗚的公寓裡度過，他最近和一個女性分租這層公寓，看來對這公寓有好處。他的弟弟開設牙醫診所，就位在薩爾達尼亞和舊城區的半路上，舊城一年比一年頹傾。她雙親的餐廳早已不復存在，一樓的百葉窗貼著不動產仲介公司的廣告，瑪麗亞兩天前經過那裡，她無從得知是否有人住在上面的樓層。巷子裡滿臉滄桑的女黑人坐在折疊椅上，看起來就像等著顧客上門。喝醉的男人四處遊蕩，街角有尿臊味。她不能怪父母親寧可在鄉間老去，也不願住在落沒而且犯罪率上升的城區，讓她迷惑的是，他們甚至不再提起里斯本，就像他們家族從不曾在那裡生活過。「妳為什麼不回答？」她問。

「這是妳當時的決定。現在去看看妳丈夫，他工作過度，看起來累了。」

「妳放下那些馬鈴薯，我之後再處理。」露德絲不太可能接受這要求，但是瑪麗亞需要休息一下，於是站起來離開廚房。樓梯間懸掛著婚禮的照片，照片上的她捧著花束，遮住她微微隆起的腹部。唯一的孫女的照片，死去兒子的照片。在樓上她看了一眼斐莉琶的房間，從地板上撿起一些玩具和一件紅蘋果汗衫，她把衣服壓在臉上一會兒，好吸取肥皂和巧克力的氣味。從早餐起，斐莉琶就被她祖父抱著穿過村子，找尋她能撫摸的動物。

在外面聽到她的聲音，何暮德做了個動作讓她注意到他。太陽尚未照射到朝西南的陽臺，即使如此，她先生依然穿著敞開的襯衫坐在躺椅上，手裡拿著書，身邊有杯檸檬水。瑪麗亞站在門邊。「何暮德，人怎麼會面對自己的父母感覺那麼陌生？」

度假的時候，他兩、三天才刮一次鬍子，他的眼神沒有學期當中的那種緊繃感，這兩件事都適合他。「那麼糟糕？」他問。

「我指的不是現在才如此，一直都這樣，就我記憶所及。這些可親的人，我稱為爸媽的人。」

「妳父親也這樣？」

「半個唐吉訶德，半個史懷哲，會得出什麼？」她交叉雙臂走出去，站在躺椅邊，除了橄欖樹裡的蟋蟀，她沒聽到其他聲音。「堂卡米諾[29]？凡尼亞舅舅？我喜歡他，但有時我對他說話就像對斐莉琶說話一樣。」唯一的區別是阿圖爾不會回應，只有沉默。

何暮德把書放在一邊，把她拉到自己的懷裡。「為什麼是唐吉訶德？」

「你該不會以為這個老人之家真的會蓋起來吧？」她搖著頭說。「他寫信給某些他在里斯本認識的人，他稱之為他的政治人脈。事實上他們只是之前來過餐館的顧客。現在他找到某個在法國工作了二十年的人，是個廚子，他們一起寫了信，然後寄給……不知道寄給誰。寄給歐洲共同體，寫法文還是他們自以為的哪種語言。」

他的手撫摸她的大腿，就像他知道，並非和露德絲對話的厭倦讓她到陽臺來，而是對他的興致。「妳注意到妳的德文變得完美了嗎？」他顯然嘗試讓她開心起來。「妳根本不再犯任何錯誤。」

「你是說我該感謝你嗎？」她無力地問。

「我是說不要低估妳父親。他話不多，但是他知道自己在做什麼。就像每個帕萊拉家族的人，他非常頑固。」

「我母親說，也許他要做個血管繞道手術，她去教堂點了那麼多蠟燭，也許整個山區的蠟很快就會用完。醫生認為手術最晚明年就勢在必行。」

「他自己怎麼說？」

「還是一樣——什麼都沒說。」她聳聳肩。阿圖爾對養老院的夢想是唯一讓他侃侃而談的主題，就像從前說起改建房子。然後他編起由歐洲共同體一起出資的情節，說起新時代和現代關係，如果任由他說，他能編出里斯本或是布魯塞爾所有的官員，他們迫切的工作就在於協助拉帕的老人們獲得一間養老院。就像昨天晚餐的時候，直到瑪麗亞只能尷尬地看著地板。「他們變老的樣子讓我心碎，雖然他們根本還不老，但是這些擔憂，老是不必要的煩心，頑固的不理性。我媽想邀請所有的親戚來吃飯，你看到廚房裡堆得像山一樣的馬鈴薯了嗎？她的手指痛風，半個小時才能削一顆。我要是想幫忙，她就說：去看妳先生，他會無聊。我回說他不會，她就叫我去看奧蘿拉姑媽。我說親戚大可以過來，但是食物要十月才會煮好。老是這樣。」

「我愛妳。」

「什麼？」

「我很久沒說，妳也是。」

他們靜默地看著對方一會兒，瑪麗亞雙唇微啟向前軟倒，身後是漫長的幾個月，那時他們常說起未來，澄清的卻不多。她丈夫覺得她每晚以分秒的過度準確性服用避孕藥，但有時她似乎想要妥協。

---

29 指的是二次大戰對抗納粹的義大利牧師堂卡米諾（Camillo Valota，一九一二—一九九八），一九四四年被逮捕拘禁在達浩（Dachau）集中營，在那裡認識記者喬凡尼諾·瓜芮思基（Giovannino Guareschi，一九〇八—一九六八），瓜芮思基後來把卡密羅的名字用在他的小說《堂卡米諾》（*Don Camillo*）裡，主角的原形卻是另一個鄉村牧師，角色特質是強大而詭計多端。

現在她以舌尖碰觸他的，感覺他褲子底下的勃起，一旦他投入她的遊戲，她卻停下來，用雙手捧著他的臉。「我知道你是誰嗎？」她喘不過氣地問著，「你知道我是誰嗎？」

「希望如此」，他回答，「為什麼現在說起這些？」

「不然呢？」

「瑪麗亞，妳父親像匹馬，就算裝了心臟支架也能活到一百歲，不要被妳母親傳染了。她就是時間太多沒事做才會煩惱這些。」

「我在這裡喘不過氣來。」她說，扯著衣服領口。「我們開車到別的地方去，只要兩天就好，隨便去哪裡。」

「我們下週就去海邊了。華蘭汀昨天給我看照片，我們……」

「別等下週，現在就去！我們開車去有人的地方兩天。到科英布拉只要一個鐘頭，我們一大早出發，訂個旅館然後……拜託！」就像要強迫他一樣，她的手抓著他的襯衫，以吻逼得他根本說不出應允。

「我很樂意，」他擠出一句，「如果你爸媽答應我們離開。我們一直都想去科英布拉。」

「我們把斐莉琶留給他們。」

「嘿！」這時換成他用雙手捧著她的臉，而她氣自己沒有更聰明一點。自從搬到波昂之後，他只能在早餐的時候看到女兒，偶爾晚上回家的時候女兒還醒著。沒有人能夠偏偏在度假的時候拆散他們。

「反正她只想摸羊。」這句話聽起來像藉口，更讓她怒氣勃發，興致全無。難道他不明白，正是為了他才想和他獨處？為了彌補無法彌補的，為了至少試著去彌補，以這種方式讓自己有權原諒自己。他當然不明白，怎麼可能明白，連她自己都幾乎難以明白。

「妳知道她一睡著就像顆石頭。」他說。

「你說得對。」她看著錶，「現在我必須下樓了，否則午餐永遠上不了桌。烤沙丁魚，兩公斤給四個半人吃。」

「妳不愛吃沙丁魚。」

「無所謂，我只是女兒。你愛吃，你昨天說的，我也是昨天才知道你愛吃。」

「那是因為我知道妳母親已經買了。」她想站起來，他又把她拉回懷裡。「怎麼回事，瑪麗亞？有事情壓在妳心頭，而且不是妳父親的事。」

她點頭坐著不再起身，拿起他放在邊桌上的書。昨晚她夢到一百個警察前進到拉帕，帶著狗、警棍和鐐子搜索喬西姑丈。何暮德一早六點起床，她假裝睡著，一邊聽著斐莉琶輕聲打呼的韻律，自問為何村子裡的人提起這事就不自在。「蒙托克[30]是什麼？」她問。

「那是長島最尖端的一個地方，我不知道那個名字代表什麼含義。好像看過這名稱來自印第安

---

30 馬克斯．佛里希（Max Frisch）於一九七五年發表的小說，故事情節反映作者個人的愛情及婚姻關係，出版後激起一場涉及公共及私人生活關係的討論。作者於四年後和當時的妻子離婚。

人。」

「好看嗎？」

「相當好看，我才剛開始看。我中間想想，閱讀其實太累，應該只是坐在這裡，看著山丘就好。」

瑪麗亞瞄一眼封底上的文字。「他倚著牆，背對海洋；她將走過荒蕪的露臺前來，他準備好接受她走向他的驚喜，就這麼留在身邊，不管她是什麼樣子。」準備好接受某人單純出現的驚喜……她對馬克斯·佛里希當個劇作家的評價不高，她沒看過他的小說，但是這個句子讓她覺得造作。前天，走過慕拉里亞之後，她坐在咖啡館裡，一口氣讀完《里斯本安魂曲》[31]，從那時起，塔布奇對悔恨的描述就不斷盤旋在她腦海：「它沉睡在我們心裡，有一天醒過來，開始啃噬我們，之後又消退，因為我們成功安撫它，但它一直都在，對抗悔恨我們無能為力。」

她放下書，看著村子。河流另一邊，刷成白色的房子在陽光下閃爍，其中一間可能是華蘭汀為他的雙親所建造的，因為鄉間變得富裕，需要越來越多加油站，那是他為他的公司所規畫的。下午她會坐在那邊的庭院裡，看著斐莉琶、卡拉和露意莎，看著她們在戲水池裡玩耍，和克莉絲汀娜聊聊在德國的生活，以及她們丈夫的優點。熄滅的慾火留下空虛，通常做愛之後才會感覺到的空虛——有如她靈魂的黑暗部分一直都知道其中捷徑。「我過去幾個星期很難以忍受嗎？」她說。

「那是種失望，」他說，指的是他在柏林來回奔波卻失敗的求職申請。「但是就像目前事情還在進行，還有許多新的職缺，機會並不壞，至少中期來看。誰當初曾想到我會得到波昂的位子。」

「你現在拿到了。」

「對。我們不會再和從前一樣，不再是約聘，戶頭不會再窘迫。我是教授，再也沒人能動得了我。」

「而我不知感激。」

「我們只是要有耐心。」他溫柔地說，撫著她的雙腿，沒有反駁她安在自己頭上的罪名。「我們不要給自己太多壓力，整個春天的等待帶給我們的只是額外的壓力。」

「耐心，中期。」她機械式地重複。仔細說來，他們並非交談，只是完成一個儀式，但是在婚姻裡也許沒有太大的差別。五年前她第一次坐在這個陽臺上，像今天一樣的寂靜日子，在穿過半個歐洲持續幾個星期的旅途之後。她為何不抽菸，他那時問起，他緊張的表情洩露他早已猜到答案。她告訴他的時候，他沒有吞吞吐吐，甚至沒有考慮時間點是否適合，他唯一的問題是，她是否願意成為他的妻子。

「做我們自己的決定，」他這時說，「例如我們已經推遲許久的那一個。」因為他早已想到她想回答什麼，就把手指放在她的唇上，緊抱住她。「我知道！我們說過，我們等待直到時候到了為止，但是……究竟為了什麼？現在有任何不利的條件嗎？斐莉琶四歲了。」

---

31 義大利作家安東尼歐．塔布奇（Antonio Tabucchi）的著作，原名《安魂曲：一場幻覺》（*Requiem: uma alucinação*），一九九一年出版。

「等待最是困難。」她說，一邊把頭往後仰，好擺脫他的手指。「我是說有耐心。」

「如果是公寓太小，我們就搬家。」

「這是突來的想法嗎？」

「最近她表示一個人玩翻牌記憶遊戲真無聊，她想要某個她可以打贏的人。」他笑出來，吻著她，似乎不明白為什麼她還是這麼嚴肅。幾星期以來，《波昂大眾報》散放在公寓裡，瑪麗亞打開不動產那一頁，就可以看到這邊畫個圈、那邊畫條線。看來她丈夫並非在考慮搬到比較大的公寓，而是想買房子。教授的夢想成真，財務煩惱是過去式，未來在他們面前展開。她只需要說好——然後受苦九個月，期望她不會把自己的理性再度遺忘在產房裡，就和第一次一樣。「妳有注意到她多麼忌妒卡拉和露意莎嗎？」他問，「她到底在哪裡？」

瑪麗亞往村落的方向做了個不確定的手勢。她最想把他抓起來，搖一搖，對他吼叫：你自己知道，你根本都知道！但是她只是維持她的標準答案：「給我時間。」

「當然。我只想確定，我們的生命由我們自己決定，不是由生活狀況來左右。」

「自主決定，了解。」她知道他並沒有諷刺的意思。

「和妳媽說一聲，然後我們明天出發去科英布拉。」

「也許是因為炎熱，或是因為昨天長途開車。我的頭髮聞起來還是有一股豬油的氣味。」

「妳聞起來美妙極了。」他說，努力不要表現出他的失望。「尤其自從妳不再抽菸之後。」

「你之後要和華蘭汀去健行嗎？」

「這是原本的計畫。但如果需要到廚房幫忙，我也可以留在這裡。」

「去健行吧。」她說，從他懷裡站起來。「我從不曾說過，但是我們既然說到這裡：在拉帕的日子之所以這麼美好，是因為你那麼享受。」沒和他上床製造嬰兒，她餵給他甜美的句子，他靜靜地進行購屋計畫，就像在說：先把巢築好，然後再看情況。沒有再次轉頭，瑪麗亞快速穿過斐莉琶的房間。走下樓的時候，她聽到外面的鈴聲，金屬聲的〈聖母頌〉，每半個小時就讓村子凝鑄的空氣顫抖一下。當時他們曾經仔細討論過產後憂鬱症，關於產生的原因和後果。何暮德認為鼓勵她獨自一人在貝爾格卡門是個錯誤，她有相同看法。他起初低估她因為家族史所承受的一些負擔，之後用了太長的時間才從最初的徵狀找出正確的關鍵。要感謝露忒，最終是她辨識出疾病，並且加以控制；瑪麗亞也無法反駁這一點。他們的歧見在於後果這個問題，因為她丈夫完全不想找出斐莉琶可能承擔後續損害的徵兆。她是個聰明伶俐的孩子，喜歡去幼稚園，她對動物的喜愛顯示她明顯具有同情能力。她是個黏爸爸的小孩，他提出的解釋是她比較少看到他，他因此比較不必那麼常對她說不。自從搬到波昂之後，貝爾格卡門那一章對他而言已經完結，再也沒有瘋狂的洛雪先生會突然出現在露臺上，也沒有失業的講師瘋狂地愛上她，再也不必在整個魯爾區來回穿梭而慢慢消耗他的精力，這一切都已成過去。他的努力獲得回報，他們雙方都從中獲利。從何暮德版本的故事無法理解，她為何躊躇著不運用新的機會；她為何拒絕在波昂落地生根。一段時間以來，每當她憂心忡忡，他都擺出充滿理解的表情，就像戴上一頂帽子。她的迂迴使他的成果沒有受到認同。他不只帶錢回家，還送花、玩具以及好心情，而她要求理解，以及更多理解——要理解什麼？

瑪麗亞沒有走回廚房，反而從後門走出房子。這個時間她不會在小教堂裡遇到任何人，因為拉帕的所有女性居民都自願站在廚房裡。她在波昂的散步也越來越常終止於聖伊麗莎白教堂，她想要獨處，想要不必解釋，靜靜地思考，想想自己到底要什麼。很全面的，對生命的要求。

四點的時候她帶上斐莉琶，順著巷子向下走到河邊，過橋，經過吠叫的狗的圍欄，那是斐莉琶在拉帕唯一不想撫摸的動物。最後一段路非常陡，她女兒把自己弄得像塊木板一樣僵硬，然後說：「妳必須推。」華蘭汀雙親的房子位在半山腰，房子前面的草地上架著一把張開的陽傘，放著幾張椅子，還有盛滿水的戲水缸。瑪麗亞抹去額頭的汗。

「嗨，妳們在這裡啊！」克莉絲汀娜手裡拿著兩個大玻璃水瓶從房子裡走出來。「檸檬水給孩子，檸—檬—水給媽媽們。」她眨著眼說，放下西班牙水果酒，咂咂有聲地親吻問候瑪麗亞，然後撫過斐莉琶的頭髮。「進來，小斐莉琶，女孩們都在樓上，告訴她們，她們應該關掉電視了。」

「妳先生在嗎？」瑪麗亞問，「我先生要我告訴他，我先生已經準備好了。」

「華蘭汀！」克莉絲汀娜往樓上窗戶的方向問。酒葡萄蔓生外牆，庭院裡種著檸檬樹和無花果。

「他到處跑，還是一樣。」

「隨便他，何暮德不急。」

「給我們倒一杯，如何？我到樓上踢他一屁股。」

瑪麗亞給自己拿了一杯，在草地上漫步。那是最熱的季節，在上面山區即使八月也不悶熱。孩子的玩具、沙灘鞋和時尚雜誌放在草地上，涼棚下餐桌上已經擺好晚餐餐具。她努力地說服母親只削一半的馬鈴薯，其他的留到明天。片刻間完全的寂靜覆蓋著大地，荒蕪的山丘和空蕩的山谷綿延直到地平線，只有在村落舊的那一半後面，視線才止於山丘，瑪麗亞晚上打開窗戶會看到的景色，覺得山丘發出深沉帶威脅性的低鳴，正如川端小說裡的描述。

華蘭汀穿著及膝的登山褲從門裡走出來，反駁克莉絲汀娜的指責說他讓何暮德空等。他的背包突出一條藍色的飲水管，他只要轉頭就吸得到。何暮德有時會取笑這身專業裝備，華蘭汀下午散步也帶上它，散步卻很少長於兩小時。「妳好，瑪麗亞—安東妮亞。」

「你好，午安。」和堂兄的吻頰禮無聲進行，沒有皮膚接觸。「一切都好？」

「妳需要防晒乳液嗎？」克莉絲汀娜問。

「謝謝，我有……」

「我是問小瑪麗亞。」

「當然，我忘了帶自己的。」

華蘭汀想走回房子裡，但是克莉絲汀娜用手勢攔住他。「我去拿，有人等著你。走，走！去那邊！」他們倆人多年來在別人眼前裝得像愛爭吵的夫妻，隱藏他們對彼此的愛意，但是兩人獨處時，克莉絲汀娜保證他們為對方瘋狂，除非華蘭汀出差，他們每晚都做愛。「我準備上路了，」他說，

「一會兒見。」

「等等。」瑪麗亞跟著他向下往停車入口鋪石路走了幾步。「何暮德還能等兩分鐘。告訴我有關

喬西姑丈的事，其他人都不說。我一問起，所有的人都盯著地上。」

「他跑掉了，」華蘭汀說，「其他的我也不知道。」

「人不會隨便跑掉。」

「這裡的人會。」他不情願地停下腳步，看著她。「他的橄欖油賺了不少錢，給工人的工資很差，妳知道那棟房子。錢一定是在某個地方，也許有個豐厚的帳戶。一直都有人離開山區，我以為妳能理解。」

「我以為時代已經改變了。」

「這裡沒有。」

「我爸對這塊土地的想法是什麼？他當上村長，只是為了報復他的姊夫？他一定寫了遺囑之類的。」

屋裡傳出歡笑聲，克莉絲汀娜把女孩們趕到庭院裡。「他是妳父親，」華蘭汀說，「不是我的。我猜遺囑只是口頭處置。」

「我們的祖父已經過世四十年，喬西姑丈在這段期間種橄欖，把油大老遠賣到美國去。那是他的土地。」

「看人怎麼想。總之他繼承時沒有做地籍登記。這些東西從前沒人在意，阿圖爾知道的。」華蘭汀的注意力被轉移，因為三個小女孩從屋裡飛奔而出，繞著棚架跑跑跳跳。她的堂兄弟腹部稍微變胖，可臉還是一樣。山區來的鄉下人。他目前和克莉絲汀娜住在阿瑪達，在太加斯河的另一邊，擁有俯瞰城市的視野。

「因此整塊土地現在都屬於我爸？」她無法理解地問。

「什麼？不，現在成立了一個合作社。阿圖爾不想圖利，只想蓋養老院。」

「就因為沒有登記地籍，喬西在四十年後失去一切？告訴我真相。」

「妳反正不相信我。你爸每年都寫信要求他歸還土地。喬西姑丈不理會這些信，阿圖爾可以出示這些信的副本，證明他從未放棄這些土地的繼承權。喬西雖然使用這塊地，但不合法，至少是那塊有水井的重要土地。」

「這是法院決定的？我們究竟活在什麼地方？」

「在山區，瑪麗亞—安東妮亞，這裡適用的不是法律，而是說話算數的那個人所說的話，好比和地方政府關係良好的村長。」華蘭汀厭煩地搖搖頭。「沒人能記得喬西姑丈曾對誰好過。阿圖爾來到這裡，他和人說話，大家推選他，喬西明白他沒機會的時候，他就跑了，沒有任何法院判定，這就是整個故事。如果這傷害妳的正義感，真抱歉。」

「顯然所有人都相信養老院真的會蓋起來，你也這麼想嗎？」

「我畫的圖。」並非他的輕視讓瑪麗亞迷惑，而是他對她的態度就像她未經許可插手家族事務。他走開的時候，她還站在車道上，看著他的背影，直到他消失在圍籬後面。她杯裡的水果酒早已變溫。所以她父親年復一年寫信，為了有一天站在村民面前，要回他繼承的土地。他每晚喝著烈酒，而她以為他是為了哀悼安東尼歐的時候，他想著的是這回事嗎？克莉絲汀娜拿著防曬乳霜走出房子，四周張望，然後對她喊著：「妳幹麼站在車道上？」

「我來了。」

「妳要穿著裙子和襯衫做日光浴？讓我看看！」

「我看起來就和去年一樣。」

「聽話。」

接下來幾個鐘頭，他們就喝著水果酒，看著孩子們玩耍。克莉絲汀娜說起她不想工作了，輪班工作再也無法和家庭生活融合，薪水和華蘭汀賺的比起來根本可笑。經濟上並不會帶來太大差別，又何必那麼累？瑪麗亞一邊聽著，一邊觀察對面山壁上的兩個人，不時消失在石南灌木叢後面又浮現。華蘭汀走在前面，何暮德以一段距離跟著，從遠處看起來，他就像陷入深思之中。「我想再去上大學，」她說，「斐莉琶上幼稚園，而且看來我們會在波昂住一陣子。柏林那回事沒有結果。」

「何暮德說什麼？」

「說他還會繼續努力爭取那裡的教授職。除此之外他還想要第二個孩子。」

克莉絲汀娜啜著酒杯，搖搖頭。「但是妳寧可要第二個學位。然後也許第三個，再來第四個。何必？」

「會提高我獲得工作的機會。」她想著文化管理進修課程，科隆有這門課。

「薪水不高的工作，讓妳和家庭疏遠。」

「我也可能獲得薪水好的工作。」

「妳看看她們。」她的朋友指著棚架下那三個小女孩。「此外妳還有個丈夫，把妳當女神，而且是個教授，但是妳……」

「對，我又那樣，我知道。」

「就像工作是娛樂一樣。」克莉絲汀娜拉扯她的比基尼上半段，在躺椅上伸展身體。「其他的呢？妳知道我的意思。」

「還好。」

「還好……華蘭汀每次都必須把手放在我嘴巴上，免得我叫……不說了，他說他擔心孩子會作惡夢。還好是什麼意思？」

「孩子出生後不太容易，我告訴過妳的。」

「那已經是好久的事了。」

「春天的時候，我相當寄望柏林那件事，現在我不知道自己接下來該期待什麼。」也許學業的事可以防止她的腦子一再用同樣的問題折磨自己。斐莉琶很好，這小東西的情緒和智識發展健全，正如大家對她的期許。她畫快樂的畫面，雖然畫的經常是鄰居的狗而不是母親，但這不算什麼。瑪麗亞一週兩次和她一起上兒童體操，和別的母親坐在一起，因為孩子成功翻觔斗而陷入狂喜。有時有趣，有時她只是裝有趣。此外斐莉琶還發展成一個興致勃勃的游泳選手，在溫度過高、有氯水臭味的室內泳池裡划動好幾個小時。「為了斐莉琶我想成為好母親，」她說，「我也努力這麼做，但是我不想要第二個孩子。」

「妳努力，就像我為了少幾磅肉所做的努力。我是說，這是我宣稱要做的事。事實上我們在外面吃飯的時候，我會點巧克力慕絲。妳明白我的意思嗎？」

瑪麗亞沒有回答，只是把空杯子遞給她的朋友。當然，她很明白。克莉絲汀娜是否能明白波昂的生活何以讓她不滿？三人生活，健康，沒有經濟煩憂。她當時隨著何暮德到多特蒙德，要求他承諾申請柏林的教職。之後在貝爾格卡門完全就像著魔似的。為了擺脫奧力佛的緊迫盯人，以及避免每天碰到洛雪先生，她有很長一段時間根本就不走到門前，只是看電視，比從前更注意新聞報導。起初在萊比錫，後來擴大到整個東德的示威抗議，讓她後悔和彼得失去聯絡——就像所有和她那時生活的連繫。她的情緒波動，有些時候她自問，母親的角色是否符合她原本的心意，卻出於自我麻醉而拒絕接受。她還呈現出其他哪些天賦？另外一些日子裡，她覺得提出這個問題就已經像是屈服，她絕對必須加以避免。接著是那個十一月的夜晚，露忒出乎尋常地很晚打電話來，問他們是否已經知道。如果還不知道，應該立刻打開電視。他們打開電視，看到那道牆，瑪麗亞曾住在附近的那道牆，無數的人在上面跳著舞。布蘭登堡大門下開起慶祝會，國家警察站在一邊，何暮德和她坐在沙發上和他們一樣無語。他們只能笑，因為家裡什麼都沒有，他們用太溫的德國白酒乾杯慶祝這個事件。親身參與柏林發生的一切，這個期望在接下來幾個星期變成某種生活感受。她第一次參與一件發生在德國的事件，既不是在大學，也不是在舞臺上，而是就在生活裡。她讀報紙，收看特別電視報導，對自己住在鄉下大發牢騷。她抱著期望，心心念念，自問她是否能想像餘生就在這個國家度過。可以想像，但關鍵問題是：在哪裡呢？

世界級歷史事件，大家都稱之為「轉變」。聽在她耳裡就像一種承諾。

圍牆倒塌之後不久，何暮德帶著消息回家，他申請波昂教職成功。這次他們事先準備好，以香檳慶祝。在幾個月內離開這可恨的愛倫提芬街，這個願景幫助瑪麗亞度過冰冷的西法倫寒冬。一九九〇年春天他們搬到波昂南城，斐莉琶上幼稚園，兩德統一角力在電視裡演變成犯罪劇，每天有新章。方向似乎一清二楚，但是結局未明。德東人民議會選舉，貨幣統一，二加四協商——瑪麗亞就像著魔似地坐在螢幕前，跟著燃燒熱情。他們每個月找個週末在露忒和海納那裡度過，他們倆個都認為政府機關應該留在波昂，出於財政因素，也有部分因為已經模糊的意識型態，這讓瑪麗亞抓狂。一個讓人想到貝多芬和一條太寬的河流組成的城市！她對搬家的喜悅煙消雲散，就因為萊茵河畔瀰漫的的哀怨氣氛。她親手把屋前圍籬上的「波昂必須維持首都地位」的貼紙摳下來，她告訴何暮德這件事，何暮德笑了，但是笑得鬱悶。客觀些，她說，在他們展開外人看來像是政治談論的時候。波昂或柏林，為什麼德國人討論得好像這麼懸殊的選項真的值得討論一樣？從何暮德的嘴裡吐出不可避免的問題：妳為什麼突然對這些感興趣？

欸，因為這很重要，還需要理由嗎？

兩德統一了，在波昂度過第一年。何暮德申請自由大學教職的事情，瑪麗亞一直到他滿心覺得有希望的時候才知道。那是二月，委員會把他列在申請人名單上的第一名。接著他們晚上坐在客廳裡就不再聊起當天發生的事，而是幻想住在一個正重新自我塑造的城市裡。瑪麗亞鼓動搬到柏林東邊，出於冒險心，也不管和達倫區的遙遠距離。他可以在地鐵裡改學生作業。她的興奮超過他的負荷時，他通常微笑以對。他有時告誡她不要太執著這件事，但是她根本不想聽。她深信，那只是尋常的悲觀主義作祟，讓他空想出一些妨礙他被聘任的阻力。因為程序錯誤所以這個職位要被重新公告？無稽之談，她說，況且有候選人名單，德國有規定的。私底下她自問她是怎麼回事，為何才這麼短時間就幾乎無法等待，只想再度離開波昂？就像強迫症一樣，她必須買下每一份頭版印著新柏林消息的報紙。六月二十日，她全程緊盯首都抉擇辯論，十個小時之後，她支持的那一方確定勝利，她握起拳頭。幾天之後她試著不顧斐莉琶如常的抗拒，讓她上床睡覺，這時電話響起。

「哇，」她聽到何暮德說，「真的很久了，你從哪裡打來的？」然後是：「對了，你還在柏林。」

瑪麗亞坐在床沿，把翻開的《劇場裡的安妮塔》拿在手上。也許是從前科技大學助教時期的朋友打來的電話。她透過開著的門專注傾聽，但是何暮德只偶爾說「對」或「我了解」，或者「就是這麼回事」，但她還是察覺到，這和申請有關。

「繼續念！」斐莉琶躺著，看著她。剛洗完澡，還聞得到牙膏的薄荷味。瑪麗亞散漫地點點頭，撫摸她的額頭。過了一會兒她覺得聽到迪特馬這個名字，想起何暮德那位曾介紹他們認識的同事那張戴著眼鏡的臉。迪特馬．賈克伯。她混亂地念著書，聽到何暮德抱怨工作，她很想對著另一個房間大喊：趕快說重點！

「今天聽夠了，親愛的。」她說，把書闔上。「現在睡吧。」

「爸爸也要來。」

「會的，等他講完電話。」她親吻女兒，然後起身。

一旁只有檯燈照著何暮德的書桌，瑪麗亞給他一個訊號，然後站在門邊。他的工作桌一直保持臨時狀態，書籍放在成堆的紙箱裡，檔案夾放在朝向波昂山谷街的窗戶底下。雖然沒有說白，但是他們倆人都沒打算在此長居久留。

「我到底有什麼榮幸讓你打電話來？」看得出來何暮德不想被人聽著。出現一些字眼如妥協、院長、關係，還有柏林是否要打破學閥統治的問題。瑪麗亞覺得胃裡一陣翻攪。不管對何暮德還是她，柏林都不只是一個目前因為租金便宜、夜生活刺激而吸引許多人的城市。他們第一次接吻的地方已經不再是圍牆後面，而是新都會的中心，那個直到目前為止僅聞名於另類劇場的劇作家**那部**時代大戲在這裡被搬上舞臺。一個紅髮男人，滿臉鬍渣，穿著皮夾克，瑪麗亞有天晚上看到他坐在脫口秀裡，說些粗糙的東西：祕密警察和西方情報人員共同嘗試阻止圍牆倒塌；高階基民黨政治家——他不想說出那個名字——以無恥的電話脅迫他，而《語言／行為／東德》在他徹夜未眠的一星期內完成。

何暮德從窗戶看過去，但是她知道，他最後說：「等等——已經確定這個位子要重新甄選了嗎？」這句話是對她說的。

起初只是她臉部表情糾結，失望有如身體的反射動作。當他說完電話，她正站在廚房，完成清洗的工作，好讓她的雙手忙碌，這時她想到那晚——還不滿一個月之前——她期望能報復在隨便哪個人身上。克莉絲汀娜在她身邊翻著雜誌，聊天終止好一會兒，太陽沉沒在拉帕的山丘後方，庭院裡變涼了。她聽到何暮德走向斐莉琶的房間，而非走進廚房，接著她沒說一句話就出去了。當她回來，他已經躺在床上。他低聲地說已經決定了，院長辦公室堅持重新甄選，他們想要一個女教授。了解，她說，察覺到快速抽完的十到十二根香菸造成的昏眩。接下來幾天他在吃飯的時候說明，例如「大學就是這樣」，瑪麗亞用微笑應付過去。他似乎等著她追問，問清其中道理，但是她沒有這麼做。一切都過去了，也許她只是執著在搬家這回事上面，好推延第二個孩子這個問題。重點不在於他們住在哪裡，是怎麼生活。不是嗎？

她發著抖從躺椅上坐起，斐莉琶站在棚架邊，似乎凍壞了，瑪麗亞趕緊拿著浴巾迎向她。克莉絲汀娜說得對：只是努力還不夠。自我欺騙不再有效，認定何暮德因為法克而沒有盡力爭取柏林教職並不公平。她必須自我調適。他投入比較多，而她付出比較大的代價，如此看來他們互不相欠。剩餘的存在祕密虧欠帳戶，也會留在裡面，直到有一天她有勇氣把一切攤開。

14

他們坐在車上默默等待著。下午偏晚，城市上空的顏色轉為沙土色，只有幾束陽光穿透濃厚的雲層。星期二，十二月二十一日，瑪麗亞—安東妮亞不知道她身在城裡的哪個區域。車程持續半個小時，剛經過渠道，然後是本菲卡球場，中間她覺得馬力歐不想走最短的路線，好讓她不容易抓到方向。新街道的標示十分不足，必須熟悉這裡才認得出來。他開得快，菸一根接著一根，幾乎沒和她說話。

終於停車，街道兩旁都是塗成白色的房子。這是里斯本外圍如雨後春筍冒出來的新社區，抹去城市和郊區的界線。**也許我們在孟山托**，她想。在上方的一排房子後面緊臨一片松林地，少數幾輛汽車停在車庫前，既沒有看到嬉戲的孩子，前院也看不到吊晒的衣服。街道末端停著三輛建築車，就像在工作當中剛好用完汽油。也許真是如此。汽油的價格每幾個星期就暴漲一回，每回漲價前一晚，加油站前都排著長長的車陣。

「還要多久？」她問。

「直到我說好。」

「至少把窗戶打開，煙燻得我不舒服。」

他的視線停在她身上幾秒鐘，她感覺到卻不回應。然後他轉動把手，把駕駛側的窗戶搖下來一些，把煙從窗縫吹出去。他的右手放在她的大腿上。瑪麗亞—安東妮亞的眼睛跟隨著一架正要著陸的飛機，注意到機場不在她猜測的方向，那是一架放下起落架的葡萄牙航空飛機。從某個地方來的人降落在葡萄牙，為了和家人共度耶誕節；有一天她也會從外國回來，好拜訪她的父母，她知道的。**Gehen**、**ging**、**gegangen**，離開、曾離開、已經離開，她默念著。**Fliehen**、**floh**、**geflohen**，逃走、曾逃走、已經逃走。

今年上半年一開始，馬力歐把申請表格印出來放在她手上，德文學院標誌旁印著她的名字，還蓋著「課程費用已付」。他還是以一貫的傲慢回應她的抗議。她不應該那麼笨，拒絕她會需要的協助。她知不知道德國不用交學費？**Haben**、**hatte**、**gehabt**，有、曾有、曾有過。**Nehmen**、**nahm**、**genommen**，拿、曾拿、已拿。驕傲也要有本錢。但是從那時起，他們見面的時候有些複雜情緒。大部分在貝倫，一次在前往卡斯凱什半路上一幢比較大的房子。他想甩掉她嗎？

「妳記得我堂妹的故事？」他問，「住在古巴，為共產黨工作的那一個。這裡任何人都不可以知道。」

「你是說我半個字都不相信的那個故事？」

「她寫信給我。」

「哦，是嗎？接下來她要去莫斯科，變成布里茲涅夫的小妾，我猜。」她的手冰冷，聲音聽起來心事重重。她痛恨冬天。

「她是翻譯人士。」馬力歐說。「她十一月陪古巴代表團到安哥拉去，好準備獨立宣言。當地人載著他們四處穿梭，讓他們看殘障的人，沒有手臂或雙腳的士兵，或是手腳都失去。大部分都相當年輕。」

「我們自己就有很多。」她的意思不是聽起來那樣，她只是不想聽到殘肢的事。整個城市到處都有乞丐，從殖民地回來之後被安置在旅館裡，好幾個家庭擠一個房間，有時在街上可以看到他們身上繽紛的非洲衣物。特別多住在無花果樹廣場那一帶。

「安妮痛恨葡萄牙，」他說，「反正她信裡這麼寫就是了。我以為她樂得痛恨這裡，但是沒成功，基本上她有思鄉病。」

「如果我是他的女兒，我會成功。」

「妳還是不相信我任何一句話，對吧？」

「不信。」

「好吧，我只是想消磨時間。」他笑著把菸蒂從窗縫丟出去，點下一根。他宣稱高盧香菸讓他想起在巴黎那段時間。她有時覺得，自己雖然不是犯罪者的女兒，還是全心全意痛恨葡萄牙。

「還要多久？」她問。

「不用擔心，很快就過去了。」他放在她大腿上的手安撫她。「我想過也許飛到古巴幾天，去拜訪她，妳覺得怎麼樣？」

「我能說什麼，去吧！」

「社會主義在其他國家也許行得通，在我們這裡就變成災難。」

「你是指過去，或是指可能。」

街道盡頭有個身影接近，一個彎腰駝背的男人，走過他們的汽車，沒注意他們，兩條狗以應有的距離跟在後面。風吹起，把垃圾和灰塵吹到馬路上，就像在馬丁蒙尼茲廣場，其實整個城市都一樣。士兵叛變，工人抗議關閉復興電臺，總統警告內戰爆發危機。十一月二十五日發生最近一次軍事政變，這個月初才剛解除緊急狀態，但是再次發布似乎只是時間問題。一年半之後只有少數人還關心這個國家是否真的處於社會主義過渡時期，他們想要負擔得起的食物，以及終結暴力。瑪麗亞—安東妮亞在烈士廣場邊學德文，試著找出有哪些獎學金。無論如何她已經在秋天完成這些，三星期以來她就像癱瘓了一樣，根本什麼也沒做。「我必須去廁所，」她說，「我們坐在這裡已經半個小時了。」

馬力歐用菸頭指著外面，她瞇起眼睛，看到一個男人從下下一間房子走出車道。他穿著街頭服飾，朝他們這方向看。

「那是他嗎？」她問，「你確定嗎？」

馬力歐深吸一口氣，點點頭。「妳什麼都不必說，我來說就好。」

「你是說：就閉上妳的嘴，笨蛋。」

他飛快地轉頭，伸出手抓住她的下巴，菸頭那麼靠近她的頭，瑪麗亞—安東妮亞都能感覺到那股熱氣，聽到菸草燃燒的細微聲音。也許她從他那裡學到的比她自知的多，但是現在她覺得自己就像賤貨，唯一的任務就是服務男人，然後因此而感激。「妳為什麼在這裡？」這不是問題，而是命令。

「因為我想來。」

「因為妳想來，不要忘記這點。」

「你弄痛我了。」她因為衝進她鼻子裡的煙霧感到不舒服。

「妳什麼都不知道，所以讓我說話。」他還維持這姿勢片刻才放開她，打開車門。車道上的男人等著，一邊抽菸。

「答應我，那是個真正的醫生。」她說，但是馬力歐已經站在車邊。她拿起放在雙腳中間的袋子下車，她瞬間覺得頭暈。沙子飛過粗糙的瀝青。她以為從遠處看到大橋的箭頭，結果也是在錯誤的方向。

她等了六天，兩到三天還算正常，但是基本上她第一天就知道了，祈禱這只是個假警報。**我搞砸了自己的生命**，她對自己說。她晚上醒著躺在床上，側耳聽著自己的憂慮。她聽過一些女人跳繩跳三天，有些泡在滾燙的水裡，然後用肥皂水沖洗，或是吞下任何可能的東西，好擺脫胚胎。從哪裡聽來的？看起來像切碎的小雞的畫面是哪來的？似乎有種知識，沒有寫在任何地方，只是口耳相傳，在窒息的廚房和地下室裡，女人彼此輕聲交談的地方，一邊洗碗盤或切菜。七千盾。也許她聽到那兩個女孩的對話，她們去年在餐廳打工，直到她們突然不再上工。她唯一能確定的故事和阿佛雷多·寇斯塔醫院一個產婆有關，她在家裡幫女人墮胎，直到其中一個流血而死為止。克莉絲汀娜告訴她這個故事，而且說這個女人活該被送進監獄。除了馬力歐，她無人可信賴，而且她從不曾比這一刻更感激他，因為他直接切入她拐彎抹角的暗示，加上一句：我來處理。

感激，偏偏是他。

她在他後面三步，走向車道。從近處看起來，這個社區的建築早已停工許久，窗戶黏著灰色的灰塵，人行道地磚縫隙裡冒出雜草。兩個男人握手，瑪麗亞—安東妮亞想自我介紹，但是醫生看了她一眼，就像看著一部開過的汽車。他和馬力歐差不多年紀，穿著黑色的漆皮鞋，褲子可能是昂貴套裝的一部分。他的外套對這個季節而言太輕便，因為他無所謂的聰明眼神，她想信賴他的期望落空。老一輩菁英，她從他無神的表情只看出，他想比這個國家其他人高一等的意志。馬力歐把信封袋交給他的時候，她只能看著地上。

醫生走在前面，馬力歐示意她跟在後面。由這兩位男士陪著，瑪麗亞—安東妮亞穿過地下室的門，無法抑制那個想法：如果發生在革命前，他不會帶她到這裡來，而是直接打電話到瑪麗亞・卡多索街，從前那裡是祕密警察據點。她感覺自己的心臟狂跳，胃部有種疼痛的壓力。第一個房間裡有幾張椅子放在桌旁，桌上是翻爛的西班牙雜誌。幾星期以來衝進她腦裡的大量畫面這時又湧起，然後她在下一個房間看到那張椅子。兩條金屬軌道，上面懸著皮條。她覺得十分噁心，以為自己要暈倒了。在座位上有個尿色的塑膠套。

「這裡有廁所嗎？」她下車後說出的第一句話。

醫生用手指向一道綠色的門，就像手風琴一樣開闔。瑪麗亞—安東妮亞在身後關上門之前，他彈了下手指說：「等一下。」他從牆上掛鉤取下一件塑膠罩布交給她，點了個頭。

空間不比電話亭大多少。她閉著眼睛靜靜站著，試著平靜、均勻地呼吸。金屬器具將被放進她的陰道裡，好取出一些東西，其餘的她都不知道。馬力歐承諾不會帶她去找蒙古大夫，這個男人看起來的確不像。上完廁所她拿了一張衛生紙，在水龍頭底下沾溼，再次把自己擦乾淨。她脫掉裙子和內褲，披上塑膠罩布的時候必須暫停，把一隻手壓在嘴巴上，繃緊所有肌肉。醋酸味竄入她的鼻子，就像她的擔憂一樣辛辣又刺骨。兩個男人在房間裡壓低聲音說話，醫生說話的時候，聽起來像是在指責對方行為越軌，但同時也表示敬意。*我在這裡是因為我想要*，她對自己這麼說。她在車裡提到那七千盾的時候——為了表示她對正在發生的事情有點概念——馬力歐冷笑著說：在慕拉里亞也許是這麼便宜。

她沒有脫掉毛衣。帶著捲起的衣服，手臂下夾著提袋，她儘量抓著罩布前面，然後走出廁所。頂燈下漂浮著香菸雲霧。「我到外面等。」馬力歐說，沒有看她。她沒有放下那一團衣服，而是把衣服壓在下體前。有兩個鐵架放滿藥品，一個木頭展示檯上放著器具，她收回視線。此外還有繃帶、針筒和管子。椅子前面放著一個空的金屬盆，反射著燈光。以前學校餐廳裡就用這種盆子來裝米飯。

「坐下來，瑪麗亞。」

「我要把衣服放在哪裡？」

「最好把它交給門房。」他用了個英文字，她過了一下子才明白他在譏刺她。她把衣服放在地上，從椅子側邊坐上去。她必須再去上一次廁所。醫生背對她，搗弄著他的東西。「妳知道現在發生什麼事？」他問。

「大概。」

「那我跟妳說仔細：我讓我自己犯法，這就是這裡發生的事。」他手裡拿著一個盤子，轉身，他的眼光就像打了她一個耳光。「我讓自己犯法，因為妳不能控制自己，或是不想，也可能不明白妳做了什麼。」

「那是……」她想說話，但是他搖了搖頭。

「我不想知道怎麼回事。我幫助妳，妳回家，閉上嘴，明白我的意思了嗎？」

她點頭。

「妳明白我的話嗎，瑪麗亞？」

「我叫瑪麗亞—安東妮亞。」

「妳的名字就是我叫的那個名字。我根本沒有名字。明白了嗎？」

「……明白。」

「那就開始。一隻腳放這裡，另一隻放那邊。」

她甚至無法恨他的鄙視。她只有兩個期望：第一，不要哭出來，第二，他脫掉外套，那件外套給她的感覺有如他墮胎就像在上公車前捻熄香菸一樣。他滿足她的第二個願望，捲起襯衫的袖子，綁緊她的腿。她被綁在椅子上，這張椅子的功能在於讓陌生男人能接觸到她的性器官。然後呢？沒有人會聽她的，沒有人會相信她，唯有他冰冷的漠然讓她知道，他只是做自己的工作，然後只想儘快擺脫。

她並不確定。「我不要全身麻醉。」她沙啞地說。

「而是想要粉紅罩布外加一杯咖啡？」

「不要全身麻醉。」

「聽著，我告訴妳我要做什麼。妳會被局部麻醉，然後我會拿一把圓頭鉗，好打開子宮頸。」他把那個器具舉高的時間那麼短，瑪麗亞—安東妮亞根本什麼都看不出來。「然後這個用來刮除。」一隻金屬桿，最上端有個像環一個的東西。「如果妳保持安靜，讓我做事，什麼都不會留下。如果妳寧可要個孩子，妳可以站起來離開。」他毫無表情的臉第一次閃過微笑的跡象。「我們不要告訴馬力歐，把錢平分，一人一半，妳覺得怎樣？」

「不要。」

「乖女孩。」他給她一針，等著。從懸掛在大腿間像防偷窺的罩布上緣，她看到他的頭來回轉動。三星期以來她試著找出這個經驗教會她什麼。有時就像個過渡期，但是她不知道究竟過渡到哪兒去。然後她想，她再也無法問心無愧地看進她母親的眼睛裡，此外，從今天起，她認為她的國家沒有發生革命。幾個人被關進監獄，有些被釋放，但是舊的陣線聯盟依舊存在，根本不在乎街上握起的拳頭。偏遠的新建築區裡有和這裡一樣的房間，有和她一樣的女孩，漂亮到足以讓人為她們冒些小風險。如果出錯就打電話給家族的好友說又到了這等地步。真正的教訓是：妳孤身一人，奇怪的是她早已預料到。然後她不再想下去，而是在塑膠障蔽後面感覺到麻醉生效，有什麼東西撐開她的下陰，有什麼冰涼的東西對準目標進入她的身體。

搔抓、穿刺、拉扯。馬力歐付錢，她付出代價。*我在這裡因為我想要*，她咬緊牙關想著。四個月前她失去處女身，此時也不再無辜。短暫地來這麼一下，然後有切割的疼痛。輕輕的汩汩聲，比踩到蝸牛的聲音還輕，有什麼落到盆裡。醫生發出短聲，用舌頭嘖嘖評論，就像太加斯河邊的釣客。瑪麗亞—安東妮亞向上看，光線打進她眼裡。

持續十或十五分鐘，然後把出血的開口擦乾淨。醫生解開她，帶著盆子走進廁所。「把一塊衛生棉墊放進內褲裡。」

麻醉讓人很難坐起來。她一隻手以棉墊壓著下體，蹣跚地走向衣服堆，試著讓自己穿上衣服，醫生在一邊收拾。她覺得血從自己身體滲出。

「妳要止痛劑嗎？」他問，「妳最好躺一下。妳的司機一定會等妳。」

「止痛劑。」

「如果之後大出血或是發燒，告訴馬力歐說他應該打電話給我。妳絕對不要去醫院對他們說發生什麼事。」

「好。」她接過他遞過來的小塑膠袋，放進口袋裡。

「妳從哪裡來的？」他交叉雙臂靠著放滿藥品的櫃子，和善地問。

「這裡，里斯本。」

「里斯本哪裡，阿法瑪？」

她注意到小指上有塊血斑，就往裙子抹了一把。「慕拉里亞。」

「不要和錯誤的人扯上關係，會導致和剛才一樣的結果：失序。」

「我現在能走了嗎？」

「妳怕我？」可以看得出來他喜歡這個想法。「也許妳不這麼想，但是我幫了妳的忙。現在幫妳自己一個忙，特別照顧妳自己，瑪麗亞—安東妮亞，還有耶誕節快樂。」他結婚了嗎？他有小孩，星期日上教堂嗎？他一定住在雷斯太羅，太太到奇亞多做頭髮的時候，他就搞上家裡幫忙的女孩。她最後看到的他是綠門裡的陰影，他正在洗手。前面放著西班牙雜誌的房間裡沒有人。她想到《溫夫人的扇子》的演出時幾乎笑出來，並非因為她現在就像當時在舞臺上那樣動作僵硬，而是她以為自己會發生什麼可怕的事。她的腳不聽使喚，而是自行知道該怎麼做。中間是一塊沒感覺的斑塊，一個內在的傷口，不好的回憶將從那裡找上她。也許終其一生都會。

車裡有個菸頭發亮，然後像隻螢火蟲從窗戶飛出去。瑪麗亞—安東妮亞慢慢走過去，他沒有下車幫她。整個車程她都用雙手撐著座位，好分散坑窪的撞擊力。疼痛開始而且加劇。她害怕血會從衣服滲出來。他們從西北邊開車到市中心，他們開過自由大道，她想著自己在耶誕節時會怎麼和家人坐在一起，然後去做午夜彌撒。沒有人知道這件事。邁耶公園入口前遊客如織，劇團和影片的名稱印在發亮的海報上。未來她將不會在腦子裡和寇斯塔神父對話，會把和他人無關的事保留給自己，然後從中學習可學到的東西。馬力歐把車停在馬丁蒙尼茲廣場邊的時候，她最希望他一句話都不要說，但是她沒有如願。

「妳是個女鬥士。」他熄掉引擎，雙手撫臉。「妳甚至會因此變得更強。」

「那你呢，你是什麼？職業預言家？」

「我從不必抗爭。」

「也許有一天你必須抗爭。也許你會打電話給朋友，因為你需要幫助，但沒人接電話。」

他若有所思地搖搖頭：「我犯的罪還不夠多，這個國家還不夠憤怒，還不到對我這種人宣戰的程度。那些生氣的人就和妳一樣：他們離開。而且我已經付了下半年的錢，表格放在接待處。」

「我不想再跟你拿錢。」

他的右手劃過空中，好像想把手放在她的大腿上，但是她防禦的姿態讓他打住。「我剛才等妳的時候，不由想到妳第一次到工作室來的情景，妳說妳不喜歡自己每晚在鏡子裡看到的影像，一張漂亮但是不知人事的臉。妳難道沒有那種一切已經久遠的感覺？」

「如果有呢？」

「那我想知道妳下次會看到什麼。」

「只不過你不會知道。」她咬牙切齒地說，因為疼痛越來越劇烈。

「也許有一天吧。如果妳和丈夫、小孩從德國回來，想著：真是個落後的國家。那時我無論如何都還留在這裡。」

「而我不會拜訪你。」她拿起包包，打開車門。

「等一下。」他下車，繞過車子。一股車尾燈流過，雖然沒人有錢，里斯本的車卻越來越多。

因為沒有其他可能，她只好扶著他的手，讓他幫自己下車。在對面的小教堂前聚集著前往做晚禱的人，後面慕拉里亞的房子越來越往山丘成長。有一天驕傲雖然不會壓過卑微，兩者卻會並存。這是所有的人最後可活的方式。馬力歐想吻她的時候，她不帶怒氣地給他一個耳光。他微笑點頭。瑞斯上將大道的交通阻塞，再也沒有什麼可說的。她穿過無法動彈的車子走回家。

＊＊＊

早上她被隔壁房間的聲響吵醒：斐莉琶開心的笑聲和何暮德的變聲，似乎模仿某種動物。陽光穿透拉上的窗簾，射進阿斯托里亞飯店套房，何暮德昨晚堅持訂這個房間，好讓斐莉琶有自己的臥室，讓她的父母親能不受干擾地辦事。瑪麗亞仰躺著，不知道她要繼續躺著，還是陪著父女倆。半夜很久之後她才睡著，沒有再去一次浴室。她用手撫摸像床一般溫暖的皮膚，床邊櫃上的鬧鐘指著九點五十五分。

「來，我的小馬，乖。」斐莉琶的聲音透露出對跳躍的期待，緊接而來的是激動的笑聲。套房以五〇年代的木製家具裝潢，上面有第二共和的綠鏽。有種棕色的光澤，讓瑪麗亞想到她從前就讀的那間學校的校長室，想到地板蠟和手搖把的黑色箱形電話。不知怎的，她合該在這裡夢到墮胎的事情。外面街道的吵嚷滲進室內，但旅館走廊和走道一片死寂。仲夏時，許多葡萄牙人都會跑到科英布拉，但是昨晚在舊城區只有法國人夠瘋狂，膽敢暴露在四十度的熱浪下。她慢慢轉身俯臥，感覺隔壁的聲響沉寂下來，因為何暮德傾聽臥室裡是否有什麼動靜。「繼續！嘿！」斐莉琶抱怨著。

他們明天會回到拉帕，之後在法雷西亞海灘什麼也不做，度過剩餘的假期。瑪麗亞聽到腳步聲靠近兩個房間中間的連接門，閉上眼睛，期待被她的女兒叫醒。對夢境的記憶消退。斐莉琶堅守在床邊，然後跳上床，把臉埋進被子裡，搖著瑪麗亞的肩膀。她已經穿好衣服，聞起來有果醬的香味。

「早安，我的寶貝。」她假裝因為疲勞而眨眼，把斐莉琵拉向身體。

「妳為什麼沒有穿衣服？」

「因為我覺得熱。」她轉頭，何暮德站在門邊，看著他們倆，擦著眼鏡。因為玩鬧而亂澎澎的頭髮讓他看起來像古怪的指揮家。

「妳覺得熱？」他問。

「妳都沒穿衣服嗎？」斐莉琵開始拉被子。

「我特別……」她本來用葡萄牙文，然後轉成德文說，「何暮德可以拜託你看一下我們的孩子嗎？」

「我也想知道妳是不是全裸……」

斐莉琵拉扯著被子，瑪麗亞用兩手抵擋攻勢。「這是個美好寧靜的早晨，」她抗議，只是半玩鬧著，「你們覺得還可以給我幾分鐘嗎？」

「我們可以嗎？」何暮德問他女兒。

「不行！」

他笑著走到床邊，把斐莉琵抱在手裡，把嘴唇印在她的脖子上。「在媽媽喝第一杯咖啡之前有點難搞，妳知道的。」他用兩隻手臂把她像捲起的地毯一樣抱著，看著瑪麗亞，「睡得好嗎？」

「嗯哼。你們已經吃過早餐了？」

他點頭。「我幫你偷帶了一份優格和一顆蘋果。咖啡會涼掉，我們已經起床兩個鐘頭了。」

「我吃了三片土司，」斐莉琶說，「那是一萬卡路里。」

「至少。」

何暮德看了她一眼，然後走向窗邊，拉開窗簾。一時間沒注意，瑪麗亞已經溜下床，套上一件T恤，從行李當中找出乾淨的內衣，消失在浴室裡。浴室是個沒有窗戶的空間，昏暗的燈光讓她鏡子裡的影像柔和而模糊。她低著頭站在蓮蓬頭下，讓熱水沖著頸子和肩頭。

一個鐘頭後他們離開旅館。

許多年前的一次學校郊遊讓瑪麗亞認識這個城市，基本上她覺得這裡一點都沒變。比里斯本更狹窄更陡，轉角有點髒，有個悲傷的美麗舊城區，從蒙德古河岸步行就能到達。他們沿著狹窄的巷子往上走到舊主教堂，何暮德牽著斐莉琶。近午，餐館廚房傳出烤魚的氣味。瑪麗亞流著汗，看著教堂外牆的傾頹，自覺像個富裕北方來的遊客。直到何暮德站定，四處張望，她才注意到自己落後多遠。

「我們有特定目的地，還是只是隨便亂逛？」他喊著。

「冒著掃興的風險，我寧可去喝咖啡。」走近他們的時候，她拿下太陽眼鏡，對著閃耀的陽光不禁瞇起眼睛。尋找陰影的時候，斐莉琶躲在父親身後。

「我們找家咖啡廳，還是妳要……」他疑問地歪著頭。

「如果可以，我想先坐一下，然後再看看。」

「沒事吧？妳好安靜。」

「我累了，不管是為什麼。」

他沒有回應她的暗示，只是彎身向前，親了她一下。「妳到底怎麼想的？不管我說什麼都無法說服妳。」額頭上的皺紋顯示他許久以來早就想過這個問題。他話裡指的是他們和華蘭汀一家烤肉之後，回她雙親家的路上那一番談話。繼續陽臺上的談話，以其他方式繼續沉默，瑪麗亞想著，一邊回答：「無論如何不是這樣，反正不是這個意思。」

「而是？」

「何暮德。」

「我想知道。妳那時說：你說的都對，只是這樣。不是特別鼓舞的句子。」

「你不會只因為聽到別人說不必擔心，所以就不擔心。這就是我的意思，因為擔心並不理性。」

「也許還是能理性地處理擔憂。」

「你現在想要討論這個？」

他沒回答這個問題，只是透過太陽眼鏡看著她，她在鏡片上看到自己的臉。他們站在一家餐廳附近，裡面的服務生已經把一隻手放在門把上，好幫他們開門。從斐莉琵臉上看不出她是否聽著，還是神遊地看著四周。小孩子戴著太陽眼鏡看起來很怪異，瑪麗亞想著。至少孩子的臉不應讓人懷疑他們隱藏些什麼。

「那是，」她克服自己說，「我相信你無法理解的東西。那些事對我有何意義，讓我多不安，這不是你的錯。」

「妳看，這並不能說服我。意義是可以溝通交流的。」

「所有的事情都能交流溝通。這並不意謂著對方也能理解。」他試著在和她的談話裡讓自己聽起來像個哲學家，卻只是說出司空見慣的話，讓她失去耐心。三天前他除了說出擔憂是正常的，就想不出更好的句子。認識並且接受擔憂才能擺脫擔憂，這就是他所說的「理性處理」。也許他沒說錯，但是她寧可他不要再提起這個話題。他沒給她時間，堅持想說服她，這反而使她封閉心門。

「尤其，」他說，「這不代表應該放棄嘗試。瑪麗亞，妳注意到無法這樣繼續下去嗎？對我說：你不能理解，因此這樣就好。但是這和我們兩人有關，我們一起有……」

「那讓我生病，沒讓你生病。」她打斷他的話。「有些事情不能靠說話解決；如果能這麼做，生活或許會很簡單。」

「也就是說，我們的未來由妳來決定？」

「我？」她疑惑，幾乎大笑出來。「你是認真的嗎？我不會因為我依賴你而指責你，但是這讓我不舒服，我從來不想要依賴你。」

「你知道我是什麼意思，我指的是我們家庭的未來。」

「我們非得現在爭吵嗎？何暮德，真的絕對必要嗎？我寧可坐在遮蔭底下，喝杯咖啡。」

斐莉琶靜靜地抱著父親的雙腿，直到他轉向她，問她想要吃冰淇淋還是想繼續走。繼續走，她回答。下一個轉角已經可以看到舊主教堂的外牆。曾經，招牌上不是寫著點心吧，而是酒和點心，從那個時代經營至今的一家小餐館前面還有張桌子空著。旁邊一桌坐著三個老人，抽著菸不說話。雖然高溫，三人之一戴著一頂巴斯克帽。「我們再到這裡碰頭？」她問，「一個小時左右。」

「一個小時之內我們就可以回來了嗎？」

她用眼神試著提醒他，他們倆人大汗淋漓、幸福地躺在一起的時間才過去不久。他沒有反應，於是她就蹲下來，撫摸女兒的臉。「你們兩個去散步，我在這裡等，可以嗎？」

「妳在等什麼？」斐莉琵問。

「嗯，等你們啊。」如果她開口拜託，其中一個老人一定會給她一根菸。

「我們什麼時候再去爺爺和奶奶那裡？」

「明天，我的寶貝，早餐之後就去。然後下週去海邊。妳為了漂亮的貝殼還另外準備了一個罐子，不是嗎？」

那些老人開始談論一個說著兩種語言的家庭，葡萄牙文和北方某種語言。何暮德牽著斐莉琵的手，兩人沿著巷子走。「日安。」瑪麗亞說，對鄰桌的人點點頭。其中一個人說她的葡萄牙文很好。兩分鐘後，她丈夫的出身問題被弄清楚了，她點了杯咖啡，抽著菸。她其實覺得應該對何暮德說起墮胎的事，也許她沒這麼做是為了證明她其實沒有這個義務。而且看起來就像她想在有關第二個孩子的討論當中，從袖子裡變出一張隱藏的A似的。露忒在一段有關憲法兩百一十八條的談話中提過，這是她和她的政黨意見分歧的最關鍵點，因為她的基督宗教良知禁止墮胎。何暮德是否也這麼想，瑪麗亞並不清楚，他對這個主題說得不多。當時在旅途中，她差點就對他全盤托出，但是有個晚上她喝太多酒，大概把剛吃下去的避孕藥又吐了出來，結果舊事重演，如果上帝存在，祂顯然打定主意要她懷孕。如今她有時做惡夢，但是她不會晚上醒來為那未出世的孩子哭泣。她若試著想像自己是個單身母親的生活，她就看到一個憂愁的女人，未來曾在她眼前一度開展，隨即永遠緊閉。剩下的是男性擁有第二張臉的信念，而且深信應該防備不容其他出路的依賴。何暮德可能會說這行不通。她只能承認自己活在這樣的依賴當中，而且暫時既缺乏意志也沒有力量從中解放自己。

瑪麗亞捻熄香菸，喝她的咖啡。這時太陽高掛，走過去的路人沒有投射出影子。老人又沉默下來。她把錢放在咖啡底盤上，道別，然後走幾步路到教堂去。入口前的臺階在耀目太陽下，但是教堂裡瀰漫涼爽的微光。她當年參加學生旅行也來過這裡，瑪麗亞認出那個聖水盆，是一個直徑超過半公尺的象牙色貝殼做成的。瓦思康賽洛斯先生對他們解釋，貝殼來自印度洋。瑪麗亞把手指伸到水盆裡沾水，然後畫十字。到處都有老太太坐在長凳上祈禱著。遊客觀賞牆上壁畫，在黑暗的中殿幾乎看不清楚。

告解室位於入口右側，在拉上的簾子後面，她只能看到神父的鞋子和法衣下襬。穿著全黑的女人跪在左邊小窗旁，緩慢起身前畫著十字。過去幾個月內，瑪麗亞曾多次坐在聖伊麗莎白教堂裡，明白了她如果要進教堂告解，一定得在家鄉才行。她不知道德文的告解套語。好幾秒鐘都沒有人取代老婦的位子，她覺得自己的心跳得比較快。慣用語從記憶中浮起，她做出跪下的動作，有如她自行投降。透過窗櫺她認出神父模糊的影像，他點頭作為問候，小幅度畫了個十字。她垂下眼睛，跟著他做，然後說：「以聖父、聖子及聖靈之名，阿們。」

「上帝照亮我們的心，讓妳確實知道自己的罪及祂的仁慈。」他的聲音比她預期的年輕。她沒時間整理言辭，把一切按照順序說出來。她還是學生的時候，她曾經跪在教室角落裡寇斯塔神父的椅子邊，他不要求注意套語，而是要求她把他當作電話筒一樣運用，透過這個傳聲筒和上帝說話，他特別穿得一身黑，好讓自己看起來像部電話。因此她說起祖阿嗚，以及她經常期望死掉的是他，而安東尼歐活下來。他於是要求她接下來一個星期內每天都讓弟弟開心一下，送他巧克力，或是替他打掃餐廳前的巷子；她也照做，在下一次告解的時候承認這麼做並不容易。**那麼妳再繼續做一個星期**。寇斯塔神父比較相信實際的悔悟行為而非玫瑰經。他曾說沒有捷徑，而且這取決於心。

「阿們。」她說，期望坐在封閉的告解椅上，遮蔽教堂裡的目光。「距離我上次告解已經有很長一段時間。」汗珠沿著她的脊柱滑下，衣服及膝，但是小腿暴露，她兩邊小腿都感覺到地面的冰冷。突然有個瘋狂的想法閃過腦子，想告解她懷疑父親謀殺姑丈的事。當然沒道理，也是出於報復他剝奪她在里斯本的家。

「多久了？」神父問。

「很多年了，我住在國外，我丈夫是新教徒。當然不成理由，但也有關係。我不知道該從何開始。」

「從對妳的靈魂造成最大負擔的開始。」他的聲音聽起來讓人信賴，而且有些疲累。瑪麗亞從教堂深處聽到腳步聲和人聲，開始猜想是她自己弄錯了。不管她想告解什麼，都已經成為她過往歷史的一部分，她必須與之共處，承擔後果。其他的都只是虛偽。

「主建立告解為聖事之際，」神父急切地說，「祂對門人說：接受聖靈！你們若免除他人的罪，他的罪就免除了。如果保留這罪，這罪就留存。」

「所有的罪都算嗎？」

「所有的，只要誠懇懺悔，虔誠告解以及被赦免。」

「我怎麼知道懺悔是否誠懇？」

「妳的良知會告訴妳。」

何暮德和斐莉琵在外面穿過科英布拉的巷道。一個鐘頭，她自己說過的，丈夫和女兒在場會像是負擔一般，她一定要有至少片刻的解放。神父的回答讓她困惑之處不在於形式化，而是——什麼都沒有。也許他是對的，但是透過陌生男人的原諒不是她所尋求的。不然她尋求的是什麼呢？她不知道，但是她沉默地跪在告解椅上越久，她就越確定無法從教堂找到。

「也許，」神父溫和地說，「妳還沒有準備好告解。」

「恐怕是這樣。」他的聲音裡沒有不耐，瞬間讓她不再覺得安慰。寇斯塔神父和她說話的時候，從來不曾讓她想到他只是盡自己的職責。現在她有種感覺，好像介入一個男人和他應得的下班時間。他建議她每天花半個小時探問自己的良知。他們一起念主禱文，然後瑪麗亞除了道謝以外也不知該說什麼。他的右手在分隔的木頭窗櫺前畫了個十字。

她站起來的時候注意到，她衣服上有個釦子鬆開了，她慌張地摸索著扣回去，急忙走出去的時候看著地上，就像到處都有眼光射向她。她走進燦爛的陽光下，差點在大門前的階梯上絆倒。這熱度難以忍受。片刻間其中一切似乎都被分解。

她知道她該做什麼。那是她和自己訂下的約定：不要第二個孩子，同時也不再叨念丈夫離開波昂。如果他想買房子，那他們就買房子。有團法國遊客走過她身邊進教堂。她和斐莉琶都愛他，其他的她必須自己解決。一時間她既沒鬆口氣也不擔憂，而是某種混亂的感覺，預示還要繼續努力，而且這種混亂感難以言喻。也許那是何暮德三天前所說的：我們生活著，那時他所說的意思。不再止於夢幻、書本和想法，而是真實的，還有個孩子。她這時的感覺就是這樣。正常。

15

彼得．卡洛屬於那種無法假裝的少數人之一。她立刻注意到他問候時迴避的眼光，還有已經喝掉一半的酒瓶，雖然他才剛到普蘭河岸和她碰面。現在他坐在她對面十分鐘，神經質地喋喋不休，讚美一個年輕的畫家，爾文幫助他開了第一次個展。昨天是開幕式。**畫作散放出純真**，她的朋友醉心地說，雖然他一定清楚，她今晚只對何暮德進入出版社的日期感興趣。她騎著腳踏車直接從劇場過來，想要喝口水，卻在彼得一個人喝完那瓶酒之前倒了一杯，試著擺脫整天都盤據內心的緊繃感。她成功說服彼得讓何暮德在卡洛與克里格出版社擔任企畫主管已經半年了。六月初，今年第一個真正溫暖的晚上，他們倆人在同一家餐館碰面，之後交換了幾次電子郵件，直到她丈夫願意到出版社來，和彼得面對面進一步深聊。其間已經過去三天，兩個人都沒有提起這次會面。

「認真說，」他說，把菜單遞給她，「今天誰還敢放棄諷刺投射這些廢話，直接展現對美的熱情？」

「不知道，誰？我既不認識這個畫家，也沒看過他的畫……」

「提羅．古柏斯，記住這個名字。妳想吃什麼嗎？」

「晚一點。」溫熱夏夜籠罩城市。何暮德不想對她說起在出版社的會面，不管會面之前還是後續他們一起吃午餐時。她對自己解釋，他想安靜考慮其中優缺點。他考慮得越透澈，他就越願意接受一些缺點，她這麼想，因此她在上星期限制自己只凸顯優點，他換工作會對他們倆人都有益，而且她已經在網路上瀏覽住宅市場。現在她讓眼光游移，把內心調整到接受一切都只是徒勞。鄰桌的小孩子哭哭啼啼，因為食物一直都還沒上桌。一個她已經看過好幾次的土耳其人在橋上餵食運河裡的鴨子。

「爾文目前一切都好？」她問，以免繼續聽到對美的激情。

「他服用著他的毒藥，人也越來越毒。」彼得搜尋著服務生，他的鼻翼覆蓋著細細的藍血管組成的一張網。

「什麼時候檢查？」

「下星期。還不清楚我們之後是否會多知道一點。不管結果如何，我們接著就到挪威去。你們怎麼規畫假期？」

「沒有計畫。我們兜不攏。」他們在哈齊雪廣場吃過午飯，他開車去露忒和海納那裡之前，何暮德建議飛到聖地牙哥德孔波斯特拉，斐莉琶在那裡要上三個月的西班牙文課程。他們可以一起從那裡到葡萄牙；雖然他們二十年來每個夏天都在她的家鄉度過，聽起來卻像是個突來的想法，同時也是提起今年假期的唯一談話。他們既沒訂旅館也沒訂機票。

「法克呢？」彼得問。

「你不必這種口氣，我們吃過兩次飯。」

「而且在漢堡。從那時起就很難和妳約見面，就像妳避開我一樣。」

「如果能讓你安心，我在漢堡和我女兒一起睡。」瑪麗亞說。「我們見面吃晚餐，因為在劇場裡沒辦法安靜說話。我必須說服他放棄為哥本哈根公演重新設計舞臺布景，讓那齣戲像柏林公演那樣演出。我雖然成功了，但是法克依然認為舊舞臺不可避免地帶來災難。猜猜，最後會是誰的錯。」

「我不想招惹妳，但是你們不只談劇場的事。」

「你越常提起這事，就越不招惹我。」她說，然後她擺擺手，撫摸他的手。每十秒鐘彼得就拿起酒杯，但是在他全盤托出不考慮讓何暮德坐上那個位置之前，酒可能就喝光了。她幾乎感激他的拖延。明天一早九點三十五分飛往哥本哈根。因為演出節目變更，他們會在那裡停留十天，目前導演已經把他的悲觀傳染給整個團隊。柏林劇場這幾個星期相應的也有很多摩擦。法克多次把漢堡出差延期，並且隱瞞目的，雖然所有的人早已知道究竟怎麼回事。也許他預料到他的打算荒謬，玩著他讓人猜不透的把戲之一。瑪麗亞除了跟著做也別無選擇。當他們終於坐在車裡，法克大部分時間安靜地盯著前方，摳他的鬍子，似乎神經質同時又陷入思考當中。他的嘴忙著嚼口香糖。

高速公路繞了長長一個彎來到漢堡南區交流道。車外已經天黑。易北河大橋浮現在眼前，法克終於振作起來，抬起頭，指向窗外。「應該是那裡，燈亮著的地方。」瑪麗亞一眼就看到他所指的方向，但只能看到在河的另一側被路燈照亮的一段路，遠遠看起來就像一個有著探照燈的運動場。他們眼前的假期連鎖旅館招牌發出光芒。

「不管我們要看的是什麼，你也是第一次看嗎？」

「我在網路上看到照片，」他說，「妳帶了相機嗎？」

「我的手機可以拍照。你的或許也可以。」

他們越過易北河之後，向右轉彎兩次，左轉一次，然後導航儀器宣告到達目的地。街道一側是一排不顯眼的住宅區，另一邊是半空的停車場。好幾面綠色的旗幟在晚風中飄揚。「再開過去一點，才能看到全貌。」法克說。

「是這個嗎？」刺眼的探照燈照在他們經過的三層金屬箱上，後面是一片以網子圍起的草地。瑪麗亞停好車，轉頭，就看到小球飛過空中。有如一個格子架，人們站在建築物的開放包廂裡，每個人都做同樣的動作，把白色的球敲擊到前方的照明空間裡。「高爾夫球？」她驚訝地問。

「所謂的練習場。妳玩過高爾夫球嗎？」

「沒有。」

「我沒預約，但是我們能問一下。」

「你到底要不要告訴我這是怎麼回事？我們為什麼在這裡？」

「仔細說來，大家只是在這裡練開球。無論如何我是這麼想，我也從來沒玩過。」

寂靜之中發出擊球的鏗鏘聲，瑪麗亞開始理解法克在打什麼主意。她希望萊哈特也在這裡，而且能幫她。無論如何，她絕對不可以太快反駁，或者指出技術總監聽到這個計畫會抓狂，這只會刺激法克。

外面的空氣涼爽，聞起來有柴油味。球帶著鈍鈍的拍擊聲掉到地面，到處插著小旗子。水聚集成大水坑，雨似乎才剛停不久。

「妳知道我最想做什麼嗎？」他沒轉身就直接走向圍在四周的柵欄。在對面一側，瑪麗亞發現一間裝飾著燈串的小木屋，比較像是在滑雪場山峰會看到的那種。「僱用一些會打高爾夫球的替身演員，讓他們在演出的時候把球打進觀眾席。我們在後面裝個網子，或者更好是裝一堵牆，讓人聽到敲擊聲。」

「然後某個人被球打到，我們就關門大吉。」

「觀眾要在入口簽切結書，表示知道其中風險。他們也可以戴頭盔，我們出借頭盔。」

「第二天你會中風，因為波里斯·楊科表示整個是在暗喻藝術的風險。」

法克笑出來，就好像她在說：我們就這麼辦。他雙手抓住圍欄的網孔，但是沒有爬過去，只是把口香糖吐到另一邊。「被射的觀眾。說真的，妳覺得怎麼樣？瘋狂的舞臺，對吧？」

「誰來把球再收集起來？」瑪麗亞凍得以手環繞著身體。成千上萬個球覆蓋地面，看起來就像巨大的冰雹。「我是說這裡，有機器可用嗎？」

「在戲裡不是申請庇護的難民孩子，就是領取失業社會救助金的人來撿。不時有孩子被擊中，然後穿過觀眾席被送出去。拍幾張照片給萊哈特看。」

「我們到底在說哪一齣？」

「基本上和《屠宰場》類似作用的那一齣，只不過沒有愚蠢的籠子，**那個**只是個笨隱喻，我甚至不知道是暗喻什麼。這個可以讓你玩花樣，同步，同時，錯置，交錯，交疊。不只有開放的壕溝，還有攤位可以一起用餐，時不時揮揮球桿。網路頁面上稱之為活動發球臺！」他第一次轉身面對她。

「就直接說妳不知道眼前這些是什麼吧。」

「依賴場地尺寸的東西，我們劇場太窄了。」

「我們可以巡迴演出。戲裡有上流社會，他們都配備球桿。他們在活動發球臺上喝香檳。男士們到山尼菲高光彩廁所排水。妳當時解除我對玩弄文字的憂慮。現在我能請妳注意一下，『洞』這個字在其中能怎麼玩。」

「我看出來了。」她說，忍不住笑出來。

「《屠宰場》太蒼涼，我想把人的笑聲卡在喉嚨裡，但是他們根本沒笑。沒有表現出動態，整齣戲有點卑躬屈膝，因為演員必須不時痴笑和爬行。這裡可以打高爾夫和交媾。」

「你最近不是說揭露個人沉淪沒有意義嗎？」

「那是對舞臺和舞臺所代表的一切的滑稽模仿。一堆自戀的娛樂界人士，有的表演，有的做愛。誰的球進洞，就幫誰吹喇叭，狂妄又荒謬，同時又有些中產階級成排房屋的中規中矩。看看這些牆面，真德國！」

「法克，我看出潛力了，我的疑問是……」

「網頁上就寫著：『在漢堡打高爾夫少不了高爾夫包廂』。想像一下，兩個鐘頭都是這種插科打諢。人們不敢笑出來，因為擔心錯過什麼。我覺得我只要放手去做就會想到一堆！」

她站到他身邊，看著那邊的活動。擊球臺的聲音傳過來，看不出城市和河流的模樣。在另一邊有道深色的牆圍起場地，看起來像道堤防圍牆。這是完全超出可行範圍的點子，她開始認為法克因此才想讓她看，讓她看看柏林劇場辦不到的事情。

「不是嗎？」他說，因為她沉默不語。「亞莉克絲以為我只是因為哥本哈根而膽怯，因為那裡的規模，還有那裡坐著的不是我的觀眾，妳怎麼想？」

「你想找一條連接《語言行為》的路，我只是不明白為什麼。」

「聽起來是這樣？」

「劇作的滑稽模仿戲，同時表現出惡意、俏皮和荒謬。輸送帶上的插科打諢。你還記得你有多麼不滿意劇本？」

「妳從沒看過那齣戲。」

「檔案庫裡有首映的影片。觀眾一笑就聽不到演員說什麼，而他們很常笑。」

「有些人笑到尿褲子，真的。他們褲子溼溼地走出劇場。」

「看起來有點狂野。」

「妳的劇本，而妳從來沒看過。」

「我的劇本?你指責我，說我讓你偏離你的點子。就你而言太娛樂性，肥皂劇，你說的。」

「觀眾暴走，」他說，卻沒有回應她的話，「東西被丟上舞臺，媒體鼓譟，而我再也不了解這個世界。這兩齣另類劇以前是比較好的學生劇。我不知道我的名字在圈子裡流傳。海納打電話來說，我可以在人民劇院做些什麼，聽起來像是大突破，但是我們其實應該在普拉特排演劇院上演。結果就是這樣。」

「現在你期望能回到過去，不知怎的令人感動。偏偏是你！」

「妳儘管取笑我。」

「我真的感動。」她說，因為突然想擁抱他的需求而吃驚。「那麼有人性。你老了嗎？」

「我一直都知道成功是種毒藥。」他短暫撇過頭。「我只是陳腔濫調，這算什麼。我想要觀眾再一次看到尿褲子，在我的劇場裡。」

「最快要下一季才能演出。」她用蜷縮的手指點燃一根菸。她對早期劇本做出貢獻獲得他的認可，這比他渴望再次獲得當時的成功更令她驚訝。她這期間已經和波里斯．楊科見了兩次面，但就連他也不知道，法克和人民劇院決裂之後做了什麼。從一九九三到一九九六年間，沒有任何關於他停留地點和作為的線索，既沒有訪問也沒有演出。什麼都沒有。傳記的最後一塊空白。麥凌恩最成功的劇本顯然都是他很早之前寫的，接著卻後繼無力。她是否能證實這個理論？有顆高爾夫球打到距離他們幾公尺的地上，聽聲音不是草地，而是綠色的沙，長時間看著他們單調擊球的身影讓瑪麗亞覺得壓抑。

「我們走一走？」她問，因為法克動也不動地定在那兒，「我覺得冷。」

「坦白說，我想像得更閃耀更墮落一點。這裡只是純粹功能性，像個養雞場……現在還用雅痞這個字眼嗎？」

「不，這個字眼已經過時了。我猜連大學生都會來。」

「還有這些事，我又跟上資訊了。」他把手從圍欄放下。「妳知道我怎麼注意到自己變老的嗎？我再也不是那麼有興趣給人當頭棒喝。我想那麼做，但是我伸出拳頭，卻發現他們讓我難受。他們付錢玩這玩意兒。」
「現在呢？」
「我猜四處看起來都一樣垃圾。我們回去，柏林也有溼答答的廣告旗幟。」
「我都已經來到漢堡，想去看看我女兒，行嗎？」
就像沒聽到她說話一樣，法克把手在褲腳上擦了一下，走向汽車。直到打開車門他才停下來，看著她。「載我去車站，」他說，「至少我們之一要值得跑這一趟。」
彼得探究的眼光碰上她的，瑪麗亞聳了聳肩，表示：這就是一切，其他沒什麼好說的。他們兩人中間是半滿的前菜餐盤。他們出勤回來的那一個星期，亞莉克絲看著她的眼光就像她不相信，法克在漢堡只是察看一座高爾夫練習球場。四天前她想知道，哥本哈根的訂房是否還可以改成兩間單人房，但是五樓的工作氣氛有點低迷，瑪麗亞就略過不提，反問：「你還想聽什麼？」
「所有妳想說的，其他的更不用說。」
「沒什麼可坦白的，你知道。我一生愛過三個男人，第一個目前是個成功的都市規畫家，我們已經沒有聯絡。然後法克，再來何慕德。我應該排除前兩個，就因為我已經結婚了嗎？我的心不是這麼運作的。」
「好吧。」他點頭。「我的心持續超額預定，因此妳不必期望我會反駁。」
「而且我對法克的作為感到驚奇，就連那些我不喜歡的劇本也是。不可能和他一起生活，我這輩子絕不會再試一次。但是在你點第二瓶酒之前，」她說，因為彼得的眼睛又開始四處梭巡服務生，她卻沒有興致再等下去，「我們快點結束——為什麼你不能把那個位子給何暮德？你迴避這個話題已經半個鐘頭了。」

「他說了什麼嗎？」

「沒有，他沒說。你一定要說。」

「妳的感覺是什麼？我還是認為他不想。」

「他認真考慮，並非我的感覺可靠，但是我的感覺就是這樣。自從你們談話之後，我們只講過一次電話。他承受壓力，他無助，他很樂意但是沒有信心。現在換你說。」

「你知道我多想幫你們的忙，我喜歡何暮德，自從我第一次見到他就喜歡。當時他為了我把尼采的書偷渡過邊界，我立刻就喜歡他。」

「但是？」

「我正要告訴妳！」他被激怒地說。「在那之前我想點第二瓶酒。我無法忍受妳這種母夜叉面孔。」

瑪麗亞做了個道歉的姿態，思索著他指的是哪一本書。「他偷渡了哪本尼采的書？」

「《悲劇的誕生》。」彼得回答。「你們第一次來訪，科里／蒙提納里版本才剛發行口袋書。我去接你們，我們開車去我位在東十字站的公寓。妳在車子裡把書給我，說：『拿去，何暮德冒著生命危險把這本書帶過邊界。』以妳那種嘲諷的方式。對我而言，那是個了不起的姿態，我永遠不會忘記他曾這麼做。」

「我不想讓這個姿態褪色，但是情況絕對有點不一樣。何暮德當時緊張得就像我們要開車去高棉一樣，這個我還記得。我猜想，我把書帶了過來，就說那是他做的。」

「妳為什麼要說謊？」

「沒概念。」她試著回想那一天，已經過去二十年了，最先想到那個吻，何暮德和她第一次接吻，在快鐵站前空曠的廣場上，他們在那裡等彼得。之後他們在他的公寓裡聆聽讀劇，就是令法克在電話上心醉不已的同一齣戲。她坐在地上想著，她對他未來的工作將不再重要，應該多想想自己的未來。或者這已經是回顧詮釋？無論如何就是那同一個地方，她和她丈夫在那裡第一次接吻，也是他們三天前最後一次親吻的地方。當時那個車站叫做馬克思恩格斯廣場，如今叫做哈齊雪市場。奇妙的偶然。

「那麼，」彼得拿起瓶子，瑪麗亞婉拒地把手放在杯口上，「他坐在我的辦公室裡，我們談話。也就是我試著讓他覺得這個工作有意思，而他一一反駁，就像我對他說出一個棘手的論點，而他想要解開疑團。從那時起我就能想像他在自己的職業上做得多好，我覺得自己被逼到角落。如果那是個討論，我會說他贏了。只不過我是想說服他成為我的員工。」

「你決定了。」

「是。」

「沒有任何機會了？」

喝了三杯或四杯之後，彼得終於能看著她的眼睛，把話說出來。「我喜歡他，我非常希望他不會因為這件事討厭我。我不能把這個工作給他，我和我的助手討論了很久，她的第一個評論是：他要是當上企畫主管，每次會議將會加長三小時。」

「聽起來是個實際的分析，不過用的是未來式。」

「試著站在我的立場，行不通的。」

他的助理年輕而且有魅力，是半個西班牙人，名叫諾拉・維拉思奎，瑪麗亞在出版社新址開幕儀式上曾和她聊了幾句，自問為何面對像她一樣的女人會感覺到一股固執、妒恨的怨氣。確實知道自己要什麼，也知道如何獲取的年輕女人，不必做什麼就能讓行為和良知保持協調。在幸運的這一代身上，這似乎是渾然天成。「不要再跟我提那個三十歲女人的觀點，她覺得思考什麼都不是。」

「她是個非常好的同仁，就像何暮德是個優秀的教授一樣。這就是重點，他擁有太多在他的職業裡所需要的東西，對我們會是種干擾。那不是他的錯，只不過不適合。」

「你或許可以給他一個機會。」

「就是不行！我會給一個三十五歲的傢伙機會，已經當過自由編輯，而且不必為了在我們這裡工作放棄什麼。這樣的人會獲得他的機會，然後抓住或放掉這個機會。如果抓住機會，一切都沒問題，如果放掉，至少值得嘗試。妳明白我的意思嗎？妳丈夫是個教授。」

「然後那個傢伙不是隨便舉的例子，我猜，他拿到那個位子，這才是何暮德得不到那個工作的原因。」

「妳不會想聽的。」

「為什麼?也許諾拉覺得他不錯。我遇到她的時候，她給我十分坦誠的感覺。年輕女性經常以她們的坦然贏得人心，沒有偏見，無憂無慮，總是悠然自得。他一離開辦公室，幸運的人就獲得第二個機會。你大可以告訴我這些。」

「妳看，我擔心的就是這樣。」彼得敗退地說。「我們總有一天會坐在這裡，而我必須對妳解釋為什麼行不通。但是妳不想聽解釋，妳生氣。妳從頭到尾都知道機會並不高。那是個好主意，但是不管用。」

「你是說我應該持平看待，當然，那只和我的婚姻有關，對我而言反正都一樣，你知道。二十年……那個在那邊想當上總統[32]的傢伙老是怎麼說的來著：是改變的時候了。正是如此。」

「妳知道我是對的。」

「請你一定要經常說這一句話。何暮德偶爾也這麼做，每次都很成功，我都會立刻明白他是對的。」

「我只能試著對妳解釋，否則我也不知道該怎麼做。」

「幫我倒杯酒，你這混蛋。」

隔壁桌已經安靜好一陣子，因為他們的對話越來越大聲。現在有個小女孩說：「媽媽，那個女人

---

32 指歐巴馬。

說了混蛋。」瞬間有隻安撫的手放在她嘴巴上。瑪麗亞表現出什麼都沒聽到的樣子。舒徹街公寓裡有個打包好的行李箱，以防她在客座演出之後想獨處幾天，而不是和其他人一起飛回柏林，她多打包了一些東西。

「我沒提到那些傢伙，」彼得說，「因為那和他無關。何暮德可能必須放棄教職，唯一的合理因素是我很確定他是正確的人。但是我不確定，他也不是那麼有把握，這是最簡短的解釋。我幫妳省略我對二十個同仁所負的經營責任，並且希望等我從廁所回來的時候，妳還在這裡。」

他站起來，她歪嘴微笑地看著他。鄰桌的注意力重新回到食物上。這時夜色已降，行人快速穿過街燈的光暈，幾點腳踏車燈光沿著法蘭克河岸抖動。星期五她和丈夫告別，昨天星期天和他講電話，這時她必須壓下想聽到他聲音的渴望，只傳了一條簡訊給他：彼得和我從柏林問候你，親親，M。這不是她所感覺的，而是她沒說出來的，希望他會了解。何暮德上一次來訪的時候，她可以感覺到他的緊繃，但是她沒問他原因，只是兩個人一起去德國劇場，觀賞《黑達．嘉布勒》，之後兩人儘量達成一致的看法。每次談話她們都刺探著其中的祕密訊息，諦聽弦外之音，自問從何時起變成如此，是否必須如此保持下去。何暮德和彼得談過之後，為什麼和她約在哈齊雪市場邊的一家遊客熱門店，雖然劇場和出版社近在咫尺，附近就有比較好的餐廳？她星期五的時候就已經因此感到驚訝。這是個祕密訊號嗎？

彼得回來了，指著前菜餐盤說：「飢餓也不會讓情況變好。」

「何暮德在你們的談話當中有沒有提到一個募款人？」她問，「一個年輕女孩，在他走向出版社的時候和他攀談。」

「沒有，怎麼了？」

「中午他從哈齊雪廣場邊一家餐廳打電話給我，我們約好在他離開前一起吃飯。那時我以為他找我去那家餐廳是因為就在快鐵站旁，對他比較方便。表面上我根本不知道他已經去過出版社。」

「因為你們想吃飯，所以他必須把妳叫到餐廳裡。」他說。「不管選哪一家妳都會這麼問，或是妳也可以置之不理。」

「他通常會避免選那種餐廳。而且他還喝了酒，雖然他必須上高速公路。總是有些奇怪。我本來以為那是因為你們的談話，然後他說起那個募款女孩。到你那裡的時候他遲到了，那個女孩讓他停下腳步：如果你想做件好事，機會在這裡，就是這類的話。他想繼續走，她對他說了一大篇有關公平的結構，結果他就在大街上對她大吼大叫。他真的一句話都沒提到，連暗示都沒有？」

「沒有。聽起來也不像他。」

「如果仔細聽，挺像的。」

「他感覺緊繃，沒提到募款女孩。他……無所謂。」

「什麼？」

「沒什麼。他進出版社的時候有點出汗，匆匆忙忙，如果想要應徵工作，一般會試著避免讓人產生這種印象。」

「了解。所以諾拉不喜歡，她的坦誠止於汗水。身體必須沒有細菌，沒有毛，而且……」

「瑪麗亞，該死的又來了，就直說吧！」

「我有一種不好的感覺。」她說，再幫自己添滿酒杯。哥本哈根反正會是一場災難，所以這算什麼。「在他背後籌畫是個錯誤。要是他此刻正坐在家裡、期待搬到柏林，會怎樣呢？我該怎麼對他說？」

「說那個募款女孩。」彼得懇切地回答。

「那次爆發之後，他對自己感到羞愧。」她努力將自己的念頭轉回上星期五。「我的第一個聯想是我們一年前的爭吵。面對我，他必須自制，結果連累街上一個可憐的女人。吃完午飯之後，我們站在外面廣場上，幾公尺外那群募款人還站在那裡。我以為他因此才把我叫過去那裡，因為他不能忘記這件事，想要彌補，讓他取消求職的打算。」

彼得搖搖頭。「德文課那些小小藍色的本子叫什麼來著？科尼希文學詮釋手冊……妳說話的樣子就像妳讀了有關妳丈夫的那一冊。」

「我知道那有多瘋狂。沒有直接問他，反而試著詮釋他的行為。他就是會這麼做。我們以完全不同的方式彼此相像。我甚至說不出來哪種方式，我只知道，我們第一次約會的時候我就想到了。我當時只確信那會把我們連在一起。」

道別的時候何慕德把她擁入懷裡，感覺溫和又認命。她早上在辦公室裡解決法克和亞莉克絲更改訂房的事，他們倆表現得一切照舊的樣子，她自己也是如此。萊哈特和三個技術人員會在週末先行開車出發，好看看舞臺怎麼撐過運輸。法克、亞莉克絲和她要在星期二跟著出發，先接受媒體採訪，參加開幕慶祝會。她從來不曾對旅行這麼興味索然。被她丈夫的認命所感染，她把頭靠在他胸前。他從她肩膀上方看過去，可以看到年輕人在英國文化協會前為他們的救援組織爭取會員。他沒提起在出版社的會面是好或壞訊號，或者根本不是訊號？「告訴我一些能讓我期待的事。」她請求著。

「可以期待還是可以高興的事？」

「隨便。」

「我考慮過，我們可以飛到西班牙，妳的客座演出結束之後。我們嚇女兒一跳，然後全家一起繞到葡萄牙，妳父母一定會開心，然後我們繼續我們的系列活動。」

「嗯？」

「目前為止，我們每個夏天都到那裡去。」他說。

一個月前開始，翡莉琶、嘉布麗愛拉和另一個女孩住在聖地牙哥一間公寓裡。她的電子郵件沒有任何跡象顯示期待她複雜的雙親來訪，但這也許是個機會，終止那不值的爭吵戲碼，終於對何暮德釐清一切。「去訂機位吧。」瑪麗亞說。

道別的時候，他們的吻比平時更長，然後瑪麗亞騎上腳踏車，穿過陽光照耀的廣場。附近有幾個龐克帶著狗坐在地上，對著行人乞討。她在英國文化協會前面停下來，轉身看到她丈夫消失在快鐵站入口。她毫不費力地從四個募款人當中認出和他爭執的女孩，長髮，穿著一件太大的T恤，他說過。第二個女人留著短髮，其他兩個是男的。瑪麗亞等在人行道邊緣，直到那個女孩和一個行人的談話以聳肩告終，似乎在說：那就算了。她胸前的字樣印著「為了公平的世界，沒有貧窮」。瑪麗亞慢慢地推著腳踏車穿過一群美國遊客，鎖定目標。那個年輕女孩試著接觸每個湧向她的人的目光，她手裡拿著寫字夾板，蠕動著嘴唇，就像她正對自己說些什麼。「您想做正確的事，我看得出來。」她們的眼光相交時，她說。

瑪麗亞甘心樂意地停下腳步。「從我身上看得出來？」

「稍微練習就看得出來。」從近處可以看出她臉上的過敏斑，何暮德提過的。這時募款女孩開始她的說詞：「樂施會是獨立的發展及援救組織，主旨在於創造沒有貧窮的公平世界。」

「妳的T恤上就有這些話。我在某個地方看到過，有個著名的樂團參與你們的組織。」

「我們是英雄[33]。」

「我想是，但……」

「我是指那個樂團的名稱。」

「噢。」瑪麗亞帶著抱歉的微笑停好腳踏車。她總是那麼容易偽裝起來。「我在德國生活好一段時間了，但是我常忽略很多事情。我女兒總是因此笑話我。」她說，但是這個女孩似乎沒興趣和人閒聊。

「我們在危機地區提供緊急協助，揭發導致貧窮的根本結構，尤其是長期的謀生基礎、健康、環保和教育。我們在這幾方面和超過三千個夥伴合作，這些夥伴目前位於九十九個國家。」

「聽起來不錯。」瑪麗亞打斷她的話。「就像剛才提到的，我讀過相關報導。我覺得應該加以支持。」

比起自閉似地流利背誦說詞，那個年輕女孩的喜悅更討人喜歡。「您想成為會員嗎？」

「是的，我想成為會員。」

「我們不許接受現金，請，我們到攤位去。」一張高高的圓桌放滿傳單和貼紙，有個男性同仁才剛把桌子清乾淨。軌道車嘎吱著往羅森塔廣場方向駛過。瑪麗亞看著時鐘；至少十五分鐘內她就必須回到辦公室。

「我們的表格，非常簡單。」年輕的女孩說著把其中一張放在她面前。

「我可以帶回家，之後……」她看到說話對象如何挑起眉毛，搖搖手。「不行，我了解。每個不想立刻說不要的人就這麼說，對吧？」

「要不他們想給我們一歐元，或是他們就把表格塞起來，然後消失從此不再見。那也是他們的權利，您也有這樣的權利。但是如果您想成為會員，我建議您現在就做。我們不是天主教會，可以解約的。」

「很高興知道這個。」瑪麗亞在腦子裡減去一分好感，轉向表格。她必須寫明付款金額以及頻率，可以在「用途」這個關鍵字底下，指定她想支持的特定目的。「我在想您怎麼選擇勸募對象。有什麼篩選條件可以參考，還是您自己選擇？」

「經驗和直覺。」年輕女孩稍微站得有點貼近她，就像小學老師檢查作業一樣。瑪麗亞決定每三

---

33 德國流行搖滾樂團，二〇〇〇年於漢堡成團。

個月捐五十歐元，用途則選定「緊急救援」以及「協助女性」。「喝醉的人排除，遊客完全沒指望，他們付給旅館很多錢，反正最想忘記世界上的悲慘。我個人不太會和老人攀談，雖然我因此讓許多錢溜掉。我希望您熟悉您的銀行代碼，很多人在這一關失敗。」

「我的卡片在身上。」瑪麗亞說，把卡片從袋子抽出來。「我這麼問是因為今天上午我就經過這裡一次，大約十一點。那時您似乎和一位比較年長的先生鬥嘴，不算老，也許將近六十歲。因為您找他說話，他顯然發起火來。」她從眼角觀察那個年輕女孩的臉，但她只是點點頭。

「直覺有時會失敗。此外我知道我們讓人不舒服，我們擋住人們的路，讓他們想到世界不只由度假旅行和表演秀組成。」

「那個男人看起來沒有攻擊性，就我從遠處能看到的印象來說。我在那邊沿著路走。」

「他看起來很有教養。」那個年輕女孩又靠近一些，飛快地看著表格。「我起先以為他是政府高官，但是夾克不對，反正是坐辦公室的人。就是那些喜歡假裝沒時間，或是宣稱已經是會員的人。我也聽過這種說法，如果我穿得好看一點，他們或許會考慮。您不想訂閱我們的通訊新聞嗎？」

「要啊，當然要。」瑪麗亞說，勾選適當的選項。「我聽不太明白他對您說了什麼，希望不是些性歧視的話。」

「我和我的人類善行應該放他一馬，把我的公平結構塞到我屁眼裡。我會說在歧視邊緣。」聽起來絕對比何暮德所說的糟糕，但是這個女孩並未讓人覺得她刻意把這件事戲劇化。「也許他的上司早上把他訓了一頓，或是他太太有外遇。還是有癌症。我試著不要把這些看得太和個人有關。晚上回家，我寧願想著那些像您這樣的人。」她微笑地接過填好的表格。「非常感謝，您會透過通訊報得知和企畫案相關的所有訊息，當然也會寄給您捐款收據。我們今天到此為止。」

「我很高興……」瑪麗亞尋找她的名牌，但是沒有別上。

「卡琳娜。」

「卡琳娜。我是瑪麗亞，就像您從表格可以看到的。請您忘記那個男人吧，他沒有那個意思，一定對自己的行為感到羞恥，我很確定。您的工作非常重要。」

「我知道。」她的微笑現在沒那麼真心誠意。就像她想說明自己明白捐款和施捨之間的不同，而她可以放棄後者。道別的時候他們對彼此伸出手來。**所以我丈夫是個坐辦公室的人**，瑪麗亞心想。下午她從網路找出自己究竟成為哪個組織的會員，發現自己可以認同他們的目標。她兩天後打電話告訴何暮德，自己也被勸募，而且主動允諾的時候，他聽得出來被搞迷糊了。

這時她停止敘述，感覺到彼得的疑惑，觀察著鄰桌起身離座。小女孩責備地望了她一眼，之後被父母牽著手離開餐廳。即將十一點。

「我時間也差不多了。」她說。「我明天必須在上飛機前再去一下劇場，把東西忘在辦公室裡了。我們為何必須總是喝兩瓶酒？」

「替代性的懺悔？」彼得問。「妳以為，妳叫你去哈齊雪廣場，是因為他想要**那樣**做？」

「我不知道為什麼我那樣做，就是一股衝動。我想知道那個女孩怎麼經歷這回衝突。此外我也不常有機會聽到其他人對何暮德的看法，那些不知道何暮德是我丈夫的人。」

「那麼，妳學到什麼了？」

「最奇特的是她猜測為何他會那麼生氣的那一刻，我在那一瞬間看到他，就像我當時就在旁邊一樣。我一直都知道他把事情藏在心裡。我知道他從哪裡來，他有怎麼樣的父親。但是在那一刻那完全無關緊要，我想著：這是他和我結婚二十年的效應。不要笑！那消耗了他的力量。我們其實並不適合，約會網站永遠不會把我們配在一起。我和那個年輕女人站在一起，對她而言他是個怪胎，在街上對她大吼：把妳的公平結構塞進自己屁眼裡！對我而言聽起來是：幾十年來我為了工作和家庭把屁股都坐爛了，現在我一個人留在波昂，非得期望一家小出版社給我一個職位——這公平嗎？就像他把一切怪到我頭上一樣。他的確也這麼做過，就在一年前我們大吵一架那次。但是我在那一刻才正確理解。把我們兩個連接起來的只有愛，聽起來比事實上還要浪漫許多。」

「我告訴過妳，他不想要這個位子。也許他會為妳這麼做，但是他不會因此而快樂。」

「現在呢？我可以千百次說服自己，我有權利過我自己的生活，在柏林這裡，在劇場工作。終於有工作，但這只是自我欺騙。和雷娜同齡的人都帶著自己的生命來到世界上，我不是，我是天主教徒，直到死亡將你們分開——人那麼愚蠢，以為這是種承諾，其實是種判決。」

「我明白妳的意思，但是……」

「你是同性戀，來自東德，睡過幾千個男人。你不知道我在說些什麼。」她搖搖頭，覺得自己快要言語激動起來。「我並不抱怨。多少女人在二十年婚姻之後還像我一樣被丈夫深愛著？我只是確認那是怎麼一回事罷了。不，我不知道自己確認了什麼，我喝醉了。太棒了，彼得，幹得好。我明天在飛機上也許非吐不可。」

「我可要說明：兩百到兩百五十個之間。」彼得也喝太多，用誇張的手勢強調他的話。「大部分在東德轉型後的黃金年代，我沒有後悔。每個人都有權利要求偉大的時代，那是我的，至少晚上是。妳要是從前像我一樣那麼常做愛……」

「對你的爾文滿懷敬意，不過他就停留在兩百號還是兩百五十號了，還是沒有？你至少現在對他忠實，在他生病的時候？不，你又去酒吧，你這個不貞的混帳。我整晚都能從你身上看出來。你說起對美的熱情那些廢話的時候就洩底了，我那時就知道了。你和某個年輕小夥子一起欺騙他，為什麼？」突然間她感覺到眼淚滑落臉頰，抓起彼得的手，把臉壓上去。顯然她必須在這時把自己變得難以忍受，有種內在的強迫命令她。

他同情地望著她。「我們知道妳的。在別人面前妳顯得自由而且寬容，妳也想當這樣的人，但是……沒關係的，瑪麗亞。只是別做出妳沒來由被不安的良心擊倒的樣子。也許妳媽讓妳這麼以為，妳死去的哥哥，或是上帝親自這麼做。也許我終究是個比妳好的伴侶，而妳卻對我大談忠實。我們談的就是這個，不是嗎？」

她吸了吸鼻子，點點頭。「不要再說了。」

「停止折磨妳自己。」

「你就像那時的安娜，我曾有過的最好的朋友，即使她和我完全不同。但是我搶了她室友的男人，她沒有原諒我。**妳要是知道妳對她做了什麼**，她那時說。她飛回巴西的時候，我想送她去機場，但是她不允許我這麼做。我們最後一次談話是在電話上爭吵。」她停下來，擦了下眼睛。「我可以例外地付今天的帳單嗎？」

「妳可以做任何事，除了騎腳踏車回家。我們該拿何驀德怎麼辦？」

「我很抱歉把你拉進這個處境。」她說著，向服務生招手。「我早該知道。我不希望他從你那裡得知這件事。那是我的點子，我必須自己告訴他。」

「妳什麼時候會這麼做？」

「先到哥本哈根，其他的再看情況，如果時候到了。」她說，給服務生豐厚的小費，離開花園的時候，她攬著彼得。「老實告訴我，爾文的檢查結果如何。」

「檢查，我怕死了。」

他們停在運河橋上邊緣，彼得把她的臉捧在手裡，就像要吻她一樣，一瞬間她期望他會這麼做。就是這樣。在街燈下顯得一切都在晃動。「不要做未經思考的事，妳聽到了。」他說。

「什麼未經思考的事？如果我能及時看出來。」

「我認真的。妳屬於那種越沒有選擇，行動就越不可預測的人。從外部看起來就像是種自發行為，事實上這是迷失的人對自由的渴望。如果他們只有一個選項，他們就會做出完全相反的事。」

她沒有回答，往橋上走了幾步。金屬路樁是要防止汽車停到寬廣的步道上，另一邊的車道直線通往地鐵站。她經常自問，安娜不知變成什麼樣子，但從來不曾做些什麼找出答案。她聽到彼得在她身後和計程車中心通話。「三分鐘。」他說，然後又把手機收起來。也許他是唯一能聽她說任何事情的人，但是今天太晚了，她必須上床睡覺。總有一天，瑪麗亞想著，她轉身面對他，聳著肩膀：「現在我該拿我的腳踏車怎麼辦？」

16

雲一遮起太陽，哥本哈根就轉涼，兩天前到達這個現代、友善城市機場的時候，氣溫十九度，有個名叫波笛爾的年輕女士來迎接他們，自我介紹是任何問題的商議對象，任何嚴格說來和表演無關的問題都可以找她。晚上的活動、住宿、觀光——「任何時間都可以來找我。」她以北方博人好感的口音這麼說，她的德文不是那麼重視文法形式。就和大部分的戲劇節參加者一樣，柏林劇場團隊住在海軍上將飯店，從前是個港口倉庫，從向海那一邊的房間望過去，可以直接看到新的劇院。新劇院是以銅、玻璃和灰色石磚建築的優雅方正建物，正面以柱子撐起突出水面，一條通道環繞著整個玻璃牆面的大堂，邀請光線和人們填滿巨大的內部空間。「開放空間原則。」波笛爾導覽的時候表示，整個活動的名稱因此而來：「**開放日——歐洲戲劇節**」，印在海報以及正門邊的橘色旗幟上。

雖然首相和王室多位代表人士參加，昨天的開幕式進行氣氛輕鬆。大廳裡擠滿了人，但是舞臺布幕還是合起，演講者依次恭喜哥本哈根人擁有新的劇院，預祝戲劇節參與演出者成功，並且強調藝術激起創造性混亂的重要性。一切都在法克以突發的評論讓他的不滿得以宣洩之前就結束，讓瑪麗亞鬆了口氣。從泰格爾機場起飛之後，他變得不太說話，咬手指甲，等著一切如他預言的發生。萊哈特報告說舞臺籠子的兩根支撐柱在運輸途中彎曲，必須加以更換，也只不過讓他譏刺地做出鬼臉而已。比起到處張牙舞爪，他壓抑怒氣的時候更難相處。觀看修理鐵絲籠的時候，萊哈特和他在空曠的空間裡說話，就像對看不見的第三者說話似的。損壞的支撐柱被更換下來，結構穩定，但是在一定的燈光角度下，看得出來不是原先的材質。

「看起來可真美。」法克冷冷地說。

星期四用過早餐之後，瑪麗亞和波笛爾到機場去，好迎接劇團的人。沿著新港碼頭是一排裝飾外牆，在那前面，遊客一大早就坐在路旁咖啡座裡喝啤酒。修長的教堂尖塔高聳入藍天。前往旅館的路上，演員們不是那麼興奮，一個半鐘頭之後就要開會，接著就是首次排演。「首次演出前的安排相當緊湊。」瑪麗亞說，「我們今天先在側邊舞臺做義大利式讀劇排演，明天在大舞臺上全程彩排，沒有更多時間可以用。之後的週末休息。」

「隨法克高興。」某人回應，之後大家從噴上贊助者商標的小巴士下車，把行李帶到房間。

十一點半，大家在被稱做「王翼」的側邊舞臺集合。法克、演員、萊哈特和他的兩個工作人員、亞莉克山德拉、負責此行服裝的雷娜，再加上提詞人，以及有著灰金色鬍子、負責排演事宜的丹麥人拉爾斯・塔夫德路普。法克已經對他開罵過了，因為他想要一個封閉的排演空間，不然就想立刻上大舞臺排演，好讓字幕跟著跑一遍。但是大舞臺現在已經架好《大屠殺之神》的布景，這是蘇黎世劇場今晚公演的開幕劇。還有另一組來自布拉格的劇團也在劇院裡，主角昨天晚上得知母親去世的消息，已經立即趕回去。現在他的夥伴需要空間，好處理震驚的心情以及安排演員調度；他們占用柏林劇場今天本來的排演場地。除了法克・麥凌恩，每個人都認為這理由足以讓他們破例地使用側邊舞臺排演。

「那面牆可不可以放下來？」他問，卻非朝向特定人士。「還是我們整個排演時間都要看著那邊的時尚垃圾？」王翼像飛機庫大小，可以用升降牆和主舞臺隔開，升降牆這時已經升起。一旁的技術人員穿過一個亮得刺眼的白色箱子，裡面除了幾張椅子之外，沒有其他道具。瑪麗亞點點拉爾斯・塔夫德路普的肩膀，把法克的問題翻譯成比較禮貌的請求。昨天的媒體時間她就必須坐在一旁，注意他的壞心情不至於破壞談話氣氛。「可以把向後那一側也關上嗎？」她問。

「可以，但是向外的大門要開關幾次。現在一直要搬些道具進來。真抱歉不能讓你們使用紅房間，已經被預定了。」

「我們沒問題的。如果法克大小聲，不要理他。」

「我反正聽不懂德文，時尚垃圾聽起來也挺可親。」

「他這麼做是為了讓劇團把皮繃緊，不是針對個人。」

「如果還有什麼事，打電話給我。」他向對講機說了些什麼，然後轉身離開。幾秒鐘後，分隔牆降下來，但是這個空間還是太大，演員失落地站在修好的鐵絲籠旁邊，可以看出法克只想中止排演。他短暫說話，最後拍了兩次手，試著看到每個人的眼睛：「這些人會喜歡那邊上演的東西，漂亮的噱頭和無害的惡意，粉飾太平的劇場。他們不會愛我們，狗屎。就切腹一回放膽演吧！」

一時間沒有人動。

「怎麼回事！」他喊著，再拍一次手。「你們站在那裡像個小學生，害怕讓自己顯眼。動起來！就算要完蛋，也要一起沉淪。大屠殺我們也會。」

團隊猶豫地站到從排演已知的定位上。法克為每一齣戲想出特殊的熱場方式，讓工作展開。他大聲叫著「嗨！」然後往女主角卡蒂・霍普方向做出劍擊動作，她萎靡地接招，直到被旁人驅策，象徵性地被殺為止。工作人員興致盎然地望著圍成一圈的演員，揮舞著看不見的刀劍，迸出武打叫聲。反應太慢或錯誤的人就出局，瑪麗亞是最先往旁邊站的人之一。之後亞莉克山德拉坐在她身邊，他們看著法克怎麼努力透過朗讀保持獲取的集中力。技術人員拿著聲音刺耳的通訊器材走在大廳邊緣，一部堆高機來回行駛，演員的聲音消失在廣闊的空間裡。「我要為此贖罪。」亞莉克絲說。

「不只妳。」

「我以為這會是個機會，雙重意義的大舞臺。」

「他還在奮戰，這是好跡象。」

「不，他先消耗自己，然後……」她沒說完這個句子，而是咬著下唇。她保持勇敢，但是無法隱藏這次公演讓她的神經緊繃。瑪麗亞不知道法克和她目前情況如何，開心手機此時顯示短訊。「波笛爾有事要討論，」她說著一邊站起來，「法克問起就說我在外面。」

「順便幫我抽根菸。」

穿過一條狹窄交叉通道，她離開舞臺區域。陽光和壓低的聲音充滿大廳。一家叫歐菲莉亞的餐廳在入口前方左側擺了桌子，波笛爾從她的位子站起來招手。她的金色長髮和雀斑讓她看起來像哈齊雪市場邊的勸募女孩，使得瑪麗亞想起她從四天前就沒有聽到何暮德的消息。「排演如何？」她心情愉快地問。她的馬球衫上印著王室劇院的標誌。

「還好，空間不理想。」

「真的很抱歉。多點時間，我們本來可以在舊劇場找到些什麼。」那是舊的劇場建築，距離這裡步行只有十分鐘。「至少我拿到妳的票了。我本來不想打擾妳，但是我還必須再去一趟機場。」

「沒問題。」五月劇場聚會的時候，瑪麗亞錯過《大屠殺之神》，但是她不想錯過觀賞珂琳娜・基爾霍夫演出的機會。她廣受讚譽的《三姊妹》首演已經過去二十年。「太棒了，非常感謝。」波笛爾把票遞給她時她說。

「我還有咖啡折價券，如果妳想要來一杯。加牛奶還是不加？」

「我要不加的。」她回答。她今天已經喝了四或五杯，其實還必須回到排演場，但是已經中午，而且也是打電話的好時機。她拿著濃縮咖啡走到散步大道上，叼了一根菸，撥打何暮德的手機號碼。微風吹動水面，咖啡館客人占據入口前的椅子，把臉朝向陽光。

「哈囉。」響了一陣子之後他接起。

「哈囉。我以為你不能接電話，我打擾你了嗎？」

「什麼都沒打擾。喝杯咖啡，想著我太太正在做什麼。妳打電話來真好。」

「我今天喝好多咖啡，心臟跳得很奇怪。」

「在哥本哈根有壓力？」

「其實我比較希望聽你說話，這裡沒什麼開心的事情。」她等了一會兒，但是何暮德的腦子裡似乎還想著工作，於是她說起布景的問題、排演時間爭奪戰，以及法克的壞心情。「布拉格的劇團比我們還需要自己的空間，每個人都看得出來，但他還是抱怨連連。媒體時間裡，他試著裝得有趣些，但是聽起來只顯得高高在上，每個人對我們都很友善。我希望他至少有一次行為不會讓我想著我必須介入。」她承認有時會因為他的行為而感到羞恥。何暮德以靜默的心滿意足領受，雖然訊號不好，她還是察覺到了。在散步大道邊緣，她蹲了下來，放下咖啡杯，看著水母在水裡游動。目前白色帆船交錯的地方，將來會築起一座橋，好連結新港城區和克里斯提安港，波笛爾是這麼說的。克里斯提安港那裡是否還有販售大麻，這個問題讓她短暫吃了一驚，然後她點點頭。但是她幾乎從來不去那裡，大麻社區不是她所好。

談話一時間沒有特定主題。對瑪麗亞開玩笑似地要求他到哥本哈根來陪她，何暮德並不回應，反而說起一個中國博士生最近交了論文。應該寫得不好，但是他就像健保一樣，必須接受每個學生。他聽起來有些怪怪的，比起她的來電不是時候，他似乎還隱瞞更多事情。

「我有種感覺，好像我們很久沒見面了。」她說，「比一個星期長。」

「我一直都有這種感覺。妳最近和彼得．卡洛吃飯究竟聊得如何？」

「不錯。」她把抽完的菸頭彈到水裡，從菸盒裡抽出另一根。線路裡的沙沙聲和風聲混合，因為何暮德又沉默起來，她就佯稱彼得向他問好。這時波笛爾在入口旋轉門前給她一個訊號，**裡面的人找妳**，應該是這個意思，但是瑪麗亞裝出沒看到的樣子。那種有什麼事不對勁的感覺越來越強烈。「你還記得你第一次和他見面的情形嗎？」她問，她指的是那次兩人一起去東柏林，就是幾天前她和彼得說起的那次。「你還記得我帶給他的那本書嗎？那本尼采的書。」

「我記得。」

「你看，我完全忘了。我顯然幫他把那本書偷渡過境，然後說是你偷渡的。是這樣嗎？」

「的確如此，」何暮德說，「妳怎麼現在突然提起這事？」

「直到三天前彼得都還以為是你把書帶給他。我們說起這事，因為他認為自己從一開始就對你有好印象。因為那本書。」

「然後呢？」

「我不管怎麼想都不明白，我當初為什麼那樣說。目的何在？我想幫你們兩個牽線嗎？」

「我後來問妳，妳說，彼得是那種很容易感動、心懷感激的人，即便是為了很小的事情，而這讓妳覺得不舒服。」

她模糊地記起在車裡的那一刻，她把書從袋子裡拿出來。他們三人沿著法蘭克福大道行駛，那裡有塊帶著莫斯科氛圍的區域突兀地出現在柏林中心，她第一次看到那個地方。她還記得他們停在一家消費合作社前面，彼得走進去，何暮德和她留在車裡，那是接吻之後兩人第一次獨處，共同面對後續怎麼發展的問題。這時他似乎在思索，她為何突然說起當時，雖然他試著不要多說些什麼，瑪麗亞還是察覺到他因為沒時間而對這通電話感到不耐煩，打電話本來就是婚姻共同生活的不良替代品。**我們究竟為誰演出這齣喜劇**，他私下想著。

「波昂有什麼新鮮事嗎？」她不安地問。

波笛爾又出現在大廳玻璃後方，往她的方向打手勢。

「我想讓人過來整理花園。也許要砍掉屋前的櫻桃樹，否則樹根會侵蝕地基。」

「嗯哼。誰說的？」

「妳丈夫。其實我考慮賣掉這棟房子。」他假裝脫口而出。

「什麼？」

「對我一個人來說太大了。」

「嗯，你什麼時候開始有這個想法的？」

「不是想法，這是事實。房子對我來說**就是**太大。」

「或許是，但是讓我在電話上面對這些事並不公平。我很快又要進去劇院了。」

「我還什麼都沒做，瑪麗亞，只是有這樣的感覺。我有點驚訝……我的意思是，不能說妳會眷戀這個房子。」

「我有種奇怪的感覺。你想的該不會是：房子對我來說太大，所以我就賣掉它。那是我們的房子，而且你不是唯一在過去這段時間思考很多事情的人。」如果她不在兩分鐘內出現在劇場內，法克就要爆炸了。

「我在聽。」他說。

「我們不能現在談這件事，我真的必須進去了。我們下個星期再說好嗎？你找好航班了嗎？」

「還沒。」

「但是你想和我一起飛到西班牙對吧？去找斐莉莛，然後再去葡萄牙。這還算數，對吧？」

「對。」他的回答幾近冷淡。「一定。」

「而且我想把我們的生活做不同的安排。我還不知道怎麼做，但是一定讓我們都不會受苦。我們辦得到嗎？」

「我們夠堅強，我們辦得到。」她搬家時說的話，他譏刺地引用，在他想不出其他話可說的時候。她第一次自問，他是否停止相信他們的婚姻，只是等著她也照做。波笛爾消失了，法克從通往大廳的走道衝出來，即使透過反射的玻璃牆，瑪麗亞還是看得出那股怒氣，把他像個苦行僧一樣趕出大廳。

「何暮德，我做錯了嗎?我不是指我是否傷害了你，或是讓你難以面對這個情況。我是說：我犯了**錯**嗎？」

「答應我。」

「就我所知，沒有，沒有不能修正的錯誤。」他說。「我們會找出一條路，一起。」

「從哥本哈根回來，然後我們再談。」

法克發現她，轉向出口，但是何暮德還沒有要掛掉電話的跡象。她非常緊張以至於根本沒注意到自己怎麼回答他的問題，問到斐莉琶有什麼消息。她的上一封電子郵件是上星期。怎麼可能二十年後她還是難以想像，她丈夫腦子裡想什麼?「我會找她說話。」他說。「她一定有男朋友，妳怎麼想？」

「我必須走了，何暮德。好好照顧自己，好嗎？」

「妳也是，不要因為大獨裁者而壓力太大。」他說完這句話的同時，法克正從旋轉門走出來。瑪麗亞按下按鍵。他差點撞倒一對帶著小孩的夫妻，他開始咆哮之前，咖啡館前的客人都驚訝地望著這憤怒揮舞雙手的人物。

「該死的混蛋，妳躲到哪去了？」

她沒有回答，只是把手機收起來，把咖啡杯從地上拿起來。鴿子在厚厚的木板上找東西吃。

「現在正在排演！」法克叫囂著。「我們這齣戲會變成怎樣，對妳都無所謂嗎？」他做出一個動作，就像想把她推到水裡，但是在她面前一公尺處停下來，盯著她。他曾帶著同樣的表情，站在里格尼茲街的窗邊，把她的書一本接一本地丟到院子裡。突發的怒氣，看起來不像忌妒，只是傲氣受傷突然間出現，就像昨日才發生。

「不要吼叫。」她輕聲說。「發生什麼事了？」

「反正妳無所謂。」

「我被叫出來，必須打電話。發生什麼事？我以為你們只是把劇本念一次。」

「妳有注意到，重要的是現在每個人都必須在場嗎？沒有人能偷溜，就像和整件事無關一樣。這不是該死的郊遊，即使妳覺得是這樣！」

「不要吼叫，我說過了，我是認真的。」

「妳必須和誰打電話？」

「我丈夫。」

他點個頭表示知道了，其中有些最終決定的意味。當時他沒有停止把她的書從窗戶丟出去，就連她往下跑，好至少撿起最重要的書那時也沒停止。也許他甚至瞄準她丟。「而且這也不是新的劇碼，」她說，「早記住了。」

「跟屎一樣。像臺老車似的嘎吱咣噹。羅柏特完全走味。」

「我們已經在柏林演過上千次了，也是和羅柏特一起搭檔。」

「不要說我們，如果妳根本不在乎。」

「還有兩次，然後你就可以把它倒進垃圾桶，寫新的劇本，你在漢堡說的那一本。」

「倒進垃圾桶。」他輕視地說，雖然她借用的是他的說法。「聽妳說的，妳到底是什麼東西？」

「你中斷排演了嗎？還是他們在裡面繼續念？」

「有時我常問自己，妳為什麼到柏林來，為了什麼？」

「我也開始問自己這個問題。你曾經說過你需要我的協助。我想工作，所以產生這樣不可能的安排。」

「這對妳意謂著什麼，工作？用一點戲劇裝飾一下妳無聊的人生？如果不在乎結果最後變成什麼一定挺美。可以站在哥本哈根的太陽底下，和丈夫聊天，抱怨這裡有多辛苦。我希望他有同情心。」

「他一定能感受的。」她不動地站在那裡越久，那個記憶就越強烈。她的生命裡有另一個男人，當時對他的傷害比不上她越來越不樂意讚嘆他的工作。直到她在史提格里茲找到房間的那幾個月，他沒做什麼好贏回她，卻做了一切能傷害她的事情。把書丟到院子裡只是前奏。

「如果超過妳的能力，妳可以離開。」他說。「奮戰一直不是妳的專長，妳寧可回頭，每天下午看連續劇。」

「對。」她說。「如果一定要這樣，我就回去。我應該這麼做嗎？」

他伸出右手的時候，面目十分扭曲，瑪麗亞嚇了一跳，他向旁邊跨了一步，下一秒她就聽到好大的水聲。劇院前的訪客驚嚇地轉頭，有幾個跳了起來，開始急促地打手勢。不知怎地她讓自己不要轉身。他雖然不是游泳渡海到西邊來的——她從波里斯．楊科那裡得知——但是他能讓自己保持在水面上。她無論如何都不想幫他。好幾個行人跑到大道邊緣。「好一灘髒水。」她聽到法克說，吐唾了幾回。一片激動之中，沒人注意到她。

有些人從來不會改變，瑪麗亞想著，走回劇院。

在被稱為商店舞臺的大舞臺上公演雖然沒讓人失望，可也說不上得意之作。演員表現得很壓抑，字幕出現要不是稍早就是稍遲，使許多關鍵點毫無作用地浪費掉。掌聲出於善意或禮貌，比不上前一晚《大屠殺的神》獲得的掌聲如潮，讓演員一次又一次地上臺謝幕。劇團許多成員事後表示，他們有種表演沒和觀眾投契的感覺。雖然布景在商店舞臺上顯得太小，歸功於巧妙的燈光看起來還不錯，在後舞臺張起的布幕上投射出陰影，讓鐵網籠子顯得比實際上大。後續的接待會開始幾分鐘後，法克就消失，其他人很開心演出結束。沒有人想承認，但是從舞臺看過去，新劇院巨大而且比起家鄉劇場高很多的大堂令人膽怯。

週末每個人各走各的路。部分劇團人員在德國有義務必須履行，於是在星期二返回。瑪麗亞造訪藝術畫廊，星期天下午在舊劇院的咖啡廳裡坐了三小時，翻閱雜誌，整理自己的思緒。何暮德的手機關掉了，維納斯山那頭沒人接電話。彼得幾天以來都在沒有手機訊號的挪威峽灣。他對檢查一字未提不是好跡象。她的緊繃有時稍微消退，坐在陌生城市裡，從家庭生活裁出一段，感覺像自由。外面下起陣雨，把行人趕到最近的巴士站。她有興趣旅行幾天，到瑞典或是北方更遠處，也許她可以要到彼得的地址。

法克跳進運河之後顯然往旅館方向游去，一個沿著散步大道跑步的人，對他大聲呼叫並跟著他，那人似乎認為他身處莫大危險當中。他從一個安裝在堤岸上的扶梯上岸，步行到旅館房間，換好衣服，十五分鐘後向等著的劇團宣布從頭再讀一次。因為有個丹麥記者觀察到整個事件，戲劇節參加者此時取笑這個來自柏林的瘋狂導演，先是對著一個女性路人咆哮，然後跳進水裡。也許是附加節目裡的表演，或是抗議歐洲難民政策。提及他的劇作標題，法克在訪問當中宣稱，《屠宰場》總比像開放之屋這樣的陳腔濫調符合歐洲現狀。

那件事之後，他還沒和她說過話。

星期天晚上很晚的時候，瑪麗亞發現她的語言信箱裡有一條訊息，把一切變得更複雜。仔細說來不是訊息；何暮德聽起來像是喝醉了，似乎不知道自己對著答錄機說話。「可惡的垃圾。」她聽到他這麼說，然後是一串意義不明的胡話，直到錄音突然中斷。她回撥的時候，接到的訊息是所撥的電話號碼無法接通。她撥他的號碼無數次，試著用一部好萊塢抒情片轉移注意力。她把聲音關掉，讀著丹麥文字幕，問自己是什麼原因讓她的丈夫考慮賣掉房子。他計畫到柏林來，或者他只是不想繼續住在讓他想到身為一家之主的生活空間裡？沒有B計畫讓情況變得很糟糕，即使她也和他一樣寂寞。

「……目前無法接通」，這個聲音在她耳朵裡重複著。她考慮打電話給雷娜，和她到前廳的酒吧裡喝點東西。她點了好幾次對方的號碼，但是沒有按下撥出鍵，反而站起來走到窗邊。她丈夫為何喝酒喝到一個無法使用手機的狀態？下方旅館入口前，賓客相互以親吻和大笑聲道別，背後大理石教堂被照耀的圓頂發出光芒。一點的時候她上床睡覺，夢到一座舞臺，臺上下著暴雨。她不時醒過來，聽著屋裡的聲音，有時不知道自己醒著還是睡著，以及自己身在何處。到處都是同樣的問題，如果她覺得劇場對她沒有意義，那什麼才有？哪些情況下她會樂意離開柏林而不覺得是種敗退？

星期一早上，煤灰色的雲籠罩城市。瑪麗亞慢慢淋浴，吃一點早餐，剛要走向劇院，就收到祖阿嗚的短訊。阿圖爾抱怨心臟不舒服，短訊裡寫著，也許必須送他到醫院去。因為露德絲在電話上沒辦法清楚描述情況，他也不知道詳情。也許是個假警報。瑪麗亞一時定住，無法清楚思考。清爽的風從海面吹來，預示夏日將盡。三分鐘內就要在劇院裡進行下一場媒體對話。祖阿嗚提到假警報根本就不算數，那只是他典型的行為方式。因為在拉帕沒有人接電話，她從大廳寄了封簡訊給弟弟，然後向上走到漆成紅黑兩色，名為亨克的休息區，法克正在那裡等著她。

「這根本很白痴。」他沒有問候她就說。「兩場演出當中隔著四天，在一個這麼無聊的城市裡。」

「哈囉。」

「什麼？」

「我說哈囉。」她關上門，脫掉她的夾克。「我們今天要和誰談話？」

「一個所謂的文化廣播人申請的。」他越過寬闊的會議桌推給她一張紙條。「我必須跟著做這些蠢事嗎？已經是第七還第八個訪問了。」

「我之後會幫你買隻冰淇淋。問題是我為什麼在這裡，我要幫你翻譯，還是注意不要讓你說錯話？」

「我已經發現我喜歡當老大，就是這樣，讓妳為我工作帶給我樂趣。」他的牛仔夾克掛在旁邊空著的椅子上，用一種帶著諷刺意味，但是顯得鄙視的扭曲臉色打量著瑪麗亞。「妳看起來很累，慶祝了一番嗎？」

「我父親生病了。」內心的不安讓她不選擇紅色的椅子坐下。天花板和牆壁塗裝讓人產生一種印象，以為空間向外側走低。視覺欺騙，讓她產生一陣封閉恐懼症。一大早她又兩次試著打電話給何暮德，但是手機還是一樣關機。

「嚴重嗎？」法克問。

「我也許會從這裡直接飛到葡萄牙。他八十四歲，已經發作過兩次心肌梗塞。」

「我還記得，所有的人都說自己父母壞話的時候妳有多尷尬。我是說在公社那時候。妳從來不照著做，雖然妳可以拿住在鄉下、信天主教的父母大占便宜。」

透過狹長的窗戶可以看到大門前的廣場，廣場再過去，水路大轉彎的地方，有一艘相當大的遊艇駛進新港碼頭。她視力所及，甲板上坐著年紀稍長的男人，膝蓋上放著啤酒罐。「亞莉克絲不來嗎？」她問。

「不來。」他說，卻不讓話題轉移。「還是我弄錯了？我從來沒聽過妳說家裡一句壞話。」

「每個人都說自己經過抗爭，做出一副投身政治的樣子。事實上他們只想彼此認證自己的父母是白痴。當作行動綱領相當不足。」

「妳還記得沃勒．卡明斯基嗎？」他問。「沃勒，認識牆壁那個，和水管說話，可以聽到電路的那一個。公社裡的萬事通。」

「他不太了解我們房間的牆壁。他怎麼了？」

「過世了。我昨天收到他姊姊的郵件。過去幾年他和她一起住在南德。」他嘆了口氣，搔著鬍子。「我一離開柏林，我的生活就顯得很怪異，雖然讓我的生活看起來稍微正常的那座城市已經不在了。沃勒在九〇年初就走人了，**不再是我的世界**，他這麼說，所以他就消失了。可惜我沒地方可逃。」

瑪麗亞從玻璃反射看出他的眼光如何直直盯著她。「為什麼你那時告訴每個人你從東邊來？」她問。

「因為的確如此。」

「楊科給我看了一張下薩克森邦一個小地方的照片，那是你長大的地方。」

「派納。」他說出這個地名就像把櫻桃核吐過桌面，但並不顯得驚訝。「中德運河上的珍珠。我一直都拒絕感覺和那個地方有所牽連。」

「你曾經是射擊協會的會員。」

「我以為可以把武器帶回家。」

「你因為我的關係而編出逃亡的故事嗎？」

「這樣聽起來比較有趣。而且我在波茲坦出生，即使我幾乎不記得那座城市了。妳不想坐下嗎？他們通知我那個記者會遲到十五分鐘。」

「繼續說。」她說。

「離開東德的時候我四歲。兩年後我父母離婚，我媽回到東邊。然後牆被蓋起來，我只能留在派納我老頭身邊。他是鋼鐵廠裡的工程師。有幾個女人不能長久留在他身邊，他把錯推到我頭上。或許也對。高中畢業之後兩天我就跑掉，從此以後不曾再踏上那裡。幾年前我老頭死了，但是我沒參加喪禮。楊科也知道這些嗎？」

「不知何故你讓我覺得你很可憐。」

「我很驚訝妳現在才知道。謠言早就傳很久了，卡斯托夫那時告訴每個人。沒人想追究這件事被我當作我的時代已經過去的證據。對楊科說多謝。妳一定和他睡過，還是他主動告訴妳的？」雖然已經有足夠的日光透進室內，天花板還是點著兩打沒有燈罩的燈泡。她充滿輕視的眼光傳不過去，他自顧自地繼續說下去。「我還記得沃勒有一天打電話給我，那時《語言行為》剛演出。我一個人住。嗨，我是沃勒，他說。我聽說你現在在演出什麼。我說，是，我導了一齣戲。那怎麼樣，一切順利？我說，對，相當成功。這樣啊，他說，然後掛斷。我收到郵件的時候想著：又少了一個。他死於酗酒。」

瑪麗亞離開窗邊，在他對面坐下。手錶指著將近十一點，手機螢幕暗著，沒有祖阿嗚的回應。就像大家約好了一起切斷和她的連繫。

「我知道妳現在擔心別的事情，」他繼續說，「但是我可以問問，妳認為社會上的瘋子人數長時間下來是否維持一致？或者妳會說他們增加還是減少？我是指那些有原則和骨氣的瘋子。我感覺他們變少了。反正沃勒的位置會一直空著。」

「什麼原則？他是個酒鬼，可能還精神失常。」

「或許。他有一次被一個電影團隊找上，好幾年前。找他在酒館一幕當臨時演員，因為他有正確的臉。對他來說，他可以賺大把的錢。而且是他常去的一家酒館，但是他說了：我有事要做。之後他再也沒有出現在那家酒館。我說的就是這種原則。」法克把雙臂交叉在腦後，在桌子底下把腳伸得長長的，幾乎快要碰到她的腳。「海納總說：人類存活取決於他們創造混亂和阻止秩序的能力，說得對。因此像沃勒這樣的人不可或缺，即使社會並不感謝他們。」

「除了因為你得知他的死訊之外，我們這麼詳細說起他有什麼理由嗎？」

「我讓妳無聊嗎？」他問。「九〇年代我去找過他幾次。他姊姊住在鄉下，房子的附近有條河，我們下午都在那裡消磨。沃勒試著計算水流，裝設自製的陷阱好抓魚。我們坐在岸邊好幾個小時，一句話都沒說。對我而言那是某種療癒過程，我相信那對他而言根本無所謂，我是指我坐在他旁邊。我們也沒抓到魚。」他看著她微笑。「沃勒．卡明斯基，而且是個藝名，事實上他叫做卡爾．艾茲哈特．麥爾霍夫，但是這個名字當然和十字山不搭調。他姊姊叫他卡爾．艾茲哈特的時候，我差點尿在褲子裡。那一家子曾有無限的錢，退化到骨子裡的神經病。」

「你本來就叫做法克．麥凌恩嗎？」

「對，一個東德的名字，讓事情簡單一些。仔細說來我叫法克．萊侯特．麥凌恩，跟著我老頭叫的名字。」他的微笑又變得高傲。「如果妳不想要，妳不需要坐在這裡。我是說，妳反正只盯著手機，我只是自言自語。如果我是動物園裡的大象，我會把頭搖來晃去。」

「對我們這些非自閉症者而言，知道別人過得如何通常算是重要的事。」她說，但是收起手機。

他們相對無言地坐了一會兒，外面傳來船笛聲和腳踏車鈴聲。下午她會搜尋飛往里斯本的航班，並且打電話給斐莉琶。

「說真的，」法克說，「為什麼妳要嘗試妳不適合的生活？」

「我有這麼做嗎？」

「妳一直都這麼做。妳想住在公社裡，雖然妳對那裡的人只有輕視。妳從第一天開始就期待我們會搬到其他地方。現在妳又到柏林來，在劇場工作。為什麼？妳該不會想告訴我萊茵地區沒有妳可以做的工作吧？」他平靜地說，沒有絲毫攻擊性，然而她還是感覺到破壞的意圖。「我是說，妳想裝給誰看，我嗎？」

「你還記得我們到萬湖郊遊嗎？」她問。「你那時說，我能以任何方式生活，可以做這些或那些。相反地，你沒有選擇，只有創作是你的命運，因為你就像那個日本畫家，必須一直重複畫著同一個主題，月亮還什麼的。」

「我沒說過只有創作是我的命運，聽起來像波里斯．楊科的話。你們幹過了，承認吧。我從來不相信妳對天主教那一套，妳太辣了。」

「你還記得嗎？」

「記得妳的比基尼。黑色的，而且穿在妳身上很好看。我不是說好，而是——動人。」一個不適合他的字彙，讓他有一會兒顯得迷糊。然後他又振作起來。「等下次演出結束之後，我們可以開車到海邊。海灘也值得第二次機會。」

「正好相反。」她說。「你才是自由的人，你直接切斷線條。而我執著於抓住一切曾經存在的東西。」

「只是，為什麼呢？」

「因為曾經。」

他堅定地搖搖頭。「妳向後看，因為前面什麼都沒來。妳還是年輕女人的時候讀書，說服自己必須從自己的生命做出些特別的事。第一妳不必這麼做，第二妳做不到，因為那需要一些天賦。只有少數人的自由在於與眾不同。大部分人的自由在於隨波逐流，我們社會的變態在於說服所有的人，他們是被召喚去成為與眾不同的人。這只是為了銷售電話的伎倆，別無其他。」

「和你相同的人留在一起，」她說，「很久以前有個醫生這樣勸我。」

「想必是個聰明的男人。現在停止折磨妳自己，回家去吧。」

她緊閉雙唇，點點頭。「好，那我建議，我們再上床一次，然後我就滾回波昂去。這就是你的意思，不是嗎？亞莉克絲一定不會反對。究竟是她離開你，還是你離開她？」

「我們協議分手。任何關係的圓滿結尾。」

「所以之後合作不會有任何問題。」

「她可是很專業的。」他說，意思是：和妳相反。

她的夾克放在窗邊的椅子上。外面門前有個聲音變大，接著有人敲門，但是他們都沒有說「請進」。於是又傳來敲門聲，然後有個年輕金髮男人非常謹慎地走進來，就像他知道自己打擾他們。一聲青澀的「哈囉」，他先看著瑪麗亞，然後望著動也不動陷入思考的法克．麥凌恩。

「哈囉。」她說，然後換種語言。「你聽得懂德文嗎？」

「聽得懂，但是說得不太好。」

「足夠採訪嗎？麥凌恩先生不會外語，可惜我必須先離開。」他們互相伸出手來一握，年輕人把整袋東西重重放在桌上，似乎還是不知道應該和誰對談。「我是尼可拉斯．沃斯泰德，是這裡的丹麥電臺P1的人，很高興您……that you have time for me。」

瑪麗亞示意他把名片遞給桌邊那個安靜的人。「很高興。」她說，然後轉身準備離開。在打開的門邊她又站定腳步，雖然有窗戶，還有天花板照明，空間看起來還是陰暗。那個記者像個站錯位置的臨時演員介於他們之間，擋住她最後再看他一眼。「妳的建議還算數嗎？」法克問。

她沒有回答，溜到外面，走下樓梯到大廳。最後一言，她想，總是由最需要的人保留。卻不足以寬慰。

17

接下來兩天還是聯絡不上何暮德，每次打電話都聽到電話錄音，逼得瑪麗亞必須等待訊號聲過去，以越來越絕望的聲音拜託她丈夫回撥電話。她也不知道父親的狀態，拉帕那裡沒人接電話，祖阿嗚不回應她的短訊。她晚上去看表演的時候，都坐在出口附近，把手機拿在手上。布拉格劇團以其縮短的《里爾王》受到觀眾起立鼓掌，之後瑪麗亞和其他參加戲劇節的人一起站在大廳吧檯邊，啜著酒，努力跟上談話。她不停地為自己想出何暮德持續靜默的解釋，但是沒有一個讓她安心。她應該打電話給露忒嗎？她已經試過他在大學的祕書那邊，但是在大學放假期間，亨利維格太太似乎不在辦公室，而斐莉琶顯然在西班牙另外申請了一支手機，卻沒有告訴她新的號碼。

她微笑，點頭，一邊感覺到自己逐漸失去自制力。

星期三早上，她和雷娜坐在海軍上將飯店滿是人潮的早餐大廳裡。她的同事想知道，她是否能想像和她一起去科隆，多占一個職位，這時電話終於顯示何暮德的短訊。「聽起來有意思，我們晚點再說。」瑪麗亞說，越過自助餐檯跑到門邊，準備好接受許多事情——卻沒算到出現在螢幕上的那張蛋糕照片，還有上方意義含糊的一行字「這是我的祕密，妳的是什麼？」就像腦門被打了一下，她佇立在露臺上。將近十點，陽光普照的天氣把許多賓客招到戶外區，雙腳蓋著毯子喝咖啡。何暮德完全失去理智，還是他的手機掉在某個地方，讓人有機會和她開玩笑？從裝飾圍籬後面湧出的散步人潮走過碼頭。半個小時內要開始彩排的劇院，在晨光中看起來比平常更威風。過去幾天，她的神經緊繃到幾乎斷掉，現在瑪麗亞覺得自己被嘲弄了一番，需要幾分鐘才能撥他的號碼。響了很久，但畢竟不再是那可惡的錄音，而是何暮德說的「哈囉，早安」，就像他們昨晚才說過話。瑪麗亞以快速的步伐離開飯店咖啡廳，要求他解釋。

「那是斐莉琶寄的照片，」他聲稱，「那是一塊西班牙馬鈴薯蛋餅。」

「消息是從你的手機傳過來的。」

「是，」他說，「她用我的手機傳的，我在聖地牙哥。」

過了一會兒她才想清楚他的意思。在她能問他怎麼突然前往聖地牙哥之前，何暮德就說他手機電池沒電，因此他有幾天無法用手機。他的口氣好像想告訴她沒有什麼好擔心的。阿圖爾沒問題，至少他自己這麼說；醫生不想排除這是一次輕微的梗塞，因此她父親今天在瓜達接受檢查。瑪麗亞站在碼頭，不知道從何問起。阿圖爾還好，反正似乎如此，她必須對自己說好幾次，直到她的脈搏稍微平緩一點。「你從什麼時候開始在聖地牙哥？」她問。

「昨天。我在波昂快無聊死了，所以我就開車出發了。」

「開車？你自己開車上路？」強風讓她很難點菸。她匆促地按著打火機，得知何暮德先到巴黎，然後接著拜訪他從前的同事陶胥寧。她上次打電話來的時候，他正坐在圖爾還是普瓦捷附近一個休息站，他又對她的問題附加說明，他現在在聖地牙哥斐莉琶這邊，兩人一起吃早餐。「我不明白這一切。」瑪麗亞在急促吞吐煙之間蹦出這一句。「你怎麼什麼都沒說？」

「我們三個一起吃早餐。」他只是這麼回答。

「三個。」

「對。我被納入知情人士俱樂部。」他儘可能讓自己聽起來沒有怨懟，她還是聽得出來那花了他多大力氣，甚至他這麼做的時候的臉色，她都覺得如在眼前。他斥責女兒瞞著他這麼久，同時怪罪自己。她時常不知道他在想什麼，另外有些時候她知道得很清楚，卻無法幫上忙。「我們就像我們自身的反諷劇嗎？」他問。

「我不知道這是什麼意思。」她把手機夾在肩膀和耳朵之間，菸咬在唇間，摸索著找紙巾。接下來他想知道斐莉琶什麼時候告訴她，為什麼先告訴她，但是她還在想，他三天前那麼奇怪是因為他不想洩露自己在哪裡。如果告訴他，她對女兒是同性戀這回事也很難消化，會讓他感到安慰嗎？她絕不希望她的雙親得知，但她當時如此清楚要斐莉琶別告訴外祖父母可能是個錯誤。現在她不能繼續思考這個問題。她面前的帆船泊在碼頭，有個滿臉鬍子的傢伙在筆記本上寫些什麼，擔心地望向她。也許人們看著她的臉，足以察覺她有多混亂。她讓抽完的菸掉進水裡，從碼頭邊走回去，拜託何暮德和斐莉琶談這件事的時候要謹慎。「她比你以為的更像你。如果你把她逼到角落，她就會張牙舞爪。除了完全接受，其他的對她而言都不夠。」

他根本沒有回答。

「你剛說三人一起，」她說，「和嘉布麗愛拉嗎？」

「妳認識她？」

「她們曾經來過柏林一次。她是個親切的人，不是嗎？」

「不清楚，或許吧。」他漠然回答，接著敘述他昨晚夢見他們一起抽大麻的情景。在森林小屋前面，那回大吵一架之後。他顯然不想再提起女兒是同性戀的事。「我們為什麼只一起抽過一次？」

「我不覺得你想再來一次。」

「但是我想。只抽大麻，不要經歷抽大麻之前的事。」

「那我們就再抽一次。現在怎麼辦？」她問。「你要留在聖地牙哥嗎？我們的旅行怎麼辦？」

「斐莉琶和我明天開車到里斯本，然後或許繼續開到拉帕。如果妳爸好些，我們就去度假，或是有人留守在那裡也不壞。最好是妳趕上我們。我們在妳父母那裡停留幾天，然後開車經過西班牙和法國回家。就像那時候一樣。妳還必須留在哥本哈根多久？」

「還有兩天，如果一切順利。直到目前沒有一件事順利。」

「第一次演出的接受度如何？」

「禮貌性掌聲。」她回答。晚上是第二場，也是最後一場，明天演員就會離開。她已經取消自己飛回柏林的機位，但是還沒有訂到往里斯本的機位。「這裡很可怕，我再也無法繼續。」

「學我這樣，乾脆離開。」

「你知道這樣行不通。這裡是一整個劇團。」

「這裡也是，莫名其妙的劇團。我們甚至不知道自己演的是哪一齣。」他顯然在其他兩人聽不到的地方說話，至少他說的時候沒有壓低聲音。雷娜出現在飯店入口，轉頭搜尋著。瑪麗亞拜託他隨時告訴她阿圖爾的狀況，重申要謹慎面對斐莉琶。藏起受傷的感覺不是他的長處，而她可以透過手機聽出來他有多難受。「事後你會是比較傷心的那一個。」她說，打算晚上親自和女兒談一談。也許她可以對何暮德的精神狀態及阿圖爾的身體狀態知道得多一點，最重要的：一定有人能告訴她怎麼回事。

談話就到此結束。

最後一次彩排，法克沒有打斷過一次，好像只是要早點把這一切做個了結。即使如此，晚上在小舞臺的演出還是成功，演出比上次專注而且有力，比起星期五那場《歐洲屠宰場》的觀眾，這一場的大部分年輕觀眾都知道該怎麼理解這齣戲。最後一場《歐洲屠宰場》意外成為客座演出的和解收場，於是團隊在新港一家酒吧裡慶祝。甚至連導演都露臉，只有瑪麗亞喝完一杯後就假裝頭痛，先行回到飯店。下午休息時間她寫了一封短訊給斐莉琶，讓她高興的是當她回到飯店房間打開筆電，發現已經收到回訊。她女兒簡短地表示，她反正晚點會坐在電腦前面，可以視訊通話。瑪麗亞快速地換上舒服的衣服，幫自己煮了一杯茶。自從早上通過電話之後，她不停地想著何暮德謎一般的舉止。她終於坐在書桌前，聽著斐莉琶描述過去幾天的情況，此時已經將近十一點了。螢幕上可以粗略看出女兒住的裝潢簡陋房間。她在何暮德抵達聖地牙哥前一天才知道他的旅行計畫，決定利用這個機會。她描述這一切時，沉思的眼光透露這對她並不容易。

「他那時給你什麼樣的印象？」瑪麗亞問。「他能解釋為何突然開車經過半個歐洲，卻沒有告訴任何人嗎？還是露忒知道？」

「我寧可妳去問他，而不是問我。我已經完成我的部分了。」

「幫我個忙，斐莉琶，一次就好。」她丈夫坐在法國的一個休息站，做出就好像他在波昂才會做的事情，這讓她不得安寧。她此時知道阿圖爾的心電圖沒有清楚的結果，但是至少沒有證實是梗塞。因為他的血壓值異常，瓜達的醫師們要他住院，安排了其他檢查。瑪麗亞可以想像露德絲這幾天是怎麼過的，但是並未和她說話。一件一件來，婚姻優先。

「據說他打算辭去工作，」斐莉琶說，「好在彼得．卡洛的出版社裡重新開始。但是我不相信就是這樣而已。」

「妳覺得還會有什麼？」

「沒什麼特定的。昨天在咖啡廳裡我想著，這實在是典型的他，滿意地埋怨自己。他總是這麼做。而且他一個人在波昂很孤單，正考慮賣掉房子。」

「這個他提過。」瑪麗亞說。「可惜在柏林工作這個選項已經沒有了，彼得收回這個機會。妳爸爸無法融入團隊，他考慮太多。」

「妳已經告訴過他了嗎？」

「什麼時候？我們幾乎沒時間說話，我還必須先消化新的消息。妳認為他真的有這個打算嗎？」

「至少不像他以前總說要在阿連特裘種葡萄。」斐莉琶搖搖頭。「妳一定要告訴他，妳聽到了。你們老是這樣。你們為什麼不溝通？」

「我們是奇怪的一對。」

「天知道！」

「但是我們溝通，而且還不少，只是以兩種語言。」

「而且顯然都不是重要的事。」

「妳不會想聽這些，但是在婚姻裡面，人都不會說要緊的事，只說簡單的，各式各樣的事。這樣大家就會深信，沒說起的就不會是重要的事。」

「妳相信自己說的這些話？」

斐莉琶是四人公寓裡最年輕的成員，他們四人分租漢堡一棟寬敞舊建築裡的公寓，在阿斯特附近。瑪麗亞在春天前往短暫探望，在那裡度過一個愉快的夜晚。室友是兩男一女——老師、復健師和平面設計師——全部都是異性戀，彬彬有禮，看起來那麼正常，讓她不禁產生一種中產階級替代家庭的印象，在這裡斐莉琶扮演么兒的角色。廚房裡的茶杯排成一列放在牆架上，最初一個鐘頭裡，瑪麗亞必須抗拒幻想，這三張嚴肅臉龐怎麼在吃晚餐的時候，聽著最年輕的一個說起她糟糕的雙親。

「妳現在要做什麼？」

「我在搜尋機位，」瑪麗亞說，「如果我沒有訂到直達里斯本的，就先飛到波特，然後搭火車。」

「我是指妳的計畫失敗，看出無法這樣繼續下去之後，你們卻沒有告訴對方。」

「不知道，看看法克和我之間的情況，我可能也無法在柏林待下去了。」

「你們吵架了？」

「我下次再告訴妳。」她女兒從來沒有隱藏她對柏林的安排抱持懷疑。在可疑的情況下，她會站在何暮德那一邊，一直都是這樣，也不會再改變。「再回頭說說妳的事。是什麼讓妳決定告訴妳爸爸的？」

「早該完成這件事的懊惱是主因，我到現在還是很氣自己沒早點跟他說。他突然宣布要來的時候，嘉布麗愛拉認為：這是妳的機會。她十七歲的時候就搞定了，我十七歲的時候和米夏埃爾接吻，試著不要吐出來。我想，我希望比真正的我勇敢一點。」

「妳一直都是個爸寶，一開始就是。」

「嗯，」她說，「這是什麼意思？」

「妳最擔憂的是他沒有及時回家，好對妳說晚安。有些晚上妳問了幾百次：他什麼時候回來，他什麼時候回來？我只得打電話到辦公室，催促他快點，否則妳就不肯睡。」

「妳認為我因此才變成同性戀嗎？」

「我試著說明為什麼妳那麼不容易告訴他。就像妳能想像的，他也會這麼問自己。只不過他不會在妳身上找理由，而是從自己身上。」

「有一天我對自己說，我奪走他的機會去愛這樣子的我。這是彼此共同保守祕密會造成的情況：導致另一個人愛上幻影，而不是真實。」

「先決條件是有這種東西，人真正的樣子。」

斐莉琶的嘴脣做出乾巴巴的啵啵聲。「無論如何我就是同性戀。如果妳曾希望那會成為過去。」

一時之間，他們倆人都像默認一樣點頭，瑪麗亞想著今早奇妙的短訊文字。「這是我的祕密，妳的是什麼？」在她能和她提起這件事之前，斐莉琶接近鏡頭，做了個鬼臉然後說：「看來妳住得相當高級。」

「不錯呢，對吧？」她坐在旁邊的小書桌放在床和鏡面牆壁之間，鏡面延伸到浴室。除了床頭櫃上的燈，她把所有的燈都關掉，讓木頭家具和牆壁都蒙上一層溫暖的微光。她試著對自己說辦到了，但是那種感覺並沒有出現。

「爸爸住在一個簡單的地方，至少是我們視訊的那個晚上。那個地方叫波特斯，在西班牙某個山區。他認為我是在那附近製造的，仔細的地點他也不知道，顯然你們那時相當……算了，我喜歡那是發生在西班牙，我喜歡這個國家。」

「我對波特斯這個名字沒有印象。妳爸爸不知道詳情，因為我沒有立刻告訴他。」

「那時一定也沒什麼重要。妳什麼時候告訴他的？」

「我想先確定。我們坐在拉帕的陽臺上，兩個星期左右之後。他問我發生什麼事，為什麼我不再抽菸。」

「而妳說，壞消息，親愛的，甜美的生活已然遠去。然後他說，噢妳該死的，怎麼會發生這種事！」

「他挺開心，甚至可以說非常高興。」

斐莉琶用雙手撐著臉，不讓人看出她在想什麼。她知道產後憂鬱症，十四或十五歲時就一再提起，說她顯然不是被期待的孩子，只是個意外。今天她似乎不想深入這個話題。

「妳覺得我們是個奇怪的家庭嗎?」她換個話題。

「和誰比較?我知道我不是特別有天賦的家庭主婦和母親,除此之外我們算相當正常。」

「因為妳不想當家庭主婦和母親,更不想當個像露忒那樣的,對妳而言太可惜了。」

「姑且就說進入女性三位一體從來不在我計畫之內吧,和露忒沒有關係。妻子、家庭主婦和母親,我真的不想。」

「也不想當妻子?」

「我們現在才討論這個有什麼原因嗎?」

「嘉布麗愛拉和我在思考。」

「思考我失敗地當個……」

「何時以及怎麼做。好笑的是,說到同性婚姻,西班牙是最自由的國家之一,比德國自由,甚至在領養權方面也是。」

「寶貝,妳二十歲。」瑪麗亞打趣地說。兩秒鐘之後她才發現,斐莉琶可能是真的在思考。

「嘉布麗愛拉二十六歲,有些人說念書時是最好的時間。」

「的確是,但不是結婚和生小孩的好時機!妳是認真地考慮,還是妳只是想騙我?」

「妳認為我不夠成熟。」

「沒有人二十歲就夠成熟。婚姻是……我們必須說這些嗎?我當時三十歲,而且不夠成熟……」

「我們蒐集資料,又沒有壞處。我們比較想要人工受孕。自己的,像大家說的。」

「斐莉琶，妳瘋了！」

「妳不想要孩子，當然把一切弄得更困難。我們想要，也許很快，也許晚一點。此外我現在很想幫妳的臉拍張照片。」

「那是嘉布麗愛拉的點子嗎？她說服妳這麼做？」

「對，就像她說服我是個同性戀一樣。」她女兒說，又把臉湊近相機。「妳必須把我從這裡救出去，媽媽。他們對我做壞事。」一直都是這樣：斐莉琶按下開關，她對自己說不能像她女兒期望的那樣反應，卻偏偏正是那樣回應。多年來，他們的故事就是爭吵、和解又再度爭吵的故事。她們所說所做的一切都是刻意卻非自願，因為他們都不能有所不同。

「這一點都不好笑。」她知道她女兒不打算很快生個孩子，但是光知道並不夠。「現在就告訴我，妳……」

「請妳告訴我，為什麼妳這麼恨自己。因為當時的事情嗎？」

「什麼？」

「我只要說出那個字，妳就慌張了。妳無法想像某人自願而且樂意生個**孩子**。妳注意到那相當變態了嗎？」

「我不恨我自己。」

「妳恨。爸爸自怨自艾，妳恨自己。我從來不曾怪妳，但是妳直到今天都沒有原諒自己。為什麼？」

「妳不知道自己在說什麼。」她的手錶指著十一點半。貝爾格卡門那件事情，她當時一定只告訴斐莉琵適合小孩知道的版本。輕描淡寫她的絕望，沒有透露回歸正常的路有多遙遠、多崎嶇。罪惡感、退步、寂寞。直到她能確定真的完全擺脫，已經一過多年。

「所以，為什麼？」她的女兒坐在電腦前面，就像什麼都嚇不倒她。審判的法官。「向我解釋。」

瑪麗亞沒有回答，只是盯著前方。猶豫著該說什麼，內心浮現的是保護還是防禦心態。她最後一次回想當時已是久遠，而她該從何處開始，這個問題直接切入當時的混亂。何時以及如何開始的？在地下室的衣服堆之間，她看到這個問題浮現眼前，在一個沒有窗戶的空間，聞起來有發霉的甜香、洗衣粉和化學藥品的味道，前一個房客離開後，當時整個地下室都用這種藥品清潔過。那一定是八九年春天，斐莉琵出生之後將近兩年，在貝爾格卡門的愛倫提芬街……

「好。」她說，因為她女兒想要清楚知道。「那妳聽我說。」

她雖然緊繃卻沒興趣抽菸，這可是新鮮事。在收藏的老地方有半包高盧香菸，但是她擔心口氣不好，擔心各種跡象會指向她寧可不讓別人知道的事情。就算她再努力傾聽，還是只聽得到自己的脈搏。斐莉琵在睡午覺，工作桌上放著圍兜、褲子和彩色的毛巾。她把一切都攤開來，按照顏色和溫度排放好，三十度、六十度和九十度水溫。奇怪的是她其實已經覺得比較好，很長一段時間了。她又開始看書，目前她喜歡讀易卜生，還是學生的時候，她覺得他太矯揉造作。「我必須自行思考，讓自己弄清楚。」諾拉離開丈夫之前這麼說。只出現在為了德國首演而硬塞給作者的版本裡，她在最後一行有其他想法，當然是為了孩子，瑪麗亞很想知道「無母」的挪威文是否和德文一樣有雙重意義[34]。斐莉琵整個冬天都在生病，但是天氣轉暖之後，她就健康而且活潑。依舊任庭院自生自滅，如果洛雪先生無法再忍受，想要除草，那麼瑪麗亞也任由他去。

那麼是為什麼？

也許因為每個時間點只能成功解決一定數量的事情。因為她早上無法起床，何暮德還有兩、三次留在家裡，但是這也是好一陣子之前的事了。在那之後的幾星期內，共同建立熟人圈的嘗試失敗，因為和奧力佛結婚的是一個毫無幽默感、堅持己見的女人，只要她在場就毫無歡樂可言。可惜，但是無法改變。何暮德買了臺錄影機，在波鴻大學附近找到一家店，裡面不只出租好萊塢和色情影片。接下來一個學期他必須履行五個代課委任，這時正坐在擠滿人的學校餐廳裡，看著為下堂課所做的筆記。**奇怪**，他最近說，**在系上沒有辦公室可用**，這一直讓他想到自己的地位就像學院托缽修士。

外面的腳步聲都快到門邊了，瑪麗亞才聽到。橡膠鞋底摩擦礫石的沙沙聲，她從來不會弄錯。她的雙手拿著何暮德的內褲，手指拂過彈性帶，腳步聲極短暫停頓，剛好足以讓目光轉回街上，再看一眼鄰居的庭院。洛雪先生這時正在吃罐裝義大利餃，照料妻子，或許也是讓她吃義大利餃，之後讀著《黑維格日報》。如果某處的罐頭大特價，他就買一整箱。有一次他用拍立得幫斐莉琵拍了一張照

34 失去母親或母親的命運。

片，好給他太太看看這小東西，這小東西早已會走路，在花園裡跟在他後面。然後門開了，奧力佛溜了進來。

還是一樣沒說一句話。他們甚至沒有對望一眼。

「你一個人？」她問。

「那孩子在睡覺。」那孩子，這孩子，未曾說出的協議讓他們避免說出孩子的名字。散步的時候，瑪麗亞注意到他走得多慢，之後在母子共游的課程裡，他有時會盯著她的胸部幾秒鐘；或是沒盯著，只是眼光掃過那一點，她的胸部頂端抵著布料的那一點。在女性這方面，她以為他是害羞的人，於是帶著一點風騷面對他，不是為了刺激他，而是因為自己變好的喜悅。他在的時候，她覺得自己比較活躍有朝氣，有時甚至自覺值得追求。

「要是他醒來尖叫呢？」她問。

「那時我早就回去了。」

「你只是暫時過來，就為了交合。」

「就是這樣。」他把她抬到桌子上，瑪麗亞閉上眼睛。三星期前，他小男孩的安撫巾不小心掉到她的嬰兒車裡，之後他們站在這裡，翻遍所有髒衣服。她沒有把手放在背後防衛，反而問這是否就是他想尋求的一切。他把她的褲子和內褲從腿上扯掉，這時她的後腦快要撞到牆壁。他的屌硬了起來，她拉掉他褲子的繫帶，直到那東西快速地衝出來，下一刻他已經進到她體內。她感覺到短促的疼痛，注意著自己咬進他的襯衫而不是肉裡。他聞起來就像擦過冰水，然後躺在草地上。她從不曾幫他吹過，或是對他做出類似愛撫的動作，他們撲向對方，在穿衣服的時候望著不同的方向。最近她在半夜醒來，不知道他是否割過包皮。

「用力一點！」她要求。她穿著胸罩，手臂繞著他的頸子。

她不喜歡他臉上呆滯堅定的表情，但是他抓住她的腰撞擊的方式讓她瘋狂。只有他想要她轉身的時候，她才抗拒，因為桌邊會在她的臀部留下紅色的印子，堅硬的地板則會在膝蓋留下痕跡，除此之外一切就這麼發生。他們跳過開頭，不知道如何結束，瑪麗亞於是把雙手撐在桌面，雙腳纏著他的身體然後交合。那是獎勵也是懲罰，覺得正確又錯誤，發生在她的生命之外。以扭曲的方式維持純潔。

之後她覺得全身輕盈好一會兒，幾乎嗨起來。她用一件換洗衣物接住她身體流出來的東西，奧力佛則拉上褲子。割過，她迅速一瞥確認。

「妳根本沒有裝飾，」他說，「是時候了。」

「裝飾什麼？」

「你們門前今早沒有放樺木枝嗎？」

「有，但是我把它扔了。」

「妳必須裝飾一下，」他說，「週末是射手節。否則大家都會說，那些外國人不知道我們的習俗。」聽起來應該有些諷刺，但是他有種奇怪的方式，能隨口說出一些她在德國還不熟悉的事情。在瑪麗亞開始對自己的行為感到厭惡之前，她希望他離開，順便帶走他勝利者的微笑。她討厭他。

「怎麼裝飾？」她問。「射手節到底是什麼東西？」

「把樺木枝掛在籬笆上，綁上漂亮的彩帶還有……」他的手放在門把上的時候停了下來，因為可以從外面聽到聲音。

洛雪先生呼叫著她的名字，或是她丈夫的，他以為那是她的名字。一時間瑪麗亞沒了頭緒，把那件換洗衣物丟進機器裡，拉上褲子，用雙手梳過頭髮。空氣中有一股精液的氣味。「等在這裡，我先出去，把他引到露臺去。」

「沒有吻別？」

「饒了我吧。」她不耐煩地說。

奧力佛摸了一把下體。他有時暗示如果他們被抓個正著會怎樣，做出一副他覺得很想知道的樣子。「聲音不是從外面傳來的，」他說，「那個傢伙在上面房子裡。」

下一刻她聽見腳步聲在走廊裡，洛雪先生的聲音出現在樓梯上端：「海巴赫太太？您在嗎？」

奧力佛用一隻手打開門，另一隻手把瑪麗亞拉過去。「明天我們和兒童醫師有約。妳能忍耐一天嗎？」

「滾！」她低聲說，撞他的胸部。

「我打電話給妳。」他走開。橡膠鞋底踩在礫石上，然後一片寂靜。

她站在洗衣間裡兩秒鐘，動也不動，自問為什麼做出和她的期望相反的事情。她究竟知不知道自己要什麼？她在做什麼？她匆忙上樓的時候，聽到斐莉琶的哭聲，下一刻她看到女兒被洛雪先生牽著，站在廚房門邊。斐莉琶用另一隻手抹著睡眼惺忪的眼睛。從開著的露臺門吹進一股柔和的春風。

「怎麼了……」她沒頭緒地站著。「您……」

「啊，沒有，怎麼呢。」洛雪先生看起來和她一樣激動，舉起手臂就像他想說：您看看，您做了什麼。他穿著園藝工作的連身衣，聞起來有堆肥和泥土的氣味。「孩子在叫您哪。我剛好走過去。可憐的小娃兒。」

「我在洗衣間。」她說，就像欠他一個說明似的。斐莉琵撒腿跑向她，這時一滴精液從大腿滑落。「洗衣機開著就聽不到。」

「是啊，洗衣機開著的時候，那當然很大聲。」

「您要不……」她開始說，但是一旦進入房子裡，洛雪先生就會利用機會張開他刺探的雙眼。好幾個月來，他一直試圖擴張他的行動圈。燈泡他硬是買了六個一組，然後過來問他們有沒有哪個剛好要更換，胡謅管線有什麼不對勁需要檢查，並且陷入自己對這棟房子負有責任的想像裡。何暮德認為她應該讓他知道界線，但是說的比做的容易。

「前任房客一直被溼氣搞得壓力很大，喏，整個地下室都發霉了，難以想像。您怎麼樣呢？」

「什麼？」

「地下室。還潮溼嗎？」

「不會了。」瑪麗亞說，把女兒抱起來。斐莉琵先前真的在呼喚她嗎？她真的能確定女兒不會一個人下樓梯嗎？洛雪先生看到奧力佛了嗎？今天或前幾次？她看清自己的混亂和憤怒，逐漸感到自己的狀況是多麼地可恥。她抱著孩子站在這糾纏不休的老人面前，就在她被另一個鄰居幹個澈底之後，就在洗衣間裡！她，總是沒完沒了地諷刺在地人口音的她。其實妳很適合歐佛山，奧力佛最近說，之後她也知道這個她恨了一年半的地區叫什麼。據說這裡所有的人都覺得自己是比較高尚的一群。

「哎呀，嗯，」洛雪先生說，「有些天會升起粉紅色的煙。」

「什麼？」

「您今天早晨沒看到嗎，在雪靈那邊？」他的憤怒無法遮掩找到話題的喜悅。「粉紅色的煙！真是混帳！」

「沒有。」她完全不知道他在說什麼。

「那我指給您看，海巴赫太太。」他由原路穿過客廳走回去，在露臺上向她招手，讓她鬆了口氣。斐莉琶的被子折得好好的放在沙發上。他的手指向一座煙囪，瑪麗亞之前以為那是電廠的煙囪，這時冒出的煙真的帶著淺淺的紅色。「這是在排放碘。當然不許可，但是那邊的高官有誰理會。我早上打電話的時候比現在更濃，就像裡面正在燒幸運小豬一樣。真難以想像。」

「碘？」她對洛雪先生的問題大部分只用一個字眼回覆，她不懂的許多字眼其中任何一個。他們經常以這種方式說上二十幾分鐘。

「他們也許以為這樣能防止輻射線。廢話，如果有用，就不會有缺碘症狀了。我最近還對我家黑爾佳說：妳要是在戰後多吃一點，妳的臀部就不會發生這種事了。」洛雪先生做個輕蔑的手勢。「碘造成燃燒，那人在電話上說，一切都無害。因為臨界值，喏。我說，我也有臨界值，拜託。」

「您的太太還是沒有好轉嗎？」

「抱怨也沒用。」

從木工場開著的門傳來鋸子的尖嘯聲。中午休息時間已經過去。「我最好帶孩子進去。」她說。

「您如果需要鐵絲，請告訴我。」

「鐵絲？」

「裝飾樺木枝用的。我把樺木枝從桶子裡拿出來了。您也該弄一下了，喏。最好買些燒酒，以防明天成串的人過來，射擊之王和隨從，基本上他們就是這地方的君王。傳統就是這樣。」

「什麼樣的燒酒？」瑪麗亞問，同時嚇了一跳，因為洛雪先生做出一個動作，有如想把她親切地摟在懷裡。

「我們這麼說吧：明天來的不是米其林美食家，重要的是夠刺激，我以前總這麼說。我根本什麼都不買，他們早就知道了。我也不是成員。」

「對，我也不是。」

「但如果是新來的人。很快就會有人說三道四。什麼，連燒酒都沒有。您明白我的意思嗎？您看起來好白。」

「我……我說我該進去了。」

「我從一開始就注意到了，您一直都這麼白，就是您的皮膚啊。大家總以為南邊的人都是深膚色，事實可不是這樣。」

「再見，洛雪先生。」

「您也許需要鐵質，因為不可能是因為碘的關係。」

一時之間她覺得很無力，自己只能微笑地回到房子裡。樓上吹進一陣彷彿當時的風，瑪麗亞不知道已經過去，或是已展開新的階段。在浴室裡脫掉衣服，她觀察著底褲留下的黏稠殘餘物，但是就算在鏡子裡找得再澈底，還是沒在身體上找到任何痕跡。昨晚何暮德開心地確信，她終於明顯轉好。當時她握住他的手，對他說他應該別只是撫摸，她畢竟不是需要先被說服接受性交優點的病人。斐莉琶如果醒過來，會來找他們，大概不會問些什麼。她一開始想，他的謹慎雖然看起來像關注，但其實剛好相反，否則他必然早就注意到，她不必再被小心翼翼地對待。她的確在一切不請自來的時候才明白，她想要的是什麼。她在蓮蓬頭底下抹了兩次香皂，洗頭髮。也許她就是瘋了。精神分裂。

天色在六點的時候開始暗下來。斐莉琶度過自娛而滿足的一天，在入口邊的花圃裡玩著她的小塑膠耙。那裡也放著洛雪先生從垃圾桶救出來的樺木枝，旁邊是一捆細鐵絲和一把園藝剪，拿回這把剪刀可以當作他下回造訪的藉口。在煤煙遮掩的後方，東邊聚集沉重的雲層。瑪麗亞整理樺木枝的時候，望向街道下方，但是看不到奧力佛。那些電話都只有幾秒鐘，他問：我應該過去嗎？她想著不要卻說要。他們都不再去親子游泳，也不再一起散步。提起伴侶是禁忌。

「我還以為您要杯葛射手節。」女性聲音來自街道另一頭。瑪麗亞轉身，看到鄰居站在開著的屋門邊。她穿著一件及膝的黑色編織背心，頂著一頭金色卷髮，手上拿著一個大玻璃杯。此外她還給人一種印象，她好像已經站在那裡很久，而且一直看著瑪麗亞。

「我不知道……」她說，稍微打了招呼。「射手節。」

那個女人喝了一口，把手臂交叉在胸前。她丈夫是個醫生，在多特蒙德開診所，瑪麗亞從洛雪先生那裡得知的就這麼多，而且從他的口氣推測他不喜歡這個鄰居。他們的房子用棕色的磚塊建造，在這一帶到處可見，但是他們的窗前在夏天看不到花，耶誕季節看不到燈光。車庫門前的籃球框顯示孩子的存在，但瑪麗亞從不曾看過他們。她估計這個女人大約將近五十；不苗條也不胖，從她的眼光看來也不再清醒。「我本來想這家的人真帶種，」她說，從門口跨出一步，「立刻丟進垃圾桶裡。」

「我剛說了，我……」瑪麗亞猶豫地站在人行道上，只想儘快完成工作。「您那兒也沒裝飾，我看到了。」

「那是協會做的事。」

「啊，明白了。」

從羅特根庭院賣場那邊開來一部車，掛著埃森車牌的福斯高爾夫，瑪麗亞轉頭以避免打招呼。她從眼角看到車子如何前行，停在最後一間房子前。奧力佛暗示她在懷孕前是個比較隨和的人，現在她顯得工作過度，通常擺著一張擠在一起的面孔，讓瑪麗亞無法覺得她可親。她胸前抱著檔案走進房子，瑪麗亞覺得，穿過漸濃的夜色，她好像對上敵意的眼光。

她該怎麼把這些綠色的東西綁上去？枝子只夠她每隔一公尺綁在欄杆上。看起來就像齒縫的菠菜。

「射手協會，」她背後有人喊著，「總是派人過來幫我弄好。」背後的腳步聲聽起來像高跟鞋和搖搖擺擺的平衡。嘗試剪斷鐵絲的時候，瑪麗亞刺傷皮膚，低聲地咒罵。「那不是我該做的事，指甲，您明白吧。」

「也不適合我。」她直起身，聞到酒精和香水混合的氣味。她們沒有握手只是打量著對方，就像她們早已透過關著的窗戶所做的。自從搬到愛倫提芬街之後，瑪麗亞就覺得她被這雙灰藍色的眼睛觀察著。她們從來沒說過話。

「男人的工作，」這個女士篤定地說，「但是沒有男人。」

「本來應該不難，只是幾條枝子。」

「沒有男人，看起來是這樣。他們讓自己的工具代替。」

「我的話就是用洛雪先生的工具。」

鄰居的嘴角牽動，可能是輕蔑或嘲笑。或許她曾經漂亮，現在的她只是抹著濃妝。瑪麗亞不記得她的名字。

「您跟他很熟嗎？」她問，「我是指洛雪先生。」

「我們的孩子還住家裡的時候，他的太太經常幫我忙，那個老傢伙從來都不喜歡這樣。如果我拜託她幫忙，就必須等著，等她一個人的時候才問。否則他總是能想出個理由說不行。」她只要說超過一個句子，聽起來就是清醒的。「她應該乖乖待在家裡。對他來說，她生病真是再好不過。」

她們頭上的街燈亮了起來。

「他總是非常……擔心地說起她。」瑪麗亞想不出該說什麼。如果她不想在天黑後才完成工作，她手腳就要快一點。鄰居猶豫了一下，就像她不想聽，或是不明白；然後她爆出一陣洪亮的高笑聲。

斐莉琵驚嚇地從花圃工作裡抬頭望。

「擔心，說得真好，我要因此喝一杯。祝擔心的洛雪先生健康。」她把杯子拿到嘴邊，幾乎嗆到。「您不熟悉這一帶，海巴赫太太，請您相信我。」

「我叫帕萊拉，我們雖然結婚了，但是我沒有冠夫姓。」正確地說，她的姓氏是帕萊拉－海巴赫，但是她對德國法律的讓步只存在文件上。

「是，我還沒能注意到。那您從哪裡來？」

「里斯本。」

「那裡應該沒有射手節。」

「沒有。」

「您看，」鄰居說，就像她證明了什麼，「我七二年的時候當上射手女王。沒錯，您正和一個貨真價實的女王說話。我因此特地跑過街來，完全沒帶著隨從。」

瑪麗亞點個頭之後轉身，蹲下來把第一條樺木枝固定在圍欄上。鄰居拿出一包菸，拆掉塑膠膜。

「您一定要小心那個老洛雪，他瘋了，腦子根本不正常。」

「是這樣嗎？」

「他太太的事給他最後一擊。我還記得當時她臀部怎麼回事。她在復健醫院住了三個月，但是她一旦回家，他就把她鎖起來。擔心，當然。事實上他小氣到病態。射手節不準備燒酒，只給他太太最必要的。此外就說些廢話：怎麼，難不成要用輪子送餐嗎？食物要放在盤子上才對——很好笑，不是嗎？」她吞雲吐霧地望著瑪麗亞，瑪麗亞預期自己隨時都會被掉落的菸灰打中。「可以看得出來，您還從未做過這些東西。」

「我的印象是他真的擔心她。」

「我經常看到他和您一起站在庭院裡，不要給他任何東西吃，您聽到了。餵過一次，您就永遠無法擺脫他，義大利餃先生。」

綁下一條枝子的時候，瑪麗亞被木頭碎片刺進手指，她忍不住叫了出來。淚水湧進眼裡，她想吸吮流血的地方，但是木刺扎實插著，就在她中指的最後一節。她咬緊牙關等待疼痛消退。

「讓我看一下。」鄰居把杯子放到地上，拉過瑪麗亞的手，觀察著傷口。「您可是結結實實地刺進肉裡了呢。要我把它拔出來嗎？我可以的。」她把菸叼在嘴角。

「拜託……」

「我是為您好。請相信我。您必須更小心一些。」她靈巧的一個動作，指尖捏住刺拔出來。

「謝謝。洛雪先生經常過來看雜草，只是這樣。」

「先是雜草然後……」她趣味盎然地看著木刺，然後彈到礫石之間。「您不希望他有天窩在您的洗衣間吧，還是？」

「……不想。」

「但是有這種風險，要是有這麼開放的一間房子。」鄰居從地上拿起杯子，喝了一口。她臉上沒有呈現出任何情感，眼睛清醒又死去地瞧著，紅唇膏下的嘴唇滿是皺紋而且乾癟。「您看什麼？覺得不舒服嗎？您要不要坐下？」

「您指的是什麼？」瑪麗亞問。「開放的房子。」

「我以前也是這樣。帶來樂趣，但是樂趣都有代價。還是您以為這裡一直都這麼無趣？剛好相反。這地方熱鬧過，生氣勃勃，曾經大肆慶祝過。春天是射手節，秋天是慶典，我一直都參加。您應該看看我跳舞的樣子。」

「什麼代價？」

「您以為，為什麼他會那麼常黏著您？因為他的妻子。」

「您的意思是……」

「那個吝嗇的老鬼，曾提起她嗎？」

「他一直提起她，沒說兩句就提起。」

「那他說些什麼？說她接受手術後，人們聽到從上方房間傳來的嗚咽聲？我要去看她的時候，他宣稱她需要安靜。我告訴您她需要什麼：比較好的照護。一個不會以為能獨自把她抱進浴缸的男人。您以為她怎麼會發炎的？您還需要繃帶。」

細細一條血痕流過她的手，她把血擦在褲腳上。「我必須把孩子帶進屋裡。」她說。「我先生會把樹枝弄好。」

「他從來不曾說起，對吧？」

「沒有，我還沒聽過他太太的嗚咽聲。」

「她現在一定比較好。您的先生究竟做什麼的？從沒看過他。」

「他在大學工作。」

「哪一間？」

「目前在各個不同的大學，接受授課委任。科系是……」

「不常在家，是吧？」

瑪麗亞搖搖頭，拿起一把樹枝，順手丟過圍籬。聊天讓她越來越煩躁。距離一手臂的距離，她們站在路燈的光圈下，被逐漸降臨的黑暗所包圍。一列載貨列車從社區盡頭和未知之地交會處駛近。

「您讓我想到自己年輕的時候，孩子還沒出生之前。他們不知何時長大了，住在荷蘭。請您好好利用這段時間，海巴赫太太，不要讓任何事情溜走。」

「我現在真的必須進去了。我女兒要吃晚餐。」

「我先生會騎上任何東西，只要是數到三還不會跳到樹上的。」鄰居漠然地盯著街道，就像她根本沒在聽。然後她對瑪麗亞搖搖手，卻站在原地不動，並且盯著前方。她的臉像給孩子們看的魔術黑板，手一抹就什麼都不見了，只在她微笑的時候會變成鬼臉。「請您對老洛雪說，他不應該打擾您。叫他去跟別人說這些捏造的故事，我們對他的底細清楚得很。」

瑪麗亞沒有走向睜大眼聽著整段話的斐莉琶，反而跨了一步走向鄰居。「我希望**您**不要打擾我。」

「就您的期望不重要。」那個女人站在那裡，呆望著，聽起來一點都沒有攻擊性。「生活不是遊輪之旅，我先生總是這麼說。不知道他是什麼意思，也許根本沒有意思。男人都這麼說話。」

「不要煩我，省省吧，不要在我背後鬼鬼祟祟地偷看。我做什麼和您沒有關係。」她突然受到驚嚇的臉才讓瑪麗亞注意到手裡拿著的庭院剪刀，尖端朝向前方。「洛雪先生照顧他太太，您整天又在做什麼呢？站在窗邊，喝酒，還有說鄰居的壞話。」

「海巴赫太太……」

「我不姓海巴赫，記在腦子裡。」她必須克制自己，才沒有說出「記在您醉醺醺的腦子裡」。「我姓帕萊拉，您甚至沒有自我介紹。」她很想再加一句，難怪她丈夫欺騙她。從現在開始她每天都要生活在這種感覺之中嗎？覺得自己被一個喝醉、而且或許有能力做出任何事的女人窺視？她原本期望一切在這個春天都會變好，現在發生的卻剛好相反。*自作自受*，她想著。

鄰居本身倒是挺平靜的。「不過您知道好心的洛雪太太三年前就過世了吧？」

「什麼？」

「不，這對您是新鮮事。噢，您這一無所知的人。」她的聲音裡混雜了得意和勃發的怒氣。「我告訴您了，這給了他最後一擊。那家的兒子再也沒和他說過一個字，他兒子知道得很清楚，這老子根本沒良心才讓她死。您相信吧，我參加了喪禮。她可悲地死去，而他甚至沒上過墳，因為他太吝嗇不肯買花，他自己的太太！現在他撲向您，因為您相信他那張瘋狂的臉。洛雪太太是個好心的女人，他害死了她。」她喝光杯子裡的酒，向瑪麗亞點個頭。「現在我不煩您了。您的丈夫回家以後，趕快盯著他裝飾好枝子。不要這樣瞪著我，您根本不用怕我。您不知道誰對您好，誰不是，這是您的問題。

看看，一個幸福的家庭，您剛搬來的時候我這麼想。根本還沒多久。看看能持續多久，我這麼想。我反正整天沒事做，除了喝酒。」鄰居走了幾步，然後停在路中間。她的聲音越來越大。「不要讓任何東西溜走，把一切都帶上！把一切都帶著，然後離開這裡，在我丈夫敲您的門之前。一、二、三，太遲了！再一年您就會到廚房來陪我，您最好的朋友，相信我。難道我以前不漂亮嗎？他在孩子面前叫我賤貨——他呢？是是，該死的男人！」

瑪麗亞站在人行道上，望著鄰居的背影。她在路緣石邊上絆了一下，又站穩，輕聲咒罵。街道上籠罩著一層寧靜，就像所有的居民都坐在房子裡，尖起耳朵，傾聽醉後的碎念。她最先想到的是那張拍立得照片。這麼甜美的小東西，他太太這麼說，還問能不能也幫媽媽拍一張。

在黑暗裡，她周遭的世界就像收攏了過來。

我在這裡，因為我想要，她想著，但根本不對。

答案是錯的，一直以來都是錯的。

18

星期六早晨，瑪麗亞從十個鐘頭的無夢睡眠裡醒來，光線從窗簾間滲透進來，但過了好一會兒，即將展開的一天才變得清晰。舒適的床，她的身體覺得懶洋洋，最想一直躺到中午。下午她會搭乘終於訂到機位的唯一航班，經過日內瓦飛往波特。到達的當地時間是晚間九點二十分，何暮德也許會來接她，好載她一起到拉帕去。從走廊傳來沉悶的腳步聲，可以聽到兩個房間清理小妹的交談。她昨天在克里斯提安尼亞抽的大麻太強，讓她的記憶缺了一小塊。純粹的不理性，她滿足地想著，也許她因此才睡得那麼好。淋浴之後，她在早餐大堂後方角落選了個位置，然後把退房前的最後兩個小時消耗在打包行李，以及整理思緒上面。

十二點整她步行到國王新廣場地鐵站。那是個清涼、被雲覆蓋的一天，使她比想要的更清醒。行人帶著忙碌的表情迎面而來，服務生拿著菜單在咖啡廳前等著顧客上門。她昨天下午和波笛爾喝了杯咖啡道別。從舉辦者的角度來看，戲劇節很成功，總共有將近一萬名觀眾欣賞表演。「任務完成。」波笛爾帶著滿意的微笑表示。

在灰色的防噪音牆之間，地鐵從城市駛出。柏林同事已經啟程，雷娜兩天前已經出發到科隆，道別的時候認為瑪麗亞應該安排一下她的事情，下決定的時候不必拘束。她的提議維持有效，她可以考慮到月底。法克就這麼離開，沒有告別，也許雷娜的想法是正確的，他尤其不想原諒的是她和波里斯．楊科的談話。如果是這樣，那就有個問題，為何亞莉克絲那麼迫切地要求她和他會面。或者只是出於她個人好奇？她因此成為假定競爭者手段的犧牲者嗎？——也就是個誤會，記者的狡獪，或者什麼也沒發生，法克就是心情不好，在假期後期待她回到崗位上？

她不知道，而且還有更迫切的問題。

她在機場托運行李，買了幾本雜誌。大麻留下的那種舒服的迷濛感逐漸消失，她不安的良知取代那種感覺，命令她至少要試試看打個電話到拉帕。何暮德最後的消息證實她已經從斐莉琶那裡得知的，阿圖爾的狀況不明，但是也沒什麼威脅性，他們必須等待後續檢查的消息。也許露德絲即使如此還是坐在瓜達的病床邊，以她的歇斯底里讓護理人員抓狂。瑪麗亞讓鈴聲響了超過十次，才剛想切斷，電話畢竟還是被接起來了。在露德絲說出比「喂？」更長的話之前，她母親的聲音已經讓她陷入警戒狀態。

「嗨，媽，是我。」

「小瑪麗亞！」同樣尖細的叫聲，露德絲多年來接電話的第一句話。接著是喘不過氣來，通常是多餘的問題：「妳在哪裡？」

「還在哥本哈根，媽媽。」

「妳爸病了，妳在做什麼……在哪裡？」

「妳知道我在這裡做什麼。我們有客座表演。爸爸怎麼樣？」因為訊號不好，她把手壓在另一邊耳朵上。她從來沒看過鋪設實木地板的機場大廳。

「妳一定要過來。」露德絲說。

「我已經在機場，但是我會飛到波特。爸爸怎麼樣？」

「為什麼到波特？」

「拜託告訴我，他怎麼樣了。」

「醫生宣稱他們什麼也不能做，決定權也不在我們手裡。」

「這是妳說的。醫生說什麼？祖阿嗚認為……」

「他也不在這裡。你們的爸爸住院，瑪麗亞—安東妮亞，妳必須立刻過來！誰知道還有多少時間。」

「飛機一落地我就會打電話。」瑪麗亞不知所措地望著四周，試著了解她的感受。混合了罪惡感以及被壓抑的怒氣，因為無助、擔憂還有天真的期望一切都能重修舊好。她會把安東尼歐從逝者的國度叫醒，治癒她父親的病痛，驅趕露德絲讓人抓狂的孩子氣虔誠。前半生她離開雙親，自此之後她一直抵抗失去他們的焦慮。「妳覺得，妳現在就能告訴我爸爸怎麼樣了嗎？」她問。「他會疼嗎？他說什麼？」

「什麼也沒說，妳知道他的。」

「他還要留在醫院裡多久？」

「為他祈禱。」她母親回答。

「妳今天會去他那裡嗎？」

「五點威廉會來接我，他下班後才能過來，訪客時間都快過了。巴士班次太少了。」

「幫我好好問候爸爸。」機場建築玻璃後面，太陽出現片刻，一分鐘之後，瑪麗亞再也不知道該說什麼。威廉應該是拉帕的某個人，比她和祖阿嗚更能照顧她的雙親。「我會儘快趕到你們身邊。」

「自己要小心，小瑪麗亞，上帝保佑妳。」

「我很好。」她說，在線路切斷之前。起飛之前她還有一個鐘頭，廣播在建築裡迴響，旅人穿越人潮，情侶推延告別那一刻。星期四她已經告知斐莉琶到達波特的時間，讓斐莉琶知道她還想繼續溝通，但是沒有得到回答。最後一次談話的記憶讓她兩天以來都不好受。讓她女兒毫無防備地面對過往的事情當然是個錯誤。她這麼做是為了讓斐莉琶說起她不了解的事情時，不要那麼年少輕狂；但是她一旦開始，就覺得敘述以奇特的方式自行釋放，驅趕著她繼續描述。一旦允許，過往猛地回返，有如打開噴水頭，讓她源源不絕地傾瀉而出。她訝異於一切如在眼前，不僅是房子和那條街，還有氣味、感受和情緒，洛雪先生的口音，鄰居太太槁木死灰的表情。斐莉琶在螢幕上的表情先是陰暗然後呆若木雞。瑪麗亞終於停止敘述，好一會兒都很寂靜。喝醉的鄰居太太消失在房子裡，愛倫提芬街被孤零零地留在降臨的黑夜之中，再也沒有回頭路。她筆電的時間指著十二點二十分。

「然後呢？」斐莉琶問。

「他後來再打電話來，我說：再也不了。」

「然後他就說，好吧，那我們可以再一起去室內游泳池，帶著我們沒有名字的孩子之類的？」

「總之我們之後再也沒有做過。」

「妳甩掉他，他接受了，就這樣。聽起來像圓滿結局。」

「我們結束一段婚外情，本來就不應該開始。如果妳想知道，接下來幾個月就像地獄，但是妳也可以自行想像，不用我說。」

「妳為什麼告訴我這些？」

「妳問了。」

「我可沒問這個。」斐莉琶做了個手勢，有如想穿過螢幕，抓住她母親搖晃。「昨天下午我終於讓我和爸爸的關係擺脫惱人的祕密。明天我們會開車去里斯本，坐在汽車裡，四、五還是六個小時，然後爸爸會像往常一樣，以他微妙的方式試探我，好比妳對他搬家的態度。我會坐在他旁邊，想著：忘了這一切吧！第一反正不會成功，第二，我還知道些你不知道的事，如果你也知道，你根本不會想搬家。謝謝妳喔，媽！明天真的太棒了。為什麼妳該死的要告訴我這些？我為什麼必須知道這些事情？」

瑪麗亞緊抿著雙唇，完全無法回應。「我們今天就說到這裡吧？」她問。「妳問我為什麼這麼恨自己。」

「妳根本不恨妳自己，妳剛才說了。」

「斐莉琶，那已經是十八年前的事情了。起初我根本無法看著鏡子裡的自己。之後在波昂，他辛勤工作像匹馬一樣，期待每晚和妻子、孩子待在一起。我沒敢告訴他這些。這一個小時我聽著妳對祕密和虛構的理論，讓人無法開始愛上一個人的真實面什麼的。妳讓我想到我從前在社區大學傳達的葡萄牙意象。妳明白嗎？妳的理論本身就是種廉價的虛構。現實裡每個人都是以他人為代價來減輕自己的良心負擔。妳父親當年可能會想原諒我卻辦不到。某天我明白了，重點不在於坦白一些事情，而是在於承受後果。我這麼做了。那不是我會想選擇的生活，但是我留在波昂，為了他，為了妳，為了我們。」

「換句話說：妳決定就像從前一樣過日子，這就是妳的後果。妳大概甚至會宣稱妳為此做出犧牲。」

「絕對。」瑪麗亞說。「希望妳永遠不會知道那是什麼樣子。我也無法解釋。有些日子裡，我感覺就像腦死一樣。我想看書的時候就像我假裝給自己看。我於是就看影片和影集，地下室裡有一整箱，都是光碟片。而且我還移動我書裡的書籤，一天挪幾頁，好讓你父親不會注意到我發生什麼事。也許妳以為我是個病態的騙子，除了假裝什麼都不會。我以為這是我的錯，因此我必須自行解決。」

「那些書！」斐莉琶氣呼呼地說。「到處都是書，布雷希特和衛斯[35]還有一堆不知道誰的，我最痛恨的學校讀物，當時我以為妳是因為我的關係才到處放。妳那時看了什麼光碟？」

「箱子還在那裡，妳有機會可以去看看。我懲罰了我自己，我唯一會聽的責備來自妳父親，不是妳。」

「只不過妳什麼都沒對他說。妳還期待我也閉嘴，對吧？真可惜，我還不知道該怎麼辦。我對捉迷藏的遊戲沒興趣。」

「問問妳自己，我有沒有拜託過當妳的祕密小夥伴。」

「當然沒有，妳自己有許多問題，所以妳不會對我的問題感興趣，不知怎地，我還小的時候就知道了，但是光碟那回事讓我滿驚訝。我在拉帕和露阿嬤一起看電視的時候，妳總是擺出一張臉。」

「是，我那張古怪的臉。」

「我以為那是高傲。事實上那是妳在逃避妳有個家庭的事實，終生。妳先是不想懷孕，墮胎對妳太勞累，因此妳……」

「想像一下，那的確不是美好的事。一次就夠了。」

「什麼？」

「妳聽到我說的，不要再提了。」瑪麗亞堅定地搖搖頭。她不願做出另一回告白，只是想打斷她女兒自以為是的話。「我不想用其他細節增加妳的負擔。妳只要想到，許多事情妳知道得不夠清楚，還不能做出判斷。這是妳不要接受的建議，但是我還是給妳這個建議：總是要考慮到一些妳還不知道應該要考慮的事。」

「哪一次？」

「如果我哪天需要更多責備，我知道要去哪裡找。今天對我已經夠了。」

「和妳吵架總是這樣。妳先變出什麼新花招，然後拒絕說明。妳抱怨露阿嬤，其實妳根本更不理性，而且……」

---

35 Peter Weiss（一九一六－一九八二），德裔瑞典籍作家、畫家及實驗電影導演，深受赫曼·赫塞影響。

「知道了，」瑪麗亞打斷她，「妳寧可要一對像妳外祖父母的雙親。妳問問自己，為什麼永遠不能告訴他們妳和誰睡。」

「也許有一天我會這麼做。」

「別這麼做，妳聽到了！妳不知道其他人心裡怎麼想。妳二十歲，能夠告訴妳父親妳是同性戀，這是妳一生的成就，誠心恭喜妳，人類歷史上獨一無二，現在妳以為可以鄙視其他人。人並不完美，好嗎？人會犯錯，充滿矛盾。他們有時會做出自己不想做的事。如果妳無法忍受，那就不要問，閉上眼睛，自覺理直氣壯。或者妳也可以領養孩子，我無所謂，但是停止批判我的生命！我犯了錯也付出代價。」

「用什麼？那些影片還是我？」

「談話終止。」

「妳知道妳的問題在哪裡嗎？」斐莉琶的眼神一瞬間不再憤怒，眼裡湧出淚水。「那有個名字。」

「顯然妳迫不及待想說出那個字眼。」

「妳是個有慢性憂鬱症而且充滿自我厭憎的女人，這就是妳的問題。」

「而妳是個笨孩子。」瑪麗亞說，猛地闔上筆電。

在日內瓦停留之後，他們準時起飛。按照計畫，飛行到波特的時間剛好是兩個鐘頭，但是機長廣播將提早二十分鐘著陸，當地時間晚間九點左右。現在葡萄牙航空公司的空中小姐開始收集最後的咖啡杯和紙巾。飛機只坐滿三分之二，瑪麗亞坐在靠窗的位子，旁邊是空位，正翻閱上星期的《週末》雜誌。畫報是測量對一個國家熟悉度的良好指標，尤其是對政治家、演員和運動員的熟悉度，她認得大約一半，也就是根本不認識比較年輕的，認識的絕大部分是年長的。此外她也不看那些字，忙著翻雜誌的是她的手而不是她的思緒。她在日內瓦的一家機場咖啡廳裡坐了一個半小時，盯著吧檯的老咖啡標誌，最後和她弟弟講電話，他告訴她何暮德會來接她。祖阿嗚想和斐莉琶先行出發到拉帕，向她保證阿圖爾狀況良好——但是她的弟弟到拉帕去卻顯示情況剛好相反。只有出於特殊因素，整個家族的人才會聚集在那裡。上次是露德絲八十歲生日。氣氛還是一樣，祖阿嗚在追問之下宣稱。每次和他說話，他的語氣就像他想問：其他還要什麼？他真的問出來了，她就回答：有，帶些可以抽的東西。

機上廣播要求旅客繫上安全帶，把椅背收起來。葡萄牙似乎天氣不錯；她望向窗外，瑪麗亞認出沿著海岸的燈光，以及深沉的海洋。因為空調的冷空氣，她把自己更加緊密地用針織夾克裹起，翻閱一對演員夫妻惹人厭煩的離婚圖片新聞，掃過文化領域的混合報導。瑪麗亞二世國家劇院被捲入一場法律紛爭。影片導演抗議縮減國家補助，貝倫文化中心展出當代攝影回顧展。下一刻她發現那個人的名字，讓她的心狂跳。有如反射動作，她闔上雜誌，一瞬間感覺飛機開始下降。

國內最著名的攝影師之一，因為他的人物照而聞名。過去她有時聽說他的展覽，但是從未曾渴望去參觀。只有一次，他們的關係結束許多年後，她去卡爾莫廣場那邊的房子，他攝影工作室的名字還在入口旁邊。她和何暮德約好在上城吃晚餐，還有時間，於是她坐在廣場上等著，看著他最後在一位女士陪伴下走出房子。最初她不自主站起來想向他攀談，但是她沒有什麼想說、也沒什麼想聽他說的確定性把她拉了回來。一個好看、穿著優雅的男人，往羅西歐廣場走下去，從她的眼角消失。有一天會在他的檔案裡發現她的照片，如果他沒有銷毀的話。漂亮的照片，但是如果她毫無防備地看見他的名字，對尿色塑膠布的回憶就衝上腦門，想到醫生冰冷的雙眼，還有她焦慮的苦味。雖然她感覺不到怒氣，但是他還是她第一個男人，而她只是他眾多愛人之一，這依舊讓她感到羞辱；他長期對她的生命造成影響，也許她在那天之所以不想和他說話，是因為她擔心他根本不記得她。

她第二次嚇到是在飛機接觸降落跑道的時候。廣播對旅客表示歡迎來到波特機場，幾分鐘後飛機到達停機位置。走進建築物的路上，她感覺到夏天的熱氣，以及因為即將來臨的重逢而緊張。何暮德過去兩個星期做了什麼，想些什麼？她將必須告訴他，他不能到彼得的出版社工作，但是無法說明這對他倆意謂著什麼。斐莉琶實踐她的威脅，告訴他所有事情，這些都不太可能發生。她女兒一直想避免插手父母的事，但是瑪麗亞在行李輸送帶旁邊等著行李的時候，還是一直感到不安。他們應該直接到拉帕去，還是在旅館裡住一天？立刻說還是等等再說？在貨幣兌換處有兩個黑人女性數著紙鈔，海關官員無聊地盯著前方。一切都很熟悉，寫著她母語的牌子，人們的動作，沙路士啤酒的廣告，溫三明治的味道。她想抽菸，但是她反而走向廁所好洗把臉。回來的時候，她紅色的行李箱已經轉出來。何暮德送她的生日禮物——那時她剛展開經常往返的生活，他想以他無與倫比的方式表示自己不贊同她的意向，但是支持她加以實現。兩年前他不僅定了搬家卡車，付錢，還自行把車開回來。臉上的表情就像想說：我是怎麼樣一個陷入愛戀的傻瓜。他從不曾想過，沒有她，他會過得比較好嗎？她曾經明白自己有多需要他嗎？

走進入境大廳的時候，她一眼就看到他。第二眼她必須確認真的是他，因為他留起了鬍子。瑪麗亞吃驚地舉起手，幾乎被一對夫妻撞倒，他們正撲向長大的兒子。「終於！」她聽到那個母親的啜泣聲，觀察著何暮德如何從他的位子站起，回應她的揮手。他的襯衫皺起，額頭因為晒傷而發紅。

「嗨，歡迎。」葡萄牙文柔軟流動的發音還是為難他的舌頭。

「嗨，親愛的。」她站定，微笑地看著他，然後彼此相擁。落腮鬍讓他想到新教牧師，他有一次這麼說，現在她感覺得到他異常搔癢的下巴，聞著他熟悉的香味，必須努力才能保持鎮定。一切都和過去兩年的問候一樣，但是卻又不同。她再抬頭看他的時候，看到眼淚在他眼裡。「你哭了，而且留了鬍子。」相當白的鬍子。

「妳覺得怎樣？」

「哭了還是長鬍子？」

「鬍子，瑪麗亞，妳喜歡嗎？」

她的臉頰也滑下淚水，但是她不在乎，只是用手撫摸他的臉頰，點點頭。「喜歡。你看起來有點像波托．史特勞斯。」

「那還可以。」

「你還晒傷了。」此外在左頰還有個傷疤，被鬍子遮住一半。他們又再次親吻，彼此相擁。「我爸有什麼進一步消息嗎？」她輕聲地對著他耳朵說。

「斐莉琶和祖阿嗚剛通知，他們平安抵達拉帕了。阿圖爾的血檢值又變好，明天應該可以出院。」

「你會認為我總是這麼說，但我真的感覺這次很嚴重。」

「醫生似乎不這麼認為。妳想立刻出發嗎？今晚就去？」

「我不想，但我跟媽媽保證過。這是什麼傷口？」

「一點小刮傷而已。」他抗拒地說。「我們可以打電話，說已經太晚了。這也不是謊話，馬上就要十點了，而我們需要三個小時才能到達。」

她沒有回答，又親了他一下，把包包背到另一邊肩膀。她不太想去拉帕，但是也不想打破對她母親的承諾。他們四周的人們吻頰相互問候，互相擁抱，大聲歡笑。他們所在的地方是個看起來具備未來風格、被霓虹燈照亮的大廳。這是她一天之中經過的第三個機場，她必須先找到方向。「你真的是開我們的車過來？」她問。「整段路程？」

「對。」

她想問為什麼，但是何暮德握著她的手，接過她的行李，他們沉默地走向手扶梯。玻璃牆後面，燈光在黑夜中閃爍，除了她，每個人都穿著夏天的衣服，擁有相應的膚色。他們掛著波昂車牌的帕薩特停在一排車子中間，何暮德把行李塞進行李廂，一瞬間還是一如往常。瑪麗亞感覺到自己的想法已經飄到山區，自問有沒有算式可以計算：需要彼此共度多少年，才能在分離多少星期再度重逢之後，產生幾分鐘彼此都有所改變的感覺。她動也不動地等在副駕駛座門邊，聽到自己問：「他們兩個是騎摩托車到拉帕嗎？希望不是。」

「斐莉琶寫了短訊，他們平安抵達。」

「我弟很清楚我不喜歡這樣，你也清楚，為什麼你沒有阻止他們？」

何暮德越過滿布灰塵的車頂望著她笑，就像他聽到一個笑話。汽車擁擠地停在停車坪上，她其實根本沒想著斐莉琶和祖阿嗚，而是察覺到自己的驚訝，脫口而出。這時她只能搖搖頭。「瘋了，不是嗎？我們一直都這樣嗎？」

「也許妳想等她在場時再問一次。」他還是笑著地說。「阻止什麼的，會變得很有趣呢。」

汽車裡溫熱黏稠。入境大廳的喧囂之後，這是他們首度獨處，但是沒有直接出發，何暮德把雙手放在方向盤上。中控臺上塞滿旅館和加油站的收據，後座丟著衣服、空水瓶和他黑色的盥洗包。「你還記得，」她問，「幾天前你在電話上怎麼說的，我們就像我們自身的反諷劇。我一直想著這句話。為什麼是反諷劇？因為我們眼前這些事？」

「那只是一個注解，」他說，「我已經不記得我究竟想說什麼。和斐莉琶有關。或許我想說，我們早就察覺，卻一直裝作不知道，因為這樣我們就可以裝作不在乎。最終我們也會如此要求自己，要求我們不在乎這種事情。我們的父母會在乎，我們不會。對嗎？」

「你問過她是否會在拉帕提起這件事了嗎？」

「不用擔心，她沒這個打算。但那是她唯一的妥協，沒有任何商量的餘地。其他人要不就接受，要不就滾。」

「也就是說我們欺騙了自己。」她可以乾脆點頭說：就是這樣。或許是這樣，但是瑪麗亞搖了搖頭，再次鬆開安全帶，好脫下針織外套。何暮德幾天前才得知她一年來一直都知道的事情，這時想著一個她很快就拋諸腦後的問題。或許太快了，但是他宣稱自己早該知道卻讓她驚訝。「不知道是不是這樣。」她說。「自從我知道之後，我回想這些那些事情，當然有些跡象，或許可以察覺，但是……」從過去找出某些事情的跡象，這些事情現下都已經被攤開來，這樣不是太多餘了嗎？外套被夾在安全帶裡，她拉扯著好讓手臂能抽出來。他們沒看到他們必須早點看到的事情，因為他們不是他們想要的樣子，的確如此——**而且**因為斐莉琶瞞著他們。她也有權利這麼做，但是並不能因此就高高在上，譴責自己的雙親。一旦她想到視訊對話的結尾，怒氣就又衝上來。「不，我作夢也想不到。」她說，覺得自己的固執有解放效果。雙親為何必須總是從自己身上找錯誤？看起來也許真誠，現在這麼做，卻只不過是新的虛情假意，好像他們必須知道所有事情一樣。

何暮德的眼光盯著前方，瑪麗亞順著他的視線望去，看到對面車裡的一對年輕情侶正親吻愛撫對方。男孩把一隻手伸到女孩的胸罩裡，她的手碰觸他的下體。完全沉浸在對這兩人的注視裡，何暮德輕聲地對自己說，有如自言自語：「或許我的表達不好，我的意思是，我們並不覺得那糟糕，只是讓我們不安而已。我應該說，我們的生活是我們夢想的反諷劇？也許稍微貼切一點。」

「你怎麼能這麼說？」她問。「我們的生活是什麼？」

「我是說……」這時他才把眼光轉向她，他似乎被自己的話嚇到。「我不是那個意思。」

「那是什麼意思？」

「我不知道，我根本沒有任何意思。在那一對真的開始之前，我們出發吧。」

在亮起的大燈前，那對情侶分開來，女孩急忙地抓緊襯衫開口，然後何暮德開出車位，駛離地下停車場。連通道的狹窄車道上，標示了通往波特和里斯本的方向，但是她的丈夫顯然想走另一條路。他們轉了幾次彎，離開物流公司和已關門休息的工廠入口，然後導航器的箭頭指向上方。許多年前他們曾經穿過波特北方的區域，那個地區沒有漂亮的海灘，夏天沒有遊客。何暮德沒有對她透露目的地，只是播放音樂，瑪麗亞關掉空調，在西邊看到光耀的半月掛在天空。她的生活只是戲謔模仿她還是年輕女性時所夢想的生活，毋庸置疑——但為什麼他的也是這樣？他沒達到什麼目標？一個不熟悉的男性聲音充滿車廂，唱著〈老闆沒有權力〉。為什麼他們不能這樣對談，每個人說出所想的，而另一個人明白對方說的是什麼？只要一次，好知道這麼做行得通。

「這是什麼音樂？」她問。

「維德角的一個樂團。我昨天在摩爾古城牆那邊看到的，封面在置物箱裡。」

「摩爾古城牆。」瑪麗亞無奈地交叉雙臂，靠向座椅。他指的是太陽門觀景臺，許多年前她曾帶他去看，當時還沒像後來那樣人滿為患，看起來反而像《里斯本故事》裡的短劇。他在城市裡最喜歡的地方，她卻已經很久沒去那邊。「自從你在電話上告訴我，你已經在路上一個星期，我就試著想像那些情景——你怎麼旅行，你做些什麼，你過得怎麼樣。然後我吃了一驚，因為我根本無法想像。」

「這是一個問題嗎？」

「不是。你昨天一個人在那裡嗎？」

「斐莉琶不想一起去。她急著打電話。」從他的口氣聽起來應是打給嘉布麗愛拉。

「你生我的氣嗎，因為我沒有告訴你？」

「那是她的決定。要是妳告訴我，她一定不會原諒妳。我們的女兒變得相當堅強，她自己決定怎麼活下去。」

「你們吵架了嗎？」

「沒有。」他回答，不得不糾正自己。「有啦，但是小吵一下而已。我們只是澈底講開了，早該這麼做。感覺起來像失去什麼，或許是我的錯。」他轉頭，她從側邊感覺到他的眼光。「她要搬到聖地牙哥，但是妳或許比我更早就知道了。下學期或下下學期。她已經開始申請了。」

「不，我還不知道。」瑪麗亞說。

「當然是因為嘉布麗愛拉。我覺得她有點過度依賴了。」

街道穿過無人的地區，一區緊接著一區。昨天她在克里斯提安尼亞坐在水邊，抽了大麻，才抽了幾口就陷入自己的心思裡。完全飄飄欲仙，她覺得自己的心跳快速，觀察著身邊發生的事情，就像透過幾公尺厚的玻璃牆觀看。有個男人向她借火，她卻只能看著他，直到他微笑著搖搖手。現在她覺得那道牆一直都在，不管是在貝爾格卡門還是在波昂。一種她無法突破的壓抑，只能靜待它趨緩。那並非因為嘉布麗愛拉，她想著，是因為我們。

「她認為，」他說，好維持交談，「總有一天我們大家都會生活在伊比利亞半島上。」

「會嗎？」

「會的，如果我們這麼決定。」

「我們現在要去哪裡？」

「在夜裡盲目地開。妳想要現在打電話到拉帕嗎？」

「我必須打，但是我現在無法和我媽說話，何暮德。她一定擔心得要命，但我不想聽她說什麼最終一切都握在上帝手中。我怕我會對她說，她的腦子不正常，除了《聖經》也該讀讀別的書。」

「哥本哈根那邊累人嗎？」

「很可怕。」

「打電話給斐莉琶。」他轉頭，尋找轉出主要街道的可能性。露營地和沙灘邊少數幾個指示牌出現在遠光燈下又消失，除此之外這個地區顯得那麼荒涼，就像夏天早就過去了一樣。「說來好笑，二十多年過去了，要是有人問我妳是否信教，我依舊不知道該怎麼回答。」

她看著他，把一隻手放在他大腿上。她為什麼要裝作生他氣的樣子？「若問你信不信教，你有答案嗎？在將近六十年之後。」

「妳說得對。」他說，「雖然如此，我還是要問我自己，我們結婚二十多年，怎麼會還不知道對方這些事情？」

「你是說，除了這個，我們還不知道彼此許多事情。」她感覺他想說起他的旅行，正尋思正確的開頭。過去幾個星期，有些事情產生變化，他們倆都還不能釐清頭緒。還沒有。他不久前稱他們的婚姻是不連續的生活，比起那些他們只是對彼此報告的日子，他們共度的日子少多了。她的丈夫很能總結事情，她只要讓他說就好了。

「今天下午我在科英布拉。」他說。「妳還記得嗎？斐莉琶和祖阿嗚早上就出發了，我又沒興趣獨自坐在公寓裡胡思亂想，於是我也出發了。高速公路上出現科英布拉的標示時，我想著，為什麼不休息一下。上次去那裡已經是很久以前的事了，而且我有的是時間。」

「那裡改變很多嗎？」

「老城幾乎沒變。山上大學那裡在整修。我已經記不清我們當時有沒有去圖書館，只記得我帶著斐莉琶坐在入口前面，對她說起蝙蝠的故事。我其實不喜歡巴洛克，但是裡面真是美，美得近乎不真實。還有再也沒有人要讀的書。」她重新感覺到他的眼光定在她身上，卻沒回應他。「我記得我們夏天的時候到那裡，就在我申請柏林教職失敗之後。」

「我知道。」

她不記得圖書館的事，只有不知哪裡蹦出來的蝙蝠故事，牠們會吃鑽到書裡的某種蟲。何暮德敘述舊建築裡沒窗戶的監牢，當時大學還對學生擁有司法權。他站在那些牢房之一前面，她很能想像哪些想法經過他的腦子。他笑著等她的反應。她想起巷子裡的熱氣，以及那奇妙的迫切感，催促著她去找個教堂，找個神父說話。「兩星期前，」他繼續說，「我從家裡出發，因為我想靜靜地思考。但是旅行反而讓我分心。在路上看到很多新的事物，和平時不同的人談話，沒有對著人低聲訴說一切的日常。有一點像從前我們還想著要哪種生活的時候。你明白嗎？」

「我不喜歡你這樣說話，」她說，「如果你想知道什麼就問我。」

「我非常想念妳。我從波昂開車離開，因為我不想一個人，但是在路上大部分時間也沒有比較好。有一次我喝得爛醉，晚上和陌生人圍著火堆跳舞。在西班牙沙灘上某個地方。我！」每次碰到連接通往海洋的道路的圓環，何暮德就鬆開油門。他必須向她坦白一些事情，但是他不敢——或是斐莉琶究竟說了什麼？「妳搭飛機過來，」他說，「身上應該沒有大麻，是嗎？」

「我跟祖阿嗚說過了，讓他帶一些過來。不知道他帶了沒。」

「我們為什麼沒再一起抽過？」

「就像我在電話裡說過的，你沒給我那種你想抽的感覺。」

「我經常想像。我坐在拉帕的陽臺上，和妳一起抽大麻。第一次抽的時候我有點疑慮，但是現在……」他又停下來，因為他忍不住笑。「我們的女兒會說，我們實在不像話。」

「那我們就讓她明白，她管好自己的鳥事就夠了。」

下一個圓環，何暮德轉向一條幾乎沒有修築的街道，沿著高高的玉米田行駛，然後穿過某個村落裡的狹窄巷子。屋牆上的反射鏡用來防止汽車擦過牆面。沒看到任何人，這個地區那麼空蕩蕩的，就像是半夜三點而非晚上十點。「根本就不公平，」她說，「我們不許批判她的生活，但是她很可以批評我們的生活。未來她面對任何批評都可以用這個指責反駁，說我們就是不能接受她是……這讓我生氣。」

「她是什麼？」

「嘉布麗愛拉到柏林來，我就不許在她面前抽菸。看來我們教育的結果是個小心眼的女同性戀巡警，專門發禁令給我們。」

他們倆人聽著這段話，稍加回味，然後爆出一陣激烈、內疚的笑聲。何暮德費盡全力才能控制汽車，車子正在古老的鵝卵石地面蹦跳著前進。對面一輛車駛來，他們幾乎滑進一個深坑。從側照鏡裡，瑪麗亞看到紅色的塵雲升起。

「巡警，說得好。」他吸著鼻子，從眼中抹去淚水。

下一個村落已經位在海岸邊，街道緩緩向下，直到轉向右邊角落。唯一的餐館已經休息，藍色的霓虹燈招牌迷失地閃耀著。車子以步行的速度轉過孤零零的海灘大道，街燈落在一道矮牆上，瑪麗亞覺得在那後面看到捲起的魚網，船像睡著的動物橫在沙灘上。引擎蓋朝著海水，何暮德停下車子，寂靜立刻就抵著車窗。

「停這裡？」她問，感覺皮膚一陣寒涼。

「停這裡。」他把車窗降下來，指著外面。「我們坐到椅子上？」

「之前還有時間吻我一下嗎？」因為鬍子的關係，她覺得好像在吻陌生人。不同於她的習慣，她沒有閉上眼睛，察覺到嘴唇的顫抖。他們下車的時候，涼爽的空氣聞起來有棚屋裡海藻的氣味，在黑暗中必須仔細瞧才看得出外形。大道上到處都是椅凳，何暮德用手把其中一張擦乾淨，瑪麗亞又走回汽車一次，好把針織外套拿過來。他們面前五十公尺處，岩石從水面突出，沙灘看起來石礫粗大而且醜陋，讓人不得不感激夜晚。她交叉雙臂坐在他身邊，等待著。

「真奇怪。」他說，把話題轉回造訪科英布拉那時。下午他參觀了老教堂，想起曾和斐莉琶一起去過那裡，她拉著他的手，因為她想看入口邊當作聖水盆的貝殼。來自印度洋的巨大貝殼，他用手比出直徑，以防瑪麗亞不了解他的意思，他還記下了葡萄牙文的名字。她對那雄偉的外觀記得很清楚，在微光下看起來就像是用象牙雕刻的。其中的水令人驚訝地暖和，在她走向告解室之前，她把手指浸到裡面，然後畫十字。

「你應該先跟我說一聲。」她說。寒氣越來越重。「我很期待我們再次見面，這整段時間都是。」

「我也是。我開車橫越歐洲，為了思考我們的未來，我的和妳的。我想再見到妳，告訴妳，我想放棄教授職搬到柏林去。彼得的出版社裡那個職位雖然並不特別有吸引力，但是——我不知道妳怎麼想的。我辦不到，過去一年當中我看清楚了。離我退休的時間雖然屈指可數，不過還是太長了。我們過去兩年所過的不是婚姻生活。但是在旅途當中，我想清楚其他事情。我不知道妳究竟要不要我去柏林。或者我們之間的事情已經改變，我們已經開始過起自己的生活，各過各的，在妳搬家之前已經開始。我為了工作，而妳……妳自己說吧。」

「沒有工作。」她喃喃地說。「我夢想的反諷劇。」

「幾天前和斐莉琵談話時，我脫口而出，我只會在我確實知道妳要什麼的時候，才會踏出步伐。今天在科英布拉，我坐在教堂裡想過了。如果我不知道，如果我不確定**那些事情**，更別說我被蒙在鼓裡和女兒有關的事——我究竟還錯過了什麼？妳當時曾想過自己一人到柏林去嗎？我指的是我申請教職失敗之後。」

「你現在才問我？經過十六或十七年之後。」

「妳說無法想像我這趟旅行的情況。我想試著向妳解釋。」

「那就解釋。」

在其中一塊岩石上，似乎有人在找螃蟹，總之瑪麗亞看到手電筒的光線，還聽到輕輕的聲音。沙灘位在一個海灣裡，一點都沒有她消磨年輕時代的太加斯河南邊沙灘的醉人開闊。

「兩星期前，」他說，「我和彼得在出版社裡見面，就在我們在哈齊雪廣場吃中飯之前。他想讓我看看那個空間，我未來的辦公室，向我介紹一些同事。他對那個主意很有自信，而我—我不知道如何形容那種感覺。我坐在他對面，問我自己怎麼會到這個地方來?突然間我和一些人握手，他們年輕得可以當我學生，但我卻在面試成為他們的同事。」

「很可怕的感覺，對吧？」

「對。」

「你第一次考慮我二十年來都在做的事情——降低對職業的要求。」

「我覺得更可怕的是不知道妳是否贊成，結婚二十年後不確定我的妻子是否願意和我住在同一個屋簷下，這是可怕的事情，即使我在路上才了解我的不確定性那麼深刻。」他們沉默下來，就只聽得到海的聲音，前方沙灘的小波浪退去的聲音。「說些什麼，瑪麗亞，我剛得出結論，而且聽起來不比妳的好。」

「我知道你去出版社裡談工作的事。」她說。「在你們商談之前就知道了，關於彼得和你。」

「妳知道？」

「那甚至是我的主意。」她粗略地描述彼得擴充出版社的計畫，以及她突發的想法，認為可以從中為他擠出一個位置。「你好幾年以來一直抱怨你的工作，我反正知道你獨自一人在波昂覺得不舒坦，即使你偶爾責備我根本不在乎這些。」他想要回應，卻被她一個手勢擋下。「你以為我看重自己的需求勝於我們的。某種程度上也有道理。我想去柏林，雖然我知道會讓你難受。而且我的確好幾年前就開始考慮這麼做，一旦清楚不可能一起搬家的時候。之後好幾年，我一直把我們的需求看得比我自己的還重，然後我想著為何不顛倒過來？我從來不屬於那些只為家庭而活的女人，更何況——這是什麼家庭？一個頂多忽略我的女兒，一個從來不在的丈夫。就像你坐在出版社裡所想的，我坐在家裡問我自己：我在這裡做什麼？我不需要大房子，我不需要每天在我丈夫身邊睡著，但是要有意義地度過我的日子，沒有這種感覺我不能活。如果當時你說，要不我留在波昂，要不我們離婚，那麼我們早就離婚了。我已經有這個打算。」說的時候，她揉搓著冰冷的手，注意到自己回到當時談話的表達方式，在那些對話當中，她想克服自己的懷疑更勝於他的抗拒。

「我們剛說到可怕的感覺。我相信我的這個感覺可以回溯到在出版社的談話之前很久，可怕的是我知道但是不想面對，我能為妳實現的生活不是妳想過的生活。還有，不知道妳其實夢想的是什麼樣的生活，擔心那可能是個沒有我的生活。好幾年來我一直試著對這些問題視而不見。」

「你為我實現某種生活從來不是我們的約定，何蓦德，我既沒要求也不期待。」

「那我們的約定是什麼？」

「我們沒有約定，只是突然有了孩子。」

從海邊散步大道的柏油路面上可以看到他們倆人只是不動的影子。尋找螃蟹的人已經結束工作，水邊盡皆黑暗，除了微弱的光芒——一定是來自某個海藻棚架。村落中心在右邊更遠處，在餐廳悠然閃爍的霓虹燈後面。「聽起來有如妳想說：那不是愛，只是情勢使然。我要說明一下，我並不是這樣想的。」

「我們搬到多特蒙德，然後又搬到波昂，何暮德，這都是情勢使然，沒有別的原因。其中包括你賺錢，而我沒有。我們不要再為過去爭執。你究竟有沒有注意到，我其實回答了你在路上想破頭的問題？我想要你到柏林來，那是我的主意。」

「好吧。」他抑鬱地說。「所以妳一直都知道我想換工作，吃午餐以及後來打電話那時都知道。」

「我不知道你想不想要。對我而言，那看起來像個解決方法，而彼得覺得這是個好主意，他能想像，問題只剩下你是否願意冒這個險。因為那本來就是個風險，我不想說服你為了我去做將來如果出差錯就會後悔的事——萬一你不喜歡這個工作，或是你和彼得之間有什麼麻煩。因此我什麼都沒說，反而是讓彼得對你提出這個職缺。你從晚餐那時就知道我曉得這回事。你可以和我討論，或者自己決定，要緊的只是這些。」她短暫轉頭看著他。「那是個突如其來的點子，對，但也是個好計畫。」

「一個好計畫，」他低聲地說，「只要把現實條件擺在一邊。」

當然，她想著，不得不忍住笑。剛才說周遭情勢不應該有所影響，現在又變成他的有力論點。

「你決定不要，我想也是。你不想要，你太在乎你的工作了。」

「我在找一條出路，但是我沒有理由請假直到退休，一個我最上面的機關會接受的理由。如果我就這樣辭職，我會失去要求退休金的所有權力。我是公職人員，瑪麗亞，我不能隨便就離職。」

「你可以，你只是不想。」

「妳雖然喜歡宣稱不在乎穩定的生活條件，但那也許有些天真。妳想靠你父母的遺產過二十年，還是讓斐莉琶負擔我們的生活呢？我們要搬到拉帕種橄欖嗎？」

「我想知道原因在哪裡。只是設想一下，如果不會造成經濟上的損失，你會願意放棄教授職嗎？告訴我！」

「妳一定留了一手。要是我現在說好，妳就會緊咬著不放。是什麼？阿圖爾終於透露他藏了多少錢嗎？

「不是。」沒有繼續逼他，她靠向椅背，深呼吸。「我沒有留一手，剛好相反。你們在出版社談話之後，彼得後悔了。他認為行不通。你是個哲學家，這樣的你質疑一切，分析直到最後一個細節。此外你不習慣接受別人的指令。他對我說起你們的談話內容，都快哭出來了。他不想說不，他永遠無法當著你的面說出來，但是他必須為他的出版社著想。相信我，我想生他的氣，但是他坐在我面前像個小可憐。他喜歡你，擔心你永遠不和他說話。那是星期一，我飛到哥本哈根的前一天。他說出口之前，非得先喝光一整瓶紅酒。」

「明白了。」她丈夫想不出還能說什麼。

「抱歉，何暮德。我沒有要設計欺騙你，但是彼得已經看出，你在商談時沒有給人你想要那個職位的印象。從那時起，你也沒有寫信給他，對吧？」

「是。」

「因為你不知道我想不想要這樣。但是你想不想要，你自己也不知道。」

「你們怎麼約定的？彼得要如何通知我，他改變主意了？」

她也告訴他。他的沉默沒有透露他是失望還是鬆了一口氣，但是她坦承犯了個錯，他只用簡短評語帶過，彼得是對的，他不適合那個團隊。然後他展開雙臂，把她拉到身邊，就像一切都說完也解釋清楚了。「沒辦法，我母親常這麼說。如果要失敗，那麼寧可儘早失敗。」

這是她一年來寄與厚望的計畫。瑪麗亞把頭靠在他的肩膀上，想著他們應該出發去拉帕。「過去兩個星期真可怕。」她說。「哥本哈根的客座演出，知道你被一個已經不再由你的決定所折磨。必須對你說出全部實情，但是不知道何時以及如何說的那種感覺。我知道你一星期以來都在路上的時候，我什麼主意都沒了。我以為現在一切都會瓦解，都是因為我的緣故。」

「對我而言，比起在波昂思考我的抉擇，或是從我的指尖吸出我下一篇論文，旅行會比較好。我去了歐羅巴山，妳還記得嗎？在波特斯附近，山間的那個浪漫教堂邊。教堂關著，於是我們就走到下面河邊，躺在草地上。」

「誰是『我們』？」

「妳和我，之前。」

「我們沒一起去過歐羅巴山。」

「有，我們的第一次葡萄牙之旅，教堂叫聖瑪利亞，就像其他的教堂。」

她在飛機上想過那回旅途，確定他弄錯了。她懷孕了，必須不時到護欄後面嘔吐，絕不可能答應繞路經過山隘。「我們開過高地，何暮德。我們的汽車在布哥斯故障。我們每兩天就看到一個名叫聖瑪利亞的教堂，但是從沒在歐羅巴山。」

「我認出那個地方了。」他說，她不再理會。她的丈夫對旅行有種浪漫印象，也許對她當時的心情毫無想像。一生當中二度意外懷孕。現在他們像度假遊客一樣坐在長凳上，看著一隻狗怎麼跑過小矮牆，矮牆將散步大道和沙灘分成兩邊。

「所以你不生我的氣？」她問。「真的不氣？」

「不氣。」

「我們現在怎麼辦？」

「我們找家旅館和好吃的餐廳，我今天沒吃什麼。我們打電話到拉帕，明天開車去。明天也不遲。」

「我是說那之後。」她說。「你說你再也不能像過去兩年那樣生活。但是你也不會到柏林去。那麼？」

「瑪麗亞，我考慮一個不存在的選項兩個星期。現在我變不出把戲了。我很想，但是我無法立刻變出下一個點子。或許這樣做也不好。」

「你等著我搬回波昂。」

「絕對不會。」

她早先以為他會反駁她的暗示，然後陳述她回到波昂對他倆的好處，這不是他近兩年來一直對她要求的嗎？但他卻只是猛然從長凳站起，就像他這一個鐘頭來一直想趕出談話的記憶回返。他坐到她對面矮牆上，路燈照在他的身上。

「我考慮過。」她不確定地說。

「妳再也無法忍受待在波昂！妳自己說的。無聊，無所事事，在空蕩蕩的房子裡度過長日漫漫。當時我不想理解，但是現在我知道那是什麼感覺。對我來說雖然只有晚上，但也夠我受的。妳怎麼想像的？妳要在波昂做什麼？」

「我沒說這對我會變得比較容易，但是……」她原本想告訴他雷娜的提議，但是他激昂的反應讓他的問題聽起來像指責，讓她感到混亂。他為什麼又變得這麼奇怪？「第一，我厭倦一直對抗自己的罪惡感；第二，哥本哈根是場災難，我無法再繼續下去了。」

「也許妳想先告訴我哥本哈根的事。」

「會比你想像的讓你更不喜歡。」反正如果何慕德想賣房子，他們可以一起搬到科隆。許多波昂教授通勤，這會是個公平的妥協，她這麼考慮。顯示並非事事涉及他的工作。「你在做什麼？」她問，因為她先生開始解開襯衫的釦子。

「我想去游泳。」

「別發神經。我們正在說話，是你要我說發生什麼事情的。」

「在海水浴場游泳一點都不瘋狂。我已經晒傷了，科英布拉非常熱。」他脫掉襯衫，想把衣服扔在椅子上，但是他突然急躁起來失了準頭。「我們不能回到妳搬家前的生活。」

「為什麼不能？」

「因為我們不是知道得太多就是太少。抱歉，瑪麗亞，我必須讓自己冷卻一下。我也不知道我們以後怎麼辦，但是我們絕不能馬上選擇下一個出路，我們多年來一直這麼做，但這沒讓我們前進半步。就像那次吵架之後，我們終究必須弄明白。」

「你要和我離婚嗎？」她問。「這是你想說的結論？」

「也許妳也應該讓自己冷卻一下。」他光著上身站在她面前，她問自己，哪一樣讓她比較擔心：他無法自制，還是他那麼冷靜地說話？

「你不能再這樣下去，」她說，「你不來柏林，你不要我回波昂。我該做出哪個結論，何暮德？你究竟想要怎樣？」

「游泳。」他脫下手錶交給她。「妳知道離婚是我最不想要的，」他說，「我甚至無法想像那會怎樣。」

但是，她想著，突然了解他想要告訴她什麼。她不是一直都察覺到他冷靜外表下的緊張嗎？她不是從一個小時以來都尋找著跡象，他……

「但是有些事情，」他說，「我一直都不知道，現在我知道了。有些事因此而改變。我和斐莉琶說過話，她告訴我的。我該說什麼？我不能因此生妳的氣，或許我也是幫凶，因為不在家和不諒解。

即使如此還是改變了一些事情。起初我不願相信，我就是無法想像妳和那個……」傢伙。人渣。窩囊廢。不管在他舌尖上的是什麼，他控制住自己，把那個字吞下去。瑪麗亞在長凳上彎身向前，盯著地上。「但是這其中就是我的盲點，」他繼續說，「我沒看見情況對妳有多糟。這讓我痛苦，但是總比繼續盲目來得好。只是再把眼睛閉上並不是辦法。」他幾乎成功地讓自己的聲音帶著和解的腔調，就像他已經把語句謹慎想好。「妳還記得妳怎麼對我說的，我們夠堅強，我們辦得到。我不知道當時是否正確。現在我們必須這麼堅強。」

「如果不是呢？」她說不出其他的話來。

何暮德站在她面前，像是要找答案。然後他就這麼轉身走開。瑪麗亞聽到他的腳步聲走在沙子覆蓋的水泥階梯上，階梯向下通往沙灘。所以終究，她的腦子閃過。她曾想像過這一刻，以各種不同的方式。這一刻終於來臨，她說不出是否和她想的一樣。接著她看到何暮德手裡提著鞋子在沙灘上跑著。在他離開路燈下的光環時，他再次轉身，招手。稍微心虛而且幾乎道歉的招手，她無法詮釋。

那麼，他畢竟早已知道。自從和斐莉琶說過話之後，記憶甦醒，隨之而來的問題是，她丈夫當時怎麼可能沒有懷疑。這是最讓她百思不解的問題，但是也許她從不曾真正明白，那段時間對他有多艱難。不確定的未來職業生涯，金錢煩惱，還有心理不穩定卻照顧著小女兒的太太。即使如此他有一天開始提出問題，但是那時奧力佛已經是個可憐兮兮的傢伙，想必讓何暮德難以認真地把他當作情敵。他想知道為什麼這個窩囊廢一直站在門前。這就是他剛才吞回去的字眼。她模糊地看著她丈夫站在沙灘的陰影沒入海洋黝暗之處。

你和這個窩囊廢。

她和奧力佛之間的外遇結束之後發生的事，直到如今她還找不到適當的字眼來描述。無論如何有一種力量，讓他在最短時間裡轉變。他以高傲回應她第一次說不，說她最後一定會背棄這個決定。兩天後他請求和她說話，承認自己愛上她。他們應該一起偷偷離開，不管到哪裡去。當她依然說不，他這時才變得有攻擊性，然後哭哭啼啼。何暮德去找洛雪先生，跟他當面說清楚，以後不想聽到他生病太太的故事。之後兩塊地之間的矮樹籬長成不可跨越的邊界，頂多只能偷看。她從不曾活在那樣壓抑的處境裡。沒有一天奧力佛沒過來。他隨便買了些柏林的日報，把住宅廣告剪下來，從信箱丟進來。何暮德起疑的時候，她宣稱奧力佛的婚姻出了問題。就像是提供證據，不久後有輛家具車沿著愛倫提芬街駛來，他太太的兄弟拿走屬於他太太的東西。警察好幾次在晚上前來，因為鄰居抗議大聲的音樂。起初何暮德很有耐心，但是當跟蹤行為沒有停止，他就失去耐心。這個窩囊廢應該管好自己的生活，不要來打擾他們。瑪麗亞討厭他的貶低，但是當她遇到奧力佛，她以更多冷漠對待他。滾開，她隔著關上的門命令他。斜對面的鄰居站在窗戶後面看著。

飛過海灣的飛機發出隆隆聲，把瑪麗亞拉回當下。她從不曾原諒自己出軌——即使她確定已經為之付出足夠的代價，但是她現在注意到的第一件事，是她沒生她女兒的氣。她慢慢站起來，走向汽車，上車，關上車門，深呼吸。然後她拿出手機，撥號。斐莉琶二十歲了，雖然她自認成熟到足以養大一個孩子，但是這一次必然是迫於無奈。或許何暮德察覺到什麼，因此不斷用一些問題逼她，直到她別無他法為止。響第二聲後，有人無聲地接起電話。

「是我。」瑪麗亞說。

車內照明謹慎而緩慢地熄滅。

「我早料到了，但是我不想和妳說話。」

「會讓妳驚訝，但是我不僅想道歉，也想感謝妳。我真瘋狂，不是嗎？」

斐莉琶驚訝了好一會兒，然後她說：「我不知道妳在說什麼，而且我還要照顧露阿嬤。」

「已經沒關係了，我只想說這些。」雲飄過月亮，銀色的光芒在水上留下痕跡。瑪麗亞瞇上眼睛，覺得似乎在遠處認出丈夫。「我媽還好嗎？」

「不好，妳想像一下。」

「幫我問候她一下，我們明天才會到，已經太晚了。要我們繞道瓜達，順便帶阿圖爾回家嗎？何暮德認為他明天就能出院。」

「祖阿嗚借了車，會去接他。」

「好，那……」她知道，她女兒不會說太多，但是她還是不想掛斷。「人必須給自己和他人機會，以原來的面目被愛，這是妳的見解嗎？」

「什麼？」

「這不是提問。我想說，叫你笨孩子是我的錯，抱歉。」

「那不是我說的。」斐莉琶說。「有個天使出現在我的夢裡，我自己一個人可永遠想不出來，我還不夠成熟說出這些。」

「好啦。我可以了解妳為什麼這麼生我的氣。我有些傷口，也許妳碰得太用力了。」

「我只想……」

「等一下，等一下。其中之一就是憂鬱症。當時在波昂，我說服自己，因為我沒有工作，所以我憂鬱。但是可能剛好相反，我不能工作，是因為我所有的能量都要用在別讓人注意到我的情況。我不知道。試著舉出三件妳確定知道關於妳自己的事。」

「下一次。」

「妳爸爸在妳告訴他之前就知道了，是嗎？他的反應如何？」

「妳又來了，」斐莉琶說，「從我會說話以來，妳就一直這麼做。」

「忘了這回事。我只想說我很愛妳，愛妳原本的樣子。我認真的。」

她女兒片刻間似乎必須掙扎一番，她是否能本著良知回應這句話。她不久前才知道的事，尖銳些可以如下描述：如果沒有第一次墮胎，她也許永遠不會被生下來。她絕對有足夠的權利不立刻接受最初的和解嘗試。「妳多大年紀？」她最後問。「妳知道的，那時候。」

「十八歲。」瑪麗亞說。

「他呢？」

「他是那種我以前無法抵抗的男人。無法看透，聰明，自私。我甚至不能說我生他的氣。那已經無關緊要。妳爸和我總能撐過去。」

「問候他。」斐莉琶只是這麼回答。

「我會的。明天見。」她切斷手機和離開車子的平靜，讓自己覺得毫不真實。驚嚇已經過去，還沒有其他情緒取而代之。她走下階梯，脫掉鞋子，走過涼爽的粗沙，就連海洋也顯得寧靜。

兩個星期前，他們在哈齊雪廣場吃中飯時，何暮德曾說，每個人生可能可以重新開始不止一次。人永遠不會老到無法改變自己。對，理論上不會，她這麼回答，卻不知道他是開玩笑還是認真。她開始逐漸想到，他們倆人浪費了多少時間，忽略了徵兆，屈服於離心力。在沙比較堅實、海洋氣味比較強烈的地方，瑪麗亞站住不動。這是她這一刻唯一能做的：不要跑走。她面前地上放著一堆衣服、鞋子、褲子、眼鏡。

小小的浪頭穿過夜晚向她捲來。

天上的月亮如畫。

小說精選
對手戲

2019年2月初版　　定價：新臺幣480元

有著作權・翻印必究

Printed in Taiwan.

著　者　Stephan Thome
譯　者　麥德文
譯　校　林敏雅
叢書編輯　張彤華
封面設計　謝佳穎
內文排版　極翔企業
編輯主任　陳逸華

總編輯　胡金倫
總經理　陳芝宇
社　長　羅國俊
發行人　林載爵

出版者　聯經出版事業股份有限公司
地　址　新北市汐止區大同路一段369號1樓
編輯部地址　新北市汐止區大同路一段369號1樓
叢書編輯電話　(02)86925588轉5306
台北聯經書房　台北市新生南路三段94號
電　話　(02)23620308
台中分公司　台中市北區崇德路一段198號
暨門市電話　(04)22312023
台中電子信箱　e-mail：linking2@ms42.hinet.net
郵政劃撥帳戶第0100559-3號
郵撥電話　(02)23620308
印刷者　世和印製企業有限公司
總經銷　聯合發行股份有限公司
發行所　新北市新店區寶橋路235巷6弄6號2樓
電　話　(02)29178022

行政院新聞局出版事業登記證局版臺業字第0130號

本書如有缺頁，破損，倒裝請寄回台北聯經書房更換。　ISBN 978-957-08-5257-8 (平裝)
聯經網址：www.linkingbooks.com.tw
電子信箱：linking@udngroup.com

Gegenspiel
© Suhrkamp Verlag Berlin 2015
All rights reserved by and controlled through Suhrkamp Verlag Berlin.
Complex Chinese edition copyright © 2019 by Linking Publishing Co., Ltd

國家圖書館出版品預行編目資料

對手戲/施益堅著．麥德文譯．初版．新北市．聯經．
2019年2月（民108年）．464面．14.8×21公分（小說精選）
譯自：Gegenspiel

ISBN 978-957-08-5257-8（平裝）

875.57 107023897